SEGUNDAS PRIMERAS IMPRESIONES

SEGUNDAS PRIMERAS IMPRESIONES

SALLY THORNE

Editado por HarperCollins Ibérica, S.A.
Núñez de Balboa, 56
28001 Madrid

Segundas primeras impresiones
Título original: Second First Impressions
© 2021, Sally Thorne
© 2021, para esta edición HarperCollins Ibérica, S.A.
Publicado por HarperCollins Publishers LLC, New York, U.S.A.
© Traductora: Sonia Figueroa Martínez

Diseño de cubierta e ilustración: Connie Gabbert

ISBN: 978-84-18976-04-9
Depósito legal: M-24272-2021

Para Taylor Haggerty

1

Uno de los supuestos beneficios de trabajar en la oficina administrativa del complejo residencial para mayores Providence Retirement Villa es que recibo comentarios sobre todos y cada uno de los aspectos de mi estilo de vida y de mi apariencia, los quiera o no. (No los quiero). Estas son las tres preguntas que siempre me hacen los residentes:

- ¿Cuántos años tienes? (Veinticinco).

- ¿Tienes novio? (No).

- ¿Por qué no? (Los motivos son diversos, y ninguno de ellos les convencería).

—En la vida hay más cosas aparte del hecho de tener novio —le dije en una ocasión a la señora Whittaker, mientras caminábamos hacia su casa. El suelo estaba resbaladizo por la lluvia, así que iba tomada de mi brazo—. Estoy justo donde quiero estar, ayudándoles a todos ustedes.

—Ruthie, querida, en eso tienes razón. Eres una buena trabajadora, pero los novios son una parte muy agradable de la vida. Yo tuve tres al mismo tiempo en una ocasión. —Entró en la casa poco a poco, con el bastón golpeteando contra las baldosas. Justo cuando yo estaba pensando para mis adentros que la había entendido mal, añadió por encima del hombro—: Se conocían entre ellos, así que todo iba como la seda. Madre mía, ¡qué agotamiento tenía yo encima! Eres más guapa que yo en mi juventud, podrías probar a hacer algo así.

Me quedé allí, parada en el escalón de la entrada, batallando contra el impulso de hacer varias preguntas sobre lo que acababa de oír; básicamente, mi principal duda era la siguiente:

- ¿Cómo?

La señora Whittaker tiene ochenta y siete años, y yo creo que todavía podría ligar más que yo. Pienso a menudo en aquella conversación.

Mientras Sylvia (mi jefa) está de crucero, puedo usar su mesa de trabajo y disfrutar de las buenas vistas que tiene. Estoy escribiéndoles un correo electrónico a los de mantenimiento, y al mismo tiempo estoy lidiando con la oleada diaria de melancolía de las tres de la tarde. Tengo preparado un yogur para este preciso momento. Melanie Sasaki, la ayudante temporal, ocupa en estos días la mesa que suelo usar yo; lo de moderarse es un concepto que no le queda nada claro, así que come a las 10:30 y estoy oyendo cómo le suena el estómago mientras abro mi yogur.

De repente, en un arranque desesperado que rompe el silencio, me dice sin más:

—Ruthie, estaba pensando en ti.

Yo preferiría que no lo hiciera.

—Deja que termine este correo para los de mantenimiento primero, después hablamos.

Sí, ya sé que parezco una capulla estirada, pero para sobrevivir como directora interina durante los próximos dos meses he intentado establecer una política de «Silencio, por favor». Cuando Sylvia está aquí, jamás le hablo si está tecleando… o clicando, o a menos que ella me hable primero.

¡Hacía años que no me sentía así de relajada!

—Tendríamos que crearte un perfil para buscar pareja por Internet —insiste Melanie, que seguro que hablaría incluso estando bajo anestesia general.

—¿Cómo sabes que no tengo uno? —contesto yo, rompiendo mi propia norma sobre lo de guardar silencio.

Está tomándome el pelo, eso está claro. Los habitantes de Providence son, por regla general, brutalmente sinceros conmigo, pero siempre de forma bienintencionada.

—Ni siquiera tienes una cuenta de Instagram, así que no eres exactamente de las que se lanzan a conocer gente nueva. ¿He acertado?

Pues sí, ha acertado. Vuelvo a activar los Escudos del Silencio.

—Déjame terminar esto, Mel.

Hago un cambio en la solicitud que estoy escribiéndoles a los de mantenimiento: el *¿Se puede saber dónde cojones estáis?* lo reemplazo por un más diplomático *Tal y como solicité en mi último mensaje.* Sí, YouTube me sirve para aprender algo de bricolaje, pero hasta cierto límite.

Una vez que eso está enviado, encuentro un documento de Word titulado *RUTHIE_PERFIL* en mi carpeta personal; según el historial, no he vuelto a abrirlo desde que lo creé el año pasado en un extraño momento de soledad, cuando lo de buscar pareja por Internet me pareció buena idea durante unos segundos. Quién sabe, puede que no sea tan descabellado. ¿Un útil borrador básico de un perfil personal que me ayudará a encontrar a mi hombre ideal? Si no tuviera a Melanie observándome fijamente, lo leería más tranquilamente.

¿Te apetece que te lleve a casa a conocer a mis devotos padres?

Soy un alma muy vieja (24 años que parecen 124). Solo he visto un pene al natural brevemente, y no me impresionó tanto como para ir en busca de otro (aunque supongo que debería hacerlo). Busco un alma gemela que tenga paciencia, alguien con quien acurrucarme abrazadita y que me avise si llevo mal abrochada la rebeca. Vivo y trabajo en un complejo residencial para mayores; a este paso, acabaré por jubilarme aquí.

Vale, la única actualización que le haría a esto es que ahora tengo veinticinco años que parecen ciento veinticinco.

—¿Has terminado ya? —me pregunta Melanie, como si fuera mi impaciente supervisora.

Yo contraataco después de borrar las pruebas del delito.

—¿Cómo llevas la ficha del nuevo residente que te pedí que metieras en el sistema?

Ella frunce los labios, como diciendo «menuda aguafiestas».

—No sé por qué no quieres aprovechar mi verdadero talento, el que no puedo poner en mi currículum. —Hace una pausa teatral—. ¡Hacer que la gente encuentre amorcito del bueno! Si supieras a quién tienes sentada enfrente, estarías aprovechando esta oportunidad sin pensártelo dos veces.

No se puede negar que la oferta resulta tentadora cuando ves que una persona está tan segura de sí misma.

—Bueno, la verdad es que tienes un montón de cosas en el currículum.

Melanie extiende los brazos por encima de la cabeza.

—Estoy viviendo a tope la vida de trabajadora temporal, ya lo sabes. Voy pasando el rato con todos los trabajos hasta que encuentre el ideal para mí. Y lo mismo en lo que a los hombres se refiere. Respóndeme a esto sin pararte a pensar: ¿estás lista para enamorarte?

—Sí. —No soy lo bastante fuerte como para contener dentro de mí la palabra, y es humillante la fuerza con la que ha salido mi respuesta.

Cada noche, como parte de mi ronda de seguridad, recorro el extremo oeste de Providence para asegurarme de que la puerta corredera que protege los contenedores de basura tenga el candado echado. Sí, ya sé que nadie quiere robar la basura. Me apoyo en la valla metálica y bajo la mirada hacia las luces de la ciudad… Mi alma gemela podría estar justo ahí, bajo esa luz estrellada en concreto, pero soy demasiado gallina como para ir en su busca, y esa realidad me tiene el corazón que parece un dolor de muelas: si no me ocupo de él pronto, es posible que al final haya que extraerlo de raíz.

Cada noche, al revisar el candado, contemplo las luces y le pido de nuevo perdón a mi alma gemela.

Melanie está mirándome abiertamente con tanta empatía que trato de disimular lo mucho que significa ese «Sí».

—A ver, todo el mundo espera encontrar…

—Shhh… No, no, no… —insiste hasta que ceso en mi intento de guardar las apariencias—. No te preocupes, voy a ayudarte.

Mel ha tenido tres citas como mínimo en las tres semanas que lleva aquí, todas ellas en un bar de tapas al que llama «la Cúpula del

Trueno». Antes de cada una se pone una extensión en el pelo (una coleta negra excesivamente larga), y me hace revisarla desde todos los ángulos habidos y por haber; ah, y también anota los detalles de cada cita, «por si me asesinan». ¿Confía en mí para ser su testigo ante la policía? No sé hasta qué punto debería sentirme halagada.

Consulto el calendario otra vez... Pues sí, así es, solo lleva tres semanas aquí. Quizás debería aprovechar la oportunidad de consultar con esta profesional tan curtida, es como una electricista para mi vida amorosa.

—Bueno, ¿qué pone en tu perfil?

Siempre lleva el móvil en la mano, puede abrir la aplicación sin tener que bajar la mirada.

—Mira, yo puse esto: «Exigente princesa de veintidós años, japonesa por parte de padre. Así soy y no me arrepiento de nada. ¡Llévame a vivir aventuras! Absténganse raritos, pitos pequeños, pobretones y espantajos».

No puedo afirmar de forma categórica que yo descartaría de antemano a alguien por alguno de esos factores.

—Pero ¿qué pasa si resulta que tu alma gemela es alguna de esas cosas? Un... rarito pobretón o...

Miro fijamente el plátano y el bálsamo labial que tengo encima de la mesa. La vida está llena de variables. El cuello se me está perlando de sudor bajo la coleta.

—No lo será —contesta Melanie con convicción—. ¿Crees en lo de las almas gemelas? Qué sorpresa, no me lo esperaba de ti. —Me observa con cara de «¡Ooohh, qué dulzura!»—. Eres toda una romántica, ¡qué calladito te lo tenías!

—No hace falta que me ayudes, lo haré yo misma.

Mi intento de dar marcha atrás llega demasiado tarde, ella ya ha tomado las riendas del caso por su propia cuenta; después de pasar a una página en blanco de su colorida libreta decorada con purpurina, procede a preguntarme:

—Nombre: ¿prefieres Ruth o Ruthie Midona?

—Ruthie está bien.

Da pie a menos rimas graciosillas. Los profesores solían usarme como fuente de información si tenían que ausentarse del aula y se encontraban con un caos al volver (vamos, que para ellos era como la caja negra de un avión), y de ahí salió una frasecita que solían decirme en el colegio: «Qué cruz de Ruth». Era la chica que iba a misa y usaba zapatos de tiendas de segunda mano; mis compañeros de clase tenían ponis y motos de agua.

Melanie también está distraída.

—Ah, tengo un mensaje. De cero a diez, le daría un cuatro. Mira, ¿lo ves? Un pito. —Me muestra la pantalla y sí, en efecto, es un pito. Necesitaría un plátano o un bálsamo labial para verlo a escala. Ella hace una mueca burlona mientras prepara una respuesta—. Siempre contesto con una foto del pito de una cebra, eso les ayuda a ver las cosas con algo de perspectiva. —Y procede a mostrarme también el pito en cuestión.

¿Qué pito humano merecería un diez de diez? Me doy cuenta de que esta es la primera página de una demanda. Pitos en el lugar de trabajo, Sylvia se pondría furiosa.

—Deberíamos trabajar, la verdad es que no tengo tiempo de salir con nadie. —Archivo varios documentos en la A de «Aburrida».

—Venga ya, claro que tienes tiempo. No entiendo cómo has aguantado dieciséis años en este lugar.

—¿Cuántos años crees que tengo? —Veo cómo baja la mirada hacia mi ropa—. Llevo seis años aquí, Mel. No dieciséis.

—No te ofendas, pero yo tengo contrato hasta Navidad y eso ya es una eternidad.

Ante semejantes palabras, dichas además en un tono de total desolación, tan solo puedo responder:

—Tengo un yogur de sobra si lo quieres.

—¡Uy, sí, por favor!

Y ambas hallamos las fuerzas necesarias para continuar.

—Tengo veinticinco años. —No sé por qué, pero me da un poco de vergüenza admitirlo.

—¡Veinticinco! —lo dice maravillada mientras lo anota—. ¡Solo tienes tres más que yo!, ¿cómo puede ser? —Se da cuenta de cómo ha sonado eso y procede a intentar arreglarlo—. Pero tienes muy buena piel. Solo me refiero a que eres muy madura y tal, dirigiendo este lugar.

Voy a usar el formato de perfil que me ha sugerido.

—Plebeya poco exigente de veinticinco años, así soy y me arrepiento de muchas cosas.

Ella suelta una risita y golpetea la libreta con el boli. Sus ojos oscuros me observan penetrantes, con mirada crítica.

—¿Cómo sabes que eres poco exigente?

—Mírame.

—No solo es cuestión de apariencia. —Melanie es una persona caritativa. No estoy mal, pero tampoco soy nada del otro mundo—. ¿Te gusta que tu chico esté encima de ti a todas horas? Mandándote mensajes de texto cada dos por tres, llevándote a un montón de sitios, regalándote cosas… ¿Quieres que esté obsesionado contigo o prefieres a alguien que te dé algo de espacio? —Se da cuenta de algo—. ¡Uy, perdona! Si no te van los hombres, pues genial también.

—Pues la verdad es que no lo tengo claro. —Intento explicarme mejor al ver que me mira perpleja—. Me gustan los hombres, pero no sé si quiero tenerlo encima a todas horas.

(Mentirosa, eso me encantaría).

(Bueno, eso creo).

—¿Cómo era tu último novio?

—Eh… —Lo único que se me ocurre es que era muy religioso, así que junto las manos como rezando. Espero que eso sea respuesta suficiente—. Ha pasado mucho tiempo.

Ella entorna un ojo con suspicacia.

—¿Cuánto, exactamente?

No puedo responder a eso sin exponerme a una total y absoluta crucifixión.

Si esto fuera una película para adolescentes, en este momento se insertarían varias escenas: yo vestida para la fiesta de graduación durante un baile lento con un Joven Devoto llamado, literalmente, Adam. Pasamos entonces a una escena en la que estamos los dos en una cama individual, parcialmente desnudos; Adam está de espaldas a mí, los sollozos sacuden sus hombros. Si crees que ese recuerdo no puede ir a peor, a ver qué opinas si te digo que:

- Mi padre es reverendo.

- Adam acudió a él a la mañana siguiente para pedirle consejo.

- Sí, consejo sobre el pecado que había cometido conmigo.

- Pues eso.

En cuanto a mí, la tarea de aconsejarme fue trasladada a mi madre, quien me dijo que papá estaba «profundamente decepcionado» por mis «decisiones»; al parecer, la decepción fue tan grande que no hemos tenido una conversación en condiciones desde entonces, y yo no he vuelto a tomar una mala decisión.

—Quieres reactivar tu vida social. —Melanie procede a escribirlo en su libreta—. He redactado los perfiles de todas mis amigas y el de mi hermana mayor, Genevieve. Y resulta que mi vestido de dama de honor es de color pistacho, así me lo agradece.

¿Una hermana prometida en matrimonio? Vaya, entonces tiene unas credenciales de peso, pero esto empieza a parecer el comienzo de otra película para adolescentes y no tengo intención alguna de participar en ella.

—No publiques nada sin mi permiso, por favor.

—Claro que no. —Se la ve tan sorprendida que me avergüenzo de haber sido tan suspicaz—. Crearemos un calendario de actividades para hacer en casa y empezaremos muy poquito a poco, y al final estarás en la Cúpula del Trueno con un tipo de lo más sexi besándote el cuello. No elegiremos al primero que aparezca; para cuando me vaya de aquí, tendrás pareja.

—¡Eso es totalmente imposible! —alcanzo a decir, boquiabierta.

—No, no lo es cuando sigues el Método de Melanie Sasaki. —Lo escribe y lo subraya un montón de veces—. El Método Sasaki, ¡qué bien suena! Parece el título de un libro de autoayuda, ¡podría ser una serie de Netflix! —Ha vendido los derechos a los diez segundos de tener la idea.

Ella no es la única que está adelantándose a los acontecimientos, yo misma todavía estoy dándole vueltas al concepto ese de los besitos en el cuello y el tipo sexi. Para cuando Melanie haya obrado su magia y se marche de aquí, estaré viendo el especial navideño de mi serie favorita, *Un regalo del cielo*, sentada en mi sofá con alguien que quiere besarme. ¿Será realmente posible algo así?

—Bueno, ¿qué me dices? ¿Te apuntas al Método Sasaki? —Melanie esboza una sonrisa de oreja a oreja—. ¡Será genial!

—¿Me lo puedo pensar? —Digamos que soy una persona que prefiere pensarse bien las cosas.

—Quiero una respuesta antes de salir del trabajo este viernes. —Estamos a lunes.

Melanie se gira hacia su ordenador y se pone a teclear. Justo cuando estoy pensando que ha ocurrido un milagro (¡está trabajando un poco!), en mi ordenador suena un aviso: se me solicita que confirme una reunión para este viernes a las cinco de la tarde. ¿El tema a tratar? El Método Sasaki, por supuesto. Clico en aceptar y, sin más ni más, esta conversación no se da por terminada, tan solo ha sido reprogramada.

2

Después de comernos nuestros respectivos yogures, Melanie empieza a introducir en el sistema la información del nuevo residente; pero, ahora que se ha puesto a trabajar, la verdad es que me gustaría que siguiéramos charlando. Hace una tarde preciosa, a través de la ventana puedo ver el pulcro camino que conduce a las viviendas: setos perfectos, hierba esmeralda y un cachito de cielo azul.

—Me gustan las vistas que tiene Sylvia desde esta silla.

Melanie contesta sin dejar de teclear.

—¿Tienes pensado conseguir su puesto?

—Sí, ella dice que podrá jubilarse tranquila si no pasa nada desastroso.

Yo creo que se refiere a que lo hará antes de que las cosas se pongan serias. La empresa Prescott Development Corporation (PDC) adquirió Providence dieciocho meses atrás, y tiene fama de someter a sus adquisiciones a una glamurosa remodelación para readaptarlas. Al principio nos preguntamos si Providence terminaría convirtiéndose en un centro de salud y bienestar, en un «hotel boutique» o en el lugar de rodaje de algún *reality show*, pero transcurrió el tiempo y no pasó nada. No hubo visitas ni llamadas, no apareció ni una sola excavadora, aunque al final se recibió un comunicado impreso en un papel con membrete de la PDC: resulta que se habían modificado todos los contratos de alquiler para establecer como fecha de vencimiento el 31 de diciembre del año próximo.

Cuando fui a ver a la señora Whittaker (la de los tres legendarios novios) para entregarle los documentos donde se detallaba el cambio en el contrato, me dijo lo siguiente: «No pasa nada, querida, ya estaré muerta para entonces. ¿Tienes un boli?». Básicamente, algunos de los residentes se lo han tomado con despreocupación y buen humor, mientras que otros se dedican a chismorrear sobre teorías conspirativas. Las llamadas de los familiares eran un sinfín de preguntas llenas de tensión y nerviosismo, preguntas a las que seguimos sin poder dar respuesta todavía; quién sabe, es posible que para las navidades del año próximo estemos desmantelando esta oficina.

Nos esforzamos por intentar impresionar a los de la PDC y que vean qué inversión tan perfecta han hecho: les mandamos con regularidad tanto informes financieros como adorables recortes de periódico donde se mencionan nuestras contribuciones a la comunidad, pero nuestro papá corporativo está demasiado ocupado como para prestarles atención a nuestras notas llenas de sobresalientes y a nuestras perfectas funciones de danza. Somos las que consiguen los logros y quedan en el olvido, y no me importa. De verdad que no.

Melanie se gira a mirarme.

—¿Oyes eso? Se acerca un escúter. Te toca a ti.

—Ayudar a los residentes es una de tus tareas; la principal de todas, probablemente.

—Es que todos son tan viejos, y con esa piel transparente... No lo soporto.

Al ver que se levanta de la silla y se mete en el baño con el móvil en la mano, salgo para hacer un servicio donde se pide desde el vehículo. Oigo de inmediato una voz estridente.

—¡Con lo que pagamos aquí, tendrían que hacer algo con el tema de las tortugas!

Son las hermanas Parloni, que vienen colina abajo echando chispas. La que lleva la delantera es Renata, la mayor, que acaba de cumplir noventa y un años. Le dejé una tarjeta de felicitación en el buzón y me fue devuelta hecha pedacitos, pero eso da igual. Yo ya sabía que haría algo así.

—Ten más cuidado, están en peligro de extinción.

Quien ha contestado es Agatha, más conocida como «Aggie». A

sus ochenta y nueve años es la hermana menor, y lo que dice es cierto: son tortugas que están en peligro de extinción, y están por todas partes. Providence es el lugar del planeta con la mayor densidad de población de tortugas de caparazón dorado. Las dos hermanas van maniobrando para pasar con los escúteres entre los lentos bultos que salpican el camino, y yo tengo el corazón en un puño.

—¡Soy yo la que corre peligro en este lugar! —contesta Renata, a voz en grito—. ¡Me dan ganas de convertirlas en peinetas!

Detienen las motos eléctricas al llegar a mi altura. Britney Spears suena a todo volumen en una radio portátil que Aggie lleva en la cesta delantera de la suya.

Renata fue editora de moda en el pasado, la muy endiablada se viste con marcas que una ni siquiera sabe que existían. En YouTube hay vídeos de un desfile de moda de 1991 en el que le dijo a la cara a Karl Lagerfeld que era «un verdadero muermo». Él respondió con algo mucho peor en francés, pero ella lo considera un triunfo; según sus propias palabras, «él no supo dar una respuesta creativa».

La revista *Hot or Not* desapareció hace mucho, pero no puede decirse que Renata se haya jubilado del todo (le veo logos de distintas marcas por toda la ropa).

Yo aspiro a llegar a tener el estilo de su hermana, Aggie Parloni: traje gris, blusa blanca y mocasines negros; cabello blanco y fino muy corto; inteligente, pulcra y razonable. Me llevo genial con ella. Aunque se trata de una persona callada y tranquila, es bastante ruidosa debido a su radio: resulta que en la emisora local hay un concurso en el que puedes ganar 10 000 dólares si repiten una canción en un mismo día y, aunque no necesita el dinero ni ninguno de los otros premios, siempre está intentando ganar. Esa sensación de expectación en plan «¿Y si me toca a mí?» que experimenta desde el inicio del concurso hasta el sorteo del premio es lo que le resulta adictivo.

—¿Ha habido suerte? —le pregunto elevando la voz.

Ella baja un poco el volumen y me entrega unos sobres, están prefranqueados y listos para salir en el correo de la tarde. En su interior habrá cupones de participación de concursos tipo «¡Adivina la palabra escondida!», «¡Reúne cinco vales para llevarte el regalo!» o «¡Dinos el nombre de este yate y entrarás en el sorteo!».

21

—Tuve un pequeño golpe de suerte —lo dice con cierta reserva, como si supiera que van a tomarle el pelo.

—¡Ganó un *frisbee*! —Renata suelta una risotada—. Vamos a invitar a los vecinos a jugar un rato con él, ¿no? ¡Vamos a romper unas cuantas caderas!

Mi imaginación crea la imagen en mi mente, y por poco se me pixela la vista.

—¿Necesitan algo más? —Es muy mala señal que el asistente que tienen no haya bajado con ellas.

Renata esboza una sonrisa malévola.

—Necesitamos otro.

Entiendo perfectamente bien a qué se refiere.

—¿Qué ha pasado con Phillip?

Ella me ignora y se baja las gafas de sol con un desparpajo que yo no llegaré a tener jamás. Su mirada se dirige hacia el interior de la oficina y se detiene en la silla vacía de Melanie.

—¿Dónde está esa esbirra asiática tuya tan mona? ¿O no es políticamente correcto llamarla así? He encargado una preciosa peluca negra inspirándome en ella.

—No, no puede llamarla así. De ninguna manera. —Le sostengo la mirada hasta que veo que lo ha comprendido—. Pero, en lo que a la peluca se refiere, Melanie se sentirá muy halagada. Está atareada echándole un vistazo a sus redes sociales en el baño.

La risotada de Renata siempre me da un chute de energía: es el equivalente de Providence a hacer reír a la chica popular del cole.

—¡Ah, la juventud de hoy en día! En el retrete, como debe ser. Me gustaría tener el Instagram ese.

—¿Es demasiado tarde para que intentes usarlo?

La pregunta se la hace Aggie, que es una instigadora encubierta. Pues vale, muchas gracias. Antes de que termine la jornada de hoy estaré tomándole fotos con ambientación urbana a su hermana, que estará apoyada contra una pared de ladrillos.

Renata entorna los ojos y me mira como si yo fuera la portada de una revista, pero una portada sin nada de glamur.

—Hoy se te ve muy avejentada, jovencita. ¿Dónde está la visera que te compré en Navidades? ¡Te van a salir manchas! ¡TE LO ES-

TÁS BUSCANDO! —lo grita tan fuerte que asustará a los pájaros—. ¡Mira mis manos llenas de manchas! ¡MANOS DE VIEJA! —De buenas a primeras, al oír una nueva canción que empieza a sonar en la radio, se vuelve hacia su hermana—. Esta canción estaba sonando por la mañana. ¡Corre, llámales!

Aggie revisa su libreta.

—La que pusieron a las 09:09 fue *Billy Jean*, esta es *Thriller*. Dile lo que le hiciste a Phillip.

—Le di el par de bragas con el estampado gracioso y le dije que las planchara —lo dice con actitud triunfal—. ¡Quién iba a pensar que pedirle algo tan simple sería la gota que colmaría el vaso!

—Agarró sus llaves y se fue sin más —apostilla Aggie con resignación—. Dos días y medio, aguantó más que la mayoría.

Hay gente que se va de safari para entretenerse, pero Renata Parloni prefiere dar caza a un tipo de presa muy concreto.

—Hace tiempo que no tenemos un gótico, quiero uno que esté pensando en su mortalidad a todas horas.

Ah, ya está recargando su arma. Yo intento ponerme seria y digo con firmeza:

—Teníamos un trato, vamos a poner un anuncio que sea razonable. Voy a buscarlo. —¡Imagínate que pueda decirle a Sylvia que he solucionado de una vez por todas este atolladero de las Parloni!

Entro en la oficina, y vuelvo a salir poco después con una carpeta.

—Lee el anuncio anterior, a ver qué es lo que tiene de malo —me dice Renata.

—«Puesto vacante: Dos ancianas muy, pero que muy viejas que viven en el complejo residencial para mayores Providence Retirement Villa buscan asistente varón para explotarlo y humillarlo (pero de buen rollo)».

—¿Qué tiene eso de malo? —me pregunta.

Las dos están meneándose ligeramente sobre sus respectivas motos, no hay quien pueda quedarse quieto cuando suena *Thriller*. Yo misma voy cambiando de pie para intentar reprimir el impulso de echarme a bailar.

—La discriminación de género es ilegal, aquí pone que solo pueden optar al puesto los hombres.

—No me interesa mangonear a una mujer, termina de leer el anuncio.

—«Algunas de las tareas son: comprar en *boutiques*, salir a comprar comida basura y hacer halagos de forma sincera. Ser atractivo es un extra añadido, pero no somos tiquismiquis». —Miro a Aggie, intento que entren en razón—. Yo creo que eso tampoco es legal. Con un anuncio así no van a encontrar a nadie que les sirva de verdad, hasta ahora solo han conseguido…

Renata me interrumpe.

—Jóvenes delgaduchos con monopatines y profundas ojeras; niñitos inútiles que no saben pelar una naranja ni usar una palanca de cambios manual.

Saco de la carpeta mi borrador del nuevo anuncio y lo leo en voz alta:

—«Se busca cuidador con experiencia para prestar asistencia a dos ancianas. Son dos personas activas que viven en el complejo residencial para mayores Providence Retirement Villa. Tareas domésticas, paseos y recados. Imprescindible: carné de conducir y certificado de antecedentes penales». —Intento no achantarme bajo la mirada asesina de Renata—. Hicimos un trato.

Aggie está de mi parte.

—Ren, yo creo que tenemos que usar este anuncio nuevo. Estaría bien contar con alguien que pueda encargarse realmente de las tareas…, la colada, hacer las camas. Soy demasiado vieja para vivir en semejante desbarajuste por culpa de tu extraño pasatiempo.

A Renata no le sientan nada bien las palabras de su hermana.

—¡Acordamos que cuando fuéramos ricas y viejas…!

Aggie la interrumpe sin miramientos.

—¡De eso hace veinticinco años!, ¡ya has tenido tu venganza contra el género masculino! Sí, es agradable tener a gente joven por la casa, pero ¡no tengo ropa limpia! ¡No tengo una taza limpia para beber café! Déjame vivir cómodamente, mis manos ya no sirven. —Padece neuropatía periférica, y se le entumecen los dedos.

Renata cede un poco.

—Uno más y me retiro, tendré que esforzarme a fondo para adiestrarlo bien. Encárgate de encontrárnoslo, Ruthie. —Se pone bien la visera—. Me apetece tomar un trago bien fuerte, pero no tengo un jovenzuelo para que me lo prepare. Qué lástima.

—Quién sabe, a lo mejor nos toca la lotería con este último —me dice Aggie, sin mucho optimismo—. Supongo que hay que intentarlo para tener opciones de ganar.

—Voy a encargarme del anuncio y de sus cartas, ¡que pasen una buena tarde!

Todavía debe de quedar un pelín de optimismo en mí, estoy a puntito de llegar a la puerta… pero la voz de Renata suena en el último momento.

—Hay que ponerle gasolina al coche; necesitamos algunos aperitivos para picotear; y pídenos algo de comida para cenar…, tailandesa, pero nada que pique. Ni fideos ni arroz; sopas tampoco, ni coco; nada que lleve cilantro o menta.

Se me acelera el pulso. ¿Cuándo va a terminar hoy mi jornada de trabajo? Pero no puedo dejarlas ahí, desamparadas en lo alto de la colina, muertas de hambre.

—Tenía cosas que hacer esta noche, pero… está bien.

Renata suelta un bufido burlón.

—¿Que tú tenías cosas que hacer un martes por la noche? ¡Venga ya! Mira, sigue dándonos tan buen servicio y te incluyo en mi testamento. —Esta es una táctica muy habitual. Su hermana y yo le afeamos su conducta, y opta por cambiar de tema—. Consíguenos unas flores naturales, algún arreglo elegante. Pero que no tenga lirios, ya sabes que no me gusta sentirme como en mi propio funeral.

Sé perfectamente bien qué tipo de flores harán que me lleve un rapapolvo. Alzo mi rostro al cielo y lanzo una petición: «No podré aguantar mucho más. Por favor, ¡envíanos al Candidato Ideal!».

Renata le da gas al escúter y retoma la marcha.

—¡Cuando termines ven a registrarme en Instagram! ¡Y después nos arreglas el reproductor de DVD! —Su voz va perdiéndose en la distancia—. ¡Y te quedas a ver una película con nosotras! ¡Y después puedes lavarle a Aggie todas las…! —Esto ya es inaudible.

Lo único que tenía planeado para hoy era dar los 127 pasos que separan la oficina de mi casa, darme un baño caliente y ver *Un regalo del cielo*, pero tendré que salir; por desgracia para mí, la gasolina es una de las pocas cosas que no pueden traernos a domicilio.

—Gracias, Ruthie —me dice Aggie, que ha estado batallando por sacar el monedero del elegante bolso que yo codicio en secreto. Saca dos billetes de cien dólares de un fajo que debe de tener cerca de tres centímetros de grosor—. ¿Tendrás bastante con esto? Ojalá pudiéramos tenerte de asistente, pero Sylvia no lo permitiría jamás. Las chicas como tú son un tesoro.

Si Sylvia me pusiera a trabajar a las órdenes de las Parloni, envejecería diez años en una semana, lo que me convertiría en una mujer de 135 años.

—Encontraré a alguien competente. Necesitan a una persona que se encargue de llevar la casa, la vida será mucho más fácil. —Para ellas y para mí—. Espero que, cuando Sylvia vuelva…

—No te preocupes, le diré que has dirigido este sitio sin ningún problema. —Saca del monedero un tercer billete—. Perdona la actitud de Ren. Ten, aquí tienes un regalo de agradecimiento. —Dirige la mirada hacia su distante hermana y, sin volverse hacia mí, me da el billete de cien dólares más perfecto que he visto en toda mi vida.

—¡Vaya! Gracias, pero no es necesario. —Intento devolvérselo, pero ya ha guardado el monedero en el bolso. Todavía se oye a Renata gritando algo en la distancia—. Esto es demasiado dinero, Aggie.

—Las normas no lo prohíben, así que puedes aceptarlo. Cómprate algo, date un capricho. —Al mirar la sencilla ropa que llevo puesta no lo hace de forma crítica, sino con benevolencia. Todas las prendas están limpias y en buen estado, pero son de segunda mano—. Ve a portarte como una chica de veinticinco años. ¡Qué maravilla ser tan joven! Ese es el único premio que jamás podré volver a ganar. —Y se marcha sin más.

Me guardo en el bolsillo el inesperado regalo y entro de nuevo en la oficina. Melanie ya ha vuelto a su mesa, tiene un auricular colgándole de la oreja y está descalza. Le dejo el anuncio del puesto de trabajo en su bandeja de entrada y pongo los sobres de Aggie en la del correo.

—Publicaremos el anuncio que les gusta a ellas durante un par de días, y después lo cambiaremos por mi nueva versión. ¿Puedo dejarlo en tus manos?

La agencia de empleo que nos consiguió a Melanie se ha negado a seguir lidiando con las Parloni, así que lanzamos la red en Internet para pescar a los nuevos candidatos. Recuerdo mis aspiraciones en lo que a buscar pareja se refiere, y me siento un poco incómoda; al fin y al cabo, ¿no estaré yo haciendo lo mismo?

—Claro, déjamelo a mí —me contesta ella—. Estoy atascada con la ficha de este nuevo residente. ¿Qué pongo aquí, donde me pide la fecha de finalización del contrato de alquiler?

—Todos terminan el treinta y uno de diciembre del año próximo.

—¿Qué pasa después de eso? —Me mira, perpleja—. ¿Se les amplía el plazo? —Se le ocurre una idea—. Ah, es porque todos son…, en fin, ya sabes, porque son viejos.

—No, es nuestra nueva política de empresa. La verdad es que no sabemos lo que pasará después de esa fecha. —Alargo la mano hacia atrás para agarrar el dosier que Sylvia preparó sobre la PDC—. Si tienes un rato libre, puedes leer esto para hacerte una idea. Yo voy a dar una vuelta, pasaré a ver a algunos de los residentes para ver qué tal están.

Melanie abre el dosier, decide que es aburrido y me mira.

—Piensa en el Método Sasaki, en lanzarle una sonrisa al próximo guapetón con el que te cruces.

La verdad es que pienso en ello largo y tendido mientras subo la colina, apartando tortugas del camino con la mano enfundada en un guante de látex, lanzándole a cada una de ellas una sonrisa coqueta de lo más falsa. Tengo claro que, cuando regrese, volverán a estar en medio del camino.

No puede decirse que no me esfuerce al máximo.

3

Es hora de prepararse, montar en este lustroso corcel y ponerse en camino. Necesitaré lo siguiente para el trayecto:

- Mi molona rebeca (tiene zorros y setas).

- Un moño bien apretado del que no escapen mechones de pelo.

- Dientes cepillados y un toque de brillo de labios rosado.

- Algo de arrojo y valentía (sí, ya sé que resulta raro).

Agárrate bien el sombrero, amiga mía, ¡vamos a cabalgar rumbo al valle y a…! Vale, ¿a quién quiero engañar? Voy a quedarme aquí sentadita, hecha un manojo de nervios. Una vez busqué en Google lo que vale el coche de las Parloni, y mi cerebro olvidó la cifra al instante como si acabara de sufrir un trauma. No me gusta lo más mínimo salir de aquí, ¿y si pasa algo? Alguien podría caerse, podría explotar una boca de riego, ¡una tortuga podría torcerse un tobillo! Me obligo a poner en marcha el (carísimo) motor; cuanto antes me vaya, antes estaré de vuelta para ver el capítulo de hoy de mi serie favorita.

No le he contado esto a ningún bicho viviente, pero soy una de las cien fundadoras del foro más longevo sobre *Un regalo del cielo* que hay en Internet: *Nuestro regalo del cielo*. La serie gira en torno al reverendo Pierce Percival; su esposa, Taffy; la estudiosa hija adolescente de ambos, Francine; y dos gemelas de ocho años, Jacinta y Bethany, que siempre están haciendo travesuras.

El foro organiza un revisionado anual de toda la serie. Hoy toca el octavo capítulo de la segunda temporada, que es en el que las gemelas echan de menos su casa cuando están en el campamento cristiano y creen ver el rostro de Jesús marcado a fuego en un malvavisco. Cuando vuelva de hacer los recados para las Parloni, tendré que verlo para refrescar la memoria y crear un hilo de discusión.

Con ese objetivo en mente, doy comienzo a esta salida... ¡Madre mía, estoy en el mundo exterior! Estoy llenando el coche con oro líquido en la gasolinera menos concurrida cuando me doy cuenta de que estoy mirando fijamente la espalda de un hombre, un tipo joven con una melena negra muy larga (en comparación, las extensiones de Melanie son una minucia). Que un hombre tenga un pelo lustroso y resplandeciente es un desperdicio, apuesto a que ni siquiera se pone acondicionador ni se corta las puntas. Está sentado de lado en su moto con los tobillos cruzados, con esa gloriosa mata de pelo tan inmerecida alzándose bajo la brisa en ondas azabache.

No se da ni cuenta de mi presencia. Pues vale, no me afecta lo más mínimo.

Este espécimen en concreto tiene unos veintitantos años, y una piel tensa y firme cubierta de tatuajes. Alcanzo a ver un escorpión, un cuchillo y un tenedor, un anillo con un diamante... Es como si su cuerpo fuera la página en la que se ha entretenido dibujando mientras espera a que le atiendan los de la compañía eléctrica. Una senda ascendente de mariposas, una navaja automática, un dónut. Los diseños son muy bonitos, estamos hablando de una persona que se esmeró mucho cuando se hizo dibujar por todo el cuerpo una serie de cosas triviales e inconexas entre sí.

Ninguno de los tatuajes está coloreado, y me dan ganas de abrir mi estuche de colores y ponerme manos a la obra. Empezaría con esa gran rosa abierta que tiene en la cara posterior del brazo; de hecho, creo que usaría un pintalabios rosa. La sesgada punta tendría el tamaño justo para los pétalos, cada uno de los cuales es del tamaño del beso de una mujer.

Él gira la cabeza al notar el peso de mi mirada, tal y como haría un animal, pero no me mira y yo mantengo la mirada puesta en el suelo de hormigón hasta que se gira de nuevo. Me llevo la mano al cuello, noto los latidos de mi corazón. Qué novedad tan interesante, resulta que mi cuerpo sabe que tiene veinticinco años.

Melanie me ha dicho que me arriesgue, que le sonría a algún chico. Bajo la mirada para echarme un vistazo. Mamá me dijo en una ocasión que tengo unas pantorrillas bonitas y mi reflejo en la ventanilla del coche está perfectamente bien, incluso podría decirse que estoy guapetona cuando relajo el semblante.

Imagínate ser un hombre, ¿cómo debes de sentirte cuando te sientas y tu trasero no se expande como una gallina? Si me convirtiera en un hombre por un día, pasaría la primera hora acarreando balas de heno de acá para allá para sudar un poco; entonces, tras hacer acopio de valor, me desabrocharía los pantalones para decidir si ver un pene es una prioridad que vale la pena tener de ahora en adelante. Conforme van pasando los segundos, el Rolls-Royce va engullendo y el desconocido sigue ahí, parado a lomos de su moto. No veo un segundo casco, pero su mochila está llena a reventar. Me preocupa esa cremallera.

Echo el seguro del coche y procedo a comprobar las puertas una a una. «He cerrado las puertas», afirmo en voz baja… y me creo casi por completo mis propias palabras mientras entro a pagar.

El empleado de la gasolinera está hablando por lo bajinis por teléfono, y estoy intentando escoger las chocolatinas blanditas que voy a comprarle a Renata cuando mis oídos captan lo que está diciendo.

—Es un ladrón.

Me acerco a toda prisa a la ventana para comprobar que el coche esté bien, pero el Desconocido Tatuado no se ha movido del sitio. Deposito mi compra en el mostrador mientras el empleado prosigue con su conversación.

—Han pasado más de diez minutos. Ha llenado el depósito de la moto, no tiene para pagar y está pensándose lo que va a hacer. —Empieza a escanear mi compra y me dice el precio total sin hablar, articulando con los labios—. Sí. En cuanto arranque, llamo a la policía.

Miro a través de las polvorientas ventanas. El desconocido tiene los hombros tensos y parece estar sumido en un debate interno, salta a la vista que está en medio de un momento terrible. Yo no me he dado ni cuenta mientras admiraba su trasero, y después he sospechado que podría ser un ladrón. ¿Será verdad que no tiene dinero? Yo estuve en una situación similar en una ocasión, me había ido de casa hacía unas semanas escasas y se me denegaba la transacción con la tarjeta de crédito. Me ardía la garganta por el llanto contenido. Una señora compasiva pagó mi compra antes de esfumarse sin más en la oscuridad de la noche, lo único que me dijo fue lo siguiente: «Devuelve el favor ayudando a alguien en el futuro».

Llegó la hora de pagar mi deuda kármica.

—Yo le pago la gasolina, ¿cuánto es? —Saco mi billete especial de cien dólares.

El dependiente cuelga el teléfono.

—Veinte dólares. Qué generosa, ¿no?

El tonito que usa no me sienta nada bien. Ya estoy a punto de llegar al coche cuando se le oye por el altavoz:

—Surtidor número dos, su gasolina está pagada y puede marcharse. Dele las gracias a su buena samaritana, por favor.

Nosotros dos somos los únicos clientes que hay en la gasolinera, así que ya puedo ir descartando lo de esfumarme sin más en la oscuridad de la noche. Lo intento de todas formas…, y oigo a mi espalda la voz del Desconocido Tatuado.

—Muchas gracias, señora.

—¡De nada!, ¡no se preocupe! —Estoy tan nerviosa que no atino con las llaves del coche, se me caen cosas.

—Acaba de salvarme el culo… eh…, el trasero. Qué día llevo, menuda pesadilla. Me he dejado la billetera olvidada en algún sitio, pero siempre la encuentro; el mundo está lleno de buenos samaritanos como usted. Si me da sus datos, le pagaré en cuanto pueda.

—No hace falta.

Ahora lo tengo justo detrás, la brisa me trae el olor de su ropa de algodón. Bajo la mirada hacia mis mocasines y veo cómo unas grandes manos tatuadas agarran mis compras.

Huelga decir que no voy a decirle eso de que devuelva el favor ayudando a alguien el futuro, seguro que a los hombres les parece una tontería femenina. Pero intentaré tener una anécdota entretenida con la que sorprender a Melanie. Me doy la vuelta hacia él.

—Ya está —me dice, después de recoger las chocolatinas que se me han caído al suelo.

Se endereza y se sorprende visiblemente al verme. Al cabo de un segundo, suelta un largo aullido y, alzando la vista al cielo, grita a pleno pulmón:

—¡Guau, qué maravilla! ¡Espectacular!

Me pregunto si Melanie habrá contratado a un actor guaperas para levantarme el ánimo.

—Joder, estás demasiado bien, ¡me lo he creído! —Al ver que no contesto, sigue hablando—. Desde detrás se te ve perfecta, ¡lo has clavado! —Se echa el pelo hacia atrás, tiene una sonrisa blanca y preciosa—. Me encantan las fiestas de disfraces, ¿puedo ir?

Se echa a reír, y su cuerpo (un cuerpo bien fibrado y musculado) se sacude con las carcajadas. Buena forma de ejercitarse de pies a cabeza. Lo tengo tan cerca que tardo un momento en procesar lo que ha dicho, y es entonces cuando me estrello contra la realidad.

—¿Perdona?

Está mirándome el pecho con obvio interés, todavía llevo las gafas que uso para trabajar con el ordenador colgadas del cuello con una cadenita.

—¡Perfecto! —exclama con tono reverente, antes de estallar de nuevo en carcajadas—. ¿De qué vas?, ¿de una de las chicas de oro?

—No…

—Solo te faltan un collar de perlas y un bastón, ¡menudos zapatos de abuelita! —lo dice como con indulgencia, me da un golpecito en la punta del pie con el suyo—. Tienes hasta el coche de persona mayor para completar el disfraz, ¡has pensado en todo! —Se seca una lágrima—. ¡Te pareces a la abuelita de Piolín!

—No hace falta que seas tan grosero. —Las palabras brotan de mi boca antes de que me dé cuenta de que debería limitarme a contestar algo así como «Sí, va a ser un fiestón, ¡a ver si gano el concurso con mi disfraz!».

Me parece que no he ayudado a una persona que lo necesitara realmente. Los tatuajes son caros y este tipo se ha cubierto el cuerpo con una fortuna. Los inusuales vaqueros de motorista que lleva puestos tienen un montón de costuras y de líneas diagonales, lo que indica un acabado de calidad. Mis ojos de experimentada compradora de ropa de segunda mano detectan el pequeño logo que tiene en el bolsillo: BALMAIN. Muy, pero que muy caro.

Él se da cuenta de que estoy observándole con atención, y alza la comisura del labio en una sonrisa traviesa.

—¿Cuántos años tienes en realidad?, ¿eres una señora de ochenta que se ha hecho un estiramiento facial?

—¡Mi edad no es de tu incumbencia! —Son las palabras que he deseado poder decirles a todos los habitantes de Providence, y ¿resulta que se las suelto sin más a un motorista lleno de tatuajes? Pues qué bien—. Te he pagado la gasolina porque pensaba que estabas en apuros, pero está claro que no necesitabas mi ayuda.

—Solo estaba armándome de valor para llamar a mi padre. —El tipo se rasca la mandíbula y no alcanzo a leer lo que tiene tatuado en los nudillos—. Intento cagarla en horas de oficina para poder hablar con su asistente en vez de con él, así me ahorro el sermón.

—Te daré mi dirección de PayPal, así podrás devolverme el dinero y se lo daré a alguien que lo necesite de verdad.

No puedo escribir en el tique de compra de las Parloni. Tengo una de las tarjetas de visita de Sylvia en el bolsillo, así que tacho su correo electrónico y pongo el mío. El empleado de la gasolinera me lanza una gran sonrisa y levanta el pulgar en un gesto de complicidad, me arde la cara de vergüenza.

El motorista lee la tarjeta que acabo de darle.

—¿Un complejo residencial para mayores? —El iris de sus chispeantes ojos tiene una mezcla de colores que me resulta familiar, aunque no sabría decir a qué me recuerda. Está aguantándose la risa—. Oye, ¿quién eres en realidad…? ¡Eh, espera! —exclama al ver que me meto en el coche a toda prisa y echo el seguro.

Su voz me llega apagada y distante cuando me grita que lo siente. El sentimiento es mutuo, yo también lo siento. Tiene gracia, ¡con qué rapidez puede echarse a perder una buena obra en el mundo exterior! Es como una fruta pudriéndose a cámara rápida.

Miro por el retrovisor mientras espero a que haya un hueco en el tráfico, espero que no intente seguirme. Se ha llevado la palma de la mano a la frente en ese gesto universal que se hace cuando uno mete la pata. Al menos es consciente de ello, la mayoría de la gente que hiere mis sentimientos no se da ni cuenta de lo que ha hecho. Acabo de invertir veinte dólares en una experiencia que me ha recordado por qué mi lugar está en Providence, por qué me cobijo en mi pequeño y seguro foro situado en un lejano rinconcito de Internet.

Activados los Escudos del Mundo Exterior.

—Hoy has estado muy callada —dice Melanie a mi espalda—. ¿He dicho algo que te haya molestado?, ¿qué…?

—Anoche hirieron un poco mis sentimientos. Nada que ver contigo. —Miro cada dos por tres hacia el aparcamiento por si aparece cierto coche.

Después de irme de casa de las Parloni (las dejé dormidas en el sofá, tomadas de la mano), me planté frente al espejo que tengo en mi dormitorio y me miré desde atrás usando uno más pequeño que utilizo cuando me maquillo. Ese tipo tenía razón: vista desde casi todos los ángulos, soy una señora mayor. Les expliqué lo sucedido a mis amigas Austin, JJ y Kaitlynn en nuestro chat grupal de administradoras del foro y, aunque la reacción generalizada fue de indignación (que si menudo idiota maleducado, que si por supuesto que no soy vieja), sus palabras tranquilizadoras no sonaron auténticas porque ninguna de nosotras nos conocemos en persona.

—Mira, Ruthie, eres una buena persona y no mereces que hieran tus sentimientos. Eso lo tengo claro —me dice Melanie, con una amabilidad que agradezco—. Así que dime quién lo hizo y me lo cargo.

—Un desconocido, una persona a la que no volveré a ver nunca más. —Miro el reloj y espero a que pase la oleada de emoción que me constriñe la garganta—. Tengo que centrarme en la reunión, ojalá supiera por qué la han convocado.

—Lo siento, metí la pata hasta el fondo.

Esta mañana llamaron mientras yo estaba subida a una escalera de mano en el exterior del centro lúdico, cambiando una bombilla, y Melanie se encargó de tomar el mensaje. Lo único que anotó fue lo siguiente:

- *Jerry Prescott*

- *Hoy, 15:00*

- *¿Mantenimiento?*

Se me heló la sangre en las venas al leerlo y, aterrada, le expliqué a Melanie que Jerry Prescott es el propietario de Providence.

—¿Ha llamado su asistente? —le pregunté, y me dijo que no con la cabeza—. ¿Has hablado con el propietario de la Prescott Development Corporation? PDC, ¿te ha mencionado la PDC?

—Me ha parecido un tipo amable.

Lo he intentado todo (incluso una improvisada sesión de hipnosis con la oficina medio a oscuras), pero Mel insiste en que no recuerda nada más. La asistente de Jerry no ha vuelto a llamar.

Ah, una moto acaba de entrar en el aparcamiento… No, no es Prescott, seguro que llega en un coche de alquiler. El motorista se quita el casco, sacude la cabeza hacia atrás y dirige la mirada hacia la oficina. Reconocería donde fuera esa gloriosa mata de pelo.

4

Una sensación desconocida brota en mi pecho, el corazón me martillea en los oídos. No sabría decir si estoy enfadada o entusiasmada. El tipo de la gasolinera ha venido a saldar su deuda…, o puede que esté aquí para disculparse conmigo o para pedirme más dinero, quién sabe.

—¡Genial!, ¡lo que me faltaba! —Estoy hecha un manojo de nervios por lo de Prescott, ¡no tengo tiempo de lidiar con este tipo!—. Mel, necesito que uses alguna táctica de distracción para quitarme de encima un problemilla.

—Eso se me da de maravilla, yo me encargo. Dime lo que tengo que hacer.

Pero mi boca no se abre y no quiero delegar todavía. La brisa alza su cabello y lo ondea con delicadeza; está sentado en su moto y no parece tener ninguna prisa, igual que en la gasolinera. Y ahí está la misma abultada mochila de ayer; no sé, a mí me parece que ir en moto llevando una tonelada de cosas a la espalda no debe de ser demasiado cómodo.

—¿Quién es ese? ¿Le conoces? —me pregunta Melanie, que se ha acercado a mirar.

—Me debe dinero. No preguntes. —Vaya, resulta que me gusta ser misteriosa. No tenía ni idea.

—¿Cómo que no? ¡Tengo un montón de preguntas en mente! Ojalá hubiéramos acordado ya usar el Método Sasaki, así podría aconsejarte a fondo. Ese de ahí está fuera de tu alcance, chica.

No sé por qué ha tenido que decir eso. Yo soy una inepta social, él está montado en una moto; mis años de estudiante de secundaria no han quedado tan lejos, tengo claro cuáles son las combinaciones que resultan imposibles en la vida real. Tengo esa familiar sensación de resquemor cerca del pecho, como si Melanie hubiera hundido el pulgar en un melocotón blandito.

—No se me ocurriría ni por asomo…

Melanie hace oídos sordos a mis protestas y prosigue en su papel de consejera.

—Llevas todo el día dolida por… La verdad es que no tengo ni idea de lo que te pasó. No voy a permitir que este tipo te haga daño. Él es un Lamborghini y tú estás aprendiendo a conducir, pisarías el acelerador y te estrellarías contra una pared. Saldrías herida.

—No es lo que te imaginas, de verdad que no. Te has hecho una idea equivocada.

—Veo a un chico malo. ¿Tú también lo ves? —No tengo más remedio que asentir—. Lo que necesitas es un hombre agradable y adecuado para ti, alguien que no destruya tu corazón. No prestes dinero jamás; no te metas en situaciones que puedan hacerte daño. —Lo último lo dice ceñuda y con actitud protectora. Me toma del brazo, me da un apretón y me sujeta con fuerza—. Cuánto me alegro de repente de que nunca salgas a ninguna parte.

La vergüenza que siento se suma al amistoso gesto de su hombro apoyado contra el mío, y reacciono con cierta aspereza.

—¡No soy idiota, Mel! Ni se me pasa por la cabeza la posibilidad de estar con un tipo así.

Menuda mentirosa estoy hecha, claro que se me pasa por la cabeza; de hecho, puedo imaginármelo todo a la perfección.

Siento el crujido de la grava bajo mis pies; estoy colocándome entre sus rodillas, hundo la mano en su pelo y giro el puño con delicadeza para instarle a echar la cabeza hacia atrás; sus ojos brillan sorprendidos, tiene una nueva carcajada en la punta de la lengua, me deja que siga sujetándolo. Hago que se le enciendan las mejillas al decirle algo sincero, y entonces bajo la boca hacia la suya y…

La voz de Melanie interrumpe mi ensoñación.

—No me extrañaría que fantasearas. —Vale, me ha pillado. Procuro disimular, ella sigue como si nada—: Qué pelo tan bonito tiene, ¡puede que sea incluso mejor que el mío! Uf, le odio. —Me suelta el brazo y se pasa las manos por la coleta.

El motorista, como intuyendo que está siendo el centro de atención, se recoge su larga cabellera negra en un moño que sujeta con un coletero que lleva en la muñeca. Perfecto, el resto de la población estará más segura si tiene enfundada semejante arma.

—¿De verdad que no vas a decirme de qué le conoces? ¡Dime al menos cómo se llama!

—No lo sé.

El hombre sin nombre permanece ahí sentado, bostezando cual león rugiendo en la jungla. Una tortuga se le acerca a la bota y él la recoge, le dice algo y juguetea delicadamente con ella sobre la palma de su mano antes de depositarla en el jardín. En este momento, el proceso mental de la tortuga en cuestión es algo así como: «Qué grandote que es, y guapísimo y divertido, pero ¿por qué ha tenido que hacerme eso? No es que me haya hecho daño, pero… tampoco me siento bien del todo».

A lo mejor está ensayando lo que va a decir. Bueno, un buen discurso combinado con ese torso y con la devolución de veinte dólares podría hacerme recuperar la fe en la (joven) humanidad. Por alguna extraña razón, soy incapaz de quitarle los ojos de encima a esta persona.

Va pasando el tiempo, cada vez falta menos para que llegue Jerry Prescott. Tengo que recobrar la compostura.

—Voy a salir un momento para deshacerme de él.

—¡Yo me encargo! —me dice Melanie.

Un sedán último modelo aparece antes de que pueda responderle, ¡es el coche de alquiler que esperaba ver llegar! El conductor acelera y estaciona con rapidez junto a la moto, los frenos chirrían cuando se detiene. Esa tortuga habría quedado hecha una tortita extraplana. Un hombre baja del coche y sí, es Jerry Prescott; he hecho una búsqueda exhaustiva de información en Internet (podría decirse que he sido un pelín obsesiva), así que puedo afirmarlo con total certeza.

Le dice algo al Desconocido Tatuado y le da una palmadita en el hombro, en plan «Eh, amigo, ¿qué tal?». Todos los hombres forman parte de un gran club del pene. Uy, mala elección de palabras por mi parte, porque lo que me viene ahora a la cabeza mientras miro al Desconocido Tatuado es «gran» y «pene»…

Me aparto de la ventana a base de fuerza de voluntad y, mientras yo me pongo a recolocar vasos de agua sobre la pequeña mesa, Melanie procede a narrar lo que ocurre:

—Van a entrar juntos; el más joven está levantando otra tortuga del suelo; se la enseña al más viejo, que se enfada; vienen por el camino; conversación intensa; le hinca un dedo en el pecho; ya no puedo verlos, pero están a punto de llegar a la puerta.

—¡Toc, toc! —Es Jerry Prescott anunciando su presencia desde el umbral antes de entrar, y yo me sobresalto a pesar de todo.

El Desconocido Tatuado, por su parte, se queda en el umbral de la puerta. En una mano tiene una tortuga de caparazón dorado pedaleando en el aire, en la otra sostiene la pesada mochila.

—Buenas tardes, señor Prescott. Encantada de conocerle, soy Ruthie Midona. —Serpenteo por el reducido espacio y le estrecho la mano—. Estoy al mando en ausencia de Sylvia Drummond.

Sueno atildada y anticuada, con mi rebeca y mis mocasines soy la viva imagen de toda una eficiente secretaria. ¡Ay, Dios! Todavía llevo las gafas de lectura colgadas al cuello, y seguramente no han pasado desapercibidas.

—Ah, ¡hola! —El tipo joven me saluda con familiaridad, como si fuéramos viejos amigos—. Anoche tuve un sueño muy interesante donde salíais tus gafas y tú.

Decido que no he oído eso.

—Y ella es Melanie Sasaki, mi ayudante temporal.

—Ruthie, Melanie, ¡un placer conoceros! —nos dice Jerry, antes de estrecharnos la mano enérgicamente. Es la versión madurita del típico guaperas alto y moreno, y tiene una sonrisa que debe de haberle costado una fortuna en el dentista—. Mi equipo me ha hablado mucho de ti en la oficina central, Ruthie. Eres mucho más joven de lo que esperaba.

—Sí, me lo dicen mucho.

El Desconocido Tatuado sonríe de oreja a oreja (otra dentadura que ha costado una fortuna). Le sostengo la mirada y le digo con firmeza:

—Ahora estoy ocupada, lo siento. —En otras palabras: «Lárgate de aquí».

—Es Theodore, mi hijo. —Jerry se gira hacia él—. Ven, preséntate.

—Hola, soy el hijo de este hombre. El Prescott pequeño e inexperto.

Su padre le mira ceñudo al oír semejante tontería.

—Aunque solo fuera por una vez, ¿podrías tomarte algo en serio? ¡Suelta ya esa tortuga! —Se disculpa a toda prisa cuando Theodore sale a liberar a su cautiva—. ¡Cuánto lo siento!

Debo de haber cometido algún error garrafal, es la única explicación posible para esta visita. Repaso todo lo que recuerdo sobre el incidente de la gasolinera. Sí, fui cortante y maleducada con Theodore, pero hay que tener en cuenta que acababan de llamarme «vieja». Puede que las normas de la PDC prohíban prestarle dinero a un desconocido, ¿acaso le arañé la moto con el coche al marcharme?

Estoy despedida, eso es lo que pasa.

De una sola tacada, voy a quedarme sin trabajo y sin un techo bajo el que cobijarme. Y Theodore y su pelo están entrando de nuevo en la oficina en este preciso momento, justo a tiempo para presenciarlo.

—Tranquila —me dice al ver mi lenguaje corporal de víctima de asesinato—. No, Ruthie, no pasa nada, no te asustes.

—Perdón, todo esto es un poco irregular. —Jerry se ríe, pero es una risa falsa y exagerada que me hace pensar que también está nervioso—. Hemos pasado a ver cómo van las cosas por aquí, eso es todo.

—¿Quieren sentarse? —Señalo la pequeña mesa redonda. Cuando lleno los vasos de agua, Theodore agarra uno y me lo ofrece como si estuviera preocupado.

Melanie se sienta y, después de impulsar su silla con ruedas hacia la mesa a base de movimientos pélvicos, anuncia con naturalidad:

—Tomaré notas. —En una libreta con purpurina mientras come palomitas mentalmente.

Sus ojos marrones se dirigen hacia Theodore cada cinco segundos más o menos, va mirándolo por secciones hasta completar todo lo que hay a la vista. Resulta profundamente irritante, porque me gustaría poder hacer lo mismo.

—Ese me gusta. —Señala uno de los tatuajes que él tiene en el

41

brazo—. Es un dai-dōrō, ¿verdad? —Nos mira a Jerry y a mí—. Un farol de piedra japonés, son preciosos encendidos de noche.

—Este no se enciende por mucho que yo lo intente —bromea Theodore—. ¿Eres japonesa?

Melanie está encantada de hablar de este tema (o sea, de sí misma).

—Por parte de padre, él es de Kioto y mi madre le conoció cuando… —Se calla al notar mi mirada asesina—. Perdón, estoy divagando.

Mientras la veo anotar la fecha de hoy me viene a la cabeza un pensamiento de lo más raro: «No sabe que él tiene aquella rosa en la parte posterior del brazo, esa es mía. Y apuesto a que el farol de Theodore aguanta toda la noche encendido».

—Te preguntarás a qué viene todo esto —me dice Jerry.

—Creo que ya lo sé —contesto yo antes de sostenerle la mirada a su hijo por primera vez de forma prolongada, sin pestañear.

Theodore Prescott tiene:

- Unos ojos pardos.

- Unas pequitas de niño pequeño salpicándole la nariz.

- Un montón de empatía en el semblante, para ser un capullo insensible.

—Le has dado un susto de muerte, papá.

Aprovecho para explicarme.

—En la gasolinera me limité a hacer mi buena acción del día, nada más.

Jerry parece sorprendido y se vuelve hacia su hijo.

—¿A qué gasolinera se refiere? ¿Qué hiciste?

Su voz adopta el tono bajo y amenazante que usarías al ver a tu golden retriever cuando acaba de volcar una maceta de casa. Pero está claro que Theodore está acostumbrado; siguiendo con la analogía del golden retriever, su reacción podría describirse de la siguiente manera: sonrisa tontorrona, meneo de colita.

Debo de ser una persona caritativa, porque intento salvarle el pellejo.

—Fui a echarle gasolina al coche de unas residentes. Pensé que quizás, desde el punto de vista del seguro, no tendría que haber conducido un coche ajeno.

Theodore no me permite asumir la responsabilidad.

—Yo estaba metido en un apuro, me vio por casualidad y me prestó veinte pavos para gasolina. Papá, tienes ante ti a mi buena samaritana.

Ahora ya puedo leer la palabra que tiene tatuada en los nudillos de la mano izquierda: *TAKE*.

—¡No puedes pedir dinero a desconocidos, Teddy! —exclama Jerry, horrorizado—. Tendrías que haberme llamado antes, ¿y si llega a verte alguien que sabe que eres un Prescott?

—Teddy[1]. —Melanie pronuncia el nombre con infantil fascinación, lo anota en su libreta y lo repite como si se tratara de un hechizo mágico—. Teddy Prescott.

—¿No tengo pinta de Teddy? —Me mira con ojos chispeantes, la pregunta está dirigida a mí. Dudo mucho que este hombre sea capaz de aguantar serio ni medio minuto. Insiste con voz suave—. ¿Qué opinas?

¿Tiene pinta de Teddy?

—Eh…

De hecho, ahora mismo hay un osito de peluche llamado Teddy en mi habitación, lo tengo desde niña. Ambos tienen mucha experiencia en lo que a estar sentado en la cama de una chica se refiere y ojos brillantes. Son creaciones adorables hechas para que una las abrace y se las encuentre entre las sábanas a la mañana siguiente. El brillo de sus ojos se intensifica; está mordiéndose el labio, conteniendo la risa. Yo me aparto unos mechones de pelo de la cara y noto lo caliente que tengo la mejilla por el rubor.

Le responde Melanie, quien nunca duda en dar su opinión con sinceridad.

—Teddy suena absurdo, eres demasiado mayorcito para ese nombre. Theo sería una buena alternativa, ¿qué te parece?

Qué equivocada está. Ante semejante alternativa, llego a la conclusión de que «Teddy» le va que ni pintado.

—Es mi osito desde niño —interviene Jerry, haciendo que su hijo

---

[1] N. de la E.: «Teddy» significa «osito de peluche»..

adulto se muera de vergüenza. Es un verdadero placer presenciar este momento—. Pero sí, ahora ya está muy mayor para muchas cosas. Ya es hora de que se corte el pelo.

Melanie anota «osito = pequeño Teddy», y ahora soy yo quien está intentando contener la risa.

—Pero a las chicas les encanta mi pelo largo.

Melanie y yo quedaríamos cegadas si se soltara ese moño, pero me fastidia que él sea consciente de ello; al ver que me mira fugazmente, como de forma instintiva, me doy cuenta de que quiere saber si estoy de acuerdo con lo que ha dicho. Está jugando conmigo. ¿Soy Teddy?, ¿soy irresistible? Suelto un bufido y enderezo bien la espalda contra el respaldo de mi silla.

Jerry sigue hablando como si no hubiera oído a su hijo.

—La verdad es que apenas le he prestado atención a este sitio desde que lo compré, he estado centrado en otro proyecto.

—Yo acabo de enterarme de que la PDC compró Providence, de verdad que no tenía ni idea —me explica Teddy.

Estar sentado en tu moto sin querer llamar a tu padre, que es millonario y propietario de tantísimas cosas…, menudo melodrama. Miro de nuevo hacia su mochila.

Jerry debe de haberse dado cuenta de que tanto Melanie como yo estamos preocupadas, porque dice con voz jovial:

—No os preocupéis, no he decidido todavía lo que vamos a hacer con este lugar.

Ah, ¿ese es el resumen que voy a enviarle por correo electrónico a Sylvia? ¿Que por el momento no va a venir ninguna excavadora?

—Vale. Bueno, qué bien. —Apenas me sale un hilo de voz, ¿no puedo hablar más alto y claro? ¡Se supone que estoy a cargo de Providence!

Teddy suelta un suspiro.

—¿Por qué no puedes dejar las cosas tal y como están? A mí me parece que este sitio está bien.

—La vida es cambio —afirma Jerry. Da la impresión de que es una frase que repite con frecuencia—. Si quisiera estar sentado en un despacho y limitarme a comprar y vender, lo haría. Me gusta ir al lugar, verlo in situ. —Da una enérgica palmada sobre la mesa—. Hablar con la gente, generar cambios positivos, darles una nueva vida a las cosas. Que haya algo que me importe. Deberías intentarlo.

Teddy lo mira con los ojos encendidos de indignación y aprieta la mandíbula.

—Sabes que hay algo que me importa mucho —le espeta a su padre con aspereza.

—Sí, claro, la última gran idea que se te ha ocurrido…

Jerry se interrumpe al ver la mirada que le lanza su hijo. Qué lástima. Yo estaba en el borde de la silla, deseando enterarme del motivo de que Teddy se enfade así en este preciso momento. Decido que es aconsejable que haya un cambio de tema.

—Me he mantenido al tanto de las adquisiciones que ha hecho, señor Prescott.

Él me mira sorprendido.

—¿Ah, sí? Y tutéame, por favor.

Tras él, Teddy exhala profundamente y me lanza una mirada de agradecimiento.

—Ese viejo campo de golf debe de ser todo un desafío, ¿es difícil conseguir mano de obra? A mí ya me cuesta lo mío conseguir que los de mantenimiento vengan hasta aquí.

Jerry asiente, se le ve asombrado.

—¡Sí, tienes toda la razón! ¡Es una pesadilla!

—Tú no soportas el golf —le dice Teddy con cinismo.

—Va a ser un balneario con sesenta y cinco cabinas independientes; equitación, senderismo, meditación…, lo típico. Tiene más sentido crear alojamiento y puestos de trabajo que intentar resucitar esas calles de golf. —Jerry mira a su hijo—. Podrías venir a verlo.

Su heredero no pica el anzuelo.

—Uy, sí, estoy deseándolo. Me vendría bien una limpieza de cutis.

—¡Lo que necesitas es un lugar de residencia!

Vuelvo a meter baza. No sé qué me pasa con Teddy, pero me he convertido en su escudo humano.

—Puedo imprimirle un resumen con nuestro nivel de ocupación y nuestra situación financiera, con los datos actualizados de este lunes a las ocho de la mañana.

—¿Tú serías capaz de hacer algo así, Teddy? ¿Podrías manejar las cuentas de una propiedad? ¿Sabes usar algún programa informático de gestión contable?

—¡Pues claro que no! Pero no me hace falta, ¡Alistair se encarga de todo eso! —Se va enfadando cada vez más. Está que echa chispas, unas chispas de un negro azulado que crepitan a su alrededor.

—¿Te parece que eso es justo para él? Si vas a abrir un negocio, tendrás que aprender. —Jerry se siente satisfecho con la solidez de su propio argumento. Dirige la mirada hacia mí—. No, Ruthie, no hace falta. Me basta con los informes periódicos que envías a la empresa.

Necesito impresionarle de alguna forma.

—Ya sé que huelga decir esto, pero trabajamos duro para asegurarnos de que Providence conserve la reputación que tiene.

—Mi hijo no está al tanto de la reputación de este sitio, ¿podrías dar una pequeña explicación?

Detecto en Jerry el ligero tufillo de alguien que intenta salvar las apariencias, me da la impresión de que no se acuerda de por qué añadió Providence a su colección de adquisiciones. Me pongo en plan de folleto informativo.

—Desde su construcción a finales de los años sesenta, Providence ha figurado siempre entre los diez mejores complejos para jubilados del país. Nos sentimos orgullosos del ambiente acogedor y eficiente que creamos. En esta zona hay un dicho: «¡Ojalá pueda ir a vivir a Providence cuando me jubile!». Dicen que este lugar es lo máximo a lo que se puede aspirar.

—Y tú vives aquí, ¿verdad? —me pregunta Jerry, que en realidad no ha prestado atención alguna a mi explicación.

—Sí, forma parte de mi contrato. Hay una vivienda que se dividió en dos unidades independientes, solían usarse para alojar a empleados de vigilancia y de mantenimiento. Estoy aquí las veinticuatro horas del día, siete días a la semana, dispuesta a ayudar a los residentes.

—¿Por cuánto tiempo?

La pregunta de Teddy me sorprende, a lo mejor resulta que no es muy inteligente que digamos. Es una lástima, la verdad, porque la belleza es efímera.

—Perdona, no te entiendo. Estoy aquí día y noche. —Me quito la rebeca, tengo calor.

—No, que cuánto tiempo llevas viviendo aquí las veinticuatro horas del día, siete días a la semana.

—Ah. Desde que me contrataron, seis años.

Teddy se queda tan pasmado como cuando me di la vuelta en la gasolinera y se dio cuenta de que no era una ancianita.

—¿Sales alguna vez para ir a algún sitio?

—Me encanta trabajar para Providence. Voy a ver a mis padres cuando tengo vacaciones, y voy a la gasolinera. —Esto último lo añado con cierta sequedad—. Da igual a dónde vaya, lo que importa es que estoy siempre aquí.

—Eso me parece una verdadera…

Jerry mira de soslayo a su hijo para silenciarlo y toma la palabra.

—A mí me parece que eso es ser una persona verdaderamente comprometida a largo plazo con un trabajo; alguien que eligió una profesión y se ha mantenido fiel a su decisión, que no se deja deslumbrar por la primera novedad que se le pone por delante.

—¡Ese no es el caso! Te lo demostraré cuando abramos —protesta Teddy.

—Claro, ya lo veremos. —Jerry me mira esbozando una sonrisa—. No suelo conocer a gente tan dedicada como tú, Ruthie. Cuando alguien solo trabaja por el cheque de final de mes, me doy cuenta enseguida.

Estoy encantada con semejante elogio; por otra parte, tengo sentimientos encontrados porque ha herido a su hijo al tratarlo como si estuviera diciendo bobadas.

—Gracias. Me encanta este lugar, ¿queréis que hagamos un pequeño recorrido para que lo veáis?

—Terry necesita un lugar donde vivir uno o dos meses, sus compañeros de piso le han echado y no le quedan más sofás a los que recurrir. No daría buena imagen que un Prescott durmiera en una caja de cartón, ocupará la otra unidad de tu vivienda.

—Huele un poco a cerrado. —Me da un vuelco el estómago por la sorpresa, ¡vamos a estar pared con pared!

—Voy a dejarlo aquí un par de meses, el tiempo suficiente para que se recupere del bache y gane algo de dinero. Encauza bien tu vida, Teddy. Ruthie, ¿podrías darme las llaves? Subamos caminando hasta la casa. Podrías preparársela un poco, dar un repaso con el plumero.

Esta mañana, los de la PDC ni se acordaban de nosotros. Pero Jerry se ha acordado de nuestra existencia al acudir al rescate del pobrecito de su hijo, que perdió su billetera, y ahora resulta que tengo que limpiar.

—Sí, por supuesto. —Consigo decirlo con voz ecuánime.

Teddy debe de verlo como una afrenta a mi persona, porque protesta con indignación.

—¡Puedo limpiarla yo mismo!

Alarga la mano para que le entregue la llave…, pero su padre también lo hace, y yo tengo claro quién es mi jefe.

Una vez que la tiene en su poder, Jerry mira a su hijo y le dice con firmeza:

—Mientras vivas aquí, vas a ayudar con la administración.

Yo mantengo una mirada neutral, en mis ojos no puede reflejarse lo profunda y desesperadamente que me opongo a semejante idea.

—Ella no quiere que lo haga.

Las palabras de Teddy me sorprenden, ¿acaso soy un libro abierto para él? Qué posibilidad tan aterradora.

—¡Claro que quiere! —le espeta Jerry—. Yo creo que aprender aquí será una buena forma de despertar tu interés en nuestro negocio. Puedes adaptarlo a tu última iniciativa comercial si quieres. —Esto último no ha sonado muy convincente, la verdad.

Teddy suspira con exasperación.

—No soy promotor inmobiliario. Soy tatuador, no trabajaré nunca en la PDC.

Ah, esta es la explicación de tanto tatuaje. ¿Motos, tatuajes, va a su aire, no le preocupa lo más mínimo si tendrá para comer o un lugar donde dormir…? Con razón no deja de mirarme como si fuera microscópica.

Jerry mira a Melanie con cara de estar sopesando las posibilidades.

—¿Has firmado un contrato?

Yo me encargo de responder por ella.

—Sí, de dos meses, y ya le he enseñado cómo se trabaja aquí. Hay una empresa que se ocupa del mantenimiento, y también tenemos jardinero. Está todo cubierto.

No estoy dispuesta a tener al hijo del jefe sentado frente a mí, holgazaneando y rellenando cuestionarios en Internet durante ocho horas al día. Para eso ya tengo a Mel, quien en este momento está mirándome con cara de agradecimiento.

—¿Hay algo más que se pueda hacer por aquí?, ¿alguna tarea de la que pueda encargarse él? —Jerry vuelve a centrarse en mí como un láser, está empeñado en conseguir tachar la casilla de la columna que tiene asignada al «Proyecto Teddy»—. Ruthie, acabas de comentar que fuiste a ponerle gasolina al coche de una residente. Eso es una tarea, ¿verdad?

Me parece que los engranajes de mi cerebro están yendo demasiado lentos, será por el estrés. Recuerdo a duras penas mi propio nombre, ni siquiera alcanzo a respirar hondo.

Le doy vueltas a la situación. Un trabajo para Teddy, ¿qué podría hacer...?

—Era el coche de las Parloni, necesitan mucha ayuda —interviene Melanie, en un amable intento de aportar algo de utilidad—. Un momento... —Me mira pensativa, sus engranajes van más rápidos que los míos—. Están buscando un asistente, Teddy puede trabajar para ellas.

En la gasolinera, cuando Teddy Prescott se partió de risa ante todos y cada uno de los elementos de mi vestimenta, me sentí pequeña y ridícula. Ha llegado el momento de tomarme una pequeña revancha.

—¡Perfecto! Bien hecho, Mel. Teddy, ¿quieres ver el anuncio del puesto de trabajo? Básicamente, se trata de conducir el coche, hacer recados y limpiar. —También será la experiencia más extraña y humillante de toda su vida.

—¡Perfecto! —exclama Jerry. Se le ve muy complacido, yo diría que también está disfrutando del sabor de la revancha.

Teddy, por su parte, está mirándome con suspicacia porque estoy regodeándome con malévola satisfacción.

—Me parece que esas señoras deberían entrevistarme primero, no quiero recibir un trato especial.

Su padre no puede llevarle la contraria en eso.

—Pon tu mejor empeño. Iré a dar un paseo, siempre es un placer visitar una de nuestras propiedades. —Cuando sale al camino y se da la vuelta, me doy cuenta de que tiene el mismo perfil que su hijo.

Yo preferiría que no se fuera a recorrer el lugar sin mí, porque se le va a ocurrir más de una idea, lo tengo más que claro; al fin y al cabo, la vida es cambio, ¿no? Pero tengo que hacerle entender lo importante que es este sitio, y tengo que poder decirle a Sylvia que lo he intentado con todas mis fuerzas.

Salgo tras él de forma impulsiva.

—¿Señor Prescott...? Perdón, es decir..., Jerry. ¿Quieres que te acompañe?

—Prefiero que vayas a la entrevista con Teddy. Soy consciente de que quieres saber lo que va a pasar con tu puesto de trabajo. —Se le ve exhausto mientras mira hacia arriba—. Ni siquiera me acuerdo de cuándo adquirimos este sitio.

—Eres una persona ocupada.

—Demasiado. Rose, mi hija, está lista para asumir más responsabilidad, así que voy a pedirle que lleve a cabo una evaluación completa de Providence y que le recomiende a la junta cómo proceder. Le diré que te llame. —Parece complacido con esta solución.

—Le facilitaré toda la información que ella me pida.

Ya sé que hará falta algo más que unos informes para convencerles de que dejen Providence tal y como está. ¿Cuándo podría tener la oportunidad de mostrar el impacto que tenemos en nuestros residentes?, ¿cómo puedo lograr que esa gente se enamore de este sitio?

—No sé si te gustaría venir a la fiesta de Navidad de este año, yo me encargo de recaudar fondos para organizarla y nos lo pasamos muy bien. Es una fiesta temática, y... En fin, es un gran ejemplo de lo que hacemos en este lugar.

A Jerry le gusta la idea.

—Mándale la información a mi asistente, vendré si estoy libre. Por lo que dices, debe de ser divertido. —Echa a andar camino arriba—. Envíale una invitación a Rose también, por favor. Tiene que aprender a salir del despacho, a tratar con la gente. Dudo mucho que Teddy siga aquí para entonces, pero, hasta que se vaya, ¿podrías echarle un ojo y ayudarle a instalarse?

Yo no tengo más remedio que asentir.

—Sí, por supuesto.

5

Vuelvo a entrar en la oficina, donde Mel y Teddy están congeniando a las mil maravillas. Llamo por teléfono a las Parloni y, cuando descuelgan por fin, oigo la tele a todo volumen.

—¿Qué? ¿Quién ha muerto?

Renata grita tan fuerte que la oye incluso Teddy, que está esperando de pie.

—Tengo un chico nuevo aquí, dispuesto a hacer una entrevista.

Aplicar la palabra «chico» a semejante ejemplar masculino es de risa; por otra parte, ha venido acompañado de su padre como un crío dispuesto a repartir periódicos con la bici.

—Yo creía que nos iba a cambiar los pañales una enfermera, ¡estaba a punto de empezar a mearme encima! ¿Cómo es?

La oigo masticar.

—¿En qué categoría está?

Lo que quiere saber es si el candidato es:

- Un gótico pasota.

- Un descerebrado con monopatín.

- Una reinona.

- Un músico sin talento.

- Un joven idealista.

• Muchas otras categorías de las que no me acuerdo en este momento porque un hombre guapo está mirándome como si yo fuera interesante.

¿Que en qué categoría está? Yo solo sé que sus ojos me recuerdan a las tortugas de caparazón dorado: una mezcla de marrón, verde y amarillo. Una rareza, algo que tan solo se encuentra aquí. Mi mirada recorre la manga de su camiseta y, antes de darme cuenta, baja por ese antebrazo hasta la muñeca. Me muero de ganas de ver más partes de este arte viviente tan perfectamente ejecutado. Bajo mi atenta mirada, flexiona la mano como si acabara de tocarle…

—Está en la categoría de los tatuados —alcanzo a decir sin apenas aliento.

—Eso no es más que una subcategoría, ya lo sabes —contesta Renata.

—Es hijo del propietario de Providence, va a vivir una temporada en la otra unidad de mi vivienda. Será muy conveniente, podrá subir a su casa en un momento cuando le necesiten.

Renata grita de alegría.

—Mi último jovencito va a ser un niño rico, ¡he estado entrenándome para esto! —Hace una pequeña pausa—. Espera, ¿has dicho que es el hijo del jefe? ¿Voy a tener que portarme bien con este? —Es la primera vez que se para a pensar en cómo pueden afectarme sus caprichitos.

—No quiere recibir un trato especial, háganle la entrevista de costumbre. —Apenas puedo disimular mi regocijo.

—Voy a hacer el Desafío de la Blusa Blanca, lo tengo muy olvidado. Envíanoslo. Uy, no sé qué ropa ponerme… —Me cuelga sin más.

—Vale, nos vemos ahora —contesto, con el tono de fin de llamada sonando a través del teléfono, antes de colgar también—. Vamos.

—¿Puedo ir? —Melanie se pertrecha con su libreta.

—Tienes que quedarte por si suena el teléfono. —Espero mientras vuelve en su silla con ruedas hasta su mesa, se sienta con actitud mohína—. Por cierto, no hacía falta que tomaras notas.

—Solo estaba copiándote, siempre estás haciendo listas. —Mira hacia Teddy—. En fin, espero que consigas el trabajo. Estaría bien tener por aquí a alguien joven con quien hablar.

Él me lanza una fugaz mirada antes de contestar.

—Me parece que soy mayor que Ruthie.

Melanie se da cuenta de cómo han sonado sus palabras e intenta disimular actuando con desparpajo.

—Me refería a que habrá tres personas jóvenes, se da por entendido. Oye, ¿has oído hablar del Método Sasaki? Pues claro que no, porque lo he inventado yo.

—Solo por el nombre, ya suena de lo más fiable. —Se le ve interesado y sonriente, y se inclina un poco hacia delante para juguetear con los cachivaches que ella tiene sobre la mesa—. Espero que no sea una estafa piramidal, no tengo dinero y soy muy crédulo. Bueno, ¿sabes qué? ¡Me apunto!

—No le cuentes lo del Método Sasaki —le advierto.

Teddy agarra la libreta y lee lo que Melanie ha anotado.

—¿Osito? ¡Tierra, trágame! —Lo tacha con un bolígrafo antes de seguir leyendo—. «Corte de pelo»; «glorioso pelazo»; «limpieza de cutis en campo de golf». Es un buen resumen, buen trabajo. Espera, no entiendo lo que quiere decir esto de «Advertirle de nuevo a Ruthie que este no es para ella».

—Nada, solo quiero asegurarme de que mi jefa no quede deslumbrada por el pelo.

Teddy me mira y se acaricia la cabeza con la punta de los dedos mientras me sostiene la mirada. «Disimula, Ruthie. Finge indiferencia, mantente firme».

Sin una pizca de vergüenza tan siquiera, me sonríe y tacha la línea donde pone lo de «advertirme». Melanie, mientras tanto, no se ha dado cuenta de lo que pasa y sigue como si nada.

—En Providence tenemos un problema de exigencia. Hay que determinar el nivel de exigencia de Ruthie, alto o bajo, para ponerlo en el perfil que usará para buscar pareja. ¿Qué opinas tú?

—¿Un perfil para buscar pareja? —Se traba un poco con eso, pero se recupera y finge observarme con atención—. Espera, déjame pensar...

Genial, dos empleados graciosillos. El hecho de ser el blanco de algunas bromitas puede resultar gracioso al principio, pero, después de pasar toda la infancia y la adolescencia escuchando que si «Qué cruz de Ruth» o «Ruth la Sincera, la hija del reverendo», mi paciencia está muy, pero que muy desgastada.

—Con el Método Sasaki, me aseguraré de que Ruthie…

—Ya basta, Melanie. Ponte a trabajar, por favor.

Mi tono de voz bastaría para hacer que un golden retriever se hiciera pis encima, pero ella no se molesta.

—¡Entendido! —Mira a Teddy—. Espero que no fueras tú quien hirió sus sentimientos.

Él se gira hacia mí con cara de sorpresa, pero yo me limito a salir de la oficina; aun así, oigo que contesta a Melanie con lo que parece un sincero pesar.

—Me pasa a veces, me han dicho que puedo ser un capullo desconsiderado.

—Limítate a no repetirlo si no quieres que te liquide —le advierte ella con voz acerada.

—¡Venga, tienes una entrevista! —le grito, con el corazón rebosante de malévolo regocijo. Espero que Renata Parloni haga pedacitos a este candidato.

Subo la colina poco menos que a la carrera, pero Teddy sigue mi ritmo como si nada.

—Menuda fauna hay por aquí, ¿no?

En el camino hay dos tortugas de caparazón dorado. Apareándose. A ver, me alegro por la especie, pero… en fin. Tengo tanta prisa por darles algo de privacidad que choco contra Teddy, reboto y me estampo contra un seto; él me sujeta el brazo para que no me caiga, nos quedamos parados y nos miramos cara a cara.

—Ten cuidado.

Me lo advierte como si fuera yo la visitante que no conoce este lugar; como si no hubiera estado aquí trabajando sin parar, preservando la inversión que ha hecho su familia. Ahora sí que estoy cabreada. Providence estaba lejos del punto de mira, habíamos quedado en el olvido, y ahora resulta que Jerry Prescott está allí, al otro lado del lago, haciendo fotos y delegando y haciendo nuevos planes.

—Puede que estén jugando. —Teddy señala hacia las tortugas, que siguen entregadas a la pasión—. A lo mejor no es lo que nosotros pensamos. —Quiere que bromee con él.

—Las que tienen ese tono amarillo en el caparazón son tortugas de caparazón dorado, están en peligro de extinción. No pises ninguna, por favor. No quiero tener que recoger el cadáver y lidiar con el papeleo. —«Tú ni siquiera serías capaz de encontrar la carpeta con los formularios correspondientes, chaval».

Teddy baja la mirada hacia la oficina y admite con un suspiro:

—Me parece que es lo más humillante que he tenido que aguantar, ¡me han llamado osito! —Gime mortificado al recordarlo—. ¡Oye! ¿Qué es eso que vislumbro en tu cara?, ¿es una sonrisita? ¿Te parece gracioso? —Me aprieta con delicadeza el brazo, todavía no lo ha soltado.

¿Cómo explico lo que siento en este momento?, ¿un ligero pánico? ¿Es eso lo que significa esta sensación como de hormigueo que tengo dentro?

Él nota mi reacción y cruza los brazos lentamente contra el pecho como si yo fuera un animalito asustado, le veo bien los nudillos y resulta que en los de la mano derecha tiene tatuado *GIVE*. Ay, Dios… Tiene tatuado *GIVE* y *TAKE*[2] en las manos y, no sé por qué, pero ese dato hace que me cueste articular alguna palabra coherente.

—Ya sé que mi padre te ha puesto en una situación muy difícil y me disculpo por ello. Te prometo que me largaré de aquí en cuanto ahorre dinero suficiente, solo serán un par de meses. Oye, menudo lugar tenéis aquí, ¿no?

—Es un lugar muy especial. Venga, vamos.

—Vale, espera, deja que lo vea bien. —No tiene ninguna prisa, como de costumbre.

Providence es un complejo construido alrededor de un lago natural alimentado por arroyuelos que descienden por la empinada colina que tenemos a nuestra derecha. El bosque, profundo y frondoso, no es bueno para practicar senderismo ni para irte de pícnic con una manta y perderte en ensoñaciones (sí, he intentado ambas cosas), porque entre esos árboles solo hay mosquitos y boñigas de Pies Grandes. Las tortugas pasean con parsimonia por los márgenes del lago, unos

---

[2] N. de la T.: «Dar y tomar», «dar y recibir».

márgenes que en primavera están salpicados de cimbreantes campanillas y tulipanes blancos que planté yo misma.

Pero Teddy no está contemplando las vistas; su atención está puesta en las viviendas del complejo.

—Al ver estas casas siento como si tuviera algo en la punta de la lengua, como una especie de *déjà vu*. —Pasa por encima de las tortugas copuladoras y echa a andar con semblante pensativo—. Puede que soñara con este sitio. —Dirige la mirada hacia las gafas que cuelgan contra mi pecho—. He tenido muchos sueños últimamente.

—No lo dudo. —Cuanto más seca soy con él, más amplia es su sonrisa. Señalo hacia las casas con un gesto—. Una vez que te diga el nombre, entenderás la razón.

Se detiene delante de la primera casa (es el n.º 1, la de la señora Allison Tuckmire) y se pone un puño bajo la barbilla. Está mono cuando piensa, debería hacerlo más a menudo.

—Dame una pista, ¿estilo arquitectónico?

—¿Te interesa la arquitectura?

—Bueno, me gustan los diseños.

Sí, eso me lo suponía; al fin y al cabo, tiene un montón por todo el cuerpo.

—Neocolonial. Las columnas dobles a ambos lados de la puerta, los arcos sobre las ventanas, las contraventanas y el tejado de pizarra. Antes ya te di una pista con mi explicación en plan folleto informativo, este lugar se construyó a finales de los años sesenta.

Teddy se gira hacia mí y me pide con tono quejicoso:

—No lo aguanto más, ¡desembucha!

—Graceland.

Abre los ojos como platos al oír esa palabra y exclama, maravillado de verdad:

—¡Graceland! ¡Sí, en Graceland hubo una camada de gatitos!

Es una descripción tan perfecta que no puedo evitar echarme a reír.

—El arquitecto que diseñó Providence se llamaba Herbert St. Ives y era un gran fan de Elvis, aquí tenemos cuarenta gatitos en total. —Indico con un gesto la gran superficie de casas situadas alrededor del lago—. En otros tiempos, este era un lugar extremadamente moderno y glamuroso. Ahora, digamos que... —a ver, cómo puedo decirlo para que suene bien—... lo preservamos lo mejor que podemos.

Él se frota la nuca, se le ve contrito.

—Perdona si herí tus sentimientos en la gasolinera, sufro de incontinencia verbal incurable. Es que me dejo llevar, y tú encendiste demasiado mi imaginación. Pero eso es culpa mía, no tuya. Lo siento.

El mero hecho de haber podido «encender» algo en él me deja boquiabierta. Nos miramos en silencio y me doy cuenta de que la parte que más me habría gustado escuchar, lo de «La verdad es que no se te ve nada avejentada», no va a salir de sus labios.

—Supongo que toda la gente que vive aquí está forrada de dinero —dice al final, como si no pudiera seguir soportando el silencio.

He oído distintas versiones de esa frase por parte de muchos candidatos al puesto de asistente de las Parloni, muchísimos. Escudos de Protección de los Residentes activados.

—Por aquí —me limito a decir, antes de echar a andar de nuevo.

Empiezo a darme cuenta de que hay hombres que pueden hacer que una sea intensamente consciente de su... virilidad, me siento como si estuviera siguiéndome un tiranosaurio. El granito del pavimento cruje de forma audible bajo sus botas; su sombra se extiende frente a nosotros y eclipsa a la mía; y no sé cómo es posible percibir de forma tangible el interés que despiertas en alguien, pero siento que el coletero que me sujeta el moño se me ha aflojado y que las medias se me han bajado de la cintura unos centímetros.

—¿Puedo preguntar cuáles serán mis obligaciones? —me lo dice con esa voz tan masculina, tan profunda y ronca.

—Creo que será mejor que se lo preguntes a las Parloni durante la entrevista. —Esquivo la pregunta y, al mismo tiempo, a una tortuga—. Ellas van a ser tus jefas, no yo.

—Pero haría todo lo que tú me pidieras. —No sé por qué, pero la forma en que lo dice me acalora a más no poder; al ver que no respondo, sigue hablando con su voz normal—. Ni siquiera vas a darme una pista de lo que me espera.

—Quiero ver cómo te desenvuelves al estar bajo presión.

Él alarga la zancada para ponerse a mi altura.

—No te preocupes, mi especialidad es hacer que la gente me adore en cuanto llego a un lugar.

—¿Tu porcentaje de éxito es del cien por cien?

Esperaba que respondiera con una sonrisa de oreja a oreja y alguna fanfarronada, pero en vez de eso se le ve inquieto. Se le ha caído por un momento esa máscara de confianza en sí mismo que lleva puesta, a lo mejor está pensando en su padre.

—Tú también te manejas bien bajo presión —afirma, al darse cuenta de que estoy observándolo—. Ya sé que debe de haber sido estresante que papá se presente de buenas a primeras.

Me arreglo bien la ropa antes de llamar al timbre de las Parloni.

—Va a pedirle a tu hermana Rose que haga una evaluación de Providence.

—Joder, lo siento. Ya puedes ir haciendo las maletas.

Al ver que respira hondo y exhala el aire, me queda claro que está nervioso. Lo que pasa es que es un buen actor.

La puerta la abre Aggie, que viste un elegante traje de chaqueta en tonos grises. Los sofás y las señoras mayores adineradas son los únicos a los que les queda bien ese grueso tejido *jacquard*.

—Renata está eligiendo una nueva vestimenta. Bienvenido, joven. Me ocupo de las presentaciones.

—Theodore Prescott, te presento a Agatha Parloni.

—Teddy —me corrige él, sonriente. Se estrechan la mano con firmeza, con actitud formal—. Es un placer conocerla, señora Parloni.

—Llámame Aggie. Por aquí, joven. ¿Vas a estar durante la entrevista, Ruthie? —añade, al ver la libreta que llevo en la mano.

—Sí, si les parece bien.

Entro tras ellos en la casa, que está un poco desordenada: contra el respaldo del sofá tienen ropa metida en bolsas de la tintorería, están apiladas en una montañita de algo más de un metro de altura; la encimera vuelve a estar cubierta de tazas a pesar de que ayer mismo por la noche les puse el lavaplatos, echando chispas por haber pagado veinte dólares a cambio de que un tipo se riera de mí en la gasolinera. Recordarlo me pone mala, ¡no pienso ayudarle a partir de aquí!

—Hay un poco de desorden —Aggie exhala un suspiro pesaroso—. ¿Te ha costado encontrar Providence?

—No. Y Ruthie ha tenido la amabilidad de acompañarme hasta aquí arriba.

Aggie contesta con una pequeña sonrisa, completamente ajena al hecho de que en este momento estoy soñando con algún tipo de humillación ritual.

—Así es ella, tan atenta y amable…

—Y bastante estirada.

El comentario acaba de hacerlo Renata a nuestra espalda, qué lujo recibir una clase magistral sobre cómo hacer una entrada en el momento justo. Y, de paso, nos obsequia con un desfile de moda al caminar hacia nosotros.

—¡Qué verde! —exclama Teddy, impactado.

Va vestida de ese color de pies a cabeza. El atuendo lo componen unos pantalones muy anchos, una blusa de seda, una riñonera incrustada de pedrería y una visera ribeteada con la palabra «MONEY», unas relucientes manoletinas y, para acabar de rematar, la peluca de color verde esmeralda a la que ella llama «el Piscis». El maquillaje que se ha puesto se vería desde la última fila de un teatro de Broadway; según ella, lo de maquillarse con sutileza es para «la juventud que tiene tiempo de sobra».

Es posible que se sienta complacida por haber dejado boquiabierto a Teddy, pero lo disimula y se limita a pasar junto a él como quien rodea una nevera que acaba de traer el repartidor.

—¿Modelo y fabricante de este?

Aggie suspira al verla actuar con tanta teatralidad.

—Teddy Prescott, ella es Renata Parloni.

—Suéltate ese pelo, Rapunzel.

Teddy obedece, y vivimos en directo uno de esos momentos de los anuncios de champú en plan «lustrosa melena sacudiéndose en todo su esplendor».

—Menuda peluca saldría con semejante pelo, ¿te plantearías vendérmelo? —le pregunta Renata.

—Lo siento, no soy nada sin él.

—Tenía que intentarlo. ¿Te lo cortas de vez en cuando?

—Mi hermana Daisy le da un repaso en Navidad en el patio trasero de la casa. Solo confío en ella, las demás me raparían al cero. —Lo sujeta con la mano para sentirse reconfortado.

—Te pagaría una buena suma de dinero, piénsatelo —insiste Renata, que no está dispuesta a ceder tan fácilmente.

Las cosas han tenido un comienzo bastante raro, como de costumbre. Aggie carraspea un poco y toma la iniciativa.

—Vamos a sentarnos a la salita.

La orientación de la salita en cuestión hace que el sol entre a raudales por las ventanas; una vez allí, Renata evita sentarse bajo el haz de cálida luz amarilla y dice, con cara de pocos amigos:

—Es la zona que menos me gusta de la casa; si fuera por mí, cerraríamos las contraventanas de forma permanente.

—Pero no lo vamos a hacer.

Aggie lo dice con voz templada, sin inmutarse, y es ahí cuando me doy cuenta de que en la dinámica que hay entre ellas hay un factor que se me había escapado: Renata es tan ruidosa como una bocina y nada sutil, pero la que manda es Aggie.

—Teddy Prescott, tu primera tarea será asegurarte de que la luz del sol no toque nunca mi piel —dice Renata una vez que estamos sentados—. Vosotros dos no sabéis valorar lo que tenéis: ¡PIEL!

Menudo susto. Teddy y yo damos un respingo, los dos bajamos la mirada hacia nuestros respectivos torsos. Pero Renata no ha terminado aún y añade con un tono de voz que da repelús:

—Una preciosa piel joven.

—¿Voy a terminar en el fondo de un pozo, echándome loción? —le pregunta Teddy.

—Lo que hagas en tu tiempo libre no es asunto mío. ¡Oh!, ¡déjame ver! —Se refiere a los tatuajes que él tiene en los nudillos—. *GIVE* y *TAKE*, dar y tomar. ¿Eres zurdo o diestro?

—Zurdo.

—Ah, entonces admites que tomas más de lo que das.

Renata está empleando una táctica que he presenciado en numerosas ocasiones: una argumentación enrevesada basada en la percepción que el candidato tiene de sí mismo. Tenemos sesenta segundos escasos de reloj.

—Depende de con quién esté —contesta Teddy.

—Explícate —le exige ella con firmeza.

—Si estoy en el fondo del pozo, a solas con la loción…, pues sí. Si no estoy solo, entonces combino sin duda ambas cosas.

Esos ojos multicolor suyos dirigen la mirada hacia mí, a lo mejor quiere ver cómo reacciono ante la dirección más bien atrevida que están tomando sus respuestas. Se da cuenta de que me resulta divertido, y en su mirada aparece un brillo travieso.

—¡Punto para Teddy! —Aggie se encarga de arbitrar el encuentro.

—Aquí tenemos un verdadero lienzo en blanco. —Renata me agarra la muñeca, me desabrocha el puño de la camisa y me sube la manga—. Podríamos llevarla a que se haga un tatuaje, lo pago yo. A ver, ¿qué podría quedarle bien…? ¡Ah, ya sé! Una gran Virgen María.

Tiene una fuerza sorprendente, inhalo al notar la presión creciente de sus uñas.

—¡Ay!

—¿Esa es la primera pregunta de la entrevista? ¿Quieren saber cuál es el tatuaje que yo, un tatuador titulado, le haría a Ruthie? —Es la primera vez que se le ve realmente incómodo—. El que ella me pidiera. Suéltela, por favor.

Su voz ha bajado hasta alcanzar ese registro peculiar que usan los hombres cuando quieren que se haga lo que ellos dicen, y de inmediato. Nosotras tres recordamos de repente quién es.

Renata me suelta el brazo (al que le han quedado las marquitas con forma de medialuna de las uñas) e intercambia una larga mirada con Aggie, que permanece impasible. Se comunican así, sin necesidad de palabras, y me dice al fin:

—Oye, Ruthie, vamos a tener que inventar una nueva categoría, ¿verdad? —Esa es su disculpa.

—¿Podría enumerar alguna de las categorías que suelen usar? —le pide Teddy, como si no estuviera tratando con una persona rara—. Quizás pueda decirle en cuál de ellas encajo.

Renata empieza a enumerarlas contando con los dedos.

—Paleto de Campo; Niñito Perdido; Tonto de Remate; Falso Nieto, esos son los que esperan poder heredar.

—Defensor del Medio Ambiente… No usan desodorante.

—Yo sí que uso.

—¡Otro punto para Teddy! —anuncia Aggie—. A veces creo notar aún el tufillo de Matthew, y mira que han pasado años.

Yo intento unirme a la conversación.

—¿Artista Torturado? —Si estos diseños son suyos, tiene talento.

—Pues la verdad es que me siento un pelín torturado en este momento —admite él.

Renata mira por la ventana como si estuviera recordando a alguien especial.

—Mis preferidos han sido Fumetas Insomnes. De esos que pueden conseguirme un buen suministro, y después nos pasamos toda la noche charlando sobre cuál será el próximo famoso que va a palmarla.

—Fingiré no haber oído eso. —Debo de estar ablandándome. Será por el cálido sol del atardecer que me baña la espalda.

—Cuando eres tan vieja como yo, lo único que te queda para darle algo de sentido a tu vida es la hierba y la comida basura. Y el amor, claro. —Renata le da unas palmaditas en la mano a su hermana—. Ah, *je suis très romantique...* ¡Hazme un cumplido!, ¡rápido!

—Tiene una casa bonita.

Desde aquí hay unas vistas preciosas: terrenos bien cuidados alfombrados de césped y bordeados por setos de boj y, más allá, un bebedero para pájaros y una encorvada glicina.

—Tu intento ha sido aburrido, tienes un punto menos —se mofa Renata—. Si no tuviera un millón de años, estaría en mi viejo ático de Tribeca.

Por favor, que no empiece con la misma cantinela de siempre. Entorna ligeramente los ojos mientras mira fijamente a Teddy, la cosa no pinta demasiado bien para él.

—Me refería a que me hagas un cumplido a mí.

Teddy acepta el reto y se dispone a lograr un *home run*. Entorna los ojos para protegerse del sol, alza el bate... y dice, con toda la sinceridad del mundo:

—Nunca había conocido a una persona tan bien vestida como usted.

—Ah —Renata baja la mirada para echarse un vistazo—, ¿te refieres a esta ropita? —Baja la mano por su delgadísimo muslo como si fuera una mascota a la que adora, en sus labios se dibuja una sonrisa—. ¿Este viejo par de pantalones *palazzo* de la colección Crucero de 2016 de Dior?, ¿esta blusa *vintage* de Balenciaga? —Mira a Aggie, que está empezando a adormilarse en la cálida salita, y afirma con toda naturalidad—: Es bastante bueno, eso han sido diez puntos.

—¿Qué clase de tareas tendré que hacer? —se limita a preguntar Teddy, sin vanagloriarse de su triunfo.

Es Renata quien contesta.

—¿Sabes conducir? Es lo único que me importa. Una vez, un joven nos dijo que no conducía por el impacto ambiental. Lo que impactó fue mi pie contra su culo.

Él sonríe, la verdad es que tiene una sonrisa preciosa.

—Tengo una moto, pero me encantaría sacar a pasear su Rolls-Royce.

—Háblanos un poco más de ti mismo —le pide Aggie, que acaba de emerger del adormilamiento causado por el cálido solecito que entra por las ventanas.

—¿Cuánto mides? —pregunta Renata al mismo tiempo.

Me gustaría saber por qué a las señoras mayores les obsesiona tanto saber la altura de los chicos jóvenes.

—Tengo veintisiete años, mido metro noventa. Como ya he dicho, soy tatuador titulado, pero también he trabajado de repartidor.

Aggie lo mira pensativa.

—¿Por qué no estás trabajando de lo tuyo?

—A lo mejor intento encontrar algún trabajo por cuenta propia. Me dedicaría a eso de noche, para que no interfiriera.

—Somos muy exigentes —interrumpe Renata—. Quiero que siempre estés disponible para recoger cosas o hacer de chófer. Hay que llevar mucha ropa a la tintorería. No sé por qué a los chicos jóvenes les cuesta tanto hacer un trabajo así. Tendrás que ir a por flores, y a por *pizza*, y reservar mesa en los restaurantes… A ver, ¿qué más…? —Me mira a mí.

—Mantenimiento, limpieza, la colada, hacer cumplidos de forma espontánea. —Es un puesto que abarca muchas cosas y que se basa en tragarse tanto la ira como el orgullo—. Salir corriendo a comprar aperitivos y ayudarlas a comprar por Internet son dos tareas que harás muy a menudo.

—También sé cocinar un poco —dice él.

No deja de mirarme cada dos por tres, a lo mejor cree que voy a preguntarle algo. ¿Acaso soy su mantita de apego? Pongo mi libreta en la esquina de la mesa, y procuro taparla un poco con la mano para que él no pueda leer lo que estoy escribiendo:

- Tatuador/Repartidor.

- 27 años, metro noventa. Pelazo.

- Sabe cocinar; cumplidos sinceros.

También he llevado la cuenta de cuántos puntos ha ganado y cuántos se le han restado. Melanie tenía razón al suponer que me vendría bien que alguien tomara notas durante la entrevista, podemos añadir «Bastante estirada» a mi perfil para buscar pareja.

Me paso la mano por el pelo para ver si algún mechón se está aflojando y reprimo un bostezo, aprieto un par de veces los labios para redistribuir el protector labial. ¿Por qué se han callado todos? Alzo la mirada… Teddy todavía no ha apartado los ojos de mí, y las hermanas están observando cómo me observa.

—Está muy guapa sentada bajo ese haz de luz, ¿verdad? —le pregunta Aggie, sonriente.

Él aparta los ojos de mí sobresaltado. Mi propia reacción me sorprende. Vaya, ¿así se siente una cuando alguien se fija en ella durante un largo momento? Es como tocar un cable eléctrico y sufrir una descarga.

—Aguas mansas, profundas son —añade Renata—. Es algo que suele decirse, ¿sabes lo que significa?

—Ahora sí. Sí, me parece que ahora lo entiendo. —Teddy vuelve a hablar con esa sinceridad tangible.

Justo cuando empiezan a arderme las mejillas por la vergüenza, Aggie interviene y me salva.

—Supongo que este trabajo será un peldaño que te servirá para retomar lo de los tatuajes. —Es la Santa Patrona de los Piadosos Cambios de Tema, esta noche le pongo una vela.

—Uno de mis amigos va a montar un segundo estudio de tatuajes en Fairchild y quiero invertir en el negocio, yo me encargaría de manejar ese local. Pero necesito el dinero para Navidad; si no lo tengo, le venderá las acciones a otra persona. —Sus ojos vuelven a dirigirse hacia mí como de forma instintiva, y sus siguientes palabras reflejan humildad—. Bueno, ese es el plan al menos.

Ya sé que su padre no parecía demasiado convencido de que esté tomándose en serio esa iniciativa, pero… a ver, las cosas como son: estamos hablando de una persona que sería capaz de vender hielo en medio de una tormenta de nieve. Si Teddy aunase su encanto y su empeño, podría lograr todo lo que se propusiera. Me apresuro a contestar antes de que Renata pueda hundirle, le encanta burlarse de las metas y los sueños poco sofisticados.

—Pues claro que lo conseguirás, Teddy.

A él le sorprende ver que lo digo con tanta certeza.

—No he estado nunca en Fairchild, ¿está muy lejos?

Es Aggie quien lo pregunta. Las tres estamos intentando calcular ya si la despedida será definitiva cuando él se vaya…, y la respuesta poco menos que confirma que así será.

—A cinco horas de aquí —dice él—. Es una ciudad muy bonita, la verdad es que se parece mucho a este lugar. Pero lo mejor de todo es que no hay ningún estudio de tatuajes, estuve informándome de cara al estudio de viabilidad. Hay un campus universitario y una base de entrenamiento militar, y para tatuarse pierden horas yendo y viniendo en coche.

Me da la impresión de que está más implicado en esto de lo que dejó entrever en un principio, y la percepción que tengo de él cambia un poco.

—¿Por qué no le pides a tu papi que te dé el dinero sin más? —le dice Renata con voz edulcorada. A decir verdad, es la pregunta que me habría gustado poder hacer—. Que te dé un adelanto de tu herencia. Sácale partido, campeón.

—Estoy bastante seguro de que no hay herencia.

—¿Eres el único hijo? —Teddy asiente, pero se le ve muy incómodo. Estoy a punto de intervenir cuando Renata añade—: Lo más probable es que recibas un pastón tarde o temprano.

—Tengo cuatro hermanas que están a la cola. En cualquier caso, ni acepto dinero de mi padre ni él me lo da. Así son las cosas, nada de dinero.

—Bueno, Teddy conseguirá su estudio de tatuajes —afirma Aggie—. ¿Tú tienes alguna meta, Ruthie?

Me habla con ese tono pausado y amable que la gente suele emplear al preguntarle a los preescolares lo que quieren ser de mayores.

De niña tenía un improvisado uniforme de veterinaria hecho a partir de unas camisas viejas de mi padre, además de un gato atigrado de peluche cuyas patas delanteras quedaron peladas por culpa de mi empeño en vendarlo una y otra vez. Aggie me lo ha preguntado por mera cortesía y no soy yo quien está haciendo la entrevista de trabajo, pero siento el impulso de contestar de todos modos.

—Espero poder…

Me dispongo a explicar lo de la jubilación de Sylvia y mis aspiraciones a ocupar el puesto de directora administrativa (son más realistas), pero Renata me interrumpe como si yo no existiera.

—Bueno, llegó el momento del apartado práctico de tu entrevista.

—Vale —contesta Teddy.

Me mira instintivamente, pero Renata le espeta con sequedad:

—Tienes que arreglártelas solo, ¡sin pistas ni ayuditas! Por eso me han enfurecido desde siempre los chicos jóvenes, utilizan a muchachas competentes como parche para su propia ineptitud. —Está enfadándose mucho—. En los inicios de nuestra vida laboral, éramos como burras a las que los hombres del despacho cargaban de trabajo. Pero eso se terminó para siempre, ¡ahora eres tú el burro de carga!

—Sí, por supuesto. Perdón. —Se le ve realmente contrito—. ¡Hiaaa, hiaaa!

—Aquí tienes trescientos dólares, ve a comprarme una blusa. Veamos lo listo que eres, burrito. Tienes una hora a partir de ya. —Renata estampa el dinero sobre la mesa—. Ruthie, sesenta minutos, por favor.

—Hace mucho que no hace esta prueba —me comenta Aggie.

Me acerco al horno y pongo el temporizador; viendo lo tarde que es, dudo mucho que Teddy pueda conseguirlo. El pánico y un malévolo regocijo van ganando fuerza en mi interior.

—¿Se me permite hacer alguna pregunta sobre el tipo de blusa? —pregunta él. Si le ha sorprendido la tarea encomendada, la verdad es que lo disimula bien. Está mirando el temporizador y programa su móvil.

Aggie sacude la cabeza ante su intento de obtener algo de información.

—Claro que no, jovencito. Esfuérzate todo lo que puedas. —El brillo de sus ojos revela que está divirtiéndose de lo lindo y, por un instante, tengo la impresión de que es tan manipuladora como su hermana—. Es lo único que puedes hacer.

Teddy mira hacia los terrenos; técnicamente, su padre es el dueño de todo lo que está enmarcado más allá de esa ventana, así que esta es una tarea degradante para alguien que ostenta el apellido Prescott. Va a decirle que se meta el trabajo donde le quepa, que se buscará otro.

—Está chupado.

Mientras le oímos alejarse corriendo, Renata suelta una exclamación de puro entusiasmo y las tres nos miramos con una sonrisa enorme. Es todo un placer hacer que un chico salga corriendo como si su vida dependiera de ello. Y así, sin más, sin importar lo que Teddy traiga o deje de traer de la tienda, tengo la total certeza de que ha conseguido el trabajo.

6

Quien me vea con la ropa de lana que suelo usar durante el día jamás sospecharía siquiera que, una vez concluida mi jornada laboral, acostumbro a pasar un rato desnuda.

Mi rutina consiste en cerrar todas las cortinas, desnudarme y pasear por la casa durante unos minutos antes de bañarme. Es un hábito que surgió de forma casual, no tuvo nada de pervertido: llevaba seis meses viviendo aquí cuando, un día, tuve que ir desnuda a por una de las toallas que tenía en el cesto de la ropa limpia; pasé por la sala de estar, y en ese preciso momento me di cuenta de que tengo mi propia casa y puedo hacer lo que me plazca. Desde entonces soy adicta a esa sensación de frescor por todo el cuerpo, pero voy a tener que permanecer vestida mientras Teddy esté viviendo en Providence.

Cómo es la vida, ¿no? Qué increíble. Igual te despiertas por la mañana como de costumbre, y resulta que tu existencia entera ha cambiado para cuando te acuestas esa noche.

Después de que la cocina de esta enorme casa se incendiara a mediados de los ochenta, construyeron una pared divisoria justo en medio para crear dos viviendas independientes, y en este momento oigo a mi nuevo vecino yendo de acá para allá en su nuevo hogar: un estornudo, la puerta de un armario cerrándose de golpe, una súbita palabrota, unos suaves sollozos fingidos.

Tengo la valerosa determinación de mantener mi rutina diaria. Haré lo mismo de cada noche, solo que con este cálido hormigueo tan novedoso en el estómago. Después de poner a precalentar el horno, voy al cuarto de baño y enciendo la hilera de velas que tengo a lo largo del borde posterior de la bañera. Echo un poco de espuma de baño y me suelto el moño.

El correo electrónico que le he mandado a Sylvia me ha dejado exhausta, era imposible conseguir el tono que quería transmitir: un *Hola, ¿cómo estás?* sumado a un *No te asustes, pero...* y a algún que otro *Tengo un mal presentimiento.* Pasé cerca de una hora borrando y reescribiendo y debatiéndome conmigo misma para redactar un mensaje de tres párrafos, así que necesito con urgencia darme un relajante baño.

Justo cuando pongo la mano en el primer botón de mi blusa para desabrocharlo oigo que llaman a la puerta. Voy a abrir y me encuentro cara a cara con Teddy.

—Perdona que te moleste —dice él.

Todavía tengo la mano en el botón, lo tengo a medio desabrochar y salta a la vista que me disponía a desnudarme. Siento una punzada de pánico, apenas le conozco y bajo esta luz tan tenue parece un vampiro de dientes afilados que me mira con un brillo de interés en los ojos.

Él se da cuenta de mi reacción y se apresura a retroceder un poco y a darse la vuelta.

—Puedo volver más tarde —me dice.

—No, no te preocupes. ¿Qué quieres? —Abrocho bien el botón. Y el de encima, que nunca me abrocho, por si acaso. Como una tortuga con su caparazón.

—¿Dónde está el calentador de agua?

—Compartimos uno. Perdona, no había pensado en eso. —Apenas me he alejado unos pasos cuando me doy cuenta de que no me sigue, y me acuerdo de que los vampiros no pueden entrar en una casa a menos que se les invite a ello—. Eh... Adelante, pasa.

Él echa una pausada mirada alrededor después de entrar.

—Me encanta el empapelado de la pared. Es una reproducción de un diseño de Morris, ¿verdad?

No hay duda de que le interesa el mundo del diseño.

—Sí, se llama Blackthorn. Empapelé las paredes yo misma.

Fui comprando un rollo al mes con mi sueldo durante todo un año, aunque Sylvia decía que era una tontería decorar algo que ni siquiera me pertenece. Pero yo me he cobijado en este oscuro bosque repleto de flores, y me alegro de haberlo hecho. En especial ahora.

Teddy saca su móvil y empieza a hacer fotos de algunos detalles y secciones.

—Me recuerda a las guardas de un libro de cuentos. —Pasa la mano por la pared, y juro de verdad que siento cómo su palma se desliza por mi espalda—. Hiciste un trabajo perfecto, Ruthie. Qué bien alineado está el estampado.

Los dedos donde tiene el tatuaje que significa «tomar» ascienden por la fina línea donde se juntan dos de las hojas de papel, y partes de mi cuerpo que habían quedado en el olvido reaccionan tensándose.

El empapelado liga más que yo.

—Gracias. ¿Te gustan las flores?

—Los compañeros del estudio se burlan de mí, pero tengo verdadera predilección por ellas. Me encanta hacer tatuajes florales. —Resopla con teatral emoción—. ¿Puedo cubrirme el cuerpo entero con tus paredes?

Me pregunto lo que se sentirá al poder decir lo primero que se te venga a la cabeza, por muy chocante que suene.

—Haz lo que quieras.

Me siento frustrada conmigo misma porque no se me ocurre una respuesta más ingeniosa, y eso hace que mi voz suene algo tensa. Pero él lo malinterpreta y cree que estoy expresando desaprobación.

—Perdona, parece que siempre digo estupideces cuando hablo contigo.

Le conduzco hasta el cuarto de la plancha, y olvidamos el tema.

—Sabía que tendrías una etiquetadora —comenta—. Oye, ¿qué se supone que hay en este cuarto? No lo veo.

—El calentador de agua.

—¿Dónde está?

Es un viejísimo tambor metálico que ocupa la mitad del espacio y es más alto que yo. Alzo la mirada hacia él, a lo mejor es una persona muy poco observadora…, y entonces veo el brillo de diversión en su mirada.

—¡Ah, ahí está! —dice, en tono de broma—. ¿Por qué no lo etiquetaste, Ruthie?

Una bromita a mis expensas, qué bien. Son mis preferidas.

—Hay una palanca bastante grande en la parte de atrás, voy a…

Todavía no he terminado la frase y él ya está arrodillado y buscando la palanca con la mano.

—Ya está —dice, al cabo de un momento.

—Vaya. ¿No te ha costado moverla?

—No, para nada. —Se pone de nuevo en pie y se limpia la palma de la mano en la rodilla. Lo de tener bíceps y unas manos grandes debe de ser bastante útil.

—Ahora ya puedes darte un baño con agua caliente.

—¿Un baño?

Mira de soslayo hacia mi cuarto de baño, donde el grifo está soltando litros y litros del agua que ahora compartimos. ¿Los hombres acostumbran a bañarse? Estoy dándole vueltas a esa incógnita cuando él añade:

—Pues no se me había ocurrido, pero puede que lo haga.

—Intentaré no gastar toda el agua —le digo mientras voy al cuarto de baño a cerrar el grifo.

—No cambies tu rutina por mí, yo mataría por tener una —contesta él tras de mí.

Tiene gracia, justo eso es lo que estaba diciéndome a mí misma antes de que él apareciera e interrumpiera esa rutina. Se apoya en el marco de la puerta y se frota la cara.

—Deduzco que has tenido una vida un poco desestructurada últimamente.

—Qué forma tan elegante de decirlo, «desestructurada». —Titubea por un instante, pero entonces da la impresión de que decide hablar con sinceridad—. ¿Tenías que acostarte a una hora determinada cuando eras pequeña?, ¿tus padres eran estrictos? —Al verme asentir, admite—: Yo quiero una etiquetadora, pero me parece que ya es demasiado tarde para mí.

—No, no lo es. —Quiero que recupere su sonrisa—. Puedo imponerte una hora de dormir, si eso te ayuda en algo.

Me observa en silencio, después recorre el cuarto de baño con la mirada como catalogando lo que ve y, finalmente, sus ojos vuelven a posarse en mí. No sé, a lo mejor le resulta extraño verme fuera del contexto de una oficina. El titilante brillo de las velas se refleja en sus ojos, su oscuro cabello le envuelve como una capa y me vienen a la mente anticuadas ilustraciones del diablo. Me pregunto qué dirían mis padres si supieran que estoy a solas con este hombre, seguro que se pondrían a rezar.

Debería estar asustada, sentirme poco segura, pero no es así ni mucho menos.

—Las Parloni te han dado el trabajo, ¿verdad?

—Sí.

—¿Qué blusa has comprado?

—He ido a la tienda de ropa de segunda mano que hay en Martin Street y he encontrado una de estilo retro, yo creo que debió de pertenecer a alguna niña. La cuestión es que me ha parecido de su talla. Es de color crema y no estaba seguro de si me serviría, quería llamarte y hacer trampa. —Esboza una gran sonrisa y el brillo de las velas se intensifica (sí, es difícil de creer, pero es la pura verdad). Y entonces añade con voz aterciopelada—: ¿Me das tu número?

Es un error de novata darle tu número de teléfono a un asistente de las Parloni.

—La verdad es que esa es mi tienda favorita. ¿Quién te ha atendido?, ¿un chico joven?

Sus cejas descienden de golpe.

—Sí. ¿Tiene tu número?

—No, no lo tiene. Ese es Kurt. Aparta prendas de mi talla que cree que podrían gustarme, pero por regla general no acierta ni de lejos. Suele elegir unas falditas muy cortas. —Mi actual largo de falda, tobillero, está en el extremo opuesto.

—Ya, no lo dudo —dice, con ojos relampagueantes, antes de seguir catalogando el cuarto de baño con la mirada. Una vez que ya no le quedan más cosas por ver, me observa con atención durante un largo momento—. Tienes un pelo precioso.

Me lo toco de forma instintiva.

—Voy a hacerme un tratamiento de queratina, podría decirse que me siento inspirada.

Mi sutil cumplido pasa desapercibido.

—¡Cómo sois las mujeres! No sé cómo lidiáis con tantos tratamientos y cuidados especiales, en realidad no hace falta complicarse tanto. —Se pasa la mano por su propio pelo.

—Apuesto a que tú invertiste más tiempo en esos que yo en mis tratamientos capilares. —Indico con un gesto sus tatuajes.

Él encoge un hombro para admitir que tengo razón.

—Cuéntame lo que pasó con otros aspirantes que pasaron por el Desafío de la Blusa Blanca.

El baño está caldeándose demasiado, cada inhalación está preñada de vapor y fragancia. Estoy empañándome como un espejo.

—Hubo algunos que perdieron tiempo yendo a sitios como Gucci o Chanel.

Sigue apoyado en el marco de la puerta, y al salir del baño paso apretujada por el estrecho espacio que queda libre. Huele como una dulce bolsita de té, ¡qué desquiciantemente agradable! Él sale junto a mí, con lo que alarga aún más nuestra claustrofóbica cercanía.

—¿Ir a Gucci es una pérdida de tiempo?

—Es como una pregunta con trampa, allí no encontrarás nunca una blusa que solo valga trescientos dólares. Es un error que ha llevado a más de un joven aspirante al filo del abismo. —Cruzo la sala de estar y enciendo varias lámparas—. Algunos van a Target; otros se quedan con el dinero y no regresan. Tú lo has hecho bien. —No tengo más remedio que admitirlo, aunque sea a regañadientes—. Yo también iría a por alguna prenda de estilo retro.

—No, si la blusa le ha parecido horrible. Mañana por la mañana, mi primera tarea será enterrarla en el jardín «A un metro de profundidad como mínimo», según sus palabras textuales. Me parece que lo ha dicho en serio.

—Sí, eso te lo garantizo.

—Aunque no he acertado con el estilo de la prenda, creo que Renata ha valorado mi creatividad a la hora de lidiar con el problema y los 298 dólares de cambio que le he devuelto. —Se detiene en la puerta de mi dormitorio y se lleva las manos a las caderas—. No me hagas caso, tú a lo tuyo. Es que soy una persona muy curiosa. ¡El dormitorio de Ruthie Midona! —Esto último lo dice con una fascinación totalmente inmerecida.

Como le vea cruzar ese umbral, aunque solo sea con la punta del pie, lo agarro del cogote y lo saco de aquí.

—No deberías mirar sin recibir permiso antes, podría estar… desordenado.

Él hace un ruidito suave, en plan «¡No digas tonterías!».

—Ya me ha quedado claro que eres una persona muy pulcra. Me encanta ver el dormitorio de una mujer, saco mucha información.

—Sí, no lo dudo —lo digo con tanta acritud que se echa a reír—. Venga, búrlate de mí, dime lo aburrida que soy. —Cuando ves que se van a reír de ti, te adelantas y tomas el control. Es una técnica avanzada.

—Eres muy, pero que muy interesante. —Está siendo totalmente sincero, no debo olvidar que esa es su técnica de contraataque—. Siempre se te ve muy preocupada, relájate. Te saldrá una arruga, tranquila.

Tengo claro que tiene algún motivo ulterior para estar aquí charlando conmigo, y que dicho motivo no tiene nada que ver con lo interesante que soy. Si esto fuera la secundaria, sospecharía que necesita ayuda para entregar un trabajo mañana. Prefiero llevarme la decepción cuanto antes que alargar la agonía.

—Mira cuántas cestas tengo encima del armario, están todas etiquetadas. Con mi etiquetadora.

—¡Qué sexi! —Se estremece como si hubiese visto un fantasma. ¡Qué teatrero!

—Sí, muchísimo.

Mi dormitorio siempre me ha parecido mono y acogedor, pero supongo que a él le resultará muy infantil. Miro hacia mi cama y una oleada de calor empieza a subirme por el cuello.

Él mira también hacia allí… y saluda al viejo oso de peluche que tengo sobre las sábanas.

—¡Hola, amiguito! ¿Qué tal estás? Yo soy Teddy, ¿quién eres tú? —Me mira de soslayo y su sonrisa provoca una reacción en cierta parte de mi cuerpo. Una que está en la zona baja—. Dime que se llama como yo creo que se llama, te lo pido por favor.

Sobrevivo a duras penas a esa voz y a esos ojos, y miento con dignidad.

—Se llama Rupert.

Él no se lo traga.

—Sí, claro. Bueno, dime, ¿quién ve este dormitorio?

Qué pregunta tan rara.

—No sé a qué te refieres, soy la única que lo ve. Bueno, y ahora tú. —Sonríe de oreja a oreja al oír eso, y aparta el hombro del marco de la puerta—. Muévete, Teddy. Mi baño me espera.

—Tengo un problemilla.

Su mano aferra la puerta y veo esos nudillos… *TAKE,* «tomar». Justo a tiempo, va a quedar revelado por qué no tiene prisa por marcharse.

—Ya me lo contarás mañana por la mañana. —Empiezo a despegarle la mano de la puerta, dedo a dedo. T, A, K…

—No tengo ropa de cama. Ni toallas, ni… Bueno, no tengo nada aparte de mi ropa. Ni siquiera una simple pastilla de jabón o una vela aromática. Me parece que necesito ayuda.

Quizás debería ser hospitalaria con el hijo del jefe.

—Seguro que hay algo en tus armarios, vamos a echar un vistazo.

Le sigo hasta su nuevo hogar, y la verdad es que no puede decirse que sea demasiado acogedor. Hace frío, huele a humedad y apenas hay muebles. Vale, lo admito, ahora me siento fatal por él.

—Aquí está el termostato, pero no sé si funciona.

—Tiene el encanto de una base soviética para ensayos de misiles, ¿podrías ser mi decoradora de interiores? —Me da un amistoso golpecito en el hombro con el suyo—. Tengo un presupuesto limitado, pero tú puedes obrar milagros.

—Lo siento, pero en este momento no acepto clientes nuevos.

—Preferiría mil veces estar ahí —señala con la cabeza hacia la pared que compartimos—, contigo.

Mi corazón se desprende de la caja torácica, se me sale del pecho y se pone a dar saltos por el suelo. Justo cuando intento atraparlo, él añade sonriente:

—¡Es broma!, ¡es broma! Solo te quiero por tu tele.

Traducción: «No confundas las cosas, tontita».

—Yo juraría que aquí había un juego de sábanas —digo al abrir un armario. Ni siquiera hay un rollo de papel higiénico, son tiempos muy difíciles.

—Ruthie…

Lo dice tras de mí con esa voz ronca y persuasiva. Vuelvo a sentir como si una mano me bajara por la espalda, igual que antes cuando lo del empapelado de las paredes, pero en realidad no me ha puesto ni un dedo encima.

—¿Podrías darme tu contraseña del wifi?

—Ni lo sueñes, Theodore. —Tengo que ser un poco dura con este gato callejero si no quiero tenerlo maullando en mi puerta toda la noche—. El supermercado está abierto todavía, así que ya puedes ir corriendo.

Y ahora resulta que me mira con una sonrisa resplandeciente, una sonrisa especial de dientes perfectos. Y no sé cómo, pero, cuanto más tiempo me quedo mirándole, más se intensifica el resplandor.

Parpadea y el campo de fuerza se atenúa un poco.

—¿Qué pasa? —me pregunta.

—¡Estás intentando deslumbrarme! —Me siento satisfecha al ver que se siente avergonzado y me esquiva la mirada—. Supongo que tus poderes mágicos te funcionarán a menudo con las chicas, pero conmigo no van a servirte de nada. —Bueno, eso espero.

Regreso a mi casa y él se cuela tras de mí antes de que la puerta se cierre.

—¡Qué calorcito hace aquí! —Se frota las manos como si acabara de salir de una ventisca, sus mejillas sonrosadas contribuyen a completar esa imagen—. Me sentaré un ratito. —Y ahora está en mi sofá, abriendo una revista de salud—. A ver… Candidiasis. ¿Qué es eso? A ver, aquí pone algo de unos hongos… —Hay unos agónicos segundos de silencio en los que sus ojos recorren la página, y entonces dice con conmiseración—: Madre mía, qué aguante tan increíble tienen las mujeres.

—No voy a bañarme mientras estés aquí sentado —alcanzo a decir al fin.

—¿Por qué no?

Mira el horno, que sigue precalentándose. Está cavilando cómo conseguir una invitación a cenar. Le da unas palmaditas al mando de la tele, se acomoda contra los cojines y suspira.

—¡Estoy en el cielo!

—No te conozco. —Y la puerta del cuarto de baño no tiene cerrojo.

—Pues yo siento que te conozco desde siempre.

Resistirse a la franqueza con la que lo dice requiere un esfuerzo hercúleo, pero, como dice Renata, he estado entrenándome para esto.

Cuando él se marche para siempre, recordaré lo bonito que fue este momento; al fin y al cabo, las amistades que florecen espontáneamente, al instante, no aparecen con frecuencia en mi vida. Todas las personas que han necesitado de mi ayuda han terminado por esfumarse sin pensárselo dos veces. Las sábanas del sofá cama que tienen mis padres en el sótano se han cambiado para albergar a otro necesitado; los habitantes de Providence se mudan al cielo; los chicos de las Parloni se largan hechos una furia; el contrato de Melanie finalizará; Sylvia no me ha enviado ni una postal.

—Vete a tu casa. —La tristeza me constriñe la garganta.

Él exhala un gran suspiro.

—Bueno, date prisa y báñate ya para que pueda volver a venir y tú puedas ir conociéndome mejor.

Como si fuera de lo más razonable decirle algo así a tu nueva vecina (una completa desconocida), se marcha sin más (con mi revista) y cierra la puerta principal tras de sí.

Desnudarme ahora me resulta incómodo, pero hay que perseverar. Me meto en la bañera y espero a que el calorcito vaya calándome los músculos y relajándome. El airado mensaje que voy a recibir de Sylvia en respuesta a mis explicaciones sobre lo que ha ocurrido hoy me parece cada vez más distante, aquí estoy a salvo. Voy derritiéndome cual sonrosado malvavisco, hasta la última gota del estrés que he acarreado durante la jornada se ha evaporado…

—Ruthie.

Me incorporo como un resorte, el agua rebosa por el borde de la bañera en una oleada y una vela se apaga. Me cubro con los brazos de arriba abajo. Ya sé que él no está aquí, pero no puedo evitar el impulso de mirar a mi alrededor para asegurarme.

—¿Qué pasa? —le pregunto.

Su voz se oye con claridad cristalina a través de la pared.

—Me siento solo.

Menos mal que no sabe que he sonreído al oír eso, solo serviría para alentarlo.

—Lárgate, Teddy, estoy bañándome.

—Joder, qué paredes tan finas. Vamos a tener que hacer un horario para usar el baño por turnos, padezco un trastorno médico que me impide cagar si está oyéndome una chica guapa. —Desde su lado de la pared se oye un chirrido sordo en la bañera.

Me quedo boquiabierta, alzo la mirada al techo y se me escapa una blasfemia.

—¡Madre de Dios! —Me sale en voz tan alta que el Creador en persona va a llamar a mi padre: «Reverendo Midona, debemos hablar de su hija».

¡Un momento! ¿Teddy acaba de llamarme «chica guapa»?

—Oye, solo acabo de sentarme en mi bañera vacía y estoy totalmente vestido, así que no pienses mal. —Está sonriendo, se lo noto en la voz—. No tengo ninguno de los lujos que tú estás disfrutando en este momento. Nada de tratamientos de queroseno para el pelo ni nada parecido.

—Intenta que tu monólogo interior se quede ahí, en tu interior. —Yo también estoy sonriendo—. Apuesto a que has usado jabón de manos para lavarte el pelo.

—Pues sí, ¿tan obvio es? No me merezco este increíble pelazo. —Hace una larga pausa, a lo mejor está esperando algún cumplido—. Tengo que comprarme un cepillo de dientes. —Otra pausa más que queda en suspenso durante una pequeña eternidad—. Ven conmigo para ayudarme a elegir uno. Tú eres pulcra, yo un desastre; ¡etiqueta mi vida!

No es la primera vez que un asistente nuevo de las Parloni me pide que le ayude en algo. Mi sonrisa se desvanece y recuerdo cómo Jerry Prescott intentó que me encargara de limpiarle la casa a Teddy.

—¿Vine a este mundo para trabajar de asistente?

—Ni siquiera sé cómo atinar con el tamaño de las sábanas que tengo que comprar. Le he enviado a mi hermana Daisy una foto del colchón, pero no tenía nada a mano como referencia para que viera el tamaño.

La palabra «tamaño» me hace pensar en plátanos y humectantes labiales. Me veo en la necesidad de echarme agua en la cara antes de contestar.

—¿Qué te ha dicho?

—¡Que se lo preguntara a algún adulto! —Emplea un tono de voz risueño y afectuoso al hablar de su hermana.

—¿La táctica de adorable niñito desvalido te funciona con todo el mundo?

—Con la mayoría.

Está sonriendo de oreja a oreja, lo tengo claro.

—.¿Has ido en moto alguna vez?

Sí, lo dice en serio.

—Lamento decir que doy la jornada por terminada.

La rutina de esta noche proseguirá según lo previsto: el temporizador del horno sonará, veré los capítulos de hoy de *Un regalo del cielo* y pasaré un rato leyendo los mensajes del foro; haré unos cuantos estiramientos, escribiré en mi diario y entonces me acurrucaré en la cama con mi adorable y viejo Ted... Rupert. Mi osito de la infancia, que se llama así. Rupert.

—Es bastante temprano para dar por terminado el día, son las seis y media.

—Eso es prácticamente de noche para Providence.

—Sabes que existe un mundo más allá de este lugar, ¿verdad?

Por cómo lo dice, me da la impresión de que ha procurado medir mucho sus palabras, pero ha puesto el dedo demasiado cerca de la llaga y siento una punzada de dolor.

—No tengo que darte explicaciones acerca de mi rutina, Total Desconocido.

Inhalo hondo y me deslizo hacia abajo hasta quedar totalmente sumergida en el agua, exhalando una burbuja tras otra; cuando emerjo de nuevo, le oigo decir:

—Somos vecinos, lo compartimos todo.

Agarro una pastilla de jabón que tengo en el estante y la observo con pesar. ¿Todo?

—No recuerdo para nada que eso formara parte del trato.

—¿Qué trato?

—¿Eh?

—¿Mi padre te ha dicho algo así como «Si consigues que mi osito se interese por el negocio familiar, te doy diez mil de los grandes de bonificación»?

La verdad es que imita bastante bien a su padre; por otro lado, me parece que le preocupa mi posible respuesta.

—¡Qué más quisiera yo! —Me echo agua sobre las rodillas para ver cómo la espuma va deslizándose hacia abajo. Espero a que conteste, pero no dice nada—. Es broma, nada de sobornos.

—Sí, mi chispeante compañía es compensación más que suficiente.

—¿Sabes lo que sí sería una buena compensación? Los veinte dólares que te presté.

—Ah, eso. Sí. —Le oigo moverse de nuevo en la bañera vacía. Una de dos: o está poniéndose más cómodo o está saliendo de ella—. Te pagaré en cuanto encuentre mi billetera, de verdad que sí. Lo que pasa es que el buen samaritano al que le toca ayudarme está tomándose su tiempo.

Debe de ser agradable depositar toda tu fe en el universo.

—¿Has cancelado tus tarjetas de crédito?

—Se cancelaron ellas solitas hace tiempo, Ruthie. —Gruñe algo así como «¡Joder-soy-un-desastre!» antes de añadir con voz normal—: ¿Has superado alguna vez el límite de tu crédito, doña Pulcra?

Qué pregunta tan absurda.

—Acepto todo tipo de métodos de pago: transferencia bancaria, PayPal, Venmo, Western Union, lingotes de oro, centavos. —Como veo que ni contesta ni se ríe, le pregunto con curiosidad—: ¿Tu padre es el dueño de este sitio y no tienes veinte pavos?

—Deja de sacar a colación lo que tiene mi padre, por favor. Él y yo somos dos personas distintas. Él tiene sus cosas, yo las mías.

Da la impresión de que Teddy no tiene nada, la verdad. Qué curioso, resulta que el hijo de un millonario es quien está haciéndome valorar los lujos que tengo: jabón y toallas.

—¿Por qué no estás trabajando en tu estudio de tatuaje?, ¿qué pasó?

—Alistair me dijo que no puedo volver hasta que compre mi participación en Fairchild. El total de mis acciones, al cien por cien. Fue uno de esos ultimátums en plan «Todo o nada», es la primera vez que lo veo tan cabreado. —Se queda callado.

Puedo notar su cambio de humor a través de la pared y mi agua se ha enfriado. Lo que él ha dicho es cierto, ahora somos de esa clase de vecinos que lo comparten todo.

—¿Todavía sigues ahí, Teddy?

—Ajá.

Intento imaginármelo ahí, tumbado en esa vieja bañera polvorienta.

—Voy a prepararte algo de cenar. Y tengo un cepillo de dientes de repuesto.

—No, me he dado cuenta de que ya has hecho más que suficiente por mí. Buenas noches, doña Pulcra.

¿Qué clase de persona se tatúa *TAKE* en su propia mano? Pues, por lo que parece, alguien que es sumamente consciente de que precisamente eso (tomar, recibir) es algo que suele hacer.

Cada vez que me he dado un baño he estado así, recostada, oyendo mi latido y el vaivén del agua contra los bordes de la bañera. Vuelvo a donde siempre he estado: flotando, completamente sola.

7

Cuando abro la puerta principal de mi casa por la mañana, me sorprendo al ver a Teddy desplomado sobre la mesa que hay en nuestro patio compartido.

—Buenos días.

—Hola —farfulla él, adormilado. Está dibujando algo en un cuaderno que cierra cuando me acerco, y entonces ve la taza que tengo en la mano—. ¡Gracias, Dios mío!

—¿Te apetece un poco de café, Theodore Prescott?

Entre su pelo revuelto distingo un ojo legañoso que parpadea.

—Me casaría contigo por un café.

Me muero de ganas de ir a por mi peine y encargarme de que esa maraña de pelo recupere su lustrosa perfección. Pero esa es su estrategia, ¿no? Está atrayendo a las hembras con su plumaje.

—No hace falta que me ofrezcas matrimonio. ¿Cómo lo tomas?

—Solo y con azúcar.

Cuando regreso, está dibujando de nuevo, pero vuelve a cerrar el cuaderno al verme. Estuve dándole muchas vueltas a la forma en que dio un paso atrás anoche, es importante que a partir de ahora se gane con su propio esfuerzo todo lo que quiera conseguir.

—Quiero un dibujo a cambio de este café. Nada de regalos gratis.

—Vale. —Abre el cuaderno por una página en blanco—. ¿Qué quieres que dibuje?

—Una tortuga. —Dejo la taza sobre la mesa.

—Eso me recuerda algo. —El bolígrafo toca el papel y traza una curva larga y plana—. Anoche hice algo terrible, estoy haciendo acopio de valor para contártelo.

Aguardo en silencio, pero no dice nada.

—¿Has pasado buena noche?

—Si mi Hada Vecina no me hubiera ayudado, habría llorado hasta deshidratarme. Así que muchas gracias.

—De nada.

Vale, voy a contar lo que pasó: procuré dejar que se las apañara solo. Terminé de bañarme, cené mi pollo a la Kiev con verduras, lavé los platos y pasé un rato aprobando a nuevos miembros del foro; salí linterna en mano a hacer mi ronda nocturna de seguridad, y completé con ello la lista de tareas que tengo anotada en el móvil.

Terminé el recorrido en el extremo oeste de la propiedad, como siempre, y allí me aferré con ambas manos a la valla metálica y estuve pendiente de si se oía el sonido de una moto. Probablemente parecía una presidiaria.

Para cuando estaba cepillándome los dientes, Teddy no había regresado aún y me sentí fatal por haber sido tan poco caritativa (y con el hijo del jefe, nada menos). Siendo como soy un Hada Vecina modélica, al final salí a dejar lo siguiente sobre la mesa del patio:

- Un juego de sábanas (con estampado de nubes).

- Una toalla y una esterilla de baño a juego.

- Una colcha.

- Un cepillo de dientes (rojo).

- Un rollo de papel higiénico.

- Una almohada extra que tengo en mi cama (lo que, por alguna extraña razón, es motivo de sonrojo).

—Tienes una cama de matrimonio. —Parezco una madre aleccionando a su hijo—. En fin, que te vaya bien el día con las Parloni. Seguro que lo haces genial.

—¡Espera! Anoche pasó algo horrible cuando subía andando desde el aparcamiento —me dice, al ver que me dispongo a irme—. Te llamé a la puerta, pero no contestaste. ¿Estabas dormida?

Se pasa una mano por el pelo negro azulado, que brilla como el ala de un cuervo. Exhala un gemido y alarga la mano para agarrar algo que tiene debajo de la mesa. Levanta el objeto en cuestión, y resulta ser una caja rota de pañuelos de papel que tiene en su interior una tortuga de caparazón dorado cuyo aspecto no es demasiado halagüeño.

—La pisé, y ahora vas a tener que cumplimentar un formulario.

—Me puse los auriculares.

Después de dejarle ese «kit de bienvenida» fuera, me entró de repente la paranoia de que pudiera interpretarlo como una muestra de amor, así que me cobijé en la cama con el portátil y vi mi capítulo de *Un regalo del cielo* con el volumen bien alto. Me esforcé demasiado en no oírle cuando volviera a casa.

—La llevé a la clínica veterinaria que tiene servicio de urgencias, pero lo único que hicieron fue estabilizarla con calmantes y decirme que debo acudir a un especialista en reptiles. —Da unos suaves toquecitos a una hoja de lechuga para acercarla a la cara de la tortuga, que no muestra ni el más mínimo interés—. Ay, ese crujido que hizo bajo mi pie… todavía puedo oírlo y notarlo.

Estoy segura de que nadie se ha sentido tan mal por pisar a una tortuga.

—Lo siento, Teddy. —Al ver que me mira consternado, añado a toda prisa—: No, no hay que avisar a un sacerdote todavía, podemos curarla.

Me viene bien ocuparme de una tarea manual, la verdad. Voy a por mi kit de herramientas, me pongo los guantes y sacamos a la maltrecha tortuga de la caja. Es pequeñita, del tamaño de una baraja de naipes.

—Bueno, puede mover las patas. Eso es buena señal.

—Sí, eso es lo que me dijeron anoche, pero mira aquí. —Indica el caparazón resquebrajado—. Aplicaron un gel para que no se infecte, pero no está arreglado. No tenían el instrumental necesario, ¡menos mal que vivo junto a una especialista en reptiles!

—Tengo algunos conocimientos, pero no soy una experta. —Examino la fisura con la mirada, e intento valorar el daño basándome en radiografías que he visto en otras ocasiones—. Hay que reparar el caparazón con resina, quizás haya que usar alambre en esta sección.

—¿Sabes hacer eso? —Me mira impresionado al verme asentir—. ¡Vaya, eres toda una veterinaria! ¿Es esa tu meta? Renata te interrumpió ayer en la entrevista.

Toma su bolígrafo para proseguir con el dibujo, y la tortuga va cobrando vida sobre el papel. Va uniendo líneas, rellenando y añadiendo textura… de forma similar, quizás, a cuando emplea una aguja de tatuar.

—Años atrás, cuando era pequeña, soñaba con ser veterinaria —le explico a la tortuga—. Pero ya no, claro. Ahora soy niñera. Parece ser que estas chiquitinas son valiosas en el mercado negro, es uno de los motivos por los que vivo aquí.

—Lo tienes todo montado como una profesional.

—Tan solo les proporciono un lugar donde descansar y recuperarse. —Me dirijo hacia un extremo de los recintos que he construido en el patio—. Creo que la número 44 tiene que ir al Zoo de Reptiles. Les enviaremos a esta también para que le hagan una radiografía y le reparen el caparazón, vienen a esta zona bastante a menudo y no nos cobran.

—Ojalá lo hubiera sabido antes de coquetear con la recepcionista del veterinario para que me hiciera un descuento. —Esboza una gran sonrisa al recordarlo.

Sus palabras me causan una punzada de dolor, pero también me inyectan un poco de resina en el corazón. Él es así, esta es su forma de actuar. Tengo que mantener activados mis escudos para protegerme de él.

—Ya sé que gastaste más dinero de la cuenta. Perdona que no te oyera, es que no estoy acostumbrada a tener a alguien cerca.

Él frunce el ceño con preocupación al observar a su pequeña víctima.

—Sabía que iba a decepcionarte mucho por esto. —Alza la mirada con ojos de niñito que espera que le regañen—. Apuesto a que tú nunca has pisado ni una.

—Llevo años caminando por estos caminos en la oscuridad, seguro que a partir de ahora vigilas por dónde pisas. —Saco un pintalabios del kit—. Esta es la 50.

—Las rescatas y ayudas a amortiguar la caída, jamás en mi vida me había sentido tan identificado con una tortuga. —Agarra su bolígrafo y se escribe *50* en el dorso de la mano—. No creo que sea demasiado tarde para que te hagas veterinaria.

—No soy más que una auxiliar administrativa, esto puede hacerlo cualquiera.

Paso la página y le doy el bloc.

—Ten, encárgate del formulario. Escríbele el identificador en el caparazón. Y, antes de que me lo preguntes, ya lo he intentado con la etiquetadora y se despegan. El pintalabios de larga duración es perfecto.

Agarra el pintalabios en cuestión y escribe las iniciales *TJ* en el caparazón.

—Teddy Junior, es un chico. ¿Dónde vas a ponerlo?

—Con las demás tortugas.

Cuando llega el momento de entregarme al animalito junto con el formulario, Teddy se queda mirando mi mano extendida como si no se fiara de mí. Y ahora mira al cielo como comprobando si va a llover, y luego recorre el patio con la mirada. El lugar no le parece lo bastante bueno para su principito.

Quizás, siguiendo el mismo principio que con lo del dibujo a cambio de un café, sería mejor que él mismo se encargara de solucionar esto; además, está muy comprometido con este animal.

—Puedes quedártelo hasta que vengan a buscarlo, si así te sientes mejor. Pero recuerda que tienes que mantener la caja muy plana, no la muevas demasiado.

Colocamos dentro un poco de sustrato y, una vez que terminamos, Teddy mira la hora en su móvil y suelta uno de esos enormes bostezos suyos que parecen rugidos de león.

—Mierda, mi jornada de trabajo empieza dentro de nada. Hacía años que no estaba despierto tan temprano.

Me quedo tan perpleja que miro mi reloj para comprobar la hora.

—Son las ocho.

De hecho, no empiezo a trabajar hasta dentro de un rato, así que me concedo un momento de relajación y me siento junto a Teddy en la fría silla metálica. Otra cosa más que no había hecho nunca, sentarme en este patio bajo el sol matinal.

—Mi cerebro no funciona tan temprano —me dice él—. ¿Qué crees que me espera hoy?, ¿me lo van a poner muy difícil? Ten, aquí tienes tu dibujo. —Arranca la hoja del cuaderno y me la da.

Me maravilla que esta tortuga con tantos detalles haya podido crearse sin esfuerzo aparente con un bolígrafo que cuesta un dólar. Esperaba una caricatura mona, pero resulta que ahora soy dueña de una obra de arte. Tengo que enmarcar esto.

—¡Esto es increíble, Teddy! —Se le va a inflar el ego, pero ni siquiera me importa.

Él se encoge de hombros como restándole importancia, y afirma con naturalidad:

—Igual que este café.

Pasa a una página en blanco del cuaderno y se pone a dibujar con trazos sueltos y sencillos, y esboza una larga rebeca que moldea una figura femenina. Es una mujer de caderas y pechos curvilíneos, tiene la espalda ligeramente arqueada y la línea de la cintura crea una favorecedora esbeltez.

—¿A dónde fuiste anoche? —le pregunto.

—A Memory Lanes, la bolera. En el menú del bar tienen las Frankenfries, son una verdadera locura y de vez en cuando no puedo resistirme a la tentación.

—¿Qué es eso?

—Como es una cadena, cada local tiene su propia versión. En el de aquí son unas patatas fritas cubiertas de macarrones con queso. —Mientras habla escenifica con las manos las sucesivas capas de comida, los tatuajes de los nudillos se van superponiendo (tomar, dar, tomar)—. Y entonces añaden una salsa y una capa de migas de pan y se cocina a la parrilla. Y antes de servírtelo plantan en medio una salchicha ahumada como si fuera un torpedo, ¡parece comida para perros! Vamos casi todos los viernes por la noche, después de cerrar. —Se refiere a sus compañeros tatuadores. Va pasando las fotos que tiene en la galería del móvil, y comenta distraído—: Tendré que ver si tienen un local cerca del nuevo estudio.

Me muestra la foto de una repugnante pila de comida, sus amigos están apiñados alrededor fingiendo que acaban de vomitarla. Tipos duros con *piercings*, chicas duras con presencia.

—¿Lo ves? —Amplía la foto con dos dedos—. ¡Deliciosa comida para perros!

Una de las chicas está mirando a la cámara y al tontorrón que sostiene el aparato, y la mirada que hay en sus ojos habla bien clarito: el tontorrón en cuestión le parece divino.

—Qué asco —lo digo con toda sinceridad.

—Cuando tienes que tragarte tus sentimientos, esto es lo único que te consuela.

—Pues qué sentimientos tan asquerosos y embarullados debías de tener anoche.

—Sí, y que lo digas. —Sigue dibujando mientras habla—. En fin, esa fue mi triste noche. Volví tarde y sintiéndome solo en el mundo, y entonces encontré tus regalitos y recordé que hay gente buena en todas partes.

Nótese que solo le di una toalla.

—Igual tendría que habértelo mencionado antes, pero te agradecería que no trajeras visitas a Providence. No hay problema si un amigo quiere visitarte durante el día, cuando hay que pasar por la oficina para registrarse. Pero es que tengo que estar al tanto de todas y cada una de las personas que están aquí, por si hubiera alguna emergencia.

—¿A quién podría traer a un complejo residencial para mayores?

Soy incapaz de decirle lo que pienso: «No traigas a ninguna de las personas que salen en esa foto. He hecho un agujerito en el muro de mi pequeño mundo, uno tan estrecho que solo tú puedes pasar por él. No me hagas oír la risa de una mujer a través de la pared que compartimos».

Sus ojos, tan vívidos y con esa tonalidad que recuerda al caparazón de una tortuga, se posan en mi cara.

—¡Ah, ya te entiendo! No, con las paredes tan finas que tenemos no habrá nada de eso, sería incapaz de traumatizarte así.

Y sigue dibujando tan tranquilo la rebeca. Está claro que piensa que no soy más que una niña, y yo me defiendo como tal.

—¡No me traumatizaría!

Me imagino lo que podría oír en la oscuridad: el chirrido de un colchón, la cabecera de la cama golpeteando rítmicamente contra la pared; una chica jadeando de placer incontenible… Un placer que sentiría por el cuerpo de Teddy, por sus caricias, pero, por encima de todo, por la intensidad de tenerle centrado totalmente en ella. Me imagino su pelo cayendo como una cortina alrededor del rostro de la chica, vertiéndose sobre la almohada como petróleo cuando él baja la cabeza para besarla.

¿Qué diría una persona tan carente de filtros como él en ese momento? Me pregunto hasta qué punto se dejaría llevar, cómo se desataría su imaginación. Seguro que emplearía todo su encanto de la manera adecuada, me parece que es una persona que se reiría un montón en la cama.

Y todo eso sucedería entre mis sábanas con estampado de nubes.

—Vale, es posible que me traumatizara.

No sé cómo he encontrado fuerzas para bromear, pero cierro la boca para contener la presión que va acrecentándose en mi interior. Ninguna chica, ni una sola, va a disfrutar aquí de lo que acabo de imaginarme; como se le ocurra traer a alguna, no sé lo que seré capaz de hacer…

—Pero Melanie comentó que vas a empezar a buscar pareja por Internet, así que te agradecería que fueras igual de considerada conmigo. —Está añadiendo unos detallados botones al dibujo de la rebeca y no levanta la mirada—. Me traumatizo con facilidad.

—Dudo mucho que haya algún problema en ese sentido, la verdad.

Me señalo a mí misma con el pulgar, y él intenta adivinar a qué me refiero.

—Porque… no hay forma de quitarte la rebeca. Hay otra debajo de esa, cientos de ellas, como una caja de pañuelos de papel. Es una rebeca de castidad, ¡una rebeca encantada!

Con el bolígrafo azul, añade una salpicadura de destellos alrededor de los hombros y el dobladillo. ¿Acaso ve fenómenos extraños cuando me mira?

Creía que sus bromitas iban a erizar mis púas de puercoespín, pero no es así. Supongo que debo de estar acostumbrándome a él. Saco de mi bolso la magdalena del desayuno y la parto por la mitad, él está a punto de llorar de emoción al aceptar su parte. Mientras estamos ahí, comiendo sentados en el patio, me pongo a pensar en la finísima pared que separa nuestras respectivas viviendas.

—Esta noche, cuando me acueste… —cambia por completo al oír esas palabras, ha pasado de los bostezos somnolientos a unos ojos brillantes y penetrantes en los que vuelve a titilar la luz de las velas— y cuando tú te acuestes también… —madre mía, el brillo de sus ojos se ha intensificado más aún— deberíamos decir algo en voz alta. No sería por nada rarito, solo para comprobar si se oye.

—Me interesa un montón lo rarito.

Lo afirma mientras mira la hora en su móvil, cuya pantalla de bloqueo es una foto de un letrero de neón donde pone *ALWAYS AND FOREVER*[3]. Presiona el botón para apagar la pantalla y me da la taza vacía.

—Muchas gracias, será mejor que me ponga en marcha.

—Que te vaya bien el día. —Me siento un poco culpable porque sé cómo es el primer día de trabajo de los chicos de las Parloni.

—Puede que baje a verte después, si tengo un rato libre para comer. —Se pone a recoger sus cosas y exhala una bocanada de aire como si estuviera nervioso, es posible que sus instintos de supervivencia estén despertando—. ¿Algún último consejo que puedas darme?, ¿algún truquillo útil? —Seguro que anoche empleó la misma voz aterciopelada con la recepcionista del veterinario.

—Las Parloni suelen dormir la siesta. Si aguantas hasta entonces, podrás aprovechar para comer. Ven a vernos a la oficina.

—Pues claro que voy a aguantar, ¿por qué lo dudas? —Se ríe como si le hubiera contado un chiste—. Pensar en verte será mi incentivo, ¡estoy deseando que sea la hora de la comida!

Me dispongo ya a bajar rumbo a la oficina cuando me doy cuenta de que yo también estoy deseándolo y que, por tanto, todo apunta a que estoy en apuros.

---

3 N. de la T.: «Siempre y por siempre».

8

Me paso la mañana entera intentando adivinar a qué hora se echarán la siesta las Parloni, es posible que atormentar a Teddy les haya dado un chute de energía y no pueda venir a la oficina. Intento convencerme de que me alegra tener algo de paz y tranquilidad.

La señora Petersham llamó antes para pedir que fuéramos a comprarle unas revistas, y Melanie tomó de inmediato un puñado de monedas y afirmó estar cualificada para realizar la tarea; según ella, «saber elegir revistas» es un valor añadido que le vendría bien poder añadir al currículum. Se despidió diciéndome que volvía en un ratito, lo que no quedó especificado es la duración de dicho «ratito».

Estoy actualizando mi lista de tareas pendientes, me han bastado dos clics en la web de la PDC para encontrar información sobre la nueva gerente de obras de Providence. Rose Prescott, subdirectora asociada, es una rubia de ojos azules y mirada acerada. Seguro que en el colegio la elegían de las primeras a la hora de formar los equipos de deporte, me la imagino estampándome un disco de *hockey* en la cara. Todo en ella es distinto a Teddy, desde el color del pelo y de los ojos hasta esa aura de fiera que la envuelve.

—Teddy tendría una sonrisa sincera en la cara.

Lo digo en voz alta en la oficina vacía. El fotógrafo lo tendría difícil de verdad para lograr hacerle una sola foto en la que no estuviera riendo, parpadeando, bostezando o moviéndose. Me encantaría ver su pasaporte. Imprimo el perfil corporativo de Rose y lo añado al dosier donde tengo la información sobre la PDC.

La siguiente tarea de mi lista es una que he ido posponiendo: llamo a mi padre, que contesta al segundo tono.

—Reverendo Midona. —Digámoslo así: si Dios llama, a mi padre no se le podrá acusar de no tomarse las cosas con seriedad.

—Hola, soy Ruthie.

Se aprieta el teléfono contra el pecho y le oigo llamar a mi madre.

—¡Abigail! ¡Abigail! —Esto se prolonga durante un largo momento, y yo me limito a esperar sentada—. Ahora viene, está en el jardín.

Me doy cuenta de que se dispone a soltar el teléfono, y me apresuro a hablar antes de que lo haga. Anoto un punto en la columna de «Hija abnegada».

—¿Qué tal estás tú?

—Bien, ocupado. Estoy bien.

—He oído que hay bastantes casos de gripe este año, espero que no la hayas pillado.

Me lo acabo de inventar. No tengo ni idea de qué tipo de gérmenes habrá en su iglesia, pero en momentos desesperados hay que recurrir a temas de conversación desesperados.

—No tengo la gripe —se limita a decir.

Los dos nos quedamos así, sentados con el teléfono al oído, y al final soy yo quien cede antes.

—¿Te ha dicho mamá que estoy al mando en Providence mientras Sylvia está de crucero?

En cuanto oigo el esperanzado alarde que se refleja en mi voz, tengo la sensación de que he cometido un error. Es como cuando has preparado un chiste perfecto, pero la otra persona tiene una respuesta demoledora.

Y mi padre me lanza la suya.

—Espero que no te olvides de cerrar la oficina con llave. Te paso a tu madre.

—Vale, adiós.

Aparto un poco el teléfono para exhalar, estoy temblando y tengo ganas de llorar. Ahora soy cuidadosa, ¿no?

Abro la aplicación donde tengo mi lista de control para asegurarme de que anoche completé la rutina que sigo a la hora de cerrarlo todo, y veo que uno de los puntos no está marcado. Es el de la puerta del centro lúdico, intento recordar si la cerré. Tengo claro que estuve allí, pero me parece que me distraje. Cierro los ojos y me visualizo de pie en el camino, tengo la mano en el pomo de la puerta y noto su frescor en la mano. Pero estaba pendiente de si se oía alguna moto en la distancia.

Mamá interrumpe mi pequeña crisis de pánico.

—¡Ruthie Maree!, ¡mi niña! Justo ahora estaba pensando en ti, ¿cómo estás?

Ya sé que he sido yo quien la ha llamado, que mi reacción es irracional, pero me siento molesta y estoy deseando colgar.

—Estoy bien, mamá, gracias. ¿Y tú? —Mi voz suena demasiado cortante—. ¿Quieres poner el altavoz? —Al menos lo intento, eso no puede negarlo nadie.

—Tu padre se ha esfumado, no sé dónde se habrá metido —lo dice ligeramente sorprendida.

—Quizás haya salido por la ventana.

Sí, ha descendido por la bajante y se ha largado corriendo. Me tomo un segundo para cerrar los ojos y reequilibrar el batiburrillo de sentimientos que tengo en mi interior. Esa sensación de rechazo y, acto seguido, acogida es el motivo por el que llamar a casa sea una tarea que añado a mi lista, en vez de algo que quiero hacer.

—Qué creativa eres —se limita a decir mi madre, que no se ha pronunciado nunca sobre la situación que existe entre mi padre y yo; de hecho, no me extrañaría que no se hubiera dado cuenta de nada.

Busco otro tema de conversación.

—¿Qué tal está aquella madre primeriza…? No me acuerdo del nombre. ¿Todavía están viviendo con vosotros?

He perdido la cuenta de la cantidad de desconocidos de semblante afligido que se han sentado a comer a nuestra mesa y han dormido en el alojamiento de emergencia del sótano. El sofá cama que hay allí siempre tiene una toalla doblada a los pies y está preparado con sábanas limpias; al fin y al cabo, la caridad empieza en casa.

—¡Ah!, te refieres a Rachel y a Olivia. Esa criaturita te habría robado el corazón, Ruthie, era una dulzura. Apenas lloraba en toda la noche. —Su voz se suaviza al añadir—: A pesar de lo callada que era esa niña, la casa me parece muy silenciosa ahora.

—¿Cuándo se fueron?

—La semana pasada. Fue bastante repentino, pero Rachel nos dejó un mensaje de voz en el teléfono del despacho.

Pues eso ya es mucho más de lo que suele hacer la mayoría de la gente. Casi todos agradecen la ayuda que se les ha dado, pero, una vez que consiguen encarrilarse de nuevo, se van sin mirar atrás. Tengo claro que las cosas siempre han sido así, pero mi madre está dolida y me dan ganas de despotricar contra lo desconsiderada que es la gente.

—Ah, qué bien —me limito a decir.

Ella opta por ignorar la sequedad que se refleja en mi voz, y me recuerda con serenidad:

—El hecho de que se haya ido es un paso positivo para ella. Gracias a lo generosa que es nuestra congregación, ha podido viajar al otro extremo del país con su hija para quedarse a vivir con su abuela. Puedo descansar tranquila.

Hasta que el próximo llame a la puerta una noche en medio de una tormenta. Mamá entregó un pedacito de sí misma que fue a parar a manos de otra persona. No sé cómo se repone, yo creo que ni siquiera se permite un pequeño bálsamo como, por ejemplo, darse un baño y ver una nostálgica serie de televisión.

Ella cambia de tema e interrumpe el hilo de mis pensamientos.

—¿Cómo va todo en Providence?

—Tranquilo y sin sobresaltos.

Las palabras apenas acaban de salir de mis labios cuando veo a Teddy, que baja por el camino rumbo a la oficina.

—Bueno, la verdad es que ha habido un par de novedades interesantes en ausencia de Sylvia.

Mis padres la conocen desde hace años a través de la iglesia.

—Debe de estar pasándoselo de maravilla, miro a diario en el buzón —comenta ella—. ¿Te acuerdas de cuando fue a Tahití?

Hace años de eso, pero apuesto a que mi madre todavía tiene aquella postal de una iglesia de Tahití pegada a la nevera. Actualizo el buzón de entrada de mi correo electrónico antes de contestar.

—Yo tampoco sé nada de ella, y no ha contestado a los mensajes que he estado enviándole para contarle cómo va el trabajo. Me juró que se conectaría a diario, a lo mejor hay algún problema con el acceso a Internet en el barco.

—Ya la conoces, contestará cuando pueda.

Hago una mueca al oír eso porque sí, sé perfectamente bien cómo es Sylvia.

—En fin, tenemos un par de empleados temporales. Los dos son de mi edad, ha sido bastante divertido tenerlos por aquí. —Escribo *Comprobar centro lúdico* en un pósit que me pego en el dorso de la mano.

—¡Qué bien!, ¡amistades nuevas! —exclama, con sincero entusiasmo—. Eso sí que es un cambio, Ruthie Maree.

—Uno de ellos vive justo al lado de mi casa. Es un chico de mi edad, bastante agradable.

—¿Un chico? —Eso la hace titubear. No me ve como la mujer de veinticinco años que soy, para ella sigo siendo una quinceañera—. Ay, Ruthie, no me gusta que estés en esa situación.

—No hay ningún problema, es el hijo del jefe.

—Mientras que ese chico no entre en tu casa, supongo que no pasa nada —lo dice pausadamente, sopesando la idea.

Me imagino a Teddy apoyado en el marco de la puerta de mi dormitorio con una sonrisa en los labios, sería capaz hasta de tumbarse acurrucadito a los pies de la cama si yo se lo permitiera. Si decepciono a mi madre, si vuelvo a decepcionar de nuevo a mi padre… ¿Quién me quedaría entonces?

—No, mamá, ¡claro que no! Tan solo es un empleado, no es mi amigo ni nada parecido.

Levanto la mirada y veo a Teddy parado en el umbral, está llevándose la mano al corazón con teatralidad para indicar que está dolido.

—¿Te estás portando bien, cariño? ¿Tienes cuidado?, ¿cierras la puerta principal con llave por la noche?

—Eso pasó hace mucho tiempo, mamá.

No sé qué es peor, su cauta pregunta o el tono sarcástico de mi padre. A veces, en mis sueños, no hago más que girar el pomo de una puerta una y otra vez para ver si está cerrada.

—Perdona, pero tengo que colgar. Acaba de llegar el… chico de mantenimiento. ¿Te llamo esta noche?

—Hoy toca recogida, tontita. —Desde que yo era una cría, sale en su furgoneta a recoger donaciones de comida que hacen restaurantes y tiendas de comestibles—. Pero te llamaré mañana por la mañana, quiero que me cuentes todo lo que has hecho últimamente.

Colgamos y no tiene ni idea de que soy una nulidad que no tiene nada más que contar.

Teddy acerca una silla y, después de sentarse frente a mí, me quita el pósit del dorso de la mano y se lo pega al pecho.

—Soy tu amigo, te guste o no.

En ese caso, a lo mejor soy yo quien se larga primero. Eso, que alguien se quede sentado viéndome marchar. Me dispongo a echar la silla hacia atrás, pero él se limita a decir:

—Quédate, por favor.

Me lo pide con tanto sentimiento, como si fuera algo que necesita de verdad. Se le ve despeinado y cansado, y no tengo más remedio que admitirlo: es una persona a la que quiero mirar. Y puedo hacerlo ahora, mientras tiene los ojos cerrados. La camiseta azul marino que lleva puesta se ciñe a su cuerpo y hay algunos tatuajes nuevos a la vista, voy a permitirme explorar unos cuantos a partir de la zona media del bíceps. Pez de colores; cisne; frasco que contiene un (1) corazón humano. Ahora mueve el brazo y veo otros tantos: un zapato con tacón de aguja, una daga, una pluma negra. Su brazo se extiende hacia mí y su muñeca se gira hacia arriba, y es en ese preciso momento cuando me doy cuenta de que tiene los ojos abiertos y me está mostrando los tatuajes.

—¡Perdón!, ¡perdón! —Seguro que me estoy poniendo roja—. Bueno, cuéntame. ¿Qué tareas te han dado?

Él cruza los brazos contra su estómago.

—Mi primer error ha sido admitir que me cuesta madrugar.

—Ay, Teddy, qué ingenuo por tu parte.

—Mi jornada de trabajo empieza a las seis de la mañana a partir de ahora. —Me mira con verdadero resentimiento—. Podrías haberme avisado de cómo iba esto, pero me has echado a los leones a propósito. ¿Qué te he hecho yo?

Me viene a la cabeza la escenita de la gasolinera, por no hablar de que es el culpable de que Providence esté en el punto de mira de las excavadoras de su padre. Pero él está tan feliz, completamente ajeno a ambas cosas. Y lo más irritante de todo esto: me gustaría poder seguir estando molesta con él, pero me resulta imposible. Me guste o no, es mi amigo.

—Sabía que te las apañarías.

Suelta un suspiro de oso gruñón.

—Enterré la blusa blanca a los pies de un limonero; cuando terminé, Renata me dijo que había elegido el árbol equivocado. Así que la desentierro, vuelvo a enterrarla y doy por completada la tarea. Pero entonces decide que la blusa no estaba tan mal después de todo, así que la desentierro otra vez y tengo que lavarla a mano.

—Vale, está bien.

—No te sorprende lo más mínimo, ¿qué locuras has visto en esa casa? —Me mira con ojos febriles.

—He visto de todo. Y ten en cuenta que, cada vez que uno de vosotros deja el trabajo, soy yo quien tiene que encargarse de enterrar y desenterrar. En fin, supongo que tendrás que volver ya. —El impulso de subir al centro lúdico es poco menos que abrumador.

—Espera, no he terminado de desahogarme aún. Ruthie, las cosas que he hecho esta mañana son ilógicas. ¿Está bien de la cabeza esa mujer? ¡He hecho el Desafío del Bizcocho Improvisado!

—Ah, sí, yo también lo hice. —Se trata de preparar un bizcocho con lo que tengas a mano.

—No tenían harina, así que al final he hecho una especie de harina de cacahuete en el robot de cocina.

—La cuestión es que lo has intentado.

—Renata me ha pedido que preparara la mesa como para una elegante reunión para tomar el té, con la vajilla buena de porcelana y un mantel, y que les sirviera como un mayordomo. He tenido que inventarme la trágica vida pasada de mi personaje, y el bizcocho me ha quedado… —intenta encontrar las palabras para describirlo— abominablemente malo. Me ha hecho enterrarlo a los pies del limonero, en el primer agujero. —Me mira con ojos atormentados—. ¿Tengo que volver a hacer esto cada día desde las seis de la mañana? ¡Va a ser como el purgatorio!

—¿Aggie ha hablado contigo sobre el salario?

Ese tema le anima un poco.

—Pues es un arreglo bastante raro. —Oye sus propias palabras y se da cuenta de lo absurdas que son—. Bueno, eso era de esperar. Me ha dicho que ideó un sistema de incentivos: por cada semana sucesiva que trabaje para ellas, el salario se dobla hasta llegar a una cifra máxima que está al nivel de lo que gana el directivo de una empresa. Así que en la cena de Navidad de este año podría anunciarles a todos que ya soy copropietario de mi propio estudio. —Su mirada se vuelve soñadora.

—Qué bien. —Esbozo una sonrisa de aliento, aunque por dentro estoy que me muero.

—Pero no voy a conseguirlo. Tenías razón, Ruthie. —Se inclina hacia delante y se tumba boca abajo sobre mi mesa, apoya la mejilla en mi calculadora y la pantalla se llena de números—. Tendría que haberme dado cuenta, tú siempre tienes razón.

—Qué profesionalidad la tuya, no eres nada exagerado. —No puedo evitar sonreír.

No sé qué hacer con este laxo cuerpo masculino que se extiende ante mí. Tiene el pelo recogido en un moño sujeto con un coletero gris, y es deprimente lo mucho que me gustaría que estuviera suelto y cayendo sobre mí como un tsunami.

Desde este lado de la mesa lo único que veo son las grandes curvas de sus hombros, que se alzan como colinas revestidas de la ajustada tela de algodón, y la vulnerable silueta de sus orejas. Tan solo alcanzo a ver el lateral de la rosa que tiene tatuada en la parte posterior del brazo, pero sé que es una belleza que podría usarse como estampado para empapelar paredes. Y lo mismo puede decirse de Teddy en su conjunto.

—Una margarita. —Toco con la punta del dedo una de las flores que tiene tatuadas en la parte interior de la muñeca—. Ah, vale.

Cada vez que se aburría, añadía otra más por su hermana Daisy. La muchachita que hay en mí tiene ganas de suspirar porque es una dulzura de detalle; la mujer que hay en mí, sin embargo, quiere saber a cuántas otras tiene marcadas de forma indeleble por todo el cuerpo. Como tenga en algún sitio un nombre dentro de un corazón enorme, voy a cabrearme de verdad... Uy, ¿cómo me habrá entrado en los pulmones esta bocanada de aire caliente?

—¿Cuántas hermanas tienes?

—Cuatro, y todas ellas me consideran un inútil.

—Venga ya, no me lo creo.

—No, es verdad que lo soy. Me lo dicen muy a menudo.

—¿Sabes lo que suele decir mi madre? «Tienes dos manos y un corazón, no eres inútil». Oye, me urge ir a comprobar si la puerta del centro lúdico está cerrada con llave. Anoche fui un poco descuidada.

Me bañé entre risas, recorrí los caminos en la oscuridad pensando en él. Resulta frustrante la facilidad con la que los hombres guapos pueden aturullar a quienes les rodean.

Sus manos están aferradas al borde lateral de mi mesa. Están justo ahí, a escasos centímetros de mí. Dar y tomar. La verdad es que son unas manos preciosas, y yo he visto lo que son capaces de crear.

—Necesito que me ayudes a conseguirlo. —Sus negras pestañas abanican sus mejillas—. ¿Me has oído, Ruthie? Te necesito.

En el dorso de la mano tiene el *50* temporal escrito en boli, y me alegra que esté ahí para recordarme la realidad. Un par de hojas de lechuga, un poco de descanso, y Teddy se largará nadando sin volver la vista atrás.

Le doy una respuesta demasiado sincera.

—¿Y qué pasa conmigo cuando te haya ayudado a conseguirlo? ¿Se te ha ocurrido pensar que yo también podría necesitar ayuda? —Desearía poder retroceder en el tiempo al oírle inhalar con fuerza.

Melanie entra en el despacho justo ahora.

—¡Ya estoy aquí! —anuncia, antes de dejar el bolso sobre su mesa.

Su inesperada llegada me permite focalizar mi atención en otra cosa, olvidarme de mi pulso acelerado y toda esta maraña de emociones encontradas. Y seguro que para el tipo que está tirado bocabajo en mi mesa es un alivio no tener que contestarme.

Melanie sonríe de oreja a oreja al verle.

—Uy, ¿se ha roto el robot Teddy?

—Eso creo. Estaba a punto de abrir su panel de control, pero me parece que para encontrarlo tendría que cortarle antes el pelo. —Agarro un boli, lo uso para levantarle un poco la mano… y la veo caer de nuevo sobre la mesa, inerte.

Melanie habla del tráfico mientras mira algo en el móvil y Teddy está muerto, así que puedo aprovechar para hacer algo: trazo con la punta del boli la *G* que tiene tatuada en el primer nudillo. Procuro mantener una respiración pausada, porque le tengo lo bastante cerca como para oírme.

Mientras Mel sigue parloteando de fondo, hablo con el cadáver que tengo ante mí.

—A veces, de noche, me siento como si fuera la única persona que hay sobre la faz de la Tierra. —No mueve ni una pestaña. Empiezo a trazar la *I*—. A veces me paso todo el fin de semana trabajando. Las veinticuatro horas del día, siete días a la semana, es mucho tiempo. Empiezo a cansarme.

Melanie prosigue con su relato a todo volumen.

—¡Y entonces me he dado cuenta de que eran revistas porno! ¿Te lo puedes creer?

Yo me río, tal y como se espera de mí. Deslizo el boli por el sexi valle de la *V*, y él flexiona la mano y se estremece de pies a cabeza. Lanzo el boli al otro lado de la oficina y finjo no haber hecho lo que acabo de hacer. Nada, no he hecho nada en absoluto.

—¿Todavía está muerto? —me pregunta Melanie, que ya ha dado por concluido su relato.

—Pues sí, qué tristeza. El bueno de Teddy. Habrá que hacer lo mismo que con los otros chicos de las Parloni. Bloques de cemento alrededor de los tobillos, y al fondo del lago.

Teddy decide que es mejor revivir y se incorpora de golpe en la silla.

—¡Estoy vivo!

Quien dude de la existencia de un espíritu o de un alma es porque no ha visto sus ojos pardos cobrando vida. Los números de la calculadora se le han quedado ligeramente marcados en el pómulo; es tan adorable que soy incapaz de articular palabra.

Noto que algo ha cambiado, mis palabras anteriores y el contacto con su mano han añadido algo nuevo al prisma bajo el que me ve.

—¿Podrías volver a hacerlo? —me pide, mientras flexiona los dedos.

—¿El qué? —Melanie le observa fijamente con ojos llenos de suspicacia.

Él me mira por un momento y, al ver mi cara de «¡NI SE TE OCURRA!», se repantinga en la silla y se frota los nudillos.

—¿Cómo te va, Mel?

—De lujo, acabo de ir a comprar unas revistas para una señora y se ha empeñado en que me quedara a tomar el té con ella. Sabía a piel de naranja, pero me lo he bebido todo.

Vaya, ¿ya no se esconde de nuestros residentes en el baño?

—Qué orgullosa estoy de ti, Mel —le digo.

—No te precipites —contesta ella.

Sonriente y con las mejillas sonrosadas, va desdoblando un tique de compra junto con el cambio mientras se acerca a mi mesa para buscar la carpeta correspondiente. Pero se detiene de repente como si acabara de recordar algo y me mira con ojos temerosos.

—Tengo que confesar. Me he despistado un poco, y en una de las revistas que le he comprado a la señora Petersham ponía en la portada «Quince formas de hacer gritar a tu chico».

—Nunca es demasiado tarde para aprender —contesto yo.

Los dos se ríen como si fuera realmente graciosa.

—Oye, Teddy, ¡eres una buena influencia para nuestra señorita Midona! Ya no es tan seria. —Melanie me da unas palmaditas en el hombro—. A lo mejor tendría que haber guardado ese artículo para ti, podría incorporarlo a mi Método Sasaki.

—Mencionáis ese método cada dos por tres, no soporto sentirme excluido —refunfuña Teddy.

—Dudo mucho que vaya a hacer gritar a alguien en un futuro próximo.

Ay, ¡no me puedo creer lo que acabo de decir en voz alta, y en medio de una oficina! Y ellos tampoco, mi respuesta les ha encantado y están mirándome boquiabiertos.

—¿Has abierto la puerta del centro lúdico esta mañana? —le pregunto a Melanie, cuando reparo en el pósit que Teddy tiene en el pecho.

—¿Por qué estás tan obsesionada con eso? —me pregunta él.

Está tan aburrido que bosteza; a estas alturas ya he visto todos y cada uno de esos dientes de un blanco polar que tiene.

—No estaba cerrada, he pensado que ya te habías encargado tú de abrirla —me contesta Melanie antes de ponerse a actualizar el registro de la caja chica.

Mientras ella parlotea incesantemente en segundo plano, Teddy me pregunta con curiosidad:

—¿Qué es lo que pasa, Ruthie?

—Metí la pata. —Lo único que puedo hacer es regular mi respiración.

—¡Qué caras son las revistas hoy en día! Tengo en mente un nuevo proyecto de reforma que impresionaría hasta a los de la PDC, ¡a ver si adivináis cuál es!

Nunca me había sentido tan agradecida por una de las interrupciones de Melanie, pero Teddy no está dispuesto a dejar el tema y no aparta la mirada de mi cara.

—Tranquila, no metiste la pata.

Me lo dice con tanta vehemencia, con tanta convicción, que mi cuerpo le cree. Cada vez me resulta más fácil respirar, hasta que finalmente me controlo.

—¡Ruthie Midona!, ¡ella es mi proyecto! —exclama Melanie con teatralidad—. ¡Voy a hacerle una buena puesta a punto!

—La puesta a punto le vendría bien a la vieja moto que tengo guardada, ¡Ruthie no necesita nada de eso! —Teddy parece ofendido por mí.

—¡Tiene que darle más marcha a su motor! —insiste Melanie.

Opto por intervenir:

—Ruthie no ha accedido todavía a participar en este plan. —Por otro lado, apenas puede creer que esté hablando con gente de su edad en plan de amigos. ¿Debería seguir en esa dirección?

—Estoy creando un plan de trabajo para conseguir sacarla de ese caparazón de tortuga en el que está metida —dice Melanie—. Diversión y citas y conocer a gente nueva y romance. Tenemos que hacer algo drástico, como en las películas. —Le encantan las pausas dramáticas, y esta se lleva la palma—. ¡Un cambio de imagen!

Vaaaale, olvidemos lo de «Seguir en esa dirección».

—Ni hablar. —Me muestro firme.

—Pero ¡mírala! —le dice Teddy, como si ella estuviera librando una batalla perdida. Empiezo a tensarme por dentro como un gran resorte, preparándome para lo que estoy a punto de oír, pero me sorprende al añadir—: ¿Para qué cambiar algo que ya es perfecto? —La forma en que me sostiene la mirada me da fuerzas, me sirve de apoyo.

—Sí, es una persona increíble —afirma Melanie—. Por supuesto que sí. Pero, si pudiera fortalecer su confianza en sí misma, yo creo que dejaría que los demás vieran lo divertida y ocurrente que es. Y entonces entraría en escena su alma gemela, y yo asistiría a la boda con un vestido de dama de honor de color lila.

—No corras tanto, menuda locura. —Se está adelantando demasiado a los acontecimientos.

—¿Es eso lo que realmente quieres, Ruthie? —La pregunta me la hace Teddy. Es demasiado personal y me resisto a responder, pero él insiste—. Si eso es lo que quieres, yo también te ayudaré.

—Está decidido, ¡vamos a ayudarte los dos! —Melanie sonríe complacida—. Déjame disfrutar de uno de esos montajes de las pelis donde le hacen un cambio de imagen a la protagonista, por favor. ¡Sueño con depilarte esas cejas desde que el momento en que te conocí! —Esto último lo añade con un dulce fervor.

—Intenté ser popular en el instituto y no me fue demasiado bien que digamos. No quiero salir con alguien que me conozca estando atractiva gracias a mi cambio de imagen, quiero una pareja a la que le guste… esto.

—¿Qué es «esto»? ¿Cómo lo describirías? —me pregunta ella, libreta en mano—. No avancé casi nada con lo del borrador de tu perfil, me diste muy poca información.

—Una chica pulcra.

Tomo prestada la descripción de Teddy para hacerle reír, pero él me contempla en silencio con una mirada profunda y penetrante de la que no puedo escapar. La oficina se oscurece, las chispitas doradas que hay en sus ojos son mi única fuente de luz, mis otros sentidos se agudizan y el tacto es lo único que me sirve para orientarme en este nuevo mundo.

Lo intento de nuevo.

—Chica pulcra y reservada busca…

Sus ojos hacen que me vengan a la cabeza ciertos pensamientos e imágenes… Chica pulcra y reservada busca a un hombre alto y alocado para que la aprisione contra todo tipo de mobiliario. Quiere que la enloquezcan en una cama, sobre las mesas, contra las paredes, en prados bañados por la luz de la luna. Todas las puertas abiertas, siempre. Lo único que ella quiere es piel, esa calidez satinada, aferrarse a una gruesa soga de sedoso pelo negro…

El crujido de una silla me arranca de mis pensamientos. Teddy se ha inclinado hacia delante, está tan interesado en saber cómo sigue mi frase que tiene los nudillos blanquecinos.

—¿El qué? —lo dice con tono retador.

Me tomo un momento para reflexionar sobre el significado de la palabra «dar», y en qué medida quiero tomar también.

Melanie es una especialista en crear pausas dramáticas, pero también se puede contar con ella a la hora de llenar los silencios.

—Guapetona mujer trabajadora de veinticinco años busca un hombre de similares características. —Titubea con ojos chispeantes, y al final termina por soltarlo—. Tienes que saber quince maneras distintas de hacerla gritar.

—Yo me sé treinta —dice Teddy, con toda la seriedad del mundo.

Si Teddy Prescott entrara en mi dormitorio y me enseñara lo que sabe, no tendrían ninguna importancia la delgadez de las paredes ni lo ruidosa que yo pudiera llegar a ser. Él sería el único habitante de Providence que podría oírme.

—Y yo me sé cincuenta formas de esconder tu cadáver. —Melanie le da un golpecito en la cabeza con una regla para reprenderle—. Ruthie no está interesada en un ligue pasajero para darle marcha a los genitales. Métetelo en esa dura mollera que tienes.

9

Teddy entra en la oficina en su segundo día de trabajo y deja la caja que contiene a TJ sobre la mesa de Melanie, quien lo mira con suspicacia.

—¡Puaj! No sé por qué quieres tener tú la tortuga, Teddy. Deja que Ruthie se encargue de cuidarla.

—¡Estás insultando a mi hijo! —protesta él.

Observo con atención al animal, que está mordisqueando una hoja de lechuga, y comento al fin:

—Tiene bastante buen aspecto, teniendo en cuenta lo que le pasó. Les preguntaré a los del Zoo de Reptiles cuándo piensan venir a buscarlo.

—¡Tengo una invitación para ti! Con términos y condiciones, claro, pero no te preocupes. Las ataduras solo son conmigo. —Teddy desliza la mano bajo su trasero y saca un sobre calentito donde pone mi nombre—. Por cierto, todo el mundo está convencido de que voy a renunciar y no entiendo por qué, tampoco es un trabajo tan duro. —Tiene un manchurrón negruzco en el pómulo y telarañas en el pelo, y un polvillo gris le cubre los hombros. Estornuda antes de añadir—: Es el más fácil que he tenido en toda mi vida.

—¿Por qué estás tan sucio? —le pregunta Melanie, mientras yo abro el sobre.

—Las Parloni me han hecho subir una escalera para limpiar el ático.

Yo levanto la mirada al oír eso.

—Estas casas no tienen ático.

—Hombre, claro, eso sería demasiado fácil. He fingido que el entretecho era un ático repleto de antigüedades y cadáveres, se han partido de risa. Me he echado una siesta en una almohadilla de aislamiento de esas tan grandes.

Me centro en la invitación, que resulta ser una tarjeta cuadrada con un tupido estampado de rosas y enredaderas que adorna los bordes. Apuesto a que lo hizo en unos minutos como si nada. Despliega su talento con toda naturalidad, como si fuera algo cotidiano.

—¡Es preciosa!, serviría como invitación de boda. Quizás puedas ayudarnos con las decoraciones de la fiesta de Navidad.

Él se encoge de hombros como para restarle importancia, pero se le iluminan los ojos.

Procedo a leerla en voz alta al ver que Melanie está estirando el cuello al máximo para intentar verla, terminará por hacerse daño como siga así.

—«Ruthie Midona está formalmente invitada a comer en un restaurante de postín con todos los gastos pagados, y a disfrutar después de una tarde de diversión. El viernes a las 12:00 en casa de las Parloni. Confirmarle asistencia verbalmente a T. Prescott, de inmediato».

Melanie lanza una exclamación de angustia al ver que no se menciona su nombre en ninguna parte. Yo tampoco estoy demasiado entusiasmada, la verdad. Dejo a un lado la tarjeta.

—Vale, en realidad no es una invitación. Se me ordena que comparezca.

—No exactamente…

Aunque Teddy intente suavizar las cosas, salta a la vista que no tiene claro lo que las Parloni tienen planeado para esa tarde. Y yo las conozco desde hace años.

—Básicamente, se trata de hacer de jurado. Voy a tener que sentarme en el sofá blanco de alguna selecta tienda de moda, y ver a Renata probándose ropa mientras Aggie se duerme apoyada en mi hombro. Mañana tengo trabajo que hacer.

—Debería advertirte que no tienes la opción de declinar la invitación —me dice él con cara de disculpa—. Renata me ha dicho que tendré que llevarte a cuestas hasta el coche si te niegas a venir.

—¿Y yo no estoy invitada?, ¿es en serio? —le pregunta Mel—. ¡Estoy dispuesta a llevarte a cuestas con tal de salir un rato de este sitio!

—Necesito que te quedes a cuidar a TJ, eres la única persona en quien confío —contesta él con ese tono de voz persuasivo que emplea a veces.

Ella se ruboriza, se siente complacida y honrada… mientras que yo, por mi parte, debo de tener una cara de sapo que no veas. Él vuelve a dirigir hacia mí esos ojos llenos de encanto.

—A lo mejor es divertido, ¿no? ¡Comer en un restaurante de postín!, ¡imagínatelo! Lo siento, Mel, pero yo solo soy el mensajero.

Mientras ella le bombardea con protestas y recriminaciones, yo le doy vueltas al asunto. Hay días en los que tardo muchísimo tiempo en poner un pie fuera de Providence, y soy consciente de que eso no es muy normal que digamos. Por otra parte, no seré yo quien conduzca el coche y eso significa que no tendré el control, que no tendré forma de regresar de inmediato en caso de que quiera hacerlo. Siento la necesidad de salir a sentarme en algún sitio y respirar hondo varias veces.

—Todo irá bien, ya lo verás —me asegura Teddy antes de agarrar su caja de pañuelos de papel. La sostiene con sumo cuidado—. Yo estaré contigo, te sostendré la mano todo el rato.

No sabría decir por qué, pero termino por asentir.

—Vale —lo digo sin mucho convencimiento.

El viernes por la mañana, Teddy llega a la oficina sin saber qué hacer. Las Parloni le han regalado un reloj de oro por sus horas de fiel servicio (parece ser que Aggie llamó por teléfono a su «relojero personal», que se lo envió sin demora. ¡Qué maravilla tener tanto dinero!).

—He intentado que lo devolvieran, ¡ni siquiera sé si esto está permitido! —me dice él.

Me doy cuenta de cuál es el problema cuando me muestra la caja. Jaque mate para las Parloni. El reloj tiene una inscripción grabada en la parte posterior, así que no se puede devolver ni empeñar: *Teddy Prescott, un joven excepcional.*

—Qué gran verdad —lo digo en voz alta sin querer y veo que sonríe encantado. Me esfuerzo por mantener una actitud profesional—.

No las has manipulado para que te lo compren, así que yo creo que puedes quedártelo.

He desatascado el retrete de las Parloni alguna que otra vez, pero a mí no me han dado regalitos con inscripciones. No, lo que yo recibo son las burlonas bromitas de Renata en plan «Te incluyo en mi testamento si haces esta última tarea para mí».

—No tenía un reloj desde que era pequeño. —Se lo pone y lo admira sonriente mientras sale de la oficina para volver al trabajo.

El teléfono suena poco después y es Melanie quien contesta.

—Es Jerry Prescott —me dice.

Miro la luz parpadeante de mi teléfono, respiro hondo y contesto. Pasamos unos treinta segundos con los saludos de rigor y hablando de naderías tales como el tiempo que hace y lo ocupados que estamos, y entonces va al grano.

—Solo llamaba para preguntar por Teddy, ¿qué tal le va por ahí?

—Bastante bien; de hecho, estaba en la oficina hace unos minutos.

—¿Está portándose bien?

Oigo una voz femenina de fondo que habla con él, me parece oír algo así como «De noche».

—¿Se queda ahí por la noche?, ¿no sale de fiesta? —me pregunta él.

—No, ha pasado todas las noches en casa. Está trabajando muy duro y empieza la jornada a las seis de la mañana, hoy es el Día Tres y todo está yendo de maravilla. —No puedo evitar alardear un poco.

Jerry se echa a reír.

—¡Las seis de la mañana!, ¡eso sí que no me lo esperaba de él! Rose, te toca pagar. Veinte pavos.

¿Apostaron a que Teddy haría mal las cosas? ¡Qué horror!

—Lo está haciendo de maravilla, ya está participando en las tareas de rehabilitación de tortugas en peligro de extinción que hacemos aquí.

No hace falta mencionar que la bota de Teddy (debe de calzar un cuarenta y cinco como mínimo) fue la causante en este caso.

—No te dejes deslumbrar, se le da muy bien —me aconseja Jerry con sequedad.

—¿Deslumbrar? —Me estoy ruborizando, lo noto.

Melanie me mira y en silencio, articulando con los labios, repite la palabra como si se tratara de un encantamiento mágico.

—Sí, deslumbra a la gente —contesta Jerry—. Quiero mucho a mi hijo, pero ese es el defecto que tiene su personalidad: va por la vida valiéndose de su encanto. Ha dejado a su paso un reguero interminable de corazones rotos.

—¿Está tonteando con las chicas de la oficina? —pregunta Rose.

—Nada de eso, te lo aseguro —le digo a Jerry.

Melanie sostiene en alto una libreta: **ALTAVOZ, POR FAVOR**.

Jerry está buscando la forma de explicarse con tacto.

—No quiero que parezca que es un timador. A su modo de ver las cosas, es una persona muy auténtica, pero se toma algunas libertades con la gente que es demasiado caritativa.

Se oye en el fondo la voz de Rose:

—Theodore nunca ha antepuesto a nadie por encima de sí mismo. El universo gira a su alrededor, él es el sol. Igualito a su madre. —Esto último lo ha añadido con malicia.

—¡Eso es injusto!

Me tapo la boca y cierro los ojos, ¡no he podido reprimirme! Oigo la exclamación ahogada de Melanie… Ay, Dios, ¡no entiendo lo que me está pasando! Por suerte para mí (y para mi puesto de trabajo), Jerry se ha puesto el teléfono contra el pecho mientras habla con Rose.

Vuelve a hablar conmigo al cabo de unos segundos.

—Le das la mano y se toma el brazo, como suele decirse —me asegura—. No dije en broma lo de que ya no le quedan más sofás a los que recurrir.

Me tomo un momento para pensar en mi propio sofá. Teddy estuvo tumbado en él anoche, protestando entre risas y bromas sobre su jornada de trabajo (había tenido que cortar el Big Mac de Renata en trocitos, y había ido dándoselos como si fuera una niñita).

—Me sabría muy mal que le hiciera daño a una buena chica como tú. No eres su tipo, admitámoslo. —Jerry suelta una sonora carcajada—. Pero lamento decir que eso no evitará que lo intente, tanto contigo como con tu ayudante temporal. Hacer que las chicas le adoren es un acto reflejo que no puede controlar.

—Gracias por el aviso. —No sé ni cómo puedo hablar, siento

como si la mortificación me hubiera hinchado la lengua—. Tendré en cuenta tus palabras, y te agradezco la preocupación.

Me viene ahora a la mente el sofá cama que tienen mis padres en el sótano, listo para cobijar a la siguiente alma necesitada.

—Alguien terminará demandándonos por su culpa —advierte Rose.

Oigo voces ahogadas de nuevo mientras hablan entre ellos.

—Sí, voy a decírselo —añade Jerry, mientras levanta el auricular otra vez—. Cuando nos vimos te mencioné que estoy muy atareado, Ruthie… ¡Es tremendo lidiar con ese campo de golf!

Me río porque es él quien paga mis recibos.

—Rose acaba de terminar el proyecto que tenía entre manos, está lista para activar las cosas ahí y hacer de Providence su nuevo retoño.

Lo dice como si la idea tuviera que entusiasmarme, así que intento fingir.

—¿Vendrá a ver el lugar en persona? Me encantaría mostrárselo para que vea lo especial que es.

Voy a conseguir que esa mujer se enamore de este lugar aunque tenga que enseñar a un puñado de tortugas a tirar de un trineo que la suba colina arriba.

Jerry tapa el auricular y le plantea la idea, le explica lo importante que es ver un lugar… pero ella le interrumpe, ahora no oigo nada y el alma se me cae a los pies. Esta mujer no quiere ver mi lago de aguas titilantes, prefiere seguir pensando en él como algo abstracto.

Jerry lo confirma.

—Prefiere hacer su evaluación desde aquí, es mejor que Teddy y ella se mantengan alejados. No lo olvides, Ruthie, ¡no te dejes deslumbrar! —Esto último me lo dice bromeando, con fingida severidad, antes de añadir—: En fin, Rose te llamará en breve.

Pues sí, en eso tiene razón. Ella me llama cuatro minutos después y, sin más preámbulos, me encarga tal cantidad de informes que la punta del boli por poco se me seca de tanto anotar. Estoy nerviosa. Antes de irse, Sylvia me recalcó que no quería que me pusiera a toquetear las cuentas. «No quiero encontrarme otro desastre tuyo a mi regreso», esas fueron sus palabras textuales y entendí perfectamente bien a qué se refería.

—Sylvia lo repasa todo antes de que yo lo envíe a la PDC, todos los datos que tenga la empresa son correctos.

—Quiero que vuelvas a enviármelos. —Rose sigue empleando un tono carente de inflexión, su actitud es fría y profesional—. Oye, lo que te ha dicho Jerry es sumamente importante. Si Teddy hace que te sientas incómoda en algún momento dado, quiero que me llames. No tardará en irse a pastos más verdes, limítate a mantener una actitud profesional con él mientras tanto.

Mi actitud con él ha sido muy poco profesional. Es algo que tengo claro, y esa certeza me constriñe el pecho.

—Sí, por supuesto. Me pondré a trabajar en esos informes que me has pedido, pero quería preguntarte cuál es el propósito de realizar esta evaluación; al fin y al cabo, cuando la PDC adquirió Providence ya obtuvisteis casi toda esta información.

—Yo no participé en la adquisición y quiero empezar de cero. Y, antes de que me lo vuelvas a preguntar: no, no tengo tiempo de visitar el lugar. No soy como mi padre, que viaja de costa a costa y pierde el tiempo. Todo puede hacerse de forma remota. Necesito las claves de acceso de las cuentas bancarias de Providence, ¿me las das?

Me la imagino boli en ristre, esperando.

—No puedo, Sylvia es la única que las tiene.

—¿Solo tiene acceso a las cuentas una única persona? —Es obvio que le parece extraño—. ¿Desde cuándo está organizado así?

—Desde siempre.

Tengo la sensación de estar delatando a Sylvia. Le pregunté al respecto al poco tiempo de que me contrataran, pero me dijo que me daría las claves cuando se me pudieran confiar con tranquilidad.

Rose interrumpe mi momento de estrés.

—Me encargaré de obtener acceso por mi cuenta. Ah, y también quiero información sobre el proceso de contratación del personal. Veamos tu caso, por ejemplo. ¿Te han investigado bien? Certificado de antecedentes penales, ese tipo de cosas.

—No sabría decirte, fue hace mucho tiempo. —En el cajón inferior de la mesa de Sylvia hay una carpeta etiquetada con mi nombre, pero me da miedo abrirla—. Conozco a Sylvia desde niña, quedó un puesto vacante, me llamó y aquí estoy, seis años después.

Mi intención era demostrar que mi contratación fue un acierto, pero Rose reacciona con desaprobación.

—Todo eso suena muy informal, voy a tener que revisar los documentos que tengáis sobre políticas de empresa. ¿Vuestros sistemas tienen la Acreditación de Calidad ISO? Oye, tengo otra llamada, mi ayudante contactará con la tuya.

Melanie da rienda suelta a su curiosidad en cuanto me ve colgar.

—¡Bueno, desembucha! ¿Has averiguado algo?

—Sí, que tenemos que andarnos con mucho cuidado —me limito a contestar.

Y en ese preciso momento me salta un aviso recordándome algo: se supone que esta tarde debo darle una respuesta a Melanie sobre lo del Método Sasaki. Con la voz de Rose resonándome aún en el oído, soy consciente de nuevo de lo poco profesional que es ese asunto y me limito a borrar el aviso. Me pregunto si Melanie se sentirá muy decepcionada cuando le dé un no por respuesta.

—Vamos a estar ocupadas durante las próximas semanas, me esperan un montón de horas de trabajo. No creo que tenga tiempo ni de… —Me salta otro aviso más, son como moscardones que zumban a mi alrededor. Este es sobre la salida a comer con las Parloni, y reitero entre dientes—: ¡No tengo tiempo!

Melanie se da cuenta de lo que estoy haciendo y no está dispuesta a permitirlo. Sus ojos oscuros me sostienen la mirada mientras me habla con firmeza.

—Sí, tienes unas largas jornadas de trabajo por delante, pero yo voy a ayudarte. Cumpliremos con nuestras obligaciones aquí, y lo que hagamos en nuestro tiempo libre será asunto nuestro. Y claro que vas a ir a ese restaurante de postín con Teddy y las Parloni, considéralo como una comida de negocios con unas clientas. Caso cerrado.

10

Teddy llega quince minutos antes de la comida en el «Restaurante de Postín». El uniforme de chófer que viste lo han usado muchos de los chicos de las Parloni, así que no es ninguna novedad para mí. Pero nunca antes me había impactado así, la verdad.

—Esa ropa te queda muy sexi, pareces uno de esos *strippers* a domicilio —le dice Melanie, que parece tener ciertas dificultades para articular palabra; es humana, al fin y al cabo.

Él le muestra la reluciente placa identificativa que lleva puesta *(Guaperas)*, y me da la impresión de que la deja deslumbrada.

—Sobran las explicaciones —contesta, sonriente, antes de dejar sobre la mesa de Melanie su gorra y la caja donde tiene a su tortuga. Entonces se vuelve a mirarme—. ¿Qué opinas tú?

A alguien tan guapo no le hace falta que yo le haga un cumplido.

—Despídete de TJ —me limito a contestar, antes de mirar a Melanie—. Va a venir Mark, del Zoo de Reptiles. Él sabe dónde está mi patio, registra su llegada y su salida. Nada de visitas que no estén autorizadas...

—Sí, ya sé lo estricta que eres con el libro de visitas —afirma ella con una mueca—. Tendrías que haber sido guardia de seguridad, es tu verdadera vocación.

Lo que dice me duele porque no hace honor a mi pasado, pero la voz de Teddy impide que esos recuerdos emerjan a la superficie.

—Así, ¿sin más?

Lo dice con semblante sombrío mientras acaricia a TJ con un dedo, está claro lo que le inquieta.

—No te preocupes, van a traerlas de vuelta.

Una descarga de color y energía asciende por su rostro, ilumina su blanca sonrisa y hace brillar esos ojos tan similares al caparazón de una tortuga.

—¡Qué bien!, ¡no sabes cuánto me alegra oír eso! Gracias, Ruthie.

Si él se siente aliviado, yo también. ¿Cómo es posible que sienta sus emociones, sus cambios de humor? Me pregunto si alguna vez seré capaz de resistirme a este deseo de solucionar sus problemas, de devolver la sonrisa a su rostro. La advertencia que recibí de su padre llegó demasiado tarde, lo ideal habría sido oírla cinco minutos antes de llegar a la gasolinera vestida como una abuelita.

Él estira los hombros como si acabara de quitarse un gran peso de encima.

—Me llevo a tu jefa, Sasaki. Vamos, Midona. Hora de ir a comer.

—¡Es increíble que no me hayan invitado! —refunfuña Melanie, mientras toca a la tortuga con la punta de un boli. Añade un sonoro bufido para recalcar aún más su indignación—. No se me valora como miembro de este equipo, ¡he sido excluida!

—Es muy difícil encontrar una niñera decente de buenas a primeras —le dice Teddy con tono implorante.

Melanie accede a regañadientes. Pobrecilla, la verdad es que merece más que yo un poco de diversión. Al fin y al cabo, tengo una lata de sopa con la que puedo apañarme perfectamente bien, tal y como he hecho cientos de veces.

—Rose acaba de enviarme la lista de tareas, seguro que tengo trabajo para el resto del día. Puedes ir en mi lugar, Mel. —Hago caso omiso del melancólico vuelco que me da el estómago mientras ella da palmaditas y sonríe entusiasmada—. Que os divirtáis.

—¡Uy, todos sabemos lo que significa eso! —dice Teddy—. Te lo advertí, ¿no? Tengo órdenes estrictas de sacarte de aquí, aunque tenga que llevarte a cuestas hasta el coche.

—¡No! ¿Qué…? —Echo mi silla hacia atrás mientras él rodea mi mesa con semblante decidido—. No, espera, iré…

—Las reglas son las reglas. —Me toma de las manos para tirar de mí y ponerme en pie, tiene un brillo travieso en la mirada.

Tengo que hacer caso a las advertencias, no debo dejarme deslumbrar…, pero ya es demasiado tarde. Se inclina hacia delante, coloca el hombro contra mi estómago, siento un impulso ascendente y un brazo que me rodea las rodillas y ¡zas! Estoy boca abajo, a una distancia considerable del suelo, con la mirada puesta en su trasero. Lo repito una vez más: deslumbrada.

Mi pie vuelca un cubilete portalápices, Melanie está gritando entusiasmada.

—¡No, bájame! —Mis protestas son en vano. Veo pasar ante mis ojos la alfombra, la bandeja de entrada que Melanie tiene sobre su mesa, la cara de un TJ que parpadea estupefacto, la maceta que hay junto a la puerta—. ¡Mi bolso! ¡Mi chaqueta! —Noto una súbita sacudida ascendente seguida de un pequeño rebote cuando me coloca mejor sobre su hombro—. ¡Tengo que ponerme a trabajar en los informes para la PDC! —dirijo mis protestas hacia su espalda.

—¿Cuánto han dado de plazo? —se lo pregunta a Melanie, que le ha acercado mi bolso y mi chaqueta y está colgándoselos del brazo libre.

—La asistente de Rose ya me ha mandado un correo electrónico, tenemos tiempo —contesta ella—. Puede salir a comer y pasar un buen rato fuera, no hay ningún problema. Teníamos que hablar sobre los recibos pendientes de cobro, pero creo que podré reprogramarlo. Daré por hecho que no volverá en lo que queda de tarde.

—¡Claro que voy a volver!

—Sé que tienes pensado pasar el fin de semana entero trabajando, así que vendré a hacer media jornada contigo para que no estés sola —me dice ella, antes de pasarme una mano por el pelo—. ¡Pásatelo bien!

Los sábados de Melanie son sagrados, no se levanta de la cama hasta las dos de la tarde.

—¡No hace falta que vengas, Mel! —Me está costando un poco mantener una conversación de trabajo así, doblada sobre el hombro de un hombre. Intento manejar esta situación empleando un tono de voz sereno y normal—. Vale, Teddy, nos has hecho reír, ahora ya puedes bajarme.

—No te oigo reír. —Su brazo me aprieta las piernas.

—¡Gírala hacia aquí para que su cara salga en la foto! —exclama Melanie.

Yo chillo como un pterodáctilo.

—¡Estáis muertos! ¿Me estáis oyendo? ¡Muertos! —Intento aferrarme al marco de la puerta al pasar, pero no hay suerte. Tan solo consigo pensar en lo que diría Rose Prescott si me viera en este momento.

—¡Adiós, Mel! —dice él con toda la naturalidad del mundo—. Voy a quedármela toda la tarde, así que tendrás que arreglártelas sola. —Y allá vamos, salimos de la oficina y enfilamos por el camino—. ¡Cuida de mi chico! ¡Tiene intolerancia al gluten!

—¡En la carpeta negra hay una hoja de instrucciones que te preparé!, ¡ahí tienes los pasos a seguir a la hora de cerrar! —grito yo, mientras veo pasar el empedrado del suelo ante mis ojos—. ¡Pon la alarma! ¡Cierra la puerta con llave! ¡Mándame un mensaje de texto cuando hayas echado la llave!

—¿Qué? ¡No te oigo! —contesta ella.

—¡Que cierres la…!

—¡Voy a aprovechar para trabajar en el Método Sasaki! ¡No te desmelenes demasiado! Nos vemos mañana, aunque no muy temprano.

La vida ha quedado reducida a este hipnótico balanceo y al sonido de los pasos de Teddy; quién sabe, a lo mejor he entrado en coma y estoy teniendo el mejor sueño de toda mi vida en una cama del hospital. Madre mía, qué trasero. ¿Cómo es posible que me lleve a cuestas sin apenas esfuerzo?, ¿cómo puedo encajar sobre uno de sus hombros?

—¡No me dejes caer, por favor! —Me aferro a la cinturilla de sus pantalones cuando sortea a una tortuga.

—No te agarres demasiado fuerte, vas a rasgar la tela. Relájate, que no voy a dejarte caer. ¡La tengo! —Esto último debe de ir dirigido a las Parloni, seguro que están esperando camino abajo—. ¡Parezco Teddy el Cavernícola! —Se pone serio de repente—. Oye, ¿Rose te lo está poniendo difícil? Lo siento mucho, es bastante aterradora.

—Tú no conoces a Sylvia.

No estoy al tanto de las circunstancias familiares de los Prescott, pero deduzco que Rose y Teddy son fruto de matrimonios distintos; en cualquier caso, la frialdad que había en la voz de esa mujer al hablar de él me resulta inconcebible. Teddy es tan… cálido, tanto metafórica como literalmente.

Se detiene para ajustar de nuevo mi posición y se me resbalan un poco las manos. Técnicamente, podría decirse que me limito a sujetarme. Esta colina va a llegar a su fin, me estremezco de tristeza.

—Como un saco de patatas.

El comentario lo hace Renata, a la que veo del revés cuando Teddy se detiene junto al coche. La detesto. Detesto este terreno llano y el coche que tengo al lado.

—Siempre pensé que a las chicas les gustaba que un caballero las llevara en brazos, pero en este caso no es así —contesta él, antes de bajarme al suelo.

—Uy, ¡claro que les gusta! —le asegura Renata—. ¡Mira esas mejillas sonrosadas!

—Perdón por el comportamiento de este par —me dice Aggie, tan digna como siempre—. Estoy convencida de que ejercen una mala influencia el uno en el otro. Bueno, ¿nos vamos ya? De camino al restaurante tenemos que hacer una parada por mi adicción.

Deduzco que se refiere a que tiene que comprobar sus billetes de lotería.

—¡Permítanme, señoras! —dice Teddy, con su placa de *Guaperas* reluciendo bajo el sol, antes de correr a abrir las puertas traseras para ayudarlas a entrar en el coche. La mía también la abre y, justo cuando voy a entrar, me dice al oído—: Oye, qué bien hueles. Debe de ser de tanto remojarte en la bañera.

Me desplomo en mi asiento con tanta fuerza que el coche entero se sacude. La sensación de su hombro apretado contra mi estómago no se ha desvanecido aún.

—¡Qué divertido! —dice Aggie, presta a dar su interpretación de los hechos.

Me vuelvo a mirarla y veo que su hermana y ella están tomadas de la mano, qué adorable. Me alegra verla tan animada y despierta.

—¿Cómo tiene las manos, Aggie? —le pregunto.

Ella se encoge de hombros como con resignación, y Renata empieza a frotarle con ternura la que está sosteniéndole.

En el tiempo que llevo trabajando aquí, he reflexionado a menudo sobre lo reconfortante que debe de ser vivir con alguien que te quiere cuando te haces mayor. Me invade una súbita sensación de apremio, y me viene a la mente el plan de Melanie para ayudarme a buscar pareja. La verdad es que tengo que tomar una decisión sobre mi futuro... Qué bien, no me siento nada presionada.

Teddy nos hace reír durante todo el trayecto improvisando distintos personajes:

- Eddie, el Transportista de Ganado: «¡Eh, a ver si no hacemos tanto jaleo ahí atrás! ¡Qué vaquitas tan revoltosas!».

- Tedderick, el Conductor Nervioso: «¡Ay, mis tapacubos! ¡Oh, cielos! ¡Uy, por qué poco!».

- Prescott, el Guardaespaldas de Providence (yo diría que algunas frases se las ha copiado a Kevin Costner, tendré que ver la película después para comprobarlo).

En un momento dado, estando parados en un semáforo, saluda con caballerosidad a un peatón llevándose la mano a su gorra de chófer.

—¡Nací para esto! Señoras, muchas gracias por ayudarme a encontrar la vocación que le da sentido a mi vida.

(No es por nada, pero sus largos muslos enfundados en esa tela gris se han convertido ahora en lo que le da sentido a la mía).

—¡Encantadísimas de ayudarte! —le contesta Aggie.

Renata se limita a esbozar una gran sonrisa y contempla la calle a través de la ventanilla.

El coche se inunda de felicidad y me doy cuenta de repente de que salir de Providence no ha sido tan difícil después de todo. No, no lo ha sido, porque me han sacado de allí poco menos que pataleando. He conocido a multitud de chicos de las Parloni, y este es el único al que le he importado lo suficiente como para hacer algo así. Me giro a contemplar su perfil; está mirando a sus jefas por el retrovisor, sonriendo con un afecto que no se puede fingir.

Hace un rato que me bajó al suelo, pero siento que mi corazón se ha quedado sobre su hombro y que ahora es incapaz de latir a un ritmo normal. Espero que Teddy no se dé cuenta de este inconveniente encaprichamiento que siento. Esta noche rezaré de rodillas para que

Melanie no se dé cuenta tampoco, porque puedo darme por muerta como lo descubra.

Él se gira hacia mí y oigo violines.

—¿Estás bien?

Yo no puedo por menos que reír y sacudir la cabeza, porque la respuesta a su pregunta sería algo así como: «No, probablemente no». Segundos después, detiene el Rolls-Royce frente a un restaurante de aspecto intimidante situado en un edificio recubierto de hiedra.

—Hemos llegado a nuestro destino: ¡Villa Esnob! —anuncia sonriente.

Y, siendo como es un chófer de primera, sale del coche con premura y ayuda a salir primero a Aggie, que se agarra a su brazo hasta que está sana y salva en la acera.

—¡Ahora yo! —grita Renata.

Yo, mientras tanto, abro mi puerta y salgo del coche. Por lo que puedo ver del restaurante, está claro que no voy vestida apropiadamente. No sé, puede que Teddy y yo logremos encontrar alguna hamburguesería por la zona.

—¡Estoy hambrienta! —añade Renata, mientras se alisa la ropa y se pasa una venosa mano por el pelo—. Y me muero de sed.

Toma del brazo a su hermana y las dos entran en el restaurante sin más.

Teddy se quita el chaleco con la placa de *Guaperas*, y lanza la gorra al asiento del acompañante como si de un *frisbee* se tratara antes de entregarle las llaves al aparcacoches. Y hételo ahí ahora, con esos pantalones tan sexis y una camisa blanca, y cuando empieza a anudarse una corbata parece un joven y moderno empresario preparándose para una carísima comida de negocios con un cliente.

Tengo la sensación de que la luz se refleja en su reloj de oro, me atraviesa el pecho y ciega mi corazón. Él hace una mueca traviesa al ver que estoy observándole.

—Fui a un colegio privado, sé anudarme una corbata. —Procede a sujetarse el pelo.

—Cuando uno es guapo, puede encajar en cualquier tipo de situación. —Qué injusto. Señalo hacia la ventana que permite ver el interior del restaurante—. Mira a Renata, ya está sembrando el pánico entre el personal. Va a rechazar la mesa que le tenían preparada, sea cual sea.

—¿De qué sirve ser viejo y rico si no puedes alardear? —En eso tiene razón. Estamos entrando en el restaurante cuando oigo su voz a escasos centímetros de mí—. ¿Podrías explicar más detalladamente lo guapo que te parezco?

Doy un respingo al sentir su mano deslizándose por mi cintura.

—¡Theodore!

Él se limita a sonreír como si mi reacción fuera respuesta suficiente.

En cuanto entramos veo una mesa para cuatro con un cartelito que indica que está reservada, pero el personal está preparando a toda prisa dos mesas de dos comensales. Y entonces, en medio de la sala repleta de gente bien vestida que disfruta tan tranquila de su comida, Renata nos grita a pleno pulmón:

—Nosotras nos sentamos aquí, ¡vosotros dos tenéis una mesa aparte! ¡Qué romántico!

Todo el mundo baja los cubiertos y me mira, y yo tengo la sensación de que todos y cada uno de los hilillos sueltos de mi ropa están a la vista. Pero Renata no ha terminado todavía.

—Ruthie, ¡puedes practicar para cuando tengas una cita con alguien de verdad!

—¡Eh! ¿Qué quiere decir eso? —protesta Teddy—. Que yo sepa, soy totalmente real. ¡Pueden pellizcarme para comprobarlo!

—Ya sabes lo que quiere decir —le digo, roja como un tomate de la vergüenza.

La sala entera de silenciosos comensales nos observa, con los cubiertos bajados aún, mientras zigzagueamos entre las mesas. Una vez que llegamos a la que se nos ha asignado, Teddy me aparta la silla y me siento.

—Este menú no tiene los precios —comenta, cuando se ha sentado a su vez—. No es una buena señal.

Un camarero que estaba esperando a que nos sentáramos se acerca a la mesa.

—Sus amigas nos han informado de que pedirán por ustedes, ¿tienen alguna restricción dietética?

—La simple pobreza, nada más. —Teddy se siente satisfecho al verme reír. Se frota las manos con fruición—. ¡Comida gratis! Todo está saliendo de rechupete. ¿Resulta raro que esté preocupado por mi tortuga? —Manda un mensaje de texto—. Mel se comprometió a mantenerme informado.

—A veces, cuando tengo alguna que está bastante malita, me invento excusas para subir a verla.

—Sí, eres la única que sabe lo que se siente. ¿Por qué podemos llevarlas gratis al Zoo de Reptiles? —Me da un empujoncito con el pie por debajo de la mesa—. ¿Quién ideó esos formularios?

—Bueno, es que sabía que estaban en peligro de extinción, así que hice unas llamadas y los del zoológico mandaron a varios especialistas a Providence. Y los formularios fueron una creación mía, claro. ¡Cualquier excusa me parece buena para crear más papeleo!

Lo digo en tono de broma, pero él me reprende con la mirada por mi autocrítica.

—Así que creaste un programa completo de rehabilitación para una especie en peligro de extinción. Tú sola. Apuesto a que a tu horrible Sylvia no le parece bien. —Ve la respuesta en mi rostro—. Mel me dijo que tienes que recurrir a recaudar fondos. La gente que vive en Providence tiene guardado bajo el colchón dinero suficiente como para organizar no una, sino diez fiestas de Navidad.

—Eso no importa.

—Pues debería. La gente recibe demasiado de ti. Asegúrate de que Rose no te pisotee también.

Me muestra su móvil para cambiar de tema. Melanie le ha mandado una foto en la que se la ve observando a TJ en su caja de kleenex con actitud diligente. Se ha hecho una cofia de enfermera de papel y la ha decorado con una cruz roja.

—Qué loca que está —comenta él con afecto.

Por un estremecedor momento, los caso en mi mente. Ah, ¡qué anécdota tan dulce para contarla durante el banquete! «Y entonces le dije que ella era la única persona en quien podía confiar, ¡un brindis por mi mujer!». Apuesto a que me tocaría ayudar a los del *catering* a limpiar copas sucias.

—Todo el mundo necesita un descanso, incluso el papá de una tortuga. —Consigo que mi voz suene normal incluso estando sumida en una ensoñación de pesadilla.

—Ya sé que es raro, pero no he tenido nunca una mascota.

Antes de poder ahondar con él en ese tema (seguro que de niño podría haber tenido hasta un poni si hubiera querido, ¿no?), borra la tristeza que se refleja en su mirada y alisa el mantel.

—Cuánta elegancia, ¿a los otros chicos de las Parloni también se les invitaba a comer?

—Me parece que no. Yo creo que eres muy especial. Eh… es decir…

—Muy especial, qué amable —asiente él con calidez, antes de untar de mantequilla uno de los panecillos. Se lo come enterito antes de añadir—: ¿Cómo era mi predecesor?

Me recuesto en la silla y coloco bien los cubiertos antes de contestar.

—Se llamaba Phillip. Estudiaba periodismo y tenía un blog sobre zapatillas deportivas. Llegó a su límite con lo de planchar ropa interior con un estampado graciosillo.

—Ah, ¿te refieres a ese tanga raído con estampado de leopardo con el que intentan tomarme el pelo? ¡He encontrado cosas peores al fondo de mis sábanas! —Lo dice demasiado fuerte y la gente de la mesa de al lado se vuelve a mirarlo—. Se lo doblo con el método japonés ese, lo dejo del tamaño de una caja de cerillas.

Me echo a reír.

—¡Me parece que a veces eres un chico bastante pulcro!

—¡He estado doblándolo todo desde que te conocí! He pasado mi vida entera sumido en el caos y ahora quiero una etiquetadora, ¡quiero tatuar todas mis cosas! Anda, cuéntame cómo era el chico que precedió a Phillip. —Se embute un segundo panecillo en la boca.

Estoy distraída porque acabo de ver algo real y profundo bajo esa sonrisa desenfadada suya. Me parece que ser un Prescott no es tan fácil como yo pensaba.

—El de antes de Phillip se llamaba Brayden. Diecinueve años, desempleado crónico. Le sorprendió muchísimo conseguir un trabajo, era triste ver lo entusiasmado que estaba. Le gustaba pasar el rato en la oficina, pero lo que hacía era estorbarme.

—¿Cómo le ahuyentó Renata? —Bueno, creo que eso es lo que me pregunta con la boca llena de pan.

—Se hizo la muerta, él huyó despavorido y no volvió a aparecer por aquí. —Sonrío a mi pesar—. Así que seguirá convencido de que Renata murió realmente. —Me vuelvo a mirarla, está charlando entre risas con Aggie—. Qué innecesario que hiciera algo así, a veces me pregunto si será malvada de verdad.

—Me parece que intentó ese truco conmigo, pero cambié el canal de la tele y eso le reavivó el corazón. ¿Y antes que él?

Ha untado de mantequilla un tercer panecillo, pero de repente se queda inmóvil por algo. Es por mí, ¿será que estoy mirándole raro?

—Perdona, estoy comiendo pan a dos carrillos. Disculpa. —Lo deja en mi plato.

Puedo encargarme yo misma de cortar un panecillo y untarlo de mantequilla, pero en esta ocasión en concreto no he tenido que hacerlo. Y precisamente por eso es el panecillo más delicioso que me he comido en toda mi vida.

—Luke tenía unos veinte años —le digo, entre bocado y bocado—. Se lanzó colina abajo con su monopatín, chocó con una tortuga y se cayó. Intentó demandar a Providence; por suerte, yo había ido tomando nota de cada vez que le advertí que no lo hiciera. Tenía apuntadas hasta la fecha y la hora.

—El sueño de todo abogado, una empleada modélica.

Aunque lo dice como un cumplido, no puedo evitar sentirme avergonzada. Santurrona, la buena chica que sigue las normas al pie de la letra. Esa soy yo, ¿no?

—¿Quieres otro? —me pregunta, con la mano planeando sobre la cesta de pan—. Necesitas carbohidratos, menos mal que te he salvado de tu lata de sopa.

—Sí, por favor. Salvé a tu padre de una demanda, tendrás más dinero para heredar. —Acepto la copa de vino que me entrega el camarero, pero no lo pruebo.

—¡Bébetelo! —me grita Renata desde el otro extremo de la sala.

Teddy sacude la cabeza.

—Sí, así soy yo. Me limito a dejar pasar el tiempo, a la espera de recibir esa herencia mía que tanto me pertenece. —Se pone a untar otro panecillo más, pero hay cierta violencia contenida en sus movimientos—. Tendría que ser por encima del cadáver de Rose.

Necesito que su rostro recupere la sonrisa.

—¡Anímate, Teddy! Creo que eres el asistente de Aggie y Renata Parloni que más tiempo ha aguantado, así que ¡felicidades!

Hacemos chinchín y tomo un sorbito de vino. Me deja un ligero regusto ácido y no me agrada lo más mínimo, pero tengo que crecer. Mel me aconsejó que viera esto como una comida de negocios, quizás debería intentar conversar sobre asuntos de la empresa con el hijo de Jerry.

—En la PDC ni siquiera se acordaban de nuestra existencia hasta ahora, no entiendo para qué quieren hacer esta evaluación. Nos tenían totalmente en el olvido. —Mi voz se tiñe de un resentimiento que supongo que a él no le pasa desapercibido.

—Lo eché todo a perder al aparecer por aquí, ¿verdad? —Espera unos segundos y, al ver que intento encontrar una respuesta diplomática, su sonrisa se apaga—. Rose evaluará los activos y los pasivos, y presentará sus conclusiones ante la junta. Les dirá cuál es la vía de acción que más beneficios puede reportarle a la empresa; si esa colina tiene más valor estando cubierta de bloques de pisos, los construirá sin dudarlo.

Le oigo hablar y me pregunto cuánta información de primera mano posee sin darse cuenta siquiera.

—¿La describirías como una persona encantadora que adora a los ancianitos?

—Lo más probable es que de niña tuviera una excavadora de juguete.

Lo dice con un semblante inexpresivo que no me gusta nada. Y entonces toma su móvil y bosteza, como dando por concluido el tema de conversación.

—¿Por qué dices que es lo más probable?, ¿no estás seguro? —Tomo otro sorbito de vino—. Quizás podrías convencerla de que viniera, si viera Providence en persona…

—Voy a contarte algo sobre mí. —Nuestras miradas se encuentran de nuevo y siento un súbito vuelco en el estómago, porque ahora estoy ante un hombre adulto que se ha puesto muy serio—. Cuando alguien piensa que puedo serle útil de alguna forma por ser un Prescott, me doy cuenta enseguida. Me caes muy bien, pero ya puedo decirte por adelantado en qué va a desembocar esto: no puedo involucrarme. Si crees que tengo la más mínima influencia, estás muy equivocada.

Yo respondo con vehemencia.

—¿Te da igual que Providence sea el hogar de un montón de personas mayores que no merecen tener que buscar otro lugar donde vivir a estas alturas de su vida? ¡Podría matarlas el estrés!

Él dirige la mirada hacia sus jefas y veo un sincero pesar en su mirada.

—Claro que no me da igual. Pero no podría ayudarte ni aunque quisiera hacerlo. Rose no lo permitiría.

11

El camarero nos interrumpe para servirnos unas ensaladas paliduchas y nada apetecibles. El plato está salpicado de unas gotitas de aliño que podrían alcanzar para impregnar una única papila gustativa, y han añadido además unas flores que he visto en los matorrales que crecen en las cunetas.

Mi estómago hace un ruido que me recuerda a Melanie cuando se pone protestona.

—¿Qué será esto? —Teddy alza una cosa con el tenedor, está claro que quiere cambiar de tema—. ¿Un tomate?, ¿una hoja de remolacha transparente?, ¿una cebolla difunta?

—Es la sombra de un tomate —sentencio yo mientras rebuscamos en nuestros respectivos platos para ver si hay algo comestible—. No quiero ser desagradecida cuando me han invitado a comer, pero el panecillo con mantequilla es lo mejor hasta ahora.

—¿Tus padres siguen juntos? ¿A qué se dedican? —añade al verme asentir.

Bueno, supongo que llegó el momento de la gran revelación. Es una muy poco sexi, y la gente suele tomarla como el camino fácil a la hora de comprender por qué soy como soy.

—Estás comiendo con la hija del reverendo. Literalmente. —Tomo otro sorbo de vino, qué malo que está.

—No te lo bebas —me dice él.

—Te enteras de que soy la hija de un reverendo y menos de un segundo después ya te parece que beber vino es demasiado atrevido

129

para mí, ¿no? —Abro la boca y apuro el vaso de un trago. Exhalo los vapores del vino y me siento como si acabara de tragarme una cerilla encendida.

—No, te lo he dicho porque está claro que no te gusta. No tienes por qué obedecer a Renata en todo. Apenas mide metro cincuenta, ¿qué podría hacerte? —Bebe un trago de agua. Es chófer, al fin y al cabo—. ¿Sigues yendo a misa?

—Cuando voy a casa de visita, para evitar discusiones. Pero no voy a ninguna iglesia de por aquí, mi padre está decepcionado de mí.

La verdad es que es increíble cómo me las he ingeniado para guardar esos sentimientos (como en el método KonMari, vas doblando y doblando y reduciendo el tamaño). He perdido la fe en la iglesia, mi padre la ha perdido en mí. Cabe preguntarse cuál de las dos cosas ocurrió primero.

Veo pasar a un camarero y le alargo mi copa.

—Necesito otra, por favor.

No tengo tiempo de intentar dar respuesta a mi propia pregunta, porque la voz de Renata resuena en la sala y sobresalta a la gente que nos rodea.

—¡Eh, tortolitos! ¿De qué estáis hablando?

Teddy deja la respuesta en mis manos. Y Renata no está demasiado fina del oído, así que ni siquiera puedo susurrárselo en un aparte.

—Eh… ¿De asuntos familiares?

—¡Podéis seguir! —contesta ella, blandiendo el cuchillo al aire con displicencia.

Me giro de nuevo hacia Teddy, y el brillo de diversión que ilumina sus ojos hace que no me afecten como yo esperaba las miradas que nos lanzan desde las mesas vecinas. ¡A quién le importa lo que piense esta gente!

El vino está haciendo de las suyas y empiezo a sentir un placentero calorcito por dentro, quizás debería comer algo para que lo absorba. Indico los panecillos con un gesto y Teddy me unta otro más con mantequilla.

—Lo haces mejor que yo. —Es la explicación que le doy, y a él no le parece extraña—. Tengo hambre y me parece que ya estoy borracha, ¿cómo puede ser?

Y el camarero me entrega mi segunda copa justo ahora, ni que estuviera cronometrado.

—Solo has comido dos panecillos y la sombra de un tomate —me dice Teddy—. ¿Podría decirnos cuál es el plato principal?

El camarero contesta sin inflexión alguna en la voz.

—Pollo asado abierto en mariposa, pero primero les serviremos una sopa.

—Estamos hambrientos, con dos pollitos en miniatura no tenemos ni para empezar. ¿Podemos cambiar el menú? Que sean dos filetes. ¿Te parece bien, Ruthie? —Se le ve muy satisfecho de sí mismo cuando el camarero se aleja con cara de cabreo—. Esto me pasará factura después.

—Menos mal que son las Parloni las que pagan, estoy sin blanca.

Me vendría bien que él me devolviera el dinero que me debe, pero eso ya me da igual. Teddy es pura alegría y me doy por satisfecha con el precio que pagué.

—¡No se me ha olvidado! —me asegura, antes de ponerse a rebuscar en el bolsillo trasero de su pantalón.

De repente se oye el inconfundible sonido de un velcro abriéndose, y una mujer se gira hacia él y mira alarmada hacia la parte inferior de su cuerpo.

—¡No, por favor! ¿Por qué tenía que ser precisamente aquí y ahora? —se lamenta él mientras se palpa la cadera.

—¿Qué ha pasado? —Intento asomarme por debajo del mantel.

Él me mira con perplejidad.

—Estás de broma, ¿verdad? ¿No has visto la placa de «Guaperas»? Esto es un traje de *stripper*, ¡está sujeto con velcro!

—¡Ay, con la de veces que lo he llevado a la tintorería! ¿Qué pensarán de mí? —Mientras engullo la segunda copa de vino, cobran sentido las miraditas de la gente.

—Pues que conoces a algún que otro guaperas. —Me lanza una mirada traviesa mientras se saca con cuidado la billetera. El sonido del velcro es mínimo en esta ocasión—. Mi buena samaritana de turno no me falló, resulta que una señora muy amable encontró mi billetera en la lavandería. Siempre son mujeres, los hombres son unos impresentables. —Una polilla imaginaria sale volando del interior, como en los dibujos animados. Saca unos billetes bastante maltrechos—. Veinte dólares. Gracias.

Ahora que nuestra deuda ha quedado saldada, me doy cuenta de que no me gusta que desaparezca este vínculo que nos unía. Su billetera es una aplastada reliquia medieval de cuero a la que le ha pasado mil veces por encima un carro tirado por caballos. Me gustaría abrirla para leer todos los tiques de compra y las tarjetas que contiene, querría tenerla bajo mi almohada mientras duermo... Ay, esto no pinta nada bien.

—Háblame de tu última pareja —me pide él con toda la naturalidad del mundo.

—Mi novio se llamaba Adam. Sí, ya lo sé, fui bastante literal con la clase de chico que pensé que tendría la aprobación de mi padre. —El camarero retira mi ensalada, ni siquiera la he probado—. Estuvimos saliendo, por llamarlo de alguna forma, desde los dieciséis hasta... la mañana siguiente a la noche de la fiesta de graduación.

—Me parece que ahí hay una historia interesante.

Nos interrumpen una vez más. En esta ocasión nos sirven una especie de sopa rosa, y yo toco el lateral del plato con curiosidad. Está frío.

—Perdone, ¿qué es esto? —pregunta Teddy.

—Sopa fría lituana de remolacha. —El camarero consigue mantenerse impávido al soltar semejante respuesta.

—Bueno, habrá que probarla —dice Teddy, procurando disimular la agonía que está viviendo por dentro. Es inteligente por su parte, porque sus jefas están observando en todo momento.

Se lleva una cucharada a la boca y entrecierra los ojos con gesto pensativo. ¿Le gustará?, ¿le parecerá horrible? ¿Por qué me importa tanto su reacción? Tengo que hacer caso a las advertencias de Jerry Prescott antes de que sea demasiado tarde. No tengo claro qué tipo de situación podría considerarse como «Demasiado tarde», pero no se tratará de nada bueno para mí.

Lo que debería hacer es centrarme más en mis propias experiencias en vez de estar pendiente de las suyas. Tomo una cucharada de la espesa sopa.

—¿Qué opinas tú?, ¿lápices de cera dulzones? —le pregunto.

—Sabe como si te dejaras un bote de salsa de remolacha en la terraza y le lloviera encima. —Pero está comiéndosela de todas formas.

—¡Lo has clavado! —contesto con una sonrisa de oreja a oreja.

—Me encanta cuando sonríes, siento como un aleteo aquí. —Se da un golpecito en el plexo solar con el puño—. Bueno, ¿vas a contarme qué pasó con Adam? ¿Te rompió el corazón?, ¿voy a tener que ir a buscarlo para cantarle las cuarenta? —Me recuerda a Melanie.

El vino me hace confesar.

—La noche de la fiesta de graduación fue un desastre, para él fui esa mala decisión de la que te arrepientes y a la mañana siguiente acudió a mi padre en busca de consejo. Fue una situación bastante complicada. —Se me quiebra la voz. Recuerdo lo mortificada que me sentí estando allí, plantada frente a la puerta cerrada del despacho de mi padre, sabiendo perfectamente bien de qué estaban hablando allí dentro.

—Eso no estuvo nada bien por su parte, ¿cómo se le ocurre acudir a tu padre? Es una violación de tu privacidad.

—Bueno, eso puede ser un poco excesivo…

—Dieron menos valor a tus sentimientos, tu experiencia y tu privacidad que a los de él, y eso me saca de mis casillas. ¿Lo ves? ¡Te lo dije, la gente recibe demasiado de ti!

—Nunca lo había visto desde ese punto de vista. —Apuro mi copa—. En fin, ese fue mi último… encuentro. Al estar trabajando en Providence, ha sido una de las tareas de mi lista de cosas pendientes para las que nunca encuentro tiempo. Encontrar novio. Hasta que apareció Melanie.

Oye, ¡el vino funciona de maraviiiiilla! Estoy borracha en pleno día, sentada frente a un tipo del que estoy enamoriscada a pesar de saber que es una insensatez. Seguro que soy tan transparente como el cristal en este momento.

—Esta tarde tengo que darle una respuesta a Melanie sobre…

—El Método Sasaki. Sí, me ha pedido que te convenza de que aceptes. Pero no quiero que lo hagas, ahí fuera hay una jungla. Te lo he dicho y te lo repito: los hombres son unos impresentables.

—Tú eres hombre.

—Impresentable.

—Si no quiero estar sola en un complejo residencial para mayores desde los veinticinco años hasta los noventa, voy a tener que hacer algo al respecto. Quiero que seas totalmente sincero conmigo: suponiendo que esto fuera una cita de verdad, ¿qué tal lo estoy haciendo? —Qué desapasionado y neutro me ha salido, me sorprendo a mí misma.

—Estás siendo tú misma, no necesitas nada más. —Ve que esa respuesta tan vaga no me satisface y piensa en ello con más detenimiento—. Se te da bien escuchar, eres divertida, eres inteligente y honesta… Cualquier chico tendría suerte de poder estar aquí sentado. —Su mirada recorre mi rostro como un lápiz creando un esbozo—. Eres una absoluta belleza.

No me doy el lujo de sentir por completo el impacto de esas palabras, porque han salido de sus labios con mucha desenvoltura. Siempre tiene un cumplido preparado de antemano, no hay que darle demasiada importancia al asunto.

—Gracias por el cumplido, eres muy amable.

Para tratarse de un chico bastante egocéntrico, la verdad es que es él quien está hablando menos y escuchando más. Nuestras miradas se encuentran de nuevo y siento mariposas en el estómago.

—¿Tienes a alguien en el punto de mira? —me pregunta.

—No, a nadie. Seguro.

Es una mentira descarada, pero le veo marchitarse como si acabara de darle una pésima noticia; en todo caso, qué pregunta tan molesta por su parte, porque por supuesto que él está en mi punto de mira. Es como cuando sigues la evolución de un huracán que se aproxima a la zona de la costa donde vives: te tomas un momento para disfrutar de esa electricidad especial que alberga en su interior, esa electricidad que ilumina todo cuanto le rodea.

Con un huracán me iría mejor que con él, porque eso al menos me lo cubriría el seguro.

—Así que no hay nadie, ¿no?

Está dándome una oportunidad más para dar la respuesta correcta. No entiendo lo que quiere de mí. ¿Espera acaso que admita cuánto adoro esas chispitas doradas que salpican sus ojos pardos?, ¿cree que voy a confesar que me encanta que solo aparezcan cuando la luz los ilumina desde un ángulo muy concreto?

—Mi punto de mira está roto.

Mi respuesta no le hace ninguna gracia, espera que todo el mundo se enamore de él.

—Pues lo pondremos a punto —me contesta—. ¿Cuál es tu objetivo? Mel me ha enseñado el vestido de dama de honor de sus sueños.

—Sí, de color lila, ya lo sé.

Mis verdaderos deseos no pueden admitirse en voz alta. Quiero sentarme en mi sofá, poner un capítulo de *Un regalo del cielo* en la tele y enrollarme con un chico que emplee lo de «Dar y tomar» en su justa medida.

—No puedo revelarte mi objetivo, una vez me dijiste que te traumatizas con facilidad.

Es una gozada decir algo tan atrevido, y veo cómo se le oscurecen las pupilas.

—¡Traumatízame! —Alarga una mano y la coloca boca arriba sobre el mantel. Me está pidiendo que la toque, que dé algo de mi parte—. ¡Quiero que lo hagas!

¿Es este uno de esos momentos que recordaré con el paso del tiempo? ¿Me preguntaré lo que hubiera pasado si hubiera tenido la valentía de deslizar la mano en la suya en medio de un restaurante finolis, un día de entre semana? ¿Se habrían cerrado entonces esos dedos alrededor de los míos?

Dar, dar y dar.

—Quiero encontrar un chico majo y normal y besarle en mi sofá.

Lo digo para ver cómo reacciona, y la respuesta es la siguiente: no muy bien. Frunce el ceño, retira la mano y me quedo sin la posibilidad de averiguar si era lo bastante valerosa como para alargar la mía y tener ese contacto de piel con piel. Sonrío para disimular los nervios.

—¿Qué pasa? No he dicho nada subido de tono.

Su expresión ceñuda se oscurece aún más.

—A la mayoría de los tipos que ligan por Internet no les haría gracia no poder ir más allá de unos besos.

—¿Quién dice que yo no querría ir más allá de eso?

Alzo la mirada cuando el camarero nos sirve un nuevo plato: filete con patatas, ¡mucho mejor que una sopa de lata! Quién sabe, es posible que verme obligada a salir de mi caparazón termine por ser más nutritivo que aquello a lo que estoy acostumbrada. Y Teddy se limita a mirarme en silencio. Me parece que, como sospeche siquiera que tengo un pequeñísimo e insensato encaprichamiento, empezará a mirarme con lástima y compasión.

—¡Voy a hacerlo! —afirmo de repente.

—¿El qué?

Saco mi móvil con una seguridad y un entusiasmo un pelín exagerados.

—¡Esto! Una vez que acceda, no habrá vuelta atrás. —Voy leyendo en voz alta el mensaje de texto conforme voy escribiéndoselo a Mel—. «Oye, sobre lo del Método Sasaki, ¡me apunto!».

—¿Estás segura?, ¿segura de verdad? Mel no es de las que se rinden, acabarás por encontrar a alguien.

—Quiero que haya algo de equilibrio entre mi trabajo y mi vida personal, y las cosas no van a cambiar si no aprovecho esta oportunidad. —Le miro a los ojos y decido que solo es un amigo claro y directo que vive en la casa de al lado, y que eso no me afecta en absoluto. Envío el mensaje.

En el móvil aparecen los puntitos esos que indican que la otra persona está contestando, y una súbita explosión de emoticonos inunda la pantalla. Van sucediéndose a toda velocidad. Diamantes y corazones, anillos y botellas de champán, unos GIFs absurdos de niños bailando y gibones balanceándose. Una cascada de alegría está bajando por mi pantalla, y me siento tan conmovida que me entran ganas de llorar. ¿Tanto se alegra Melanie de poder ayudarme?

Qué maravilloso es esto de acompañar la comida del mediodía con un vinito.

Héteme aquí, sentada en un restaurante finolis con un hombre guapo y amable y, por si fuera poco, ¿resulta que está dispuesto a ayudarme? Alargo la mano y tengo las agallas suficientes para hundir los dedos entre los suyos, darle un apretón y soltarle antes de que pueda reaccionar.

—Al fin y al cabo, no tengo nada que perder, ¿no? —le digo.

—¡Eh! ¡No os he pedido el filete! —nos grita Renata desde el otro extremo de la sala.

Ahora sí que corre peligro nuestra vida.

12

He preparado el centro lúdico para la sesión de «Coser y Rajar» de esta tarde. Cada vez está más claro que Teddy logrará alcanzar mañana el hito de las dos semanas como empleado, y estoy haciéndole una pequeña medalla militar para que se la prenda en la camiseta. Ya puedo imaginarme la situación: yo se la prenderé en el pecho, él hará un saludo militar y se echará a reír y me preguntará lo que hay de cena.

Me parece que esto es lo más cerca que voy a estar de tener un compañero de piso. O un mejor amigo. Ahora entiendo por qué a las Parloni les gusta tanto tener a un joven afable en casa. Hace un par de días creó el «Bote de los Buenos Vecinos» con su primera contribución para los gastos de la compra. Me parece que sabe que detesto salir de Providence, porque se encarga de ir a la tienda por mí. Le encanta tener una lista de la compra y siempre me trae algo dulce como premio por ser tan buena.

Mientras espero a mis compañeras de Coser y Rajar, aprovecho para echarle un vistazo al pomo de la puerta para mantener bien engrasada mi memoria muscular. Qué agradable es echar la llave y sentir cómo se cierra del todo, es como poner un punto final. La cerradura abierta está floja, suelta, y no lo soporto. Llevo un tiempo practicando esta maniobra.

—¿Qué tal te ha ido con la videoconferencia? —me pregunta Melanie, que viene camino arriba.

Ella es mi antigua yo: despreocupada, no tiene la obligación de participar en estresantes reuniones. La envidio profundamente, y me pregunto si será esto lo que Sylvia siente a todas horas.

Me obligo a mí misma a soltar el pomo de la puerta antes de contestar.

—Yo creo que mis explicaciones han sonado medio coherentes. Oye, ¿qué haces aquí? Se supone que tendrías que estar cuidando de la oficina.

—Te has ido tan rápido que no he tenido tiempo de preguntarte qué atroces tareas nos han encargado ahora. Desde mi mesa podía ver cómo te sudaba el bigote. —Le lanza una alegre sonrisa a una residente que pasa con un escúter eléctrico—. ¡Hola, señora D'Angelo! —Se gira de nuevo hacia mí y me muestra su móvil—. Tranquila, he desviado las llamadas.

Cada vez se muestra más cercana y cordial con los habitantes de Providence y en otro momento la felicitaría por ello, pero ahora estoy algo distraída.

—La puerta de la oficina se ha quedado abierta, ¿verdad? Mel, vuelve ahora mismo.

Ella ni me oye porque está muy atareada tomando una foto de su manicura con un florido seto como telón de fondo.

—¿Qué quería Rose ahora? —me pregunta.

—Información sobre el seguro. Y también han pedido unos informes detallados que siempre había hecho Sylvia hasta ahora. A lo mejor necesito que me eches una mano con la recopilación de datos. —Se ha quedado muy corta al decir que me sudaba el bigote—. No sé, todo esto me da mala espina. Tienen acceso a las cuentas bancarias, y al oírles hablar cualquiera diría que este lugar es un barco que está yéndose a pique. Me parece que debería llamar a Sylvia.

No ha contestado a ninguno de mis correos electrónicos. Fue ella quien insistió en que la mantuviera informada con regularidad, pero me siento como si estuviera acosándola. ¿Se habrá caído por la borda? No me la imagino borracha en cubierta, dormida en una tumbona mientras se achicharra bajo el sol.

Melanie sube a su cuenta de Instagram la foto de su #mano.

—De eso nada —me dice—, ¡demuestra que fuiste capaz de encargarte de todo! Llevo quince mil años pasando de un empleo temporal a otro y, si algo he aprendido, es que todo aquello que hace que te duela el estómago por los nervios podrás usarlo como ejemplo algún día en una entrevista de trabajo.

—Olvidas que mi objetivo es no tener que volver a hacer ninguna.

Como Sylvia regrese del crucero y se encuentre con que no he sabido manejar todo esto, me echará sin pensárselo dos veces. Me viene de nuevo a la mente el sofá cama que mis padres tienen en el sótano, ¿es eso lo que me espera? Por primera vez en no sé cuánto tiempo, dedico unos segundos a rezar.

Melanie la Interina siempre ha pensado que mi lealtad a la empresa es excesiva, y no lo disimula:

—¿Has elegido ya la casa de Providence donde vivirás cuando te jubiles?, ¿has pagado ya por el nicho donde te enterrarán? ¡Venga ya, Ruthie! Tenemos que centrarnos en el Método Sasaki cuanto antes, para que regreses al mundo de los vivos. —Se da la vuelta sin más, dispuesta a marcharse.

—¡Eh, espera un momento! Lo del Método Sasaki tiene que quedar entre nosotras, y hay que dejarlo al margen de la jornada laboral. No quiero que digan que nos dedicamos a perder el tiempo. Y por eso creo que será mejor que mantengamos cierta distancia con Teddy.

—Sí, me parece que nos están poniendo a prueba con él.

—¿Quién?, ¿los de la PDC? —No se me había ocurrido esa posibilidad.

—No, los dioses del ligoteo. Es como cuando vas hambrienta al supermercado: como no lleves una lista de la compra terminarás plantada frente a un estante de dulces, eligiendo el pastelito que vas a comerte en el coche. ¿Qué tienes en tu lista de la compra?

Sé perfectamente bien cuál es el tipo de respuesta que se supone que debo dar.

—Muesli y papel higiénico.

Ella se echa a reír.

—¡Exacto! Aplicaremos esa misma lección en lo que a los hombres se refiere: hay algunos que son una delicia, pero que no te convienen. Ya sé que Teddy ha estado pasando bastante tiempo en tu casa; por cierto, apareces muy a menudo en sus sueños.

Quiero saber más al respecto, pero ni siquiera parpadeo.

—Él no es ninguna prueba, somos vecinos.

—El otro día, cuando fuiste a visitar a la señora Tuckmire, estuve charlando con él en la oficina. Le pregunté si se había enamorado alguna vez. —Desvía la mirada y se mordisquea el labio inferior.

Siento como si tuviera una sierra oxidada encajada entre varios de mis órganos vitales; como Melanie diga una frase más, la sierra en cuestión va a tambalearse y hacerme un tajo.

—Eso no es asunto mío. Ni tuyo, Melanie Sasaki.

—Fue la forma en que se rio al oír la pregunta lo que me hizo sentir muy… triste. Me dijo que en su ADN no está la capacidad de amar a alguien en serio y para siempre.

Eso suena a advertencia, y la vergüenza que siento hace que me ponga a la defensiva; mientras se aleja por el camino, añade por encima del hombro:

—¡Acuérdate de tu lista de la compra! ¡Nada de atracones!

La advertencia llega justo a tiempo, porque ahora me muero de ganas de comerme un pastelito en el coche. Me encargaría de que todo fuera de lo más romántico: en algún mirador, con las luces de la ciudad a nuestros pies; mis cremalleras y mis botones desabrochados. Mis gemidos empañarían por completo las ventanillas de ese coche.

Me giro al oír el sonido de unos pasos que se acercan y veo a Teddy corriendo a paso ligero por el camino seguido de Renata, que viene montada en su escúter. Me dispongo a saludarlos, pero él me mira sonriente y enarca las cejas mientras pasa de largo. Mi corazón le sigue a la carrera.

—¿Qué pasa? —pregunto, desconcertada.

Es Renata quien me contesta.

—Se ha puesto insolente conmigo, así que he decidido que necesita desfogar algo de energía. ¡Da una vuelta alrededor del lago! ¡Estaré vigilándote! —le grita, mientras le observa con malévola satisfacción.

Él mantiene la espalda recta, se le ve suelto y relajado, el pelo le brilla como una cereza negra… Tengo que dejar de prestarle atención, pero una cosa está más que clara: Teddy está en buena forma.

—¿Eso crees? Yo no lo tengo tan claro —dice Renata, y me doy cuenta de que he hablado en voz alta. (¡Tierra, trágame!)—. Siempre está quejándose de tener que empezar a trabajar tan temprano, así que estoy reformando a fondo su estilo de vida. Después de esto va a prepararse un batido de col rizada y tofu.

—Qué crueldad.

—¡Soy una jefa maravillosa! —se defiende ella. Y después, tras una larga pausa, añade con voz suave—: Umm..., qué interesante...

Lo dice con picardía, como si acabara de hacer un gran descubrimiento, y es ahí cuando me doy cuenta de que debo de llevar cerca de un minuto entero contemplando a Teddy sin pronunciar palabra; aun así, a pesar de saber que Renata está observándome con atención, no puedo apartar los ojos de él. No puedo evitarlo, es que es tan interesante... Es como un imán que atrae mi mirada, ¿para qué mirar hacia otro lado cuando puedo contemplarle a él? Se ha encontrado con dos residentes que pasean por el camino y ahora está corriendo de espaldas a paso lento mientras habla con ellos. Su risa resuena a través del lago y me atraviesa.

—Interesante —repite Renata—, aunque no sé si me gusta o no.

Aparto la mirada de él con esfuerzo y saludo con la mano a la señora Penbroke, que se acerca con su escúter.

—¡Recuerde que Coser y Rajar empieza en breve!

—¡Sí, Ruthie, ahora vuelvo! —contesta ella—. Voy a por mi costurero, ¡hoy tengo motivos de sobra para rajar de alguien! —le lanza una mirada asesina a Renata.

—Acuérdese de traer dos dólares para la colecta, por favor. —Sabiendo como sé lo mucho que beben los habitantes de Providence, mi recaudación de fondos para la fiesta de Navidad comienza en Año Nuevo.

De buenas a primeras, Renata golpetea su escúter con la patilla de las gafas de sol y me ordena con sequedad:

—¡Céntrate! Me ha dicho una pajarita que vas a lanzarte a buscar pareja dentro de poco, y me ha pedido que haga un catálogo con propuestas para tu cambio de imagen. —Me mira de arriba abajo—. ¿Qué opinas sobre la dirección que han tomado los diseños de Valentino?

¡Melanie es incorregible! Seguro que Renata se lo cuenta todo a Sylvia.

—Sí, es verdad que estaba planteándome empezar a salir y buscar pareja, pero los nuevos propietarios de Providence están llevando a cabo una evaluación en profundidad de nuestros procesos de gestión y Sylvia estará fuera hasta poco antes de Navidad. Voy a tener que centrarme en los informes que me ha pedido la PDC. —Mírame, qué actitud tan responsable la mía—. Y también tengo que organizar la fiesta de Navidad. Usted no ha asistido ningún año, pero es un gran evento y no creo que pueda con todo. —Al decirlo en voz alta me doy cuenta de que es la pura verdad—. Cuando se trata de intentar compaginar el trabajo con la vida personal, mi experiencia es nula.

—Eres una chica lista, tú puedes con todo; además, ya estás interesada en alguien. Y mira, aquí viene.

Ese «alguien» viene corriendo por el camino, y exclama sin detenerse:

—Espere, déjeme adivinar: ¡otra vuelta más alrededor del lago! —Se aleja antes de que Renata tenga tiempo de contestar siquiera, y noto una ráfaga de energía a su paso.

—No sabes la satisfacción que se siente en momentos como este —me dice ella, mientras finge llevarse unos binoculares a los ojos—. Es como si mi caballo estuviera participando en el Derby de Kentucky; le crie desde potrillo, y ¡mira cómo corre ahora!

—No estoy interesada en Teddy. Además, no es lo que yo busco en absoluto, y viceversa. —Me da miedo hacer la siguiente pregunta—. ¿Va a aguantar?

—Puede que tenga que aminorar el paso si le entra flato.

—Usted sabe a qué me refiero, Renata.

Ella suelta un teatral suspiro antes de contestar.

—Es posible que complete dos semanas de trabajo, por desgracia.

—¿No se ocupa acaso de hacerles los recados y la colada?

Tengo que reprimir lo que me gustaría poder decirle: «¡Las está ayudando! ¡Acepte el regalo tan increíble que ha llegado a su vida, vieja testaruda!». Y supongo que lo mismo podría aplicárseme a mí, aunque mi regalo sería Melanie en este caso.

—Es deprimentemente competente a la hora de hacer esas tareas. —Es todo cuanto está dispuesta a admitir antes de cambiar de tema—. ¿Aceptarías una lección de vida de una persona mayor? Muy bien. La vida solo es llevadera si tienes a alguien atractivo con quien compartir tus quejas. Yo no habría sobrevivido a los años noventa sin mi Aggie… ¡Nos vemos en el infierno, Karl Lagerfeld!

Me echo a reír.

—Vale, gracias por el consejo.

Ella señala hacia el lago con un gesto de la cabeza.

—Me recuerdas muchísimo a Aggie, estáis hechas de la misma pasta. Por eso tengo claro lo mucho que te dolerá cuando ese de ahí consiga las llaves de su estudio de tatuajes, se monte en su moto y se largue sin volver la vista atrás a un sitio que está a cinco horas de aquí.

—Espero poder encontrar a alguien que encaje bien conmigo. Me gustaría tener a alguien atractivo con quien poder compartir mis quejas cuando llegue a su edad…, ¡que tampoco es tan avanzada! —me apresuro a aclararlo.

Renata me da unas palmaditas en el brazo.

—Soy viejísima. Aquí viene resoplando, ha puesto mucho esfuerzo en esta vuelta. Él cree que es la última, qué ingenuo…

—¡Una más!, ¡esto de correr me está dando un subidón!

Renata está impresionada y enfurruñada a partes iguales.

—Voy a tener que ser más creativa con este.

—Y yo tengo que prepararme para la sesión de Coser y Rajar.

Huelga decir que mis palabras no sirven de nada, ella ya está remangándome la camisa hasta los codos. Y ahora me sube un poco la falda con un pequeño tirón, está claro que ha aceptado el puesto de asesora de moda en el Método Sasaki.

—Cómprate una talla menos —me aconseja, mientras me desabrocha dos botones de la camisa—. Y tu cintura es esta, cómprate unos cuantos cinturones grandes y cíñetelo todo aquí. —Traza una línea sobre mí—. No entiendo qué tienes en contra de la ropa nueva, ¿no te pagan en este sitio?

—Trabajé en una tienda parroquial de ropa de segunda mano, así que sé que se donan prendas sin estrenar. Es mejor para el medio ambiente. Y sí, tengo un presupuesto apretado.

Renata tironea de mi coletero y le cuesta quitármelo. Es en los momentos como este, momentos en los que la veo debatirse con algo tan sencillo, cuando me impacta de lleno lo frágil que es en realidad; de hecho, ese es el único motivo de que me doblegue así a sus exigencias: es una mujer menudita y con la lengua muy larga, pero también es cierto que está atrapada en contra de su voluntad en un cuerpo de noventa años.

—Mírate —me dice, con una ternura de la que yo no la habría creído capaz—, cualquier muchacho tendría suerte de tenerte a su lado. Y, cuando le encuentres, no dejará escapar jamás a una buena chica como tú.

Me giro para ver mi reflejo en la ventana del centro lúdico. Renata puede obrar pequeños milagros… A lo mejor puedo imaginarme en la puerta de un bar, alzando la mano para saludar a un hombre que camina hacia mí. «¿Eres Ruthie? ¡Hola!, ¡es un placer conocerte por fin! Qué guapa estás».

—Gracias, yo también lo creo posible.

Teddy se para frente a nosotras jadeante y apoya las manos en las rodillas.

—Quiero una descripción detallada de lo que está sintiendo tu cuerpo en este momento —le dice Renata—. No corro desde los ochenta…, no, los setenta. Los sesenta. —Se estruja el cerebro y al final llega a una conclusión—. Nunca lo he hecho.

—Es una especie de ardor, pero muy agradable —jadea él mientras se frota los muslos con la palma de las manos. Tiene la ropa pegada al cuerpo debido al sudor—. Siento como si no pudiera respirar lo bastante hondo, estoy acalorado, me cuesta centrar la vista. —Está hablándole al suelo, no me ha hecho ni caso todavía.

Tiene las mejillas teñidas de color y la frente perlada de sudor, qué regalo tan inesperado poder verle así. Me pregunto si esa respiración jadeante es la que oiría a través de nuestra pared compartida, nunca había pensado tanto en el sexo como en los últimos días. Intento recolocarme la camisa, y el golpe que Renata me propina con sus gafas de sol es tan fuerte que se rompen.

—Recógelas —le ordena a Teddy, que parece encantado de caer arrodillado al suelo—. Cuando volvamos te dictaré una carta para el actual director creativo de Céline, será una cosa así: «Estimado señor: La calidad de sus gafas de sol ha bajado».

—Vale —contesta él mientras va recogiendo las piezas. Y entonces levanta por fin la mirada.

—¿Vas recobrando el aliento?

Es lo único que se me ocurre decir, aunque es obvio que no está recobrándolo ni mucho menos: mi pequeño cambio de imagen le ha dejado atónito, sus ojos están puestos en el pronunciado triángulo de piel del escote que ha quedado expuesto al archienemigo solar de Renata. Brazos, cintura, pelo, no parpadea siquiera mientras pasa de una zona a la siguiente. Su pecho sube y baja al ritmo de su agitada respiración.

En este preciso momento, soy extraordinaria.

13

—Llevo el día entero deseando que llegaran las cinco de la tarde —me dice Melanie mientras cierro con llave la puerta de la oficina—. Por fin me invitas a tu casa, ¡llegó el momento de poner esto en marcha!

—Mi casa no tiene nada de especial —le advierto mientras subimos por el camino.

Pero mis advertencias y mis excusas le resultan aburridas y no le interesan lo más mínimo.

—Oye, ¡yo sigo viviendo al otro lado del pasillo de la habitación de mis padres! Tú eres una mujer adulta y tienes tu propia casa, ¡estoy que doy brincos de emoción!

Entra en el patio de un brinco y, después de dedicar unos minutos a ver las tortugas que tengo en los recintos, llama a la puerta de Teddy.

—Seguro que no está —le digo mientras abro la mía—. Además, acuérdate de que no está invitado.

Me sorprendo al ver que gira el pomo y se asoma a echar un vistazo dentro. Genial, como si no tuviera bastantes quebraderos de cabeza en lo que a él se refiere. ¿Ahora voy a tener que preocuparme también por su falta de seguridad?

—¿Hola? ¿Estás decente, Teddy? —le responde un profundo silencio.

Podría decirse que Teddy ha estado… ¿creando su propio nidito? Tiene un maltrecho sofá de cuero sobre el que ha colocado una manta de ganchillo y una mesita baja que seguro que ha encontrado tirada en alguna cuneta. Ha colocado encima mi ejemplar de *Women's Health* y un sencillo bol blanco lleno de caramelos. ¿Ha copiado la distribución de mis muebles? Me adentro unos pasos más. En la descascarillada pared de yeso ha dibujado una enorme televisión de pantalla plana con un rotulador, y le ha puesto hasta el logo: *TEDDYVISION*.

—Menos mal que su padre es el dueño, menudo cuchitril —comenta Melanie.

—Pues ya sé que es difícil de creer, pero la cosa ha mejorado mucho. —La forma en que ha doblado su mantita tiene un extraño efecto en mi corazón.

Ella se asoma un poco más por encima de mi hombro.

—Mira, ¡ahí está la pecera para la tortuga! Le preocupaba que TJ pille neumonía en el patio cuando se lo traigan de vuelta.

Me molesta cuando actúa como si yo no supiera algo sobre él. Fui yo quien sacó esa pecera del armario de almacenaje.

—Sí, ya lo sé.

—Es una ternura lo mucho que echa de menos a su chico —comenta, sonriente, antes de abrir los ojos como platos—. ¡Madre mía! —Por su reacción, estoy convencida de que acaba de ver algo realmente escandaloso—. ¡Está leyendo *Reptiles y anfibios para principiantes*!, ¡ha ido a la biblioteca! Será un padre adorable, ¿verdad?

Seguro que se pavonearía con el bebé como si fuera un trofeo, en plan «¡Mirad lo perfecto que es mi pequeñín!».

—En un futuro muy lejano, cuando él mismo haya madurado. —Tironeo de ella para que se aleje de la puerta—. Ven, déjale algo de privacidad.

Entramos en mi casa y se para a echar un vistazo.

—Es tal y como él me la describió, me dijo que es como la casita del árbol de Winnie Pooh. No me extraña que siempre esté intentando que le dejes pasar el rato aquí. —Da unos golpecitos en la pared que comparto con él—. Vives puerta con puerta con un guaperas. Uno tontorrón y raro, pero guaperas al fin y al cabo. ¿Qué se siente?

—Es molesto sobre todo, pero agradable.

—Explícate —me pide, sonriente y perpleja.

—Como cuando suena el temporizador de mi horno, y él me dice a través de la pared que ha soñado con que yo estaba preparándole una cena deliciosa.

—Sueña con tu casa —comenta ella con voz suave. Tengo un bol de caramelos sobre la mesita baja (sí, Teddy ha puesto el suyo en el mismo lugar), y se acerca a tomar uno antes de añadir—: En lo que a ti se refiere, que siga soñando.

—Voy a por algo de picoteo.

Anoche me quedé despierta hasta tarde preparando una bandeja con una tabla de quesos, uvas y unas galletitas saladas, aunque estaba medio convencida de que Mel cancelaría los planes que teníamos para hoy; al fin y al cabo, es joven y divertida. Y yo estoy a punto de revelar una creación digna de un ama de casa de los años cincuenta.

—¿Quieres que nos sentemos en el patio? —le pregunto.

—Sí, genial, pero cuando haya echado un vistazo.

Solo le falta enfundarse un traje de protección como si fuera a reunir pruebas forenses, pero no me molesta demasiado; al fin y al cabo, no va a encontrar nada escandaloso.

Saco al patio la bandeja con queso y galletitas, la pongo sobre la mesa de Teddy (ahora pienso en ella como tal) y luego llevo la limonada y los vasos. Viernes por la tarde y, por una vez, estoy participando en una actividad social con alguien de mi edad.

—¡Qué ordenada eres! —comenta ella, desde el interior de la casa.

—Sí, supongo que sí.

Lo digo justo cuando Teddy entra en el patio *walkie-talkie* en mano como si fuera un guardia de seguridad. Las suelas de sus zapatillas de deporte derrapan.

—¡Genial! —exclama entusiasmado en cuanto ve la comida.

(Aquí va un pequeño secreto: preparé una tabla de quesos más grande de lo necesario).

(Otro secreto, pero un pelín más grande: el corazón acaba de derraparme en el pecho).

—Estoy increíblemente... —le interrumpe el ruido de estática del *walkie-talkie*— hambriento.

—Te has dejado la puerta abierta —le digo con tono acusador—, Melanie acaba de colarse en tu casa. ¿Qué haces aquí?, esto es un evento privado.

—Ahí no hay nada que robar. —Se encoge de hombros como si la cosa no tuviera importancia.

Justo cuando me dispongo a protestar, la cortante voz de Renata suena por el *walkie-talkie*:

—¿Cuál es tu ubicación actual, Oso Panda? —Vuelve a intentarlo al ver que él no contesta—. ¡Le dije que esto no iba a funcionar! Oso Panda, contesta, ¿dónde estás? ¡Cambio!

Pasan unos segundos, una bandada de pájaros sobrevuela nuestras cabezas. Teddy se permite un profundo suspiro antes de pulsar el botón lateral.

—Afirmativo, Adicta a la Moda, la oigo alto y claro. Quizás tarde un poco en volver, la encantadora Ruth ha preparado una bandeja enorme con queso y uvas y galletitas saladas. ¡Hay hasta un tercer vaso para mí! Cambio y corto.

—Una merienda al aire libre un viernes por la tarde, ¿hay vino? —contesta ella—. Descríbeme los quesos. Cambio, por supuesto.

Entro en la casa mientras él empieza a describírselos —«uno amarillo y duro que parece el tope de una puerta, una especie de disco de *hockey* blanco y blandengue, uno que da asquete que tiene unos trocitos misteriosos»— y encuentro a Melanie en mi dormitorio, curioseando las cosas que tengo sobre el tocador.

—Teddy está en el patio.

—Vale, muy bien —dice, distraída—. ¿Este es todo el maquillaje que tienes? —Abre un botecito de sombra de ojos con la uña, cualquiera diría que está quitándole la tapa a una placa de Petri.

—No sé, a lo mejor hay más en el baño. —Es mentira, no tengo nada más.

—Ya he mirado ahí. Oye, muchas de estas cosas son viejísimas y hay que tirarlas. —Ahí tengo que darle la razón, usé la paleta esa en la fiesta de graduación del instituto—. También tendré que ver la ropa que tienes, eso corresponde a la tercera semana del Método.

—No hablaremos en detalle sobre el Método Sasaki mientras Teddy esté aquí —le advierto, procurando bajar un poco la voz—. Dejaremos que pase un rato en el patio con nosotras hasta que se canse y se vaya.

—¡Buen plan! —contesta ella, antes de salir al patio—. Hola, Teddy… ¡Eh! ¡Hola, queso!

Se ponen a cortar queso a diestra y siniestra. Mientras utilizan los cuchillos como profesionales charlan animadamente.

—Renata ya estará acelerando —nos advierte él, mientras amontona un puñado de galletitas. Las ha cargado de queso previamente para embutírselas mejor en la boca. Me ofrece una de ellas con una pequeña floritura.

—Yo creo que sería mejor que te fueras. —Intento decirlo de la forma más amable posible, pero él reacciona como si jamás se hubiera sentido tan dolido—. Este asunto lo quiero mantener en privado.

—¿No somos amigos? —Ahí me ha pillado—. Si te preocupa que pueda contarle a mi padre o a Sylvia que estás haciendo esto, puedes quedarte tranquila. No lo haré, solo quiero ayudar.

—Anda, deja que se quede. Es imposible deshacerse de él. —Melanie me entrega una hoja de papel—. Quiero que primero firmes esto.

Es una especie de documento de exención de responsabilidad. Ahora comprendo por qué me preguntó por mi nombre completo.

—«Ruthie Maree Midona hace constar que participa en el Método Sasaki (denominado en lo sucesivo "el Método") de forma voluntaria, y que puede dar por finalizada su participación en cualquier momento dado del proceso».

—Pero espero que no lo hagas —apunta ella.

Yo sigo leyendo.

—«Exonera, libera y descarga a Melanie Sasaki de toda responsabilidad incluyendo, entre otras, las siguientes consecuencias que podrían derivarse de seguir el Método».

Y a continuación leo en voz alta las posibles consecuencias ante las que estoy eximiéndola de responsabilidad:

- Sentimientos heridos.

- Incumplimiento de las expectativas.

- Caos emocional o angustia debido a la búsqueda de pareja por Internet.

- Que te asesine tu cita a ciegas. (Teddy se atraganta con la comida al oír esto).

• Gastos generados por un embarazo no deseado. (Ahora soy yo quien se atraganta).

• Gastos varios en los que se haya incurrido al llevar a la práctica consejos para lograr mejoras en el aspecto físico. En adelante nos referiremos a dichas mejoras como «el Cambio de Imagen».

• Cualquier gasto asociado a la inevitable boda que se celebrará gracias a participar en el Método.

—Marca cada punto para indicar que estás conforme —me dice ella.

Yo titubeo un buen rato en lo de los sentimientos heridos.

—Eres una persona muy creativa, ¿de dónde has sacado esta plantilla?

Ella baja la mirada hacia mi bolígrafo, que sostengo inmóvil sobre la línea donde va la firma.

—Encontré uno en Internet y lo modifiqué. Lo más importante es que admitas que esto es voluntario. Y mira, abajo del todo he puesto «Método Sasaki» con la marquita del *copyright*, lo he registrado. Bueno, lo haría si supiera cómo. La cuestión es que no quiero que me robéis mi increíble idea, chicos. Algún día me haré rica con esto.

—No tengo ningún problema en firmar. —Procuro que mi tono de voz no suene demasiado seco—. Pero quiero una cláusula de confidencialidad.

—No he preparado ninguna.

Miro por un momento al hijo de Jerry Prescott, que en este momento está masticando impasible con los ojos cerrados, y procedo a añadir la cláusula en cuestión: *Toda la información relativa a la participación de Ruthie Maree Midona en el Método será confidencial.*

—Firmamos todos —digo con decisión —. Pase lo que pase, quiero que esto quede entre nosotros. Y también voy a añadir una cláusula donde se haga constar que no vamos a hablar del Método ni a participar en él en horas de trabajo. No se usará ningún recurso de la oficina.

—¡Uy, demasiado tarde! —exclama Melanie—. He robado nueve hojas de papel y un poco de tinta. Lo siento, Teddy, se lo reembolsaré a tu padre. ¡Pero la carpeta sí que la compré con mi dinero!

—Tranquila, no voy a decírselo —le asegura él antes de hacerse con el bolígrafo para estampar su firma junto a mis cláusulas adicionales. Es una firma sorprendente, muy de adulto, y no desentonaría en contratos inmobiliarios—. ¿O sí? —añade en tono de broma—. Quién sabe, a lo mejor soy un espía de la empresa que ha sido enviado para investigar todos los pequeños robos de papel que hay por aquí.

He comenzado a notar que siempre comprueba si me río de sus bromas. Al verme sonreír ahora, se recuesta en su asiento y come uvas como si estuviera encantado de la vida. Melanie y yo firmamos también el documento.

La voz de Renata suena de repente por el *walkie-talkie*.

—*¡Breiko, breiko!* Adicta a la Moda está llegando ya, cambio y corto.

—Esta no me cae mal —me confiesa Melanie—. Me hace sentir que envejecer no será demasiado aterrador.

—Será mejor que vaya a por más queso.

—¿Hay más?, ¿no tengo que reprimirme? —me dice Teddy, con la boca llena y sosteniendo el cuchillo con la mano donde tiene tatuado «Tomar».

—Ah, ¿estabas haciéndolo?

Él traga y me dice, con ojos solemnes:

—¿Quieres casarte conmigo, Ruthie Maree?

Y detesto admitirlo, pero mi corazón oye esas palabras y se aturulla y se ruboriza y se queda patidifuso.

—Vale, ¡objetivo cumplido! —bromea Melanie. Cierra su carpeta para fingir que da por terminado el asunto—. Vestidos de dama de honor de color lila, no lo olvides.

—Incluso el queso que yo pensaba que estaría asqueroso resulta que está bueno —le dice Teddy mientras yo entro en casa a por más comida—, son unas nueces en un queso crema con miel. Me conseguiré una corbata lila para ir a juego con vosotras.

Me apoyo en la encimera de la cocina para poner orden a mis pensamientos en privado.

—¡No te atrevas a intentar convertirte en el marido de Ruthie! —le advierte Melanie con severidad—. Vamos a preparar un plan de trabajo sobre ese tema, pero lo supe en cuanto te vi. No eres el tipo de hombre que le conviene.

—Soy un tipo al que todo el mundo adora. —A juzgar por su tono de voz, me lo imagino con una sonrisita pícara.

—El hecho de que pienses así confirma que no eres su tipo ni mucho menos. Quizás seas el próximo candidato para el Método Sasaki.

Oigo esas palabras al abrir la nevera y, por un momento, siento miedo de verdad. Teddy andando suelto por el mundo, saliendo con chicas, siendo divertido y encantador. A ver, esa ha sido siempre su vida, pero ahora le conozco y me parece que no quiero que siga actuando así. No. Ni hablar.

Y, por si fuera poco, Melanie hace que me sienta peor aún.

—Di por hecho que tendrías novia; si es así, debería darte vergüenza.

—¿Crees que si la tuviera estaría sentado en medio de la nada en un colchón que debe de tener unos sesenta años? Y comiendo... —«ñam, ñam, ñam»— unos puñados robados de lechuga para tortugas.

Justo cuando salgo al patio pertrechada con más provisiones, veo que Renata dobla la esquina con una botella de vino en la cesta del escúter y una copa vacía.

—¡Aquí estoy! Ten, abre la botella. —Le encasqueta la tarea a Teddy con toda naturalidad.

—Hola, Adicta a la Moda —le dice Melanie—. Me parece que lleva la peluca ladeada.

Tiene razón, una de las orejas de Renata está cubierto por un flequillo ralo.

—A mi edad, ladeada es suficiente. —Acerca el escúter a la mesa, no piensa bajarse—. Esto se ve muy civilizado, ¿qué me he perdido?

Soy yo quien le contesta.

—A mí firmando un documento de exención de responsabilidad muy creativo, y ahora estamos a punto de iniciar la primera semana del Método Sasaki. Si es que Melanie explica lo que conlleva eso, claro.

La aludida parece tomarse unos segundos para ordenar sus ideas y sacar una nueva hoja de su carpeta secreta.

—La primera semana de un programa que dura ocho —lo anuncia como si estuviera en un publirreportaje, pero titubea de repente.

Me doy cuenta de que la presencia de Renata ha hecho que pierda la confianza en sí misma y no me extraña, esta mujer es capaz de hacer que le tiemblen las piernas hasta al empresario más avezado.

—Tranquila, tú sigue —le digo para alentarla.

Melanie revisa las hojas de su carpeta y dice con voz queda:

—Quiero recordarle a todo el mundo que es la primera vez que hago esto.

—Expón con convicción lo que quieres decir —le indica Renata—, véndenoslo.

Le da un buen bocado a una galletita salada. En este momento vuelve a ser joven de nuevo, está presidiendo la mesa de la sala de juntas mientras sus temblorosos subalternos le muestran la portada preliminar del siguiente número de su revista de moda.

—Solo tienes que explicármelo —le digo a Melanie.

—Cuando pensé en Ruthie, decidí que no puede lanzarse de cabeza, que tiene que ir adaptándose poco a poco a esto. Así que, con eso en mente, haremos varias actividades semanales y el objetivo será que tenga una cita de verdad con un chico en la cuarta, al llegar a la mitad del camino. Me gustaría que, al término de las ocho semanas, esté contenta y feliz saliendo con un buen chico que esté loco por ella, y que ya no necesite el Método Sasaki. Esta es mi primera ficha de trabajo. —Todos nos inclinamos hacia delante—. Ruthie escribirá todas las cualidades que quiere que tenga su pareja, lo que le gustaría hacer durante las citas y cualquier cosa no negociable que descartaría a alguien de antemano. Hay un montón de filas y de columnas para que vaya llenándolas, todos sabemos lo bien que se le da eso.

—¿Por qué cuatro semanas?, ¿por qué ocho? ¿Por qué esperar? —Renata no parece demasiado convencida.

Mi mirada se encuentra con la de Teddy. Tengo la misma sensación que aquel día en la gasolinera, cuando me miró de arriba abajo: se concentra, se para por un momento, evalúa.

—Estamos aquí —nos dice Melanie, señalando la fecha en un calendario que ha traído impreso—. Para cuando lleguemos a la sexta semana, Ruthie ya debería tener pareja para la fiesta de Navidad. Y en Año Nuevo, que cae en la octava semana, es posible que despierte junto a alguien en la cama. —Guiña el ojo, sonríe satisfecha, se echa a reír. Todo al mismo tiempo.

—¿Qué opinas tú? —le pregunto a Teddy—, ¿te parece factible en ocho semanas?

—Demasiado. —Me mira enfurruñado y señala con un pulgar por encima del hombro—. ¿Qué pasa si lo consigues antes de lo previsto? ¡No te olvides de lo fina que es nuestra pared!

Melanie no se solidariza en absoluto con él.

—¿Qué más te da? Tú ya te habrás ido para entonces.

—Sí, supongo que tienes razón en eso —admite él.

Ver el tiempo que nos queda como vecinos así, plasmado en una hoja de un programa informático de gestión de proyectos, me resulta bastante duro. Y esa reacción mía es motivo más que suficiente para iniciar este proceso con la debida diligencia. En esta ciudad tiene que haber un tipo al menos que no esté planeando largarse lo antes posible.

—Lo de las ocho semanas es una ridiculez —afirma Renata—, ¡encuentra hoy mismo a tu pareja!

Está costándole trabajo hundir el cuchillo en el firme cheddar, y la fragilidad de su brazo extendido me hace titubear. Ignorar sus consejos sería bastante arrogante por mi parte, teniendo en cuenta los años de vida que tiene a sus espaldas. Justo cuando estoy planteándome si sería mejor ir a por todas desde el principio, ella pierde la paciencia.

—¡Por el amor de Dios, que alguien que tenga densidad ósea me corte este queso! Bueno, a ver qué os parece el Método Parloni. —Todos nos preparamos para lo peor—. Ve al bar y encuentra a alguien que tenga una dentadura que no te dé asco; chico o chica, da igual. Te vas a casa con esa persona, os desnudáis, os dais unos cuantos revolcones juntos. Así es como hacíamos las cosas en mis tiempos.

Alarga una mano y la sostiene en alto con regia altivez hasta que Teddy deposita en ella una galletita con queso.

—Apuesto a que Oso Panda se ha dado revolcones en unas cuantas camas.

—Eso es acoso sexual, es su empleado —le recuerdo yo.

Pero él se limita a encogerse de hombros.

—No puede acosarme con la verdad.

¿Espera acaso que me escandalice? No está diciendo nada que yo no supiera ya. Es imposible que un tipo con esa cara y con ese encanto explosivo no haya estado en todo tipo de camas, desde sacos de dormir hasta esas enormes con dosel.

No me permito el lujo de apartar la mirada; si lo hago, él pensará que soy una niñita sin experiencia. En este preciso momento, bajo esta luz, sus ojos no son marrones ni verdes. ¿cómo se llamará exactamente esta tonalidad intermedia?

—Pero en los últimos tiempos no ha habido nada de eso, ya no me revuelco en ninguna cama —me asegura.

—Espera, voy a traducirte lo que acaba de decir. —Renata me mira de soslayo y se bebe hasta la última gota de vino de su copa. Glup, glup—. Quiere revolcarse en tu cama, Ruthie. Madre mía, Ted, ¿suele funcionarte de verdad ese tono sincero?

Él contesta a través del *walkie-talkie*:

—Oso Panda está ocupado, habrá que dejar ese tema para otro momento, cambio y corto.

Ahora ya entiendo por qué se están riendo todos: es divertido porque revolcarse en mi cama no merece demasiado la pena. Me echo a reír también para demostrar que encajo bien las bromas, pero me parece que estoy ruborizándome de todos modos. Ni siquiera estoy segura de si Teddy cabría en mi cama… ¿A quién quiero engañar?, él se acomodaría donde fuera.

Melanie va mostrándome la ficha paso a paso, no hay duda de que ha invertido mucho esfuerzo en ella. Cuando empieza a refrescar y el primer mosquito efectúa su descenso, se gira a mirarme y se pone a recoger sus cosas.

—Me gustaría pedirte un favor a cambio, puedes negarte si quieres —me dice.

Asiento mientras ayudo a Renata a ponerse la chaqueta.

—Dime.

—Mi contrato termina en diciembre, y me he dado cuenta de que quiero encontrar el trabajo de mis sueños. Llevo tanto tiempo en puestos temporales, que me parece que he terminado por confundirme y no tengo claro qué es lo que me gusta. ¿Podrías aplicarme una especie de Método Midona?

La vulnerabilidad que se refleja en su voz hace que se me encoja el corazón. Me sorprende que tenga tanta fe en mí, y que le dé miedo que vaya a decirle que no. Creo que estaría dispuesta a cruzar una carretera en hora punta por Melanie Sasaki.

—Ojalá me lo hubieras comentado antes, así habría podido venir tan bien preparada como tú. Tengo una idea, a ver qué te parece: rellena tú también esta ficha, pero pensando en el mundo laboral. Pon lo que te gusta hacer, lo que no harías jamás. Me encantaría ayudarte a encontrar el trabajo de tus sueños, Mel.

Me fijo en la zona de rehabilitación de tortugas que tengo en mi patio. A la Ruthie de seis años le horrorizaría oír que la administración es el «trabajo de sus sueños»; de hecho, esa niña habría ido directa a la sala de estar de Teddy para hacerse con ese libro de reptiles para principiantes.

14

—Me parece que voy a organizar una merienda mensual con queso y galletitas aquí en Providence —le digo a Teddy. Mis invitadas ya
se han ido y estoy entrando en casa con la bandeja, que ha quedado
prácticamente vacía—. No sé si sabes que dirijo un programa de actividades de temporada a lo largo de todo el año.

Él contesta con ironía mientras se tumba en mi sofá.

—Sí, señorita Midona, ya lo sabía.

Aun así, dejo caer un folleto sobre su cara.

—Nuestra fiesta de Navidad siempre se desmadra. No es broma,
invitamos a los residentes del Hogar para Mayores de Bakersfield y
traigo hasta aquí un minibús repleto de señores muy viejitos para
equilibrar el número de hombres y de mujeres. Tengo que hacer un
segundo viaje a la mañana siguiente. Cuando uno tiene ochenta años,
la vuelta a casa después de una noche de juerga es muy, pero que muy
lenta.

Tengo el horno precalentándose, así que mi rutina quedará perfectamente inalterada en cuanto abra el grifo de la bañera para que
vaya llenándose. Sí, todo estará como de costumbre, no habrá nada
inusual; bueno, exceptuando al tipo de metro noventa que resulta
que es el heredero de un imperio inmobiliario y que está tumbado en
mi sofá con el cinturón desabrochado. Se ha quitado esas gigantescas
zapatillas de deporte suyas como si estuviera en su casa.

—¿Qué te parece lo de organizar una merienda con quesos varia-
dos?. Yo creo que a los residentes les encantaría la idea.

—Sí, el queso le gusta a todo el mundo. —Tiene el mando de la tele en la mano y va cambiando de un canal a otro. Se le ve serio, no hay ni un atisbo de sonrisa en sus labios.

—Venga, Theodore, cuéntame lo que te pasa. —Me siento al final del sofá junto a sus pies, que están enfundados en unos calcetines negros. He colocado la ficha de trabajo del Método en un sujetapapeles—. Mel ha dejado un espacio en blanco aquí para poner el nombre, como si tuviera otros clientes y no quisiera mezclar los papeles. Bueno, quién soy yo para desobedecer a un formulario. —Escribo mi nombre completo en mayúsculas—. Tengo que hacer una lista, eso se me da bien.

—Lo que pasa es que me siento más a gusto cuando estamos tú y yo solos —me dice, consciente de que en este sofá tan solo hay sitio para un único chico—. Nunca he vivido en un lugar donde se repita la misma rutina día tras día.

—Sí, así es la vida en Providence.

—No, me refiero a este lugar en concreto. Contigo, el temporizador del horno, las tuberías llenándote la bañera. Durante mi niñez… —se interrumpe por un momento, da la impresión de que le resulta duro hablar de esto— casi nunca sabía dónde iba a pasar la noche. Mamá y papá no acordaron un régimen de custodia, iban improvisando sobre la marcha; básicamente, lo echaban a suertes y el que perdía tenía que quedarse conmigo.

—Yo no habría podido soportar vivir así.

—Yo pude hacerlo a duras penas.

Se incorpora y acomoda los hombros contra los cojines. Yo me giro y le imito, y mis piernas quedan encajadas entre las suyas.

—Ya sé que parezco bastante pasota, pero es que llevo mucho tiempo viviendo así. Y quiero que esto dure un poquito más.

Es como si estuviéramos sentados el uno frente al otro en una bañera. Es todo de lo más natural, como si lleváramos años compartiendo un sofá. Se quita el coletero y su gloriosa cabellera negra descansa sobre su hombro como si de una mascota se tratara. Se le ve masculino, musculoso y con un magnetismo animal.

—No va a gustarme tu lista —añade con la mirada puesta en el sujetapapeles.

—¿Por qué?, ¿porque no se centrará en ti? —La forma en que parpadea me indica que he acertado—. Teddy, estás peligrosamente cerca de parecer un guaperas narcisista.

Golpeteo la hoja con mi bolígrafo. Estoy decidida a ignorar la sensación de sus ojos observándome fijamente, y la forma en que su energía tironea de mí como una mano en mi manga que me insta a alzar la mirada.

—¿Guaperas?

—A las pruebas me remito, Su Señoría. —Sus piernas van cerrándose cada vez más estrechamente alrededor de las mías, y me esfuerzo por no sonreír—. Decídete ya por un canal, por favor. Me estás volviendo loca con el mando.

—Pon *Un regalo del cielo*. Sé que la tienes, la oigo a través de la pared. —Se pone a cantar el tema principal—: «Cuando la soledad se adueña de ti, oyes mi voz que te anima a seguir; cuando sientes que te has perdido, sabes que podrás reencontrar el camino… ».

Me da la impresión de que está tomándome el pelo y noto cómo se me encienden las mejillas.

—Puse el volumen tan bajo que tuve que poner los subtítulos! ¿Estuviste escuchando con la oreja pegada a la pared?

Él asiente y sigue cantando con una voz preciosa (pues claro que sabe cantar, era de esperar. Me pregunto si habrá algo que se le dé mal).

—«Los azares de la vida forman parte de esta senda, pero ¿cuándo lo verás?».

Ni yo misma, que tengo un corazón de piedra, puedo resistirme a cantar la última parte con él:

—«¿Cuándo verás por fin que eres un regalo del cielo?» —Le miro sonriente. Nuestras voces han armonizado de maravilla—. Crees que soy una tontorrona, ¿verdad? —«Por favor, dime que sí». Necesito que me haga poner los pies en el suelo de nuevo.

—Si tú lo eres, yo también. Me encanta esa serie, ¡pon el capítulo en el que Francine va a comprarse un sujetador!

Está tarareando la melodía por lo bajinis mientras el dedo gordo de uno de sus pies tamborilea contra mi cadera. Echo un vistazo a la hoja que tengo que rellenar y me da la sensación de que a mí tampoco me va a gustar nada de lo que escriba en ella. Como no me controle, podría terminar con algo así como:

Lo que me gusta:

• Alto.

• Tatuajes.

• Esos ojos mágicos.

• Ese cabello tan increíblemente espectacular.

• Sonrisa traviesa/dientes perfectos.

• Manos hábiles que dan y toman.

Lo que no me gusta:

• Cualquier otro que no sea él.

Tendría que rellenarla usando un lápiz y una goma de borrar.

Me doy cuenta de que no le he respondido todavía.

—Voy tres temporadas por detrás de ese, siempre los veo en orden. Y no te dejaría ver ese, pedazo de pervertido. Se supone que Francine está en el instituto.

—Oye, yo también lo estaba cuando echaron la serie por la tele. Mis hermanas y yo siempre la veíamos, no nos perdíamos ni un capítulo. Esa era la única constante que había en mis semanas. Vale, ¿por dónde vamos entonces? Ni se me ocurriría fastidiar el sistema especial de visionado de *Un regalo del cielo*.

(Ni se imagina que, gracias al visionado mundial organizado por mi foro, realmente existe un sistema especial).

—Solo veo la serie entera una vez al año, y me resulta más gratificante si veo los capítulos en orden. Así saboreo mejor el desarrollo de las tramas más largas.

—Claro, doña Pulcra. —Sonríe para sí mismo—. ¿Solo la ves una vez al año? ¡Menudo autocontrol! ¿Es esto lo que quieres hacer con el hombre de tus sueños?, ¿estar acurrucaditos en el sofá y ver una serie de televisión tan beata? ¿Te recuerda a tu casa?

Estamos con las piernas entrelazadas como si fuera lo más normal del mundo; ahora que lo menciona, la verdad es que podría decirse que estamos acurrucaditos juntos. La sensación de tener a otra persona descansando contra mi cuerpo, cálida y pesada... Esto es una maravilla, siento que estoy en el cielo.

—Esta serie también era mi única constante semanal. Mi rutina surgió mucho tiempo atrás.

—¿Cuándo fue?

—Pues... —Me quedo callada, pero él me da un golpecito con el pie para que siga—. Mi madre pasa por los supermercados al final de la jornada para recoger productos frescos sobrantes, lleva haciéndolo desde que yo tenía unos ocho años. Un negocio de la zona donó una furgoneta, todo se hace de forma bastante profesional. La comida se distribuye entre comedores sociales y organizaciones comunitarias, y ella no llega a casa hasta pasada la medianoche.

—Vale, entonces pasaba fuera buena parte de la noche. Pero tu padre estaba en casa.

—Va a parecer que soy una mala persona por decir esto. —Titubeo por un segundo—. No soportaba que ella no pasara más tiempo conmigo. Al final de la jornada, papá está cansado, cabreado, distraído; el silencio le sirve para recargar pilas, y entre nosotros no se generaba un ambiente cómodo. Por regla general, pasaba las veladas metido en su despacho.

—Y por eso creaste tu propia rutina nocturna. —Su mirada recorre la habitación antes de volver a posarse en mí, y veo comprensión en sus ojos—. Y sabías cuándo darían *Un regalo del cielo* por la tele, era algo con lo que podías contar. Igual que en mi caso.

Fluye entre nosotros una agradable y cálida sensación de comprensión mutua.

—Por otra parte, solíamos tener a un desconocido viviendo en casa. En el sótano hay una habitación de emergencia con una cama para quien la necesite. Yo era una niña frágil. No podía lidiar con algo así, pero no tenía más remedio que hacerlo porque se supone que hay que predicar con el ejemplo.

Un desconocido cepillándose los dientes en el baño, sentado en mi silla a la hora del desayuno.

—Me preguntaste cuando nos conocimos si mis padres son estrictos. Sí que lo son, pero creo que esperaban que supiera obrar de forma correcta por mí misma y lo dejaron totalmente en mis manos. Me parece que tú y yo tenemos bastante en común en eso.

—Teniendo en cuenta lo que me estás contando, el sagrado Ritual Nocturno de Ruthie tiene todo el sentido del mundo. Quizás me habría venido bien hacer algo parecido.

—No es tarde para crear una rutina, el cuidado personal en la edad adulta es muy importante.

Él sigue pensando… en mí, creo, porque me mira fijamente a los ojos.

—Prefiero seguir colándome en tu rutina hasta que te hartes y me cierres la puerta en las narices. Oye, respecto a las cosas que me dejaste en el patio, no es la primera vez que haces algo así, ¿verdad? Y por eso ha sido duro para ti el hecho de que yo apareciera de improviso en Providence.

Me avergüenzo un poco de mí misma, en el fondo le ayudé de mala gana.

—Bueno, en realidad no ha sido tan duro…

—No te preocupes, lo comprendo. La tranquilidad se acaba cuando yo estoy cerca.

—¿Quién te ha dicho eso? —Pero él ya está buscando el siguiente capítulo de *Un regalo del cielo*—. No parlotearás mientras vemos la serie, ¿verdad? Espera, se me ha ocurrido algo para la columna de cosas innegociables. —Escribo en el formulario que no quiero a ningún candidato al que no le guste *Un regalo del cielo*.

Teddy realiza un súbito abdominal para incorporarse, lee lo que acabo de escribir y vuelve a echarse hacia atrás con un gemido de satisfacción.

—Mis hermanas me daban un tirón de orejas si hablaba, puedes hacerlo si quieres.

Le doy al botón de *play* y cantamos juntos el tema principal. Agarro una manta de punto para taparme las piernas, él la agarra por el otro extremo e iniciamos un tira y afloja entre risas. ¿Cómo hemos llegado a esto de forma tan natural?

Un capítulo termina, empieza otro. Puse al horno dos pechugas de pollo rellenas de jamón y queso en vez de una. Yo pensaba que el silencio me resultaba indispensable, pero descubro que me gusta hablar mientras vemos los capítulos. Él tan solo hace observaciones acertadas y divertidas en el momento justo.

Incluyendo una de la que quizás me apropie para usarla como tema de debate en *Nuestro regalo del cielo*, mi foro de la serie.

—En aquella época estaba convencido de que iba a casarme con Francine Percival, era la chica de mis sueños —dice él cuando aparecen los títulos de crédito en la pantalla y le alargo un plato de comida—. ¡Vaya!, podría acostumbrarme a esto.

Ambos comentarios hacen sonar las alarmas en mi cerebro.

—¿Qué es lo que te gusta de Francine? Aparte de lo obvio. —La actriz es ahora imagen de una marca francesa de cosméticos, así que se lo pregunto para ponerle a prueba.

—Lo pulcra y organizada que es.

—Ah.

Son las mismas palabras que empleó Renata para describirme, pero dichas ahora con la atrayente y profunda voz de Teddy. Dejo mi plato sobre la mesita baja, agarro el sujetapapeles y escribo *Sinceridad* en la columna de cualidades que me gustan. Añado de inmediato *Que sepa escuchar* y *Seguro de sí mismo*.

—Es muy reservada —añade él mientras come—. Me da la impresión de que hay tantas y tantas cosas bajo esa apariencia, aunque nada sorprenda a su personaje de cara al exterior; es una persona que tiene autocontrol, y eso nos resulta muy intrigante a quienes somos un desastre; es divertida a más no poder, tiene ese humor sano e irónico al que soy adicto; casi todos los momentos divertidos de la serie se deben a ella.

Me sorprende la profundidad y la perspicacia que hay en sus comentarios.

—Sí, eso es algo que a mí también me gusta de ella. En uno de los capítulos le sacan una de las muelas del juicio y resulta que Ash Dangerfield, el chico que le gusta, va a verla al hospital…

—¡Ah, sí! Y llega justo cuando ella está despertando de la anestesia. —Esboza una gran sonrisa—. Francine le dice la verdad sin filtros, ¡ojalá tuviera yo esa suerte!

—Está ridícula en esa escena, pero no pierde la dignidad. Ella puede con todo. ¡Es muy liberador hablar de esto con alguien! En la vida real no había conocido a nadie que viera esta serie, y mucho menos un chico.

Retomo mi ficha de trabajo e intento pensar en lo que puedo incluir en la columna de cualidades que me gustan, tienen que ser cosas que no me delaten. *Alguien con quien se pueda contar. Maduro. Perspicaz.* Todo eso podría aplicarse a Teddy en varios aspectos. Ha pasado todas las pruebas que le ha puesto Renata, y ha mostrado una dedicación admirable a su nuevo trabajo.

—Los chicos como yo —dice él, y mi estómago da una peligrosa voltereta— sentimos curiosidad por saber cómo se consigue que una chica como Francine… —se mete una buena cantidad de comida en la boca con el tenedor y continúa después de tragar— se alborote, que se descontrole y se desmelene. ¿Cómo lograr que decida dejarse llevar? —Vuelve a tener esa expresión en la mirada.

—Seguro que te haces esa pregunta a menudo. —Sostengo el sujetapapeles fuera de su alcance al ver que intenta hacerse con él. Lo que he escrito confirmaría sus sospechas—. No, no seas fisgón.

—¿Qué has puesto? —La garra con el tatuaje de «Tomar» hace otra intentona—. ¡Recuerda que lo compartimos todo!

Dejé la puerta principal abierta, así que ahora no puede sorprenderme tener a este enorme gatito negro acurrucado en mi sofá.

—Da igual, será mejor que piense en algunas de las cosas que no me gustan. —Paso a la siguiente columna.

—Espera, ¿estabas anotando lo que te gusta? Joder, ¡estoy escandalizado! —Deja su plato vacío sobre la mesita baja y se desliza hacia abajo hasta quedar tumbado de espaldas en el sofá, con los pies sobre mi regazo. Se cubre los ojos con un antebrazo—. Me encanta estar aquí, deja que me quede.

—¿A pasar la noche?

—Para siempre.

Lo afirma con toda sinceridad. Dirige la mirada hacia mi plato (apenas he probado bocado) y se pasa la lengua por la comisura de los labios. Yo me pinzo el puente de la nariz con dos dedos antes de contestar.

—No puedes seguir diciéndome ese tipo de cosas.

—¿Por qué?

—Porque… —no se me ocurre qué decir.

—¿Qué? Venga, ¡dilo!

Me está retando.

—Porque me acostumbraré demasiado a tenerte aquí. —Seguro que se ha tumbado sobre los cojines de un montón de chicas, me pregunto cuántas habrán sido—. ¿Quién fue tu última buena samaritana?

—No te entiendo.

—Cuando tu padre vino a la oficina comentó que ya no te quedaban más sofás a los que recurrir. Y tú mismo me comentaste que tus buenas samaritanas suelen ser mujeres.

Él parpadea varias veces, como maniobrando mentalmente para asimilar el inesperado giro que ha tomado la conversación.

—No siempre. Tuve que acudir a un par de viejos compañeros del colegio hasta que me tragué mi orgullo y llamé a mi padre. —Quita los pies de encima de mi regazo—. No me gusta pensar en estas cosas.

Se sienta, agarra mi sujetapapeles y se recuesta en el sofá para leer lo que he escrito.

—Menudo aburrimiento —afirma al cabo de un momento—. ¿Es esto lo que quieres?, ¿este es el hombre de tus sueños? Dame el boli, quiero hacer unas cuantas correcciones. —Sus ojos se mueven de una línea a otra mientras lee con una expresión ceñuda que yo no había visto jamás en su rostro—. Estamos hablando de un tipo que nunca en su vida se ha retrasado con el pago del alquiler, eso está claro.

—Se trata de mí, de lo que yo quiero. ¿Te parece una ridiculez? —Trazo una línea imaginaria a lo largo de mis nudillos—. Ya sé que tienes ese tatuaje permanente en tu cuerpo que significa «Tomar», pero el egoísmo no es una cualidad atractiva.

—Has subrayado dos veces «Generosidad». El hombre de tus sueños es la caridad y la virtud personificadas.

Al escribir eso tenía en mente que la generosidad puede adoptar muchas formas distintas. Teddy es atento y cariñoso a más no poder. Intento arrebatarle el sujetapapeles.

—Deberías aprender a tomar. —Alza un dedo para silenciar cualquier posible respuesta que yo esté intentando formular—. Santa Ruthie de Providence tiene que aprender a ser egoísta.

—¡Pues tú eres la persona perfecta para enseñarme a serlo!

—Podrías optar por lo que propuso Renata, y no finjas que no sabes a qué me refiero. —Señala hacia la oscura puerta situada al fondo de la sala—. He estado soñando con acurrucarme bajo tu colcha de *patchwork*. Despiértame temprano para que no llegue tarde al trabajo.

—No bromees sobre esto.

—Venga, atrévete. —Por una vez, su hipnótico encanto logra penetrar el escudo que mantengo activado cuando estoy con él—. ¿Qué tendría que pasar para que tu compostura patinara? Tú también sientes esto, no lo niegues.

—¿Esta suele ser tu táctica? Lo que acabas de proponer no es demasiado romántico que digamos.

—Tienes razón, jamás se me ha podido tildar de romántico, pero me parece que me encantará besarte. No pasaremos de ahí, nos besamos y duermo en tu cama esta noche. A mí me parece bastante romántico.

Me pregunto si lo de ligar y buscar pareja es así ahora: sinceridad brutal y posible desnudez. Tengo la impresión de que estoy totalmente desfasada. Golpeteo el sujetapapeles con un dedo.

—Creo que será mejor que siga con esto, se trata de algo que sí que puedo manejar. Es un proceso, tiene distintos apartados.

Se agacha a ponerse las zapatillas de deporte, sus ojos son inescrutables bajo la tenue luz.

—Voy a preguntarte algo. Ya sé la respuesta, pero dímela tú de todas formas. ¿Te irás alguna vez de Providence?

Yo contesto sin pensar, de forma automática.

—No, claro que no.

—Sí, ahora lo entiendo. —Qué tristeza tan grande se refleja en su voz—. Te dejaré en paz para que disfrutes de tu soledad. Adiós.

15

Cuando llegamos a la piscina, inicio el arduo proceso de bajar del minibús a las residentes que se han apuntado a la actividad de hoy. Voy avanzando por el camino de entrada como buenamente puedo cargada de bolsos, bolsas de deporte y, lo más preocupante de todo: dos bastones que han quedado olvidados. Teddy está apoyado en la fachada, va vestido con unos pantalones cortos y una camiseta y lleva puesta una visera donde pone *CARNE FRESCA*. Seguro que ha sido un regalo de Renata.

—Trae, deja que te ayude —me dice, sonriente, antes de apartarse de la pared.

—¿Qué haces aquí? —Apenas le he visto en los dos últimos días.

—Los tres —hace énfasis en eso— vamos a participar en la clase de gimnasia acuática. Bueno, yo al menos, porque las Parloni se dedicarán a fastidiarme. Están dentro.

Mientras va aligerando mi carga quitándome bolsos de encima, intento no dirigir la mirada hacia los nuevos tatuajes que han quedado al descubierto en este fabuloso par de brazos.

Cuando entramos en el edificio, saludo a Jordan, uno de los subgerentes.

—Hoy tenemos doce. No, espera, trece. —Señalo a Teddy—. Y dos espectadoras.

Jordan mira a Teddy y le pregunta, con cara de escepticismo:

—¿Gimnasia acuática?

—Sí, quiero mantener las carnes prietas —contesta él con ligereza, antes de cruzar las puertas automáticas.

—Tengo que darte algo —me dice Jordan mientras nos dirigimos juntos hacia la zona de la piscina. Se lleva la mano al bolsillo de sus pantalones cortos y saca un billete de veinte dólares doblado—. Esa señora mayor tan maleducada me lo ha dado al entrar, actuaba como si yo fuera el portero de un hotel de lujo o algo así. —Su mirada se posa en Teddy—. ¿Es su nieto?

—Su asistente personal.

—Vale, pues tendría que darse cuenta de que su jefa va repartiendo dinero a diestra y siniestra. No me ha sentado nada bien. —Me da el billete—. Devuélveselo, por favor.

—Sí, por supuesto.

Su honestidad me hace recordar la ficha de trabajo que le he entregado a Melanie esta mañana. La honestidad es una de las cualidades que me gustan, y lo mismo puede decirse de esa actitud protectora que tiene Jordan con las personas mayores que vienen a la piscina. ¿Es esto lo que se siente al tener un radar? Dejo que nuestras miradas se encuentren, pero no siento nada por dentro.

Y entonces dirijo la mirada hacia Teddy y me doy cuenta de que mi radar está calibrado de forma muy específica.

—¿Dónde está Sandy?

Suele estar junto a la piscina, lista para dar la clase, y Jordan se excusa y va a avisarla. Yo me acerco a Teddy, que está plantado junto a las gradas cubierto de bolsos.

En términos generales, hoy será un gran día. Teddy va a quitarse esa camiseta, se mojará de pies a cabeza y seguramente podré contemplarle a placer. Y todo ello en horas de trabajo. La vida es un regalo. Sonrío cuando llego junto a él y extiendo los brazos para que me dé los bolsos.

—¿Acaba de darte su número de teléfono? —me lo pregunta con indignación.

—No, los veinte pavos que Renata le ha dado de propina solo por existir. —Me echo los bolsos al hombro—. Espero que no tenga por costumbre hacer ese tipo de cosas.

—Solo da propinas a gente atractiva, es una norma que tiene.

—Pues qué bien, a mí no me ha dado ninguna.

Voy a dejar las bolsas en el vestuario, estamos charlando como si las cosas hubieran vuelto a la normalidad. Las Parloni están sentadas en las gradas, animadas y distraídas, y me resulta fácil volver a meter el dinero en el bolso de Renata (un Hermès Birkin que ha dejado tirado en el suelo de cemento como si de una fiambrera se tratara).

—Se me había olvidado lo frías y duras que están las gradas, y el olor a cloro —me dice ella, como si todo fuera culpa mía—. Preferiría no haber venido, pero Theodore ha insistido. Bueno, ¿qué esperas? —Señala hacia la piscina—. Venga, métete en el agua, a ver ese estilo perrito.

—Suelo quedarme fuera, así veo si alguien tiene algún problema. —Doblo unas toallas para que las usen a modo de cojín.

—Oye, ¿qué es eso que he oído de que van a urbanizar Providence? Los vejetes no hablan de otra cosa. —Ella no se incluye en ese grupo—. Dame algún dato de primera mano, por favor. Los chismes son una gran moneda de cambio.

—No sé nada, los Prescott son los dueños de la propiedad y están haciendo una evaluación. ¿Podría hablarlo usted con Teddy? Yo tenía la esperanza de que se convirtiera en un aliado, que abogara por Providence llegado el momento.

Ella se lo piensa unos segundos antes de contestar.

—No lo tengo claro, quizás sea el empujón que Aggie necesita para salir de este sitio. Unas buenas vistas a Central Park le quitarían años de encima.

La aludida no contesta y se limita a suspirar profundamente. Está raspando metódicamente una tarjeta de rasca y gana con el famoso centavo de la suerte que tiene desde niña.

—Lo que necesito es que Teddy se enamore… ¡de Providence! —lo añado a toda prisa al ver que Renata enarca las cejas de golpe.

Me giro justo cuando el puño de Teddy agarra el bajo de su camiseta y se sube la prenda; cuando termina de quitársela, las pervertidas viejecitas que están en la piscina lanzan sonoros vítores de entusiasmo. Supongo que yo misma tengo cara de estar viviendo un momento trascendental, porque Renata me dice:

—Quiero una descripción exacta de lo que estás sintiendo.

—Estoy rezando para que la parte delantera no sea tan increíble como la de detrás.

Podría decirse que estoy rezando sin parar. Su piel parece tersa como la miel; tatuajes por todas partes que desaparecen bajo la cinturilla del bañador, todos ellos absurdos y perfectamente ejecutados. Teddy es un libro nuevo para colorear y yo soy una niña pulcra y minuciosa que no se pasa nunca de la raya.

Él se gira hacia mí mientras enrolla la camiseta.

—¿Te vas a meter?

—¡Joder!

La palabrota me sale sin querer porque:

- La parte delantera de su torso está bien, o sea…

- Muy muy bien…

- Muy, pero que muy requetebién.

—¿Perdona? —Viene hacia mí, me encojo ligeramente al retroceder contra las gradas—. ¡Ah, claro! ¡Ruthie está que se desmaya ante mi magnificencia! —(Pues sí, la verdad)—. ¿Vas a meterte en el agua? —Mete el dedo bajo el tirante de mi soso bañador de una pieza, que asoma bajo mi camiseta—. Si te has puesto esto es porque no lo descartas.

Estoy a puntito de caerme de cara en un caleidoscopio de piel tatuada, así que me defiendo contraatacando.

—Sylvia no me paga para que participe, estoy trabajando.

Cuando estaba arreglándome esta mañana, me he dado cuenta de que esta podría ser una de mis últimas oportunidades para regresar a casa oliendo ligeramente a cloro.

—Tampoco te paga para que organices un programa entero de actividades, pero aquí estamos —argumenta él con paciencia—. Lánzate a la piscina, vive un poco.

Aquí dentro hace tanto calor que le envidio por ir sin camiseta. Bueno, así he decidido etiquetar al menos mi intenso interés en su torso.

Jordan se acerca a nosotros.

—Sandy llegará en diez minutos —me dice—. Me harías un favor si pudieras encargarte tú de empezar con el calentamiento, tengo que quedarme en el mostrador de recepción. Ponles algún ejercicio fácil, que vayan manteniéndose a flote o algo así.

—Claro, yo me encargo. ¡Atención, señoras! Sandy va a llegar un poco tarde, así que vamos a comenzar.

Podría dirigir una clase entera de media hora. A lo mejor estaba esperando a que llegara este momento, quién sabe. Después del calentamiento, no sé si sería mejor que hicieran unas brazadas o unas elevaciones de piernas…

Me interrumpen antes de que pueda decidirme.

—Teddy puede dar clase de gimnasia acuática —afirma Renata a nuestra espalda—. ¿Qué decís, chicas? —Suelta una carcajada ante las sonoras exclamaciones de entusiasmo—. Esto va a ser divertido, lo veo venir.

—Quédate a un lado —me indica Teddy, mientras se recoge el pelo en un moño digno de una sesión de fotos para una revista moderna y rompedora. Su torso se mueve y se flexiona… Necesito clavarme un dardo tranquilizante—. ¡Voy a encargarme de que estas damas empiecen a calentar!

—¡Yo ya estoy calentita! —grita una de ellas, provocando unas risas que por poco me dejan sorda.

—Vale, vamos a empezar. Caminen sin moverse del sitio, moviendo los brazos así. —Les hace una demostración mientras ellas le miran sonrientes, con el rostro alzado hacia él como girasoles empapados de agua.

Pues claro que se le da bien esto, era de esperar. Se me escapa un prolongado sonido de exasperación, una especie de «¡Argggggg!».

Cuando puedo hacer una cosa de forma totalmente competente aparece un chico que tiene menos habilidad técnica, pero que recibe mayor reconocimiento. A mí no me ha vitoreado nadie jamás. Nunca, ni una sola vez; de hecho, yo creo que nadie se da cuenta siquiera de una sola de las cosas que hago por ellos. Todavía tengo las marcas de los bolsos que me han colgado de los brazos.

—No te enfurruñes, Ruthie Maree. ¿Qué te pasa? —me dice Aggie cuando voy a sentarme con ellas en las gradas.

—¡Qué hombre tan insufrible! —Contemplo ceñuda su preciosa espalda mientras me seco la cara con mi camiseta—. Organizo todo esto y vengo a todas las sesiones durante dos años, y se cree que puede…

Me quedo sin palabras al ver que se pone a hacer el baile ese de caminar como un egipcio en el borde de la piscina. Para evitar que se me escape una sonrisa, opto por un arranque de genio.

—¡Qué gracioso que es, joder!

Me cruzo de brazos y hundo el rostro en ellos, pero alzo ligeramente la cabeza al cabo de unos segundos al darme cuenta de que Renata ha permanecido muy callada. El espectáculo que está ofreciendo Teddy en el borde de la piscina la tiene cautivada, está dando saltitos sobre su pequeño trasero mientras se imagina a sí misma bailando. Está caminando como una egipcia sentada. Me desarma verla así. Me parece que adora a Teddy a más no poder.

Y entonces abre la boca y echa a perder el momento.

—¿Por qué tienes que darle tantas vueltas a todo? —Emplea su habitual volumen de voz al hablarme—. Hazlo, ¡no te lo pienses más! Eres una supermodelo comparada con todas esas viejas cluecas.

(Algunas de las viejas en cuestión la miran como si quisieran ahogarla en la piscina).

—Vale, ya voy.

Me quito la camiseta y los pantalones cortos, y me lanzo al agua antes de que pueda replanteármelo. ¿Cuánto hacía que no me lanzaba de cabeza? Años.

Cuando emerjo a la superficie me esfuerzo con todas mis fuerzas por no cosificar a Teddy, pero la luz de los fluorescentes les da un resplandor celestial a los planos de sus músculos y dibuja sombras entre ellos. Resulta inexplicable que una persona tan relajada y que zampa queso a dos carrillos tenga un cuerpo así. Me flaquean las piernas y me hundo hasta los ojos.

—¡Tenemos una nueva alumna en clase! —anuncia él—. Démosle la bienvenida a la señorita Ruthie Midona, por favor.

Ahora es cuando recibo las sonrisas y las exclamaciones de entusiasmo… Ah, vale, ahora lo entiendo: la vida requiere una participación plena, que estés metida hasta el cuello.

Teddy es nuestro instructor, así que en el transcurso de los minutos siguientes le obedecemos en todo. Hacemos todos y cada uno de los movimientos de baile que se le ocurren: que si el *moonwalk*, que si el *twist*, que si ahora nos ponemos a cantar mientras las Parloni siguen el ritmo haciendo palmas. Todo el mundo está partiéndose de risa y a punto de ahogarse. Yo no estoy tan en forma como creía, pero hacía años que no me lo pasaba tan bien.

Cuando nuestra profesora habitual aparece finalmente, sudorosa y acalorada, Teddy la saluda con una sonrisa.

—¡Hola! Tú debes de ser Sandy. Aquí las tienes, las he puesto a calentar y están listas. —Sin más preámbulos, se lanza a la piscina haciendo una bomba prohibida que por poco salpica el techo y viene nadando hacia mí—. Es increíble que nos paguen por hacer esto, ¿verdad? —me dice, mientras se pasa las manos por la cara.

Pues resulta difícil de creer, la verdad. A media mañana de un día laborable y aquí estamos, ganando dinero contante y sonante mientras hacemos gimnasia acuática.

No sabía que los chicos pudieran estar tan abiertos a probar cosas nuevas, Teddy me ha sorprendido en ese sentido. Cuando no está riéndose, está concentrándose atentamente con el ceño fruncido. Sus flexiones de brazos son magníficas, nos apoyamos en fila contra el borde de la piscina para estirar las piernas y no se da cuenta de la pugna que hay entre las viejecitas por ocupar los puestos que tiene a ambos lados. Pero nadie tiene por qué sentir celos, porque va de acá para allá charlando con todo el mundo; cuando alguien está cansado, ofrece un hombro en el que apoyarse y descansar (de hecho, puede que yo misma lo necesite en breve).

Y ya sé que le pagan por hacer esto, pero le habría bastado con hacer lo mínimo que se requería de él: traer en coche a las Parloni. Es tan generosa la forma en que reparte a manos llenas su energía y su amabilidad… Resulta profundamente conmovedor verle ahí, junto a un montón de señoras mayores que revolotean a su alrededor, charlando y pasando un rato con ellas para que puedan sentir de primera mano esa clase de juventud y de belleza.

Me entristece que no se dé cuenta de lo generoso que es en realidad.

Después de la clase nos dan diez minutos de tiempo libre, y repartimos churros de espuma para que las integrantes del grupo se entretengan. Yo debería salir del agua para vestirme y ayudar, pero corro el riesgo de que Teddy vea cómo salgo del agua. Espero un minuto para ver si sale primero y se aleja un poco, pero la cosa no pinta demasiado bien porque se lo está pasando en grande: se ha puesto un anillo de espuma alrededor del cuello y está llevando a caballito por el agua a la señora Washington, que parece estar en el séptimo cielo.

No he calibrado bien la situación. Tendría que subir por esa escalerilla con el trasero y los muslos chorreando agua, y quedar expuesta bajo esta brillante luz diurna; hacía años que no me ponía este bañador y lo noto un poco ajustado en la parte de atrás, se me ha metido en la raja del trasero; tengo unas corvas bastante raras. Estoy en un callejón sin salida, no debería haberme prestado a esto.

—¿Qué te pasa? —me pregunta Teddy, que se acerca nadando hacia mí. La pasajera que llevaba a caballito ha desmontado ya—. ¿Tienes ganas de hacer pis? Aguanta un poco, piensa en cosas secas.

—Venga ya, me conoces y sabes que no soy de las que rompen las reglas.

—Se supone que debería sentirme aliviado por eso, pero… —Se ríe con tantas ganas que ahora soy yo quien se preocupa por si se le escapa el pis a él—. No, hablando en serio, ¿qué te pasa? Se te ve estresada. —Se pone a nadar en círculos a mi alrededor.

—Quiero que cierres los ojos cuando salga de la piscina.

Él se cubre la cara, pero un chispeante ojo pardo asoma entre el espacio que queda entre dos dedos. Mi risa hace que se intensifique aún más el brillo de su mirada, baja la mano y enarca las cejas con picardía.

—¿Qué problema tienes? —me pregunta.

—La fuerza de la gravedad. —No sé por qué, pero, aunque estamos muy cerca el uno del otro, el hecho de estar flotando en el agua hace que no me sienta incómoda—. No todos tenemos tu aspecto en bañador.

—Me siento halagado. —Nos hemos acercado un poco más mientras flotamos, nuestras manos trazan movimientos circulares en el agua y nuestras rodillas se tocan de vez en cuando—. ¿Te parezco guapo, Ruthie Maree?

Empieza a faltarme un poco el aliento.

—¿Qué se siente al tener tanta confianza en uno mismo? —Me hundo un poco más en el agua.

—No sé, estar contigo tiene ese efecto en mí. Pero de buenas a primeras soy incapaz de obtener la reacción que quiero de ti, y empiezo a dudar de mí mismo; y entonces me veo reflejado en una cuchara y soy un horror. Para cuando llega la hora de la cena, soy un despojo humano y el hombre más feo del mundo. —De repente, se calla y cierra los ojos por un segundo como si estuviera exasperado—. Cuando hablo contigo te digo un montón de sandeces, no entiendo por qué me pasa. En realidad, soy un tipo muy normal y templado.

—Si tú lo dices, intentaré creerte. —Asiento con teatralidad.

Él se queda inmóvil (es lo bastante alto como para hacer pie) y lleva mi mano a su hombro como si pensara que necesito ayuda y algo de descanso. No se equivoca. Sus pestañas son puntas entrecruzadas. Tiene tatuada una cerilla encendida que queda justo bajo la palma de mi mano, y siento esa pequeña chispa.

Él esboza una sonrisa al ver mi reacción.

—Estás haciéndome sentir bastante atractivo.

—Sí, claro, como si necesitaras a esta humilde servidora para inflarte el ego.

—Eso no lo dudes.

Contener las ganas de sonreír cuando le tengo cerca está convirtiéndome en una aguafiestas de manual, pero ¿qué sucedería si me relajo? Teddy es imparable, ¡me aniquilaría!

—¡Las manos donde pueda verlas! —nos grita una de las mujeres del grupo.

Las demás estallan en carcajadas que reverberan en todas las superficies reflectantes.

—¡Vale! —Alzo la mano libre y el volumen de las risas aumenta aún más—. ¿Creen que estoy manoseándote en plena jornada de trabajo?, ¿en serio? ¡Qué mente tan calenturienta tienen! —Se me enciende la bombilla—. ¡Ah!, ¡se refieren a ti!

—No tienes la conciencia demasiado tranquila, ¿verdad? ¿Dónde estábamos…? Ah, sí, lo de la confianza en uno mismo. Tienes que empezar a ir por ahí como si fueras increíble, porque realmente lo eres. —Toma mi mano y me hace caminar hacia atrás en una especie de improvisado vals acuático—. ¿Te cuento un secreto? —Incluso antes de que abra la boca, veo venir el cumplido directo hacia mí como una aleta de tiburón—. Las chicas pulcras y organizadas son mis preferidas sin ninguna duda.

No sé cómo puede cambiar de tercio con tanta facilidad. Hace nada estaba haciendo el tonto junto a la piscina, y ahora tiene los ojos oscurecidos y ese seductor tono de voz.

—Vale —me limito a decir. Intento nadar hacia la orilla.

Él me hace girar con el brazo extendido, el agua ondea contra nosotros.

—Pero no me crees. —Me atrae de nuevo hacia sí, pero más cerca de su cuerpo—. Tienes unos ojos… —Se interrumpe, parpadea y aparta la mirada. ¿Acaso se siente avergonzado? Sí, así es, y su reacción me llena de ternura—. Tienes unos ojos magnéticos —dice al fin. Y entonces gime abochornado—. ¡Qué cursi soy, joder!

Hunde la cabeza en el agua y, cuando vuelve a sacarla segundos después, le espeto con severidad:

—Soy la única mujer de menos de cincuenta años con la que puedes entretenerte en este lugar, eso es lo que pasa.

Pero ya es demasiado tarde. Me siento halagada, y un escalofrío me baja por la espalda en el preciso momento en que él posa la mano en mi cintura. Una tela fina y mojada es lo único que separa nuestra piel.

—Aprende a aceptar un cumplido, Ruthie Maree. Aprende a valorarte. Eres sublime.

Jamás se me habría ocurrido pensar que esa palabra se me aplicaría a mí.

—Gracias, eres muy amable.

—No, no lo soy. Estuve a punto de volver a las andadas la otra noche en tu casa. Voy a contarte mi secreto: tengo debilidad por el personaje de Francine Percival de *Un regalo del cielo*, me da mucho morbo.

—Ah. Bueno, la verdad es que es guapísima.

—Me encantan las chicas pulcras y ordenadas que tienen etiquetadoras y huelen a baño de espuma. Todas esas latas de sopa en el armario de la cocina con las etiquetas alineadas, la bañera llenándose a la misma hora todas las noches… Dios, andas por ahí envuelta en una nube de burbujas que me nubla los sentidos. Yo solo quiero comerme todo tu queso y acurrucarme en tu cama, estoy dispuesto a admitirlo.

—Sí, ya me había dado cuenta. —Tengo la garganta constreñida y me sale la voz rara. Han sido demasiadas palabras sugestivas y me cuesta procesarlas. «Burbujas», «morbo», «acurrucarme», «cama».

—Tú también lo sientes, ¿verdad? —La máscara tras la que se parapeta cae por un segundo y baja la mirada hacia mis piernas. Quizás esté planteándose la posibilidad de que yo no le corresponda—. Me parece que hay una chispa interesante entre nosotros.

Miro el tatuaje que significa «Dar», lleva la palabra escrita en su piel de forma permanente. Qué valiente, voy a intentar ser más como él.

Pongo la mano bajo su barbilla para alzarle un poco la cara y poder observarle bien, y su boca se abre en un gesto de sorpresa. Contemplo sus labios y la porcelana serrada de sus dientes; noto su barba incipiente bajo la palma de la mano, me recuerda al tacto de la arena mojada. Así son los hombres: tan animales, con esos pelos hirsutos y esas barbas que les crecen. Qué difícil debe de resultarles disimularlo.

Decido darle lo que tanto ansía; al fin y al cabo, no puede decirse que se me haya dado bien guardar el secreto.

—Teddy, eres increíblemente guapo.

—Tú eres tan preciosa que me dejas sin respiración —contesta él al instante.

Posa la mirada en mi boca y se le dilatan las pupilas como un anillo de tinta negra que se expande. Todo cuanto rodea a este momento se evapora, me parece que va a besarme... Acabo de salir del retiro sentimental en que estaba metida y apenas tengo experiencia, pero hasta yo sé cómo va a terminar esto.

Va a hacerlo, de verdad que sí. Se me acerca un poquitín más.

Hace años que no me dan un beso, y los que me dieron fueron casi todos sin lengua. No me acuerdo de cómo se hace, pero Teddy no tiene ese problema. Estamos suspendidos en este ingrávido momento, nuestras rodillas están tocándose. Y de repente es como si Teddy recordara algo, parpadea mientras se le despeja la mente y... ¡Zas! Ahora estamos flotando separados por una distancia respetable.

—Ya sé que solo estás defendiendo tu territorio, no quieres renunciar al sofá ni al *cheddar* —le digo, para intentar disimular la extraña mezcla de decepción y alivio que siento. Estoy muy fatigada, me hundo en el agua hasta la barbilla.

—Según tu ficha de trabajo para la primera semana, que fotocopié y se encuentra ahora en el bolsillo trasero de mis vaqueros, el hombre de tus sueños no se parece a mí en nada. Quieres a alguien que no vaya a largarse a las primeras de cambio; alguien maduro, generoso, disciplinado.

Me ofrece el puño con solemnidad y yo no me paro a ver cuál de las dos manos es, me limito a frotarle los nudillos como a modo de consuelo.

—No tenías por qué hacer el tonto hace un rato, pero les has alegrado el día. Acabas de influir en el ánimo de muchas personas. —Le veo sopesar mis palabras—. Has mostrado interés en lo que pienso, y no puedo expresar con palabras cuánto significa eso para mí.

—¡Eh! ¿Qué está pasando aquí? —vocifera Renata desde las gradas—. ¿De qué estuve hablando contigo largo y tendido, Theodore Prescott? —Se pone de pie y se acerca al borde de la piscina.

Yo fijo la mirada en las baldosas mojadas que ella tiene bajo sus pies mientras el nudo que me constriñe la garganta se tensa aún más. Al cabo de un momento giro la cabeza de nuevo hacia Teddy, que me sostiene la mirada al contestar.

—No debo seducir a Ruthie si no tengo intención de quedarme aquí, porque es un tesoro delicado que hay que proteger a toda costa.

—¡Exacto! —le espeta Renata con sequedad—. ¿Se puede saber qué estás haciendo?

—Estoy explicándole que no soy su tipo —lo dice con calma y bracea con suavidad para ir alejándose de mí.

—¡No, no lo eres! ¡Sal de la piscina! ¡Ahora mismo! —Su tono de voz deja claro que no se la puede desobedecer.

Teddy sube por la escalerilla en un abrir y cerrar de ojos y me deja aquí sola, así que opto por salir también. Sí, salgo de esa piscina a la que me he tirado de cabeza, piso tierra firme y paso el resto de la tarde sudando y temblorosa.

16

—Lo hiciste muy bien —comenta Melanie con la cabeza metida en mi armario—, tu primera ficha de trabajo fue excelente. Fuiste muy sincera al describir a tu hombre ideal.

(No sé si lo fui tanto, la verdad).

—Gracias, Mel. La tuya también está muy bien. —Estoy sentada en mi cama leyendo su versión de la ficha: la que se centra en la búsqueda del trabajo ideal—. A juzgar por lo que veo aquí, deduzco que no te gusta ningún trabajo rutinario.

—Sí, eso me hace sentir que estoy marchitándome. —Lanza sobre la cama un puñado de prendas sin quitar las perchas—. Pero no intentes distraerme, estamos hablando de ti. Comienza la segunda semana del Método Sasaki, ¡allá vamos!

Mi bañador está colgado del riel de la cortina con una percha. Se secó hace tres días, pero no lo he guardado porque me recuerda que lo que sucedió entre Teddy y yo fue real.

Cambié al lanzarme a aquella piscina, rejuvenecí.

Me he empapado en algo que me ha puesto las sensaciones a flor de piel. No he podido recobrar el aliento desde que nadamos juntos y me dijo palabras tales como «sublime», «chispa» y «magnético». Necesito pasar un rato caminando desnuda por la casa para recalibrarme, pero, en cuanto toco un botón o una cremallera, oigo que llaman a la puerta principal y resulta que es Teddy, que viene a pedirme algo. Hasta el momento le he prestado un cuchillo, un tenedor, un plato y una sartén.

Después de cenar viene a apropiarse de un chorrito de lavaplatos. Apoyado en el marco de la puerta principal, va secando mis cosas con mi paño de cocina y me cuenta las absurdas tareas que le ha encomendado Renata; y yo, mientras tanto, no puedo apartar la mirada de la punta de sus botas, que no pasan de la entrada de mi casa. Está creando una barrera entre nosotros, y el hecho de que él considere que es necesario tomar una medida así me hace sentir un delicioso hormigueo en el estómago.

—Teddy ha hecho que me plantee si lo de este proyecto será buena idea —admito sin pensar.

Melanie lanza un bléiser de *tweed* sobre la cama con violencia.

—¿Acabas de decirme a la cara que Teddy Prescott está haciéndote dudar de mi Método y de mí? ¿Vas a seguir los consejos de un tipo tan inmaduro?

Me siento impelida a defenderlo.

—No seas tan dura con él.

—Digo las cosas como son. —Levanta una blusa y hace una mueca—. Recuerda que ese hombre es una prueba que debes superar, tienes que ser fuerte y resistir la tentación.

—No me siento tentada, es…

Huelga decir que estoy mintiendo, y ella alza una mano para interrumpirme.

—Mi madre dice que en todas las relaciones están el que adora y el objeto de adoración; el que ama y el que es amado. Vas a tener que averiguar cuál de los dos eres tú.

—El que adora y el objeto de adoración —lo repito pensativa y me vienen a la mente mis padres, que son un caso muy claro: él ni siquiera le compra un regalo de cumpleaños, ella le prepara un pastel de tres capas—. Dar y tomar.

—Exacto. Theodore Prescott va constantemente a la caza de alguien que le adore. Tomará toda la adoración que tengas hasta vaciarte y entonces, como una enorme abeja en busca de nuevos prados, se largará zumbando.

Me gustaría que dejara ya el tema, aunque es probable que el propio Teddy le diera la razón.

—Si está en casa, puede oírte a través de la pared, yo solo te lo advierto. Cuando estornudo me dice «¡Salud!».

Ella les resta importancia a mis palabras con un bufido.

—Si estuviera en casa, le tendríamos aquí, tumbado en tu cama con la cabeza apoyada en tu regazo, intentando llamar tu atención para que veas lo guapo que es. —Sopesa lo que acaba de decir—. Vive para hacerte reír, me lo ha dicho tal cual.

Necesito con desesperación hablar con alguien sobre esta situación, quizás sea esta la oportunidad perfecta.

—Me pregunto si las cosas que me dice le salen del corazón.

Ella contesta en plan profesora de karate.

—¡Qué más da eso? ¡Él no es tu tipo de hombre!

Sí, eso es lo que me ha dicho el propio hombre en cuestión.

—¿Qué me dices de ti, Mel? ¿Es tu tipo? —A ver, hablemos con sinceridad: Teddy es el tipo de hombre que le gusta a todo el mundo (menos a mí, al parecer).

Melanie se toma unos segundos para pensárselo, y tengo la impresión de que algo importante pende de la balanza. Si decide que lo quiere como pareja, tendré que… No sé lo que se supone que tendría que hacer, ¿echarme a un lado? Pero ahora no estoy interponiéndome en su camino. Tendría que cavar un hoyo con mis propias manos bajo el limonero de Renata para enterrar este deslumbramiento a más de medio metro de profundidad.

Y lo haría por mucho que me doliera, pero solo por Mel.

—No —contesta ella—. A ver, es guapísimo, pero en cuanto le conocí supe que en mi mundo solo hay cabida para una despampanante princesa que requiere de un montón de atenciones y de cumplidos. Y esa soy yo. Estoy buscando a alguien que me adore. —Se pasa los dedos por la coleta—. Si estuviera con Teddy, habría demasiado resentimiento entre nosotros. Por cierto, ¿qué hace esa vieja moto tan horrible aparcada fuera? Seguro que él no se montaría en ese trasto ni muerto.

—Será mejor que no te oiga hablar así; según él, es «la chica de sus sueños». —Celosa de una moto, no esperaba caer tan bajo—. La sacó del almacén donde la tenía guardada, es una Indian de 1939 que heredó de su abuelo. La restauraron juntos antes de que este falleciera, pero Teddy tiene que hacerle varios arreglos. Yo creo que es capaz de meterla en su sala de estar como llueva. —Consulto en el móvil la previsión meteorológica.

Está trabajando en la moto porque dice que necesita mantenerse atareado por la noche. Para contener las ganas de venir a mi casa. Me lo dijo a la cara con toda la sinceridad del mundo, con un brillo especial en la mirada.

—Da la impresión de que lo sabes todo sobre él —comenta Melanie mientras sigue juzgando toda mi ropa. La evaluación podría resumirse de la siguiente manera: no; qué horror; esto es de abuelita; vaya; pasable; ¿por qué?

—Me lo cuenta todo —admito yo mientras le doy vueltas a lo que me ha dicho—. ¿En serio te parece que necesita tantas atenciones y cumplidos? Sus necesidades son bastante básicas: solo hay que reírle los chistes, mantener mucho contacto visual mientras te cuenta algo y dejar que se coma la pasta del día anterior que tienes en la nevera.

—¡Cómo se nota que eres una de esas personas que adoran! —Huele el sobaco de mi abrigo de invierno como si fuera lo más normal del mundo, consulta la etiqueta para ver las instrucciones de lavado y deja la prenda sobre la cama—. No le permitas exprimirte hasta la última gota, es un desvergonzado.

—Anoche vino a pedirme una gota de aceite, no sé cómo podré recuperar algo así. —Empiezo a pensar que la vida sería más fácil si no cerrara con llave la puerta de mi casa—. Pero él también me da cosas continuamente.

—¿Como qué? —me lo pregunta con tono retador.

Sería difícil impresionarla con cualquiera de los detalles que Teddy tiene conmigo. Me trae dalias que ha recogido en los márgenes del lago (sí, vale, en teoría ya son mías porque fui yo quien las plantó, pero él no lo sabe); dibujó con pintalabios unos corazoncitos rojos en el caparazón de las tortugas que estoy rehabilitando; barre las hojas caídas que hay en el patio; me trae galletas de jengibre, calientes aún porque están recién salidas del horno de las Parloni.

Si tuviera que elegir, me quedaría con los pequeños dibujos que crea para mí en el reverso de tiques de compra y menús. En el espacio en blanco que quedaba entre Suprema Hawaiana y Megacarnívoros, dibujó una chica en una bañera y me dijo lo siguiente: «Voy a diseñarte el tatuaje perfecto, pero me está llevando algo de tiempo».

Él es un hermoso gato negro que me deja plumas y hojas de hiedra en el felpudo de la puerta. De él no he recibido sino amabilidad y amistad y esas chispitas que salpican sus ojos pardos y que brillan como diamantes. Dentro de mi pequeño universo, me ha colmado de riquezas.

—Sigo esperando a que me digas una sola cosa que te haya dado, algo que le costara dinero en una tienda. —Melanie alza las manos al aire al ver que titubeo—. ¿Ves por qué me preocupo por ti? Eres demasiado generosa, y él se largará antes de lo que pensamos.

Se me cae el alma a los pies.

—¿Te ha hecho algún comentario?

—No, pero a estas alturas ya nos hemos dado cuenta de que es un tipo con suerte; conociéndole, encontrará el dinero exacto que necesita para comprar las acciones del estudio de tatuaje en la calle, en alguna bolsa de papel. —Abre el cajón donde guardo la ropa interior, pero sacude la cabeza con actitud pesarosa y vuelve a cerrarlo—. No quiero que termine hiriendo tus sentimientos, Ruthie. No olvides que la empresa de su familia tiene este sitio en el punto de mira y él no piensa hacer nada para ayudar.

—¡No sabemos a ciencia cierta si la PDC va a crearnos problemas! —lo digo en un intento de reprimir mi preocupación.

—Leí hace mucho el dosier que me diste lleno de aburridos artículos de prensa sobre la PDC. Y también encontré una entrevista de Jerry en Internet. Hablaba sobre lo de que «la vida es cambio», el rollo ese que nos soltó cuando le conocimos. Yo pensaba que estaba dándonos un típico discursito motivacional de jefe entradito en años, pero resulta que esa es realmente su filosofía. Cuando compran una propiedad, no se limitan a dejarla tal y como está.

Para intentar mantener la calma, agarro una blusa que Melanie ha dejado sobre la cama y me pongo a doblarla pausadamente sobre mi regazo.

—Pero Providence es un lugar especial y que está gestionado a la perfección. Seguro que se dan cuenta.

—He trabajado en un montón de sitios y todo apunta en una dirección: este sitio va a cambiar. Es posible que te quedes sin trabajo. Teddy se marchará, al igual que yo. A ver, existe el teléfono y seguiremos viéndonos, pero tengo que asegurarme de que vas a estar bien. Porque soy una persona que te adora.

185

Dentro de mi pequeño universo, nunca antes me había sentido tan afortunada.

Antes de darme cuenta siquiera, he bajado la cabeza y estoy rezando. Es un viejo reflejo que suele aparecer en momentos de egoísmo (en plan «Por favor, Dios mío, que encuentre un buen sitio donde aparcar»), pero ahora me mueve la gratitud. Por primera vez en años, estoy dándole gracias a Dios por traer a estas dos personas a mi vida. Tengo tanto en este momento que me da igual saber que llegarán días de tristeza.

La blusa de seda que tengo en el regazo tiene ahora varias marcas húmedas.

—Según la ficha que rellenaste, quieres a alguien que sea fuerte y maduro; alguien que esté ahí cuando lo necesites y que te apoye cuando las cosas se pongan difíciles. —Mel me quita con suavidad la blusa doblada y me seca las lágrimas con la mano—. Siempre cuidas a los demás, ahora te toca a ti. Te lo mereces.

—A lo mejor deberías estudiar para terapeuta —alcanzo a decir con la voz estrangulada por la emoción antes de anotarlo en su ficha.

—Sí, añádelo a mi lista de posibilidades. —Sigue revisando mi armario hasta que parece dar por terminada la tarea—. Vale, esto es lo que se salva.

Justo cuando estoy suspirando aliviada (el montón de ropa que hay sobre la cama es enorme) va y señala hacia atrás, hacia la minúscula cantidad de prendas que siguen colgadas en el armario.

—Mel, ¿estás diciéndome que no puedo quedarme con todas mis cosas? —Cada prenda va vinculada a un recuerdo, a un triunfal momento cuando la encontré en los estantes de la tienda de segunda mano—. Esta blusa es de seda pura, tiene sus etiquetas.

A ella no le importa lo más mínimo.

—Todas estas cosas van a volver al lugar donde las encontraste. Todo esto es... viejo. Estos marrones y este beige amarillento no te favorecen en nada. No te ofendas.

Pues sí, sí que me ofendo al verla levantar una falda de lana por la cintura con la punta de un dedo, como si fuera un alga que le da asco.

—Con lo que me pagan, no puedo permitirme reemplazar un vestuario entero en un día. Te aseguro que todo lo que hay sobre la cama fue una buena compra.

—Ni siquiera tienes unos vaqueros, ¿verdad? Esta noche puedes ponerte esto —saca del armario un vestido negro para funerales y lo sostiene en alto— para tu actividad de la segunda semana. —Saca una hoja de papel de su carpeta con toda ceremonia, pero no me la da—. Teddy intentó anticiparse y echarles un vistazo a todas las fases del Método Sasaki, le pillé intentando entrar en mi ordenador y se puso en plan «¡Eh!, ¡que soy el hijo del jefe!». Muy indigno todo. —Hace una mueca al recordarlo—. El pobre estaba sudando la gota gorda intentando averiguar nuestro siguiente paso.

—Ah, hablando de eso, me he enterado de que consiguió hacerse con una copia de la primera ficha que te entregué.

—No sé cómo pudo pasar eso, no lo entiendo. Me pidió que se la dejara para leerla, le dije que ni hablar y entonces… ¡Zas! Apareció un Snickers enorme frente a mí y Teddy se había esfumado. Estoy bastante segura de que es un mago o un vampiro.

Sacude la cabeza para intentar despejar la neblina que envuelve el recuerdo en cuestión. ¡Pobrecita!

—Seguro que fue a verte a media tarde, justo cuando estás en tu momento más débil. Es difícil resistirse a él.

—Pero tú consigues hacerlo. —Me mira pensativa—. Por eso no puede dejarte en paz, porque nunca había tenido un desafío. De ahora en adelante, vamos a actuar con sigilo para que no lo sabotee todo.

Le echo un vistazo a la ficha de trabajo para la segunda semana, que está casi toda en blanco y tiene marcadas unas líneas para escribir. Miro a Melanie con ojos interrogantes, no sé si termino de entender del todo lo que quiere lograr con esto.

—¿Solo tengo que ir a sentarme a algún sitio y pasar una hora rellenando esta hoja?

—A algún sitio frecuentado por gente de tu edad. Exacto. Y, mientras estés allí, vas a escribir sobre quién es Ruthie Midona. Quiero verte reflejada en una hoja de papel. Cuando una está en una cita, tiene que ser capaz de describirse con rapidez y de forma positiva. Como en una entrevista de trabajo.

—No habrás preparado ninguna sorpresita, ¿verdad? ¿Se me va a acercar un *stripper*?

Ella estalla en carcajadas.

—¡Eso lo dejaré para la tercera semana! —me dice mientras se seca las lágrimas.

—Sentarme sola y rellenar una ficha. —Le doy vueltas a la idea, no sé a dónde voy a ir—. ¿Tan patética soy?

—No eres patética, Ruthie. Lo que pasa es que salir de Providence te genera ansiedad y tienes fijación con cerrar las puertas con llave. Sí, me he dado cuenta y no, no es algo de lo que una deba avergonzarse ni mucho menos. Te gustan las listas, en especial las de control, así que pensé que este método te distraería. Pero estar tú sola y fuera de Providence será un empujoncito que te sacará lo suficiente de tu zona de confort. He pensado en esto largo y tendido, y tengo claro que puedes hacerlo.

Lo dice con mucha firmeza, sosteniéndome la mirada, y siento la misma oleada de alivio que cuando recibí mi primera ficha de trabajo. Con cuánto esmero y cuidado ha procurado ajustar esto a mis habilidades.

—Te agradezco muchísimo que estés dedicándole tanto tiempo…

Apenas he empezado a describir lo que siento, pero ella me interrumpe agitando las manos como si mis palabras fueran humo.

—Recuerda que tú también estás ayudándome a mí. ¿Qué es lo que tengo que hacer?

Saca una segunda copia de la ficha de trabajo y me la entrega, y yo tomo un boli y corrijo ligeramente el párrafo de las instrucciones.

—Me gustaría leer sobre cómo quieres que sea tu vida dentro de diez años. Creo que, sabiendo a dónde quieres llegar, podríamos ir retrocediendo a partir de ahí.

—¡Diez años! —exclama maravillada—, tendré treinta y dos, ¡una anciana!

Si eso es lo que piensa, no debe de haberse fijado demasiado últimamente en los habitantes de Providence.

—Reflexiona sobre dónde quieres vivir, el tipo de casa que tienes, si trabajas a tiempo completo o parcial. Imagina que están haciéndote una entrevista dentro de diez años y te preguntan sobre ti.

Ella asiente y, después de guardar el papel con cuidado, se dispone a marcharse y empieza a recoger sus cosas.

—Voy a avanzarte lo que te espera la semana que viene —me

dice—. Iremos a comprar ropa a la tienda de segunda mano, así que apúntalo en tu agenda. Será el viernes por la tarde, buscaremos algunas cosas más apropiadas para tu edad. Empieza a meter todo esto en bolsas, ¿de acuerdo? ¡No hagas trampa!

Se gira para hacerle una foto a lo que ha quedado en el armario, incluso cuenta las perchas. No se le escapa nada.

—Nada de trampas, te lo prometo. —He sido adoctrinada por completo, estoy metida en su secta del Método Sasaki.

—Para el lunes ya tendré listo un borrador de tu nuevo perfil para buscar pareja, así que ¡ya puedes ir preparándote! Pondremos eso en marcha y pisaremos el acelerador. —Antes de irse, añade por encima del hombro—: Y por el amor de Dios, ¡cómprate algo de ropa interior nueva!

Mientras la veo alejarse por el camino me doy cuenta del andar tan brioso que tiene, y deduzco que sabe de forma innata lo que Teddy me dijo: «Ve por ahí como si fueras increíble». Siéntete bella, siéntete segura de esa belleza.

Yo solo puedo soñar con ser tan joven como Melanie Sasaki, pero, teniéndola a ella de mi lado, quizás me sea posible regresar a los veinticinco. Melanie ha puesto muchísimo esfuerzo en ayudarme, más que nadie en toda mi vida, así que tengo que emplearme a fondo en este proceso de autodescubrimiento. Se lo debo. Y ella no estaría advirtiéndome con tanta insistencia que Teddy no es el hombre adecuado para mí si no viera que la cosa sería un desastre total.

Vuelvo a entrar en casa, voy a por la ficha que ha rellenado para la búsqueda de su trabajo ideal y me pongo a buscar información. Quiero prepararle una pequeña lista de posibles opciones con la esperanza de poder retribuir en alguna medida su bondad para conmigo.

17

Este edificio tiene junto a la puerta una pizarra donde alguien ha dibujado un plato. En dicho plato se amontonan un batiburrillo de trazos de tiza, algunos macarrones curvados y una protuberante y fálica salchicha. Y encima, en letras bien marcadas, pone lo siguiente: *¡Venid a probar nuestras Frankenfries!*

He tardado algo más de una hora en llegar a la bolera Memory Lanes. Eso suena mal cuando te enteras de que la bolera en cuestión está a siete minutos de Providence en coche a una velocidad relajada, pero mi cinco puertas se ha sorprendido al verme y le ha costado arrancar.

Y entonces he tenido que volver para comprobar si había cerrado con llave la puerta de casa. Y después de eso he pasado un rato dentro del coche con el motor encendido, aprobando a unos cuantos miembros nuevos del foro. Y he pasado cinco minutos escuchando un audio de meditación. Me he puesto en camino y he vuelto (dos veces). Pero aquí estoy ahora, así que veo esta salida como una victoria.

Recibo un mensaje de texto de Teddy: *¿Dónde estás? Me siento solo sin ti.* Yo creo que tiene hambre. No tengo tiempo de contestar porque empieza a mandarme mensajes compulsivamente, en el transcurso de un minuto recibo lo siguiente:

- *La chica de mis sueños no me habla.*

- *Estoy organizando una partida de búsqueda con perros rastreadores.*

- *Tu pequeño tortugamóvil no está aquí.*

- *¿¿¿Estás en una cita???*

- *Voy a ahogarme en mi bañera ahora mismo.*

- *Actualización: ahogándome EN LA TUYA, me gusta más.*

Estoy riéndome como una boba en mi coche. ¿Qué me ha preguntado al principio de todo?, ¿dónde estoy? Yo también me siento sola sin él. Antes de que pueda hacer alguna temeridad, le contesto lo siguiente: *He salido a hacer los deberes*. Le envío una foto de la pizarra.

Un grupo de críos pasa corriendo junto a mí y entra en la bolera, riendo y bromeando. He elegido bien, en este sitio no me siento incómoda. Aunque no se me da bien hacerme selfis, consigo hacerme uno en el que salimos tanto el cartel de la bolera como yo. Lo necesito como prueba, para demostrarle a Melanie que realmente he estado aquí. Incluso me he puesto el vestido negro que ella me indicó, y me resulta extraño sentir la fresca brisa vespertina en mis brazos desnudos.

Cuando entro en el local, el camarero que está en la barra me mira y me exige con actitud inflexible:

—¡DNI!

—¿En serio? ¡Vaya! Ten, mira. Tengo veinticinco.

Él lo mira, lo remira y suelta una carcajada.

—¡Yo te echaba unos doce!

Prefiero mil veces que me confundan con una niña de doce años a que me pregunten si voy disfrazada de una de las chicas de oro. Mientras vuelvo a guardar el DNI en el monedero, me planteo emborracharme. Quién sabe, a lo mejor bebo a morro de esa botella de ahí atrás, la que contiene ese líquido verde que vete tú a saber qué es. Dejaré mi coche aquí por esta noche y pediré un Uber por primera vez en mi vida para volver a casa; subiré camino arriba medio a rastras mientras me adelanta una tortuga tras otra, quizás terminen por devorar mi cadáver.

—Unas Frankenfries y una Coca-Cola, por favor.

El camarero titubea y mira a mi alrededor para ver si vengo acompañada.

—¿Estás sola? Las Frankenfries están pensadas para grupos, es una ración muy abundante. Y cuando se enfrían no quedan muy apetecibles que digamos, así que no creo que quieras llevarte a casa las que te sobren.

Apuesto sin ningún miedo a equivocarme a que Teddy se comerá las sobras que me lleve a casa, es como un buitre carroñero que va recogiendo las sobras de las Parloni. Pongo mi dinero sobre la barra y la transacción queda completada.

Con mi vaso de cafeína en la en mano, me decido por una mesa con bancos corridos. La cuestión ahora es si debería ir a sentarme junto a ese grupo de hombres o junto a la mesa aquella ocupada por mujeres… Me decido por esta segunda opción, aunque supongo que eso se contradice con el objetivo del Método Sasaki. El camarero ha sentido lástima por mí, pero no tenía por qué. Al fin y al cabo, tengo dos amigos geniales, lo que pasa es que no están aquí.

¡Mierda! No me he mensajeado con mis amigas del foro desde… Reviso a toda prisa el chat del grupo y descubro que ya han pasado nueve días. ¡Hace una década que nos conocemos! Escribo un par de frases, pero ninguna me parece adecuada. ¿Cómo me disculpo por olvidarme de que existen? Será con ellas con quien estaré intercambiando memes de *Un regalo del cielo* cuando Melanie y Teddy se marchen. Cuando llegue a casa, ya encontraré la forma de explicar mi ausencia.

Por otra parte, ellas tampoco me han mandado ni un solo mensaje.

Saco la ficha de trabajo, abro el estuche de lápices y me pongo los auriculares, me siento como si estuviera sentada a solas en la biblioteca del cole. La hoja de papel de Melanie tiene una decorativa cinta ondulante impresa en el borde, y saco un lápiz rosa para dejar pasar el tiempo. Con esmero, perfectamente bien, voy coloreando mientras reflexiono sobre el ejercicio que estoy llevando a cabo.

¿Quién soy yo exactamente? Estoy cambiando, así que se trata de una pregunta pertinente.

Me gustó muchísimo la actitud que tuve cuando estuve metida hasta el cuello en agua cargada de cloro. Dejé a un lado toda mi inexperiencia y mi inseguridad, y puse la mano en la barbilla de un hombre guapísimo. Fue como una fantasía, pero la viví. Y puede que no me besara, pero me basta con saber que él deseaba hacerlo.

Alzo la mirada al notar que el cojín del banco se hunde y veo a Teddy apoyando los antebrazos en la mesa. Ha traído su cuaderno de dibujo. Dichosos los ojos que le ven.

En cuanto me quito los auriculares, me dice con voz cargada de sentimiento:

—¡Qué preciosidad, joder! ¡No he visto nada igual!

Las mariposas apenas han empezado a revolotearme en el estómago por culpa de esas palabras cuando me doy cuenta de que está mirando por encima de mi hombro.

—¡Aquí está la ración de Frankenfries! —El camarero deja el plato sobre la mesa—. ¡Eh, Teddy! ¿Qué tal te va? —(Teddy conoce a todo el mundo, no falla)—. ¿Cuándo vas a venirte a vivir a Fairchild? Quiero mandarte a un amigo mío, necesita que le retoquen un viejo tatuaje.

Teddy se frota las manos y le habla al plato.

—Calculo que para Navidad ya estaré aceptando encargos. Podríamos dejarlo para Año Nuevo, y así tengo algo de tiempo para organizarme.

—Vale, yo se lo digo. —El camarero me mira sonriente—. Apuesto a que ni te lo imaginas porque es un desastre, pero este tipo es el mejor en su campo. —Se sube la manga para mostrarme una preciosa ancla clásica.

—Sí, ya lo sé. Y no es un desastre.

Teddy sonríe al ver que le defiendo indignada. Espero a que el camarero se vaya antes de comentar:

—Siempre apareces en cuanto hay comida.

Él apoya los tobillos contra los míos antes de contestar.

—Sí, es increíble la suerte que tengo. Y aquí estás tú, haciendo los deberes un viernes por la noche. Qué aplicada eres. ¿A qué venía esa cara tan triste?

—Acabo de descubrir que no puedo compararme a un plato de Frankenfries. —Deslizo la mano desde mi hombro desnudo hasta mi codo, y él sigue el movimiento con la mirada—. Y he recordado que vas a mudarte a otro sitio.

Él elude el tema y se centra en lo que sí que puede darme: un cumplido espectacular que me hace sentir de nuevo como si estuviese flotando en el agua.

—Eres sublime, tienes la clase de piel que hace que los tatuadores pasemos noches en vela. —Me contempla con un brillo especial en la mirada a través del humillo que desprende el plato de comida.

—Supongo que un lienzo en blanco debe de ser atrayente —le digo, envalentonada—. Si alguna vez decidiera hacer una locura y tú das finalmente con el diseño perfecto…

—Sería incapaz de hacértelo yo mismo, sería como tatuar un melocotón.

Sin prestar ninguna atención a lo que hace, se embute en la boca patatas fritas cubiertas de lo que está claro que son unos macarrones ardiendo. Y ahora está haciendo aspavientos y cubriéndose la boca con las manos, esos chispeantes ojos suyos en los que se entremezclan el verde y el marrón sueltan unos cuantos lagrimones.

Busco un pañuelo en mi bolso.

—Pero has tatuado a otras chicas, ¿crees que no me quedaría bien? —Al verle negar con firmeza con la cabeza, añado pensativa—: Tendría que hacérmelo en algún lugar secreto para que mis padres no lo vieran.

Él traga de golpe.

—Un lugar secreto. —Exhala una bocanada de humo. Literalmente.

—Ni siquiera te he dicho lo que quiero. —Espero hasta que alza una ceja en un gesto interrogante—. Quiero el logo de *Un regalo del cielo*. —Al ver que se echa a reír y que alarga de nuevo la mano hacia el plato, le digo con calma—: Teddy, si pudieras controlarte un poco… —Pincho una patata frita con el tenedor y soplo para enfriarla.

Y él se inclina hacia delante y se la come. No sé por qué me sorprendo.

—Ah, sí, se me había olvidado que lo compartimos todo —lo digo con sarcasmo, pero él sonríe de lo más satisfecho.

—Exacto, lo vas entendiendo.

Toma un buen trago de mi bebida, parece ser que compartimos hasta las pajitas.

—¿Tendría mi propia bebida si estuviera en una cita?

Él se da cuenta de lo que acaba de hacer.

—¡Perdona! He empezado a arrasar con todo, como siempre. Me parece que tengo algo de dinero. —Se pone a rebuscar en sus bolsillos.

—No, tú sigue ahorrando todo lo que puedas. Lo estás haciendo realmente bien. —Intento sacar otra patata frita del amorfo montón, pero está demasiado cargada y se me cae a la mesa. No aterriza en mi ficha de trabajo por los pelos—. Esto, sin embargo, no está yendo nada bien.

—Anoche soñé que le pagaba a Alistair por mi parte de las acciones una semana antes de la fecha límite, ¿crees que podría ser una señal?

Por lo que he oído hasta el momento de sus sueños, tienden a volverse muy extraños de repente.

—¿Qué pasó después? —le pregunto con curiosidad.

—Yo sabía que era un sueño porque me entregó una llave de la puerta principal y era tan grande como una tabla de surf. Me desperté intentando guardarla en el bolsillo, me había bajado los calzoncillos hasta las rodillas.

Me echo a reír, aunque pensar en llaves y en cerraduras me distrae. El hecho de saber que Teddy se quedaba en Providence mientras yo estaba fuera me daba algo de tranquilidad. Sí, ya sé que no tengo que estar allí a todas horas, pero no me siento cómoda cuando tengo que salir.

—No sé si estoy cumpliendo con la tarea que me puso Melanie, en la ficha se especifica que tengo que estar sola.

—Ella no va a enterarse.

A estas alturas se ha comido una cuarta parte del plato con los dedos. Tiene delante una hoja en blanco, y en la parte superior ha escrito mi nombre con una letra muy elegante y estilizada.

—Voy a ayudarte —me dice—. Háblame de ti y yo iré escribiéndolo aquí. Empieza por el principio. Ruthie Midona nació… a medianoche. O a mediodía. ¿Voy bien encaminado? —Suspira pesaroso al ver que empiezo a recoger mis lápices—. Vale, me voy si eso es lo que quieres. Es que te echaba muchísimo de menos, todas tus ventanas estaban a oscuras cuando he llegado a casa. He seguido tu ruta de vigilancia y he subido a ese pequeño mirador que tienes junto a los cubos de basura, el lugar desde donde contemplas las luces de la ciudad.

Sus palabras me inquietan un poco.

—¿Has estado siguiéndome?

—Y entonces he recibido tu mensaje. Resulta que hay un grupito de cuatro tipos que suelen pasarse la tarde entera bebiendo aquí, no son de fiar y de repente me entró el pánico porque pensé que a lo mejor te veían aquí sola y te echaban algo en la bebida para drogarte. Por eso he venido tan rápido. —Toma mi vaso y bebe un poco.

—Menos mal que no lo han hecho, tú y yo estaríamos inconscientes.

—Me preocupa que vayas sola por ahí, con lo tierna y bondadosa que eres. El mundo es horrible.

Se queda callado, oímos el sonido de las bolas golpeando los bolos entremezclado con las risas de un niño. Cerca de las pistas hay un pastel con velas encendidas y un grupo de gente que canta el cumpleaños feliz.

—No, no lo es. —No puedo evitar sonreír. ¿Cómo va a ser horrible un mundo en el que hay comida rara y niños felices y las piernas de Teddy envuelven las mías bajo la mesa como en un abrazo?—. Me parece que has pasado demasiado tiempo en Providence, y por eso piensas así.

Él abre su cuaderno de dibujo, busca la siguiente hoja en blanco y se adueña de mi estuche de lápices con toda naturalidad.

—¡No sabes cuánto me alegro de que no tengas una cita!

Se le ve muy contento. Yo puedo ser desinteresada, alentar y apoyar sus esfuerzos por lograr ahorrar el dinero necesario para comprar las acciones del estudio de tatuajes, pero él no obra de la misma forma en lo que a mí y mis metas se refiere.

—Tarde o temprano, voy a tener una cena romántica a la luz de las velas. Y en ese preciso momento tú estarás sentado en tu propio estudio de tatuajes, escribiendo «Vive Ríe Ama» en letra de cómic a lo largo de la espalda de una chica.

—¡No me digas esas cosas tan horribles! —exclama, horrorizado.

Este volcán de comida se ha enfriado por fin lo suficiente para poder comérselo en condiciones, así que pruebo a ensartar otra patata frita. Alzo el tenedor. Teddy enmudece y se inclina hacia delante, como a la espera de algo.

En teoría, esta mezcla no debería encajar. Pero cada bocado es un prisma de sal y de sabor, de texturas que van alternando entre lo crujiente y lo aterciopelado; unos suaves macarrones que se te deshacen en la boca se entremezclan con la salsa; los humeantes trozos de salchicha me traen a la mente recuerdos de la infancia…

No sé por cuánto tiempo permanezco sumida en esta especie de trance, lo único que tengo claro es que comer grasa y calorías me quita las penas. Todo saldrá bien gracias al queso. Cada vez que levanto la mirada le veo contemplándome sonriente con la mejilla apoyada en un puño. Las pecas que le salpican la nariz son dulces como la canela, estoy inmersa en un placentero sueño, tiene un halo de luz blanca alrededor de la cabeza, es muy probable que esta comida me esté provocando un síncope. Vuelvo a cargar el tenedor.

—Es un plato de pura ambrosía, ángel mío. ¡Te lo dije! —No ha comido ni una sola patata ni ha trazado una sola línea mientras zampo sin parar—. Cuando disfrutas, lo haces a tope.

Me doy cuenta de que tendría que trabajar un poco en la ficha, así que empiezo a rebuscar en el estuche.

—Me parece que vas a tener que devolverme ese lápiz, es el único que tengo y lo necesito por si tengo que borrar algo de lo que escriba.

Él hace caso omiso a mi petición y se pone a dibujar.

—Yo creo que deberías usar un boli —me dice—, porque sabes quién eres. Por cierto, te doy las gracias por adelantado por la pesadilla que voy a tener esta noche con lo de «Vive Ríe Ama», vas a oír mis gritos a través de la pared. —Me mira con curiosidad y se echa a reír—. Sabes que eres graciosísima, ¿verdad? Das justo en el clavo con todo lo que dices.

El comentario me sorprende y decido cambiar de tema.

—Gracias. Oye, ¿diseñas todos los tatuajes que te haces?

—¿Crees que me diseñó otra persona?, ¿no sabes reconocer el talento cuando lo tienes delante? —lo dice con una gran sonrisa—. Yo los dibujé, Alastair me los hizo. A veces, cuando estaba cabreado conmigo, apretaba más de la cuenta, así que cada uno de ellos fue una agonía. —Se nota que hay algo de verdad en sus palabras, a pesar de que las dice en tono de broma.

—¿Todos significan algo? —La única respuesta que obtengo es una sonrisa—. ¿Cuántos tienes?

Las palabras se me han escapado antes de que pudiera reprimirme. ¿Cuántas chicas le habrán preguntado lo mismo? Obtengo mi respuesta.

—No lo sé, puedes contarlos si quieres. —(Insértense aquí las predecibles reacciones: cejas enarcadas, ojos chispeantes, sonrisa pecaminosa, mi corazón latiendo acelerado, etc.). Desencaja la mandíbula para comer más patatas fritas y mastica al hablar—. A las chicas pulcras les gusta tenerlo todo organizado, ¿verdad? —Toma mi mano y va guiándola por su propio brazo, tocando acá y allá con la yema de mi dedo—. Uno, dos…

Tengo que disimular el hecho de que me gustaría que no parara de contar.

—Qué seductor estás con la boca llena de comida. Sujétame, que no puedo reprimirme.

Por poco se atraganta de la risa, y me resulta intensamente gratificante haber provocado esa reacción en él.

—¿Quieres ayuda con la ficha? Escribiré todos tus datos, ya retomaremos después lo de tu fecha de nacimiento. ¿Qué estudiaste en la universidad?

Está con el lápiz en ristre, listo para escribir, pero mi sonrisa se esfuma al oír la pregunta.

—Mis padres no podían permitirse mandarme a la universidad, hice un curso de administración de empresas.

—Las fiestas debían de ser salvajes.

—Sí, fue una larga orgía. —Menos mal que no está bebiendo, porque me habría puesto perdida—. Yo era la estudiante más joven, calculo que todos los demás me llevaban unos veinte años largos.

—Qué fetichista.

Me doy cuenta de que una mujer nos está mirando desde la barra del bar. Bueno, es a Teddy a quien mira. Supongo que tendré que acostumbrarme a eso, aunque nunca me hará ninguna gracia.

—Casi todos los demás alumnos estaban reciclándose de cara a un nuevo trabajo, así que por fin pude relajarme. —He hablado de más y el recuerdo me toca una fibra sensible. Empujo el plato hacia Teddy—. Ten, come más.

Pero él no está dispuesto a dejarse distraer y abandonar el tema.

—¿Por qué dices que pudiste relajarte?

—Me siento más cómoda con gente mayor, eso es todo. —Entrelazo los dedos con nerviosismo y él se limita a mirarme en silencio, a la espera de que me explique mejor—. De niña se metían mucho conmigo en el colegio, eso sobra decirlo. Pero volví a sentirme segura al estar en una clase llena de adultos.

—¿Por eso fuiste a parar a Providence? ¿La gente mayor no puede hacerte daño? —Se toma unos segundos para reflexionar al respecto—. No es verdad. Renata no tiene fuerzas ni para usar un molinillo de pimienta, pero es más letal que una luchadora profesional. He estado observándola con fines científicos.

—Mis padres conocían a Sylvia, mi jefa, a través de la iglesia. A principios del siglo XIX, a las mujeres las enviaban a trabajar de institutriz sin más, ¿verdad? Pues lo mío fue una cosa así. Yo no opté al puesto, podría decirse que ellos me mandaron a trabajar aquí. Tengo que pensar en cómo maquillar un poco la historia para cuando tenga que contársela a un chico en una cita.

Dirijo la mirada hacia la barra otra vez y veo que la chica sigue observándonos, me parece que conoce a Teddy.

—Acabas de describir lo que pasó perfectamente bien, no entiendo por qué tienes que maquillar nada. —Se le ve un poco indignado.

—De eso se trata este ejercicio, de prepararme de cara a una cita.

—Supongo que podrías decir que usaste tus contactos para conseguir el trabajo. Por lo que dices de Sylvia, debe de ser una persona estricta. No te habría contratado si fueras una inútil.

—Supongo que no. Hago muy bien mi trabajo. Coméntaselo a tu padre cuando hables con él, por favor.

—Yo también hago muy bien el mío. El de verdad, no este en el que compro por Internet ropa de deporte de la talla XXXS. ¿Podrías decírselo a Alistair? Tengo que pensar en alguna forma de impresionarle a saco la próxima vez que le vea, y no puede decirse que me haya involucrado demasiado en la parte empresarial del local que voy a manejar. ¿Alguna buena idea, Ángel de la Administración?

—Por lo que cuentas, vas a tener que contratar a gente y hacer de jefe, ¿estás listo para eso?

—A ver, no es que esté interesado en ser el jefe de nadie, pero quiero reunir un buen equipo.

—¿Tenéis cuentas de cliente? —Le doy unos segundos para que piense en ello. No sé cómo funciona exactamente ese tipo de negocio, pero intento echarle una mano—. Si alguien tuviera que volver varias veces para añadirse más color, ¿cómo registraríais lo que le queda por pagar o el presupuesto que se le dio con el precio total?

—Lo apuntamos en el libro, ya está.

—¿Cómo programáis la cita?

—Con el libro.

—¿Qué me dices de la nómina de los empleados?, ¿de la información de los clientes?

—Me parece que ya sabes la respuesta.

—El Ángel de la Administración recomienda que impresiones a tope a Alistair creando un presupuesto mediante un paquete informático. Algo que envíe un mensaje a los clientes con la información de la próxima cita, cosas así. A lo mejor podrían vincularse los dos locales para que el uno pueda ver la programación de visitas del otro. Algo que pueda encargarse de las nóminas y los impuestos. A lo mejor te dice que el libro es más barato, pero por lo menos habrás contribuido con una propuesta.

—Ángel…

No tiene oportunidad de terminar la frase, porque la mujer que ha estado observando desde un taburete de la barra del bar viene hacia nuestra mesa. Tiene algo que decir. Conforme va acercándose, me doy cuenta de algo; y, a juzgar por cómo inhala aire de golpe, Teddy lo ha visto justo en el mismo momento.

La mujer está muy, pero que muy embarazada.

18

—¿Teddy? ¿Teddy Prescott? —dice la mujer, mientras se pasa la mano por su abultado vientre—. ¡Llevo mucho tiempo buscándote!

La expresión de Teddy va pasando por distintas fases: negación, enfado, disposición a negociar, depresión y aceptación. Está suspirando, asintiendo y eligiendo mentalmente una sillita de bebé para el coche cuando ella se echa a reír.

—¡Venga ya! ¡Hace seis años que estuvimos juntos! Siento haberte asustado.

Él apoya los brazos cruzados sobre la mesa, hunde la cabeza en ellos y se muere. La mujer me mira y me dice en silencio, articulando con la boca: «¡No lo siento para nada!».

Yo siento como si acabaran de arrancarme seis años de vida.

—Por Dios, Teddy, a ver si aprendes cómo funcionan los calendarios —le digo.

Él se incorpora en la silla e intenta recuperarse.

—Anna. ¿Qué tal estás?, ¿qué haces aquí? —El bombo que sobresale bajo la ajustada ropa de la tal Anna le tiene entre fascinado y horrorizado, va alternando entre mirarlo fijamente y apartar la mirada a toda prisa—. ¿Necesitas que te llevemos en coche al hospital? ¿Cuántos bebés tienes ahí dentro? —Recorre el suelo con la mirada para ver si ha roto aguas, se oye el sonido de sus botas raspando el suelo.

Ella va contando las respuestas con los dedos.

—No estoy de parto aún, pero mi marido me llevará al hospital cuando lo esté; un bebé; y soy Brianna, no Anna.

—Perdona, ya sabes cómo soy con los nombres —contesta él.

—Sí, ya sé cómo eres. —Lo afirma con cierta tristeza antes de volverse hacia mí—. Aunque jamás pensé que olvidaría mi nombre, la verdad. Supongo que hay personas que nunca cambian.

Yo me dispongo a levantarme, estoy desesperada por largarme de aquí.

—¿Quieres sentarte? —le pregunto.

—No, gracias. Solo quería saludar.

El caos que Teddy y yo hemos organizado sobre la mesa como si fuéramos un par de críos distrae por un momento su atención. Tengo claro que está intentando calcular mi edad, esa parece ser la tónica general cada vez que conozco a alguien.

Intento aligerar un poco el tenso ambiente.

—Estoy enseñando a Teddy a leer, el pobrecito no ha aprendido todavía. —Los dos se ríen sorprendidos—. Va a emprender un negocio y me ha pedido asesoramiento.

— Qué amable por tu parte, dedicar tu tiempo a echarle una mano. No aprende con facilidad —lo dice con una sonrisa que se desvanece de repente—. ¡No me digas que estás con él!

Ah, quién pudiera poder contestar que sí a eso…

—No, claro que no.

—Ah, vale. Porque se esfumará de buenas a primeras y se olvidará de tu nombre. Bueno, esa ha sido al menos mi propia experiencia.

Tiene en la parte interior del antebrazo un pájaro tatuado, un azulejo, y reconozco sin lugar a dudas el estilo de Teddy. ¿Qué es esta punzada que me atraviesa el pecho?, ¿de qué me sirven los celos ahora? Este mundo está lleno de chicas que tienen las creaciones de Teddy en el cuerpo, pero yo no estoy entre ellas.

—Es divertido estar con él, pero, una vez que se va, ya no vuelves a verle el pelo —me dice Brianna—. Y tener que echarle de menos no es algo que merezca la pena. Ha sido un placer conocerte. Adiós, Teddy.

Se marcha sin más y, en cuanto llega a la escalera, su marido se apresura a tomarla del brazo para ayudarla a descender poco a poco los escalones.

Es un gesto tan considerado y dulce que me emociona hasta dejarme sin palabras. Qué maravilloso sería tener a alguien que se preocupara tanto por si me caigo, me gustaría tantísimo tener algo así. Teddy va a actuar como si nada, pero salta a la vista que está afectado. Es incapaz de levantar la mirada; va rayando y rayando un mismo punto de la hoja de su cuaderno con el lápiz, si sigue así terminará por hacer un agujero.

—¿Estás bien?

—La cosa ha ido mejor que la mayoría de las veces —dice él con impostada ligereza—. No me ha regado la cabeza con una bebida ni me ha abofeteado.

—¿Es injusto lo que ha dicho? —Le veo tomarse unos segundos para reflexionar al respecto, y al final niega con la cabeza—. ¿A cuántas chicas les has hecho eso?

Me refiero a cuántas ha decepcionado, herido y abandonado, pero no hace falta que se lo explique porque lo ha entendido al instante. Sé lo que va a contestar antes de que abra la boca, porque sus ojos le delatan.

—A todas. Es lo que dice mi madre, que nada dura para siempre.

—Háblame de ella, de tu madre.

—Es muy guapa, tiene mejor pelo que yo. Imposible, ¿verdad? —intenta bromear, pero yo no sonrío—. Se llama Ruby, Ruby… —intenta acordarse— Hardiman. Grant. No, ahora es Ruby Murphy. Es raro no saber cómo se apellida tu propia madre.

—¿Cuántas veces se ha casado?

—A veces ni me da tiempo de recoger mi traje de la tintorería para la siguiente boda. Seis veces. Y, tal y como acabas de descubrir, soy muy parecido a ella. —Sus ojos escudriñan los míos—. Sabes que voy a marcharme, ¿verdad? ¿No vas a intentar detenerme?

—Pues claro que no. Porque vas a manejar tu propio estudio, y algún día me subiré a mi coche para ir a verte y que me hagas un tatuaje. Todo el mundo tiene uno, menos yo. Brianna tiene un azulejo diseñado por ti.

—¿Cómo sabes que es mío? —Me mira sorprendido.

—Sé reconocer el talento cuando lo tengo delante. —Le veo sonreír y sonrío también—. Te reconocería fuera donde fuese, Theodore Prescott.

—Como lo del estudio no salga bien, no sé lo que voy a hacer —me confiesa en voz baja—. Todavía me faltan miles de pavos para llegar a la cifra que necesito. Alistair ha sugerido ya mirar escaparates, y está claro que cree que no podré conseguir el dinero.

Mi teléfono suena a todo volumen, y nos miramos con cara de pánico al ver el nombre que aparece en la pantalla.

—¡Son las Parloni! ¿Diga? ¿Qué ha pasado?

Es Renata, que grita para hacerse oír por encima de un sonido que se oye de fondo.

—Ruthie, ¿se puede saber qué es este ruido infernal? —Me doy cuenta de que el sonido apagado que oigo de fondo es una sirena—. Ya estamos todos medio sordos y medio muertos, pero esto está consiguiendo mantenernos despiertos. La mitad de los residentes ha salido de su casa para ver si son los bomberos.

Entiendo de repente lo que pasa.

—¡Ha saltado la alarma de la oficina!

—¡Pues ve a apagarla! No sé cómo es posible que no la oigas. No consigo contactar con Theodore, no tengo a mano a nadie que pueda hacer que pare este ruido. ¡Paz y tranquilidad! No es mucho pedir, ¿no? ¿Sabes el dineral que pagamos por vivir aquí? —Suelta un grito de frustración.

—Lo siento, ¡en cinco minutos estoy ahí! No se lo diga a Sylvia, por favor. Estoy segura de que cerré la puerta con llave, de verdad que sí.

—Habrá saltado sola, en esa oficina no hay nada que robar —me dice Teddy.

Él cree que está ayudándome, pero esas palabras solo sirven para revolver la comida que tengo en el estómago. Estoy sudando. Me siento como un animal, impulsada por puras reacciones primitivas. Aparto la mano al ver que intenta agarrarla.

—Vamos juntos —me dice.

Pero es demasiado lento, es una persona que nunca tiene prisa. No me sirve de nada.

—Ruthie, ¡espérame!

Yo ya estoy corriendo escalera abajo con la mano rozando la barandilla, así podré agarrarme si me caigo. No pienso en él mientras corro hacia mi coche; de hecho, no estoy pensando en nada.

Conduzco rumbo a casa como si tuviera a Brianna de parto en el asiento trasero, subo a la carrera por el camino hacia mi oficina como una madre que oye berrear a su bebé, tropiezo con una piedra al intentar esquivar a una tortuga. Por un momento me imagino a mí misma desde arriba, me veo esprintando frenética con los brazos rotando cual aspas de molino. Qué espectáculo tan lamentable. Y este momento empieza a entremezclarse ahora con mis recuerdos de cuando tenía dieciséis años, cuando no fui cuidadosa y me dejé distraer por un chico.

La alarma sigue sonando, pero no oigo nada aparte de los latidos de mi corazón.

Giro, frenética, el pomo de la puerta, lo intento una y otra vez, no me doy cuenta de que está cerrada con llave hasta que mi cerebro registra el dolor que me recorre la muñeca; las llaves se me caen dos veces, abro la puerta, entro a trompicones, desconecto la alarma y me siento en la mesa de Melanie. Es entonces cuando tengo un ataque de pánico entre jadeos y resoplidos.

—¿Qué ha pasado? —La pregunta me la hace Teddy desde la puerta abierta; vaya, resulta que puede darse prisa cuando quiere—. ¿Estaba cerrada con llave? —Va y me lo pregunta como si me conociera de verdad—. Respira, respira…

Me pasa de la mesa a la silla de Mel y me hace poner la cabeza entre las piernas. Mis vías respiratorias se han convertido en una calle unidireccional. No sé qué me está diciendo ahora, pero a través de la nebulosa oscuridad consigue hacerme exhalar una vez.

Le contesto cuando soy capaz de articular palabras.

—Sí, estaba cerrada. No ha pasado nada. Ha saltado la alarma.

Me incorporo poco a poco. ¿Por qué ha tenido que seguirme? El último chico que presenció uno de mis ataques fue Adam, y yo veía el recuerdo en sus ojos cada vez que me miraba. Soy consciente de que resulta muy poco atractivo.

Cuando Teddy se arrodilla entre mis pies y abre los brazos, me derrumbo contra él. Ahora estoy familiarizada con el olor de su cuerpo a través de la camiseta. Eso es señal de todo el tiempo que lleva remoloneando en la entrada de mi casa, siguiéndome de acá para allá, percatándose de todo lo que hago y cuestionándolo. Parte de su delicioso aroma se ha adherido a los cojines de mi sofá; mi bufanda huele a él, mis almohadas, mi baño entero…

¡Espera un momento!

—¿Has estado usando mi champú? ¡Eso es un robo! Con razón has tenido el pelo más lustroso aún últimamente.

Él se echa un poco hacia atrás y se niega a desviarse del tema.

—¿Podrías contarme lo que pasó? —No se refiere a hoy, sino a lo de años atrás—. La mayoría de la gente no comprueba como tú si cada puerta está bien cerrada.

—¿Cómo leches conseguiste robarme champú sin que me diera cuenta? —Empujo hacia atrás hasta que las ruedas de la silla empiezan a rodar—. Ojalá hubiera hablado un poco más con Brianna para averiguar si siempre has sido así. Si quieres algo de mí, solo tienes que pedírmelo.

—Lo que quiero es saber lo que te pasó, eso que te consume por dentro. —Sus manos tiran de la silla para atraerla de nuevo hacia sí—. Es molesto que una alarma salte y te eche a perder la velada, pero no es el fin del mundo. Y tú has reaccionado como si lo fuera. Puedes contármelo.

Respiro hondo. Hace años que no hablo de esto.

—A los dieciséis años aprendí lo importante que es la seguridad. Eso es todo.

—Dudo mucho que eso sea todo, Ruthie.

Es la primera vez que alguien me pregunta sobre este tema, así que no sé por dónde empezar. Por el principio, supongo.

—Cuando tenía dieciséis años, nuestra iglesia organizó un gran evento benéfico para recaudar dinero para… algo. Un huracán o un terremoto, no me acuerdo. Fue algo muy sonado, la emisora de radio local estaba transmitiendo en vivo desde allí. Había juegos, un desfile, un concurso para ver quién comía más pasteles…, en fin, lo típico. Había un ambiente muy bonito y positivo, parecía un capítulo de *Un regalo del cielo*.

—Es como si pudiera verlo. Por cierto, me imagino a tu padre en el papel del reverendo Pierce.

Yo no puedo evitar sonreír.

—Qué más quisiera yo. En fin, la cuestión es que mi novio, Adam, vino también. Él estudiaba en otro colegio, así que pasar el día juntos era todo un regalo. Bajo la supervisión de nuestros padres, claro. —Al pensar en aquel día, lo único que recuerdo es el color del polo que llevaba puesto Adam y el desagradable olor del sangriento humo que desprendía la carne que estaba asándose—. Ellos aprobaban nuestra relación, todo era perfecto.

Él hace una mueca.

—No soporto la parte de este relato donde te pasa algo malo, pero la veo venir. —Avanza un poco de rodillas para acercarse más a mí—. Esta es la parte dolorosa, ¿verdad?

Respiro hondo.

—Hubo una subasta benéfica que contribuyó a que la cifra total subiera bastante. Contamos el dinero al final de la jornada y había diez mil dólares. Era una cifra enorme, más de lo que habríamos podido imaginar, y todo estaba en efectivo. Mi padre me dijo que fuera a dejarlo en su despacho.

—Ah. —A juzgar por su tono de voz, intuye lo que pasó—. Oh, mierda.

Tan solo me siento capaz de hablar de esto porque a él se le da muy bien escuchar. Es lo que siempre me ha gustado más de él. La expresión de su rostro va cambiando mientras me oye hablar: se suaviza cuando me mira comprensivo o se tensa por la preocupación, sus ojos se abren como platos cuando se sorprende, se tensa y frunce el ceño con leal indignación. La forma en que me escucha hace que me sienta capaz de hablar del momento en que perdí mi confianza y mi fe.

—Llevé el dinero a su despacho. Yo estaba hablando con Adam cuando lo guardé en el cajón inferior del escritorio. Robaron el dinero a primera hora de la noche, lo más probable es que sucediera mientras estábamos cenando lo que había sobrado de la barbacoa.

—¿Qué dijo la policía? —me pregunta él con semblante sombrío.

—Mis padres no denunciaron el robo. Para ellos era demasiado humillante admitir ante todo el mundo que el gran evento benéfico no había servido de nada porque su hija no había cerrado la puerta con llave. La cerradura no estaba forzada.

—Ay, Ruthie… —Cuánta compasión hay en su voz.

—Mi padre estaba furioso, me dijo que estaba tan absorta en mí misma y en un chico que había sido incapaz de hacer lo único que me había pedido. Diez mil dólares. Y se esfumaron.

—El único culpable es quien robó ese dinero.

—Y resulta que el último golpe que me llevé fue que mis padres usaron lo que se había ido ahorrando para mis estudios universitarios, que no era mucho, para cubrir la cantidad robada. Lo hablaron largo y tendido y se plantearon ocultar por completo lo ocurrido, pero eso no habría sido lección suficiente para mí, así que ese domingo papá me hizo explicar ante todos lo descuidada que había sido. Y estaba renunciando a mi derecho de ser veterinaria con tal de enmendar mi error.

—¡Menuda chorrada! —Está encendido de ira. Parece un demonio, arrodillado a mis pies.

Me sorprende lo furioso que está.

—¿Por qué te enfadas? Me lo merecía.

—Tendrían que haberte apoyado. Si dijiste que habías cerrado la puerta con llave, pues lo hiciste y punto.

—Pero no lo hice. No consigo acordarme, tengo una laguna. Y me juré a mí misma que nunca volvería a sentirme así. A partir de ahí, he usado una rutina y listas de control para manejar mi vida. Esperaba que Melanie y tú no os dierais cuenta.

—¿Qué pasó con Adam?, ¿te apoyó? —Se tensa al ver que aparto la mirada—. ¿Y tu madre? Ella sí que te creería, ¿no? —Se queda callado un largo momento—. Podrías haber sido veterinaria, pero el dinero que iba a usarse para pagarte la universidad se gastó en un huracán. Es increíble cuánto has tenido que dar de ti misma a lo largo de los años.

—No era una ilusa, no creía que pudiera llegar a ser veterinaria, pero… no sé, quizás habría podido ser auxiliar de veterinaria. Una vez que la cuenta donde estaban los ahorros se quedó a cero, todos tuvimos claro que esa puerta se había cerrado para mí. Lo peor de todo fue que mi padre era capaz de perdonar a cualquier miembro de la congregación, pero no a mí. Perdió su fe en mí, y yo perdí la mía en Dios.

Teddy se echa un poco hacia atrás para poder verme mejor la cara.

—Me parece que tengo que ir a pegarle un puñetazo a una valla o algo así. Ruthie, voy a decirte algo y tienes que creerme, ¿de acuerdo?

¿Estás lista? —Espera hasta que me ve asentir—. Lo que te pasó fue horrible y lo siento. Y quiero que sepas que es hora de dejarlo atrás. —Me observa con atención y decide correr un riesgo—. Hay una terapeuta a la que acudo a veces, podría pasarte su información de contacto.

Siento que me he quitado un peso de encima. Me seco las lágrimas.

—¿Por eso se te da tan bien escuchar?

—Ah, ¿se me da bien? Nunca me había parado a pensarlo. —Está tan aturullado como yo.

—Nunca había conocido a nadie que supiera escuchar como tú. —Paso los dedos por un mechón de su pelo, admirando el lustroso brillo otorgado por mi champú—. He pensado alguna que otra vez que debería acudir a alguien por lo de mi… supongo que… que es TOC. —Nunca he dado voz a ese pensamiento, jamás. Ni siquiera me había permitido pensarlo—. ¿Por qué vas a ver tú a la terapeuta?

—Porque no sé cómo lidiar con el hecho de tener un pelo así de increíble. —Se pone en pie y me ayuda a levantarme—. Vuelve a poner la alarma, yo me encargaré de cerrar la puerta con llave.

Así lo hacemos, y para cuando me doy cuenta de dos cosas vamos subiendo ya colina arriba. La primera de ellas es que estamos caminando tomados de la mano; la segunda es que ha empleado una respuesta tonta para esquivar por completo la pregunta seria que le he hecho.

—¿Podemos hablar de para qué acudes a terapeutas?

Lo que esquiva en esta ocasión es una tortuga.

—Quiero que sepas que siempre estaré de tu parte. Incluso cuando me haya marchado a Fairchild, solo tienes que llamarme. ¿De acuerdo?

Está esforzándose por usar un tono de voz animado y eso me está haciendo sentir peor aún. Acaba de desarmarme por completo y se ha enterado de los pormenores del peor momento de mi vida, y no está dispuesto a darme nada a su vez. Pero no puedo obligarle a que lo haga.

—Ojalá confiaras en mí como yo lo hago en ti.

—No deberías confiar en mí, creía que Brianna te lo había dejado claro.

Entramos en nuestro patio. Su moto, a la que él llama «la chica de sus sueños», reposa en la oscuridad. A ella también la ha desarmado.

—¿Podría dar una vuelta con ella antes de que te vayas? Por cierto, ¿cómo piensas llevarte dos motos?

—Pues claro que te llevaré a dar una vuelta, te lo prometo.

Abre la puerta con mi llave, me sienta en el sofá y enciende varias lámparas. Y ahora está trasteando en la cocina como si fuera suya y saca del armario mi taza preferida.

—Una infusión relajante o un chocolate caliente, ¿qué prefieres? —Se gira a mirarme—. ¿A qué esperas? Es hora de disfrutar de *Un regalo del cielo*.

Endereza el cojín torcido que tengo a mi espalda y me da una humeante taza, y yo pienso mientras tanto que esto debe de ser lo que se siente cuando alguien te cuida y te adora.

—Perdona que te robara el champú —me dice, antes de presionar el botón del mando para que empiece el capítulo—. Oye, supongo que no tienes una llave extra, ¿verdad? Me muero de ganas de darme un baño en tu bañera con todas las velas encendidas. Es algo que quiero hacer antes de marcharme de aquí.

Después de todo lo que he compartido esta noche, esta petición parece una nimiedad.

—Vale.

19

—Ahora ya solo nos falta una foto en la que estés increíble, y estará todo listo para activar tu perfil —me dice Melanie—. Ten, ponte esto. Y esto, esto y esto. —Va lanzándome a la cabeza productos cosméticos desde el otro lado de la oficina—. Esto también, esto, esto.

Bajo los brazos cuando veo que ya no corro peligro de que me rompa la crisma.

—Se te olvida que esto lo dejamos al margen de las horas de trabajo. —Me levanto de mi silla y me agacho a recoger el maquillaje, pero estoy tan agarrotada que me quedo clavada así, doblada hacia delante—. ¡Ay, mi espalda! —Las gafas que uso para trabajar con el ordenador oscilan en su cadena y me dan en toda la cara.

—Menuda ancianita estás hecha —me dice Mel con afecto—. Como no te andes con cuidado, soy capaz de colgar una foto de tu trasero en esa postura. Recibirías un montón de mensajes de tipos raritos.

—Voy a… —desciendo al nivel del suelo y recojo un pintalabios— matarte —un colorete—, Melanie Sasaki. —Iluminador, rizador de pestañas, me ha lanzado hasta una brocha. Me enderezo como buenamente puedo—. Yo creo que puedo predecir cuándo se avecina una tormenta, lo siento en los huesos.

—Estás envejeciendo rápidamente con cada día que pasa, para cuando lleguemos a la sexta semana, tu pelo castaño se habrá vuelto blanco y estaré tiñéndotelo. Tengo que sacarte de aquí antes de irme.

Toma un buen trago de la enorme botella que tiene sobre la mesa, que contiene un zumo de un color verdoso claro que, según ha comentado ella misma al beber en ocasiones anteriores, sabe a la diarrea de un apio. Estamos a miércoles y lleva tres días con esta dieta depurativa. Qué ganas tengo de que su fuerza de voluntad flaquee de una vez. Aunque la verdad es que está haciéndome reír mientras refunfuña malhumorada y me da detalles que yo preferiría no saber.

Tiempo atrás creía que me resultaría imposible aguantar en la oficina con ella hasta la hora de la comida sin ponerme a gritar enloquecida, pero ahora siento que el tiempo pasa demasiado rápido.

—Terminas tu contrato dentro de un mes, qué poco falta ya.

—Los de la agencia de trabajo temporal ya están mandándome otras ofertas para que vaya echando un vistazo, creen que aceptaré lo que sea. Y suelo hacerlo, pero estoy cansada. Espero que entre las dos podamos pensar en cuál es mi trabajo ideal antes de esa fecha.

Le pregunto lo siguiente a pesar de saber la respuesta de antemano.

—¿Te plantearías trabajar para las Parloni?

Ella me lanza una Mirada.

—Vaya, ¿tanto me odias? ¿Sabes lo que le hicieron hacer ayer a Teddy? Al mediodía pidieron comida en McDonald's y tuvo que servírselo como si estuvieran en un restaurante de cinco estrellas. —Busca algo en su móvil—. Mira qué chorrada.

Teddy ha cortado los Big Mac en pequeñas porciones. Están colocadas de lado junto a una torrecita tipo Jenga creada con patatas fritas, un *nugget* y un artístico garabato hecho con salsa agridulce. Pero digamos que no puedo confesarle a Mel que ya he visto esta foto, que Teddy me la enseñó estando recostado en mi sofá con la cabeza apoyada en un cojín. Un cojín que estaba sobre mi regazo.

Desde mi ataque de pánico del viernes pasado por la falsa alarma, Teddy ha cejado en sus intentos por mantenerse fuera de mi casa. Atrás ha quedado eso de permanecer en la entrada, en estos días ha estado empapándose bien de mi hospitalidad. Literalmente. Ha estado disfrutando de mi bañera, cantando *Wonderwall* a través de esa puerta que no tiene cerrojo. A Melanie le daría un síncope si se enterara. De hecho, no tengo del todo claro cómo ha sucedido, así que me sería imposible explicarlo.

Teddy no me ha hecho sentir fatal por haberme desmoronado así, y ha hecho la ronda de seguridad conmigo todas las noches. Friega los platos y conoce al dedillo tanto las tramas secundarias de *Un regalo del cielo* como el trasfondo de los personajes. Tengo la sensación de que él es mi regalo del cielo, aunque sé que pensar así no va a ayudarme en nada.

Es hora de que Mel y yo volvamos a centrarnos en el trabajo.

—Esperaba que me ayudaras a planear la fiesta de Navidad, sería uno de tus últimos proyectos aquí. Yo había pensado en hacer una especie de fiesta de graduación de estilo retro este año, imagínate a todas las señoras con preciosos vestidos.

—¡Sí, sí, sí! —exclama, entusiasmada—, ¡las fiestas son lo mío! Me encanta organizar las cosas, invitar a gente, ver disfrutar a todo el mundo. ¡Es lo que me da vida! —Saca su libreta y se pone a escribir a toda prisa—. Comida; adornos; lista de canciones; invitaciones; comida; lo que me voy a poner; anda, ¡puedo hacerme un peinado colmena!; lápiz de ojos; comida.

Toma otro trago de zumo, pero finge que lo mastica antes de tragárselo.

En mi libreta dedicada al Proyecto Midona hay una página que lleva por título *POSIBLES PROFESIONES PARA MEL*, y anoto en ella *Organizadora de eventos*.

—Comencemos por las invitaciones. Suelo avisar con cuatro semanas de antelación, así que habrá que enviarlas esta misma semana. ¿Se te da bien el diseño gráfico?

—Llevo diez mil años trabajando como empleada temporal, se me da bien todo lo habido y por haber. —Su sonrisa se apaga, recorre la oficina con la mirada—. No me puedo creer que yo vaya a decir esto y puede que sean los efectos del zumo, pero me dará pena tener que irme de aquí. Que si gente nueva, que si otra mesa de trabajo más… Estoy cansada de eso. Sería agradable descansar por un tiempo.

—¿Ya no te dan miedo las personas mayores?

Resopla antes de responder.

—Admito que al principio me lo daban. Vi el álbum de fotos y las esquelas que tienes en tu cajón. Me da miedo esa parte de este trabajo. Pero, si nos centramos en que todo el mundo esté contento y ocupado, yo creo que puedo llevarlo bien; además, tú estás aquí.

Se interrumpe para atender la llamada de uno de los residentes; cuando cuelga el teléfono, le doy la razón.

—Sí, nuestra labor se centra en hacerles la vida lo más agradable posible.

Reviso mi correo electrónico y veo que he recibido un mensaje de Dorothea, de la PDC, titulado *Solicitud*.

—Ya se lo he enviado —me dice Mel, antes de que haya terminado de leerlo.

—Gracias.

Los de la PDC nos mandaron un topógrafo ayer, y recorrí la propiedad con él mientras intentaba comprender el propósito de su visita. Me esforcé al máximo por ensalzar las virtudes de nuestro lago y de nuestra colina, y al final me dijo: «A menos que también sea una topógrafa titulada, me parece que ya me ha ayudado lo suficiente».

Así que, roja como un tomate, regresé mortificada a la oficina y encontré un mensaje de Rose Prescott sobre mi mesa. Me hizo desempolvar un informe de evaluación de 1994 relativo al amianto porque, obviamente, me detesta. Melanie me quitó las telarañas del pelo cuando salí de las profundidades del archivador, pero sentí que el esfuerzo había merecido la pena cuando llamé a Rose a modo de seguimiento y oí el tono de renuente aprobación en su voz.

Siempre es una satisfacción que valoren tu trabajo, así que procedo a hacerlo con Melanie.

—Has estado haciendo un muy buen trabajo, no habría podido arreglármelas sin ti en estas últimas semanas. —Mis palabras hacen que su rostro se ilumine—. Aprovechando tus conocimientos de diseño gráfico, ¿podrías crear una especie de invitación para una fiesta de graduación de los años cincuenta?

—Qué creativo, claro que puedo. A lo mejor le pido a nuestro diseñador favorito que colabore, aprovechando que está tan inspirado últimamente. —Lo último lo entrecomilla con los dedos—. ¿A qué crees que se debe tanta inspiración?

A mí y a mi casa, que para él es como una página en blanco segura; a que Teddy sabe por fin qué es lo que va a hacer cada noche, y a que se ha sacado ese caos desasosegante que tenía dentro. «Nunca me había sentido tan sereno y relajado, Ruthie». Pero no puedo decirle eso a Melanie, así que me encojo de hombros como indicando que no tengo ni idea.

—Qué gran idea lo de las invitaciones, Mel. Sí, estaría bien incluir a Teddy en el proyecto. Espero que asistas a la fiesta, aunque para entonces ya no estés trabajando aquí. Le haremos una a Teddy —añado con naturalidad—. No podrá venir, pero quiero que sepa que siempre será bienvenido.

Ella hace una mueca.

—Ha conseguido aclarar por fin su situación fiscal y resulta que le han devuelto dinero. Increíble, ¿verdad? Él creía que iban a mandarlo a la cárcel, y en vez de eso le dan un cheque. A lo mejor le besó un leprechaun al nacer, quién sabe. La cuestión es que su cuenta bancaria va llenándose sin parar. —Alza la mirada de la lista que está escribiendo para la planificación de la fiesta—. Viéndole, cualquiera diría que ahorrar para alcanzar el sueño de tu vida es lo más fácil del mundo. Le odio.

Teddy me lo cuenta todo, pero eso lo ha omitido.

—Yo también, es insufrible. —Somos un par de mentirosas que vamos a echarle muchísimo de menos.

—Bueno, volviendo al tema de tu perfil para buscar pareja, este es el plan. —Melanie consulta la pantalla de su ordenador, pero cierta persona vestida de negro aparece en la puerta de improviso—. ¿Qué haces aquí? ¿Podrías largarte? Estamos tratando asuntos serios.

—¡No pienso largarme! —contesta Teddy con indignación mientras se sienta al otro lado de mi mesa, en la silla para los visitantes—. Voy a quedarme hasta que llegue la comida. ¿Quién es insufrible?

—Comida. —La palabra distrae la atención de Melanie.

Según ella, lo del zumo depurativo es para que sus órganos eliminen toxinas, aunque no ha especificado cuáles son los órganos en cuestión. Basándome en mis observaciones, yo diría que lo que está haciendo el zumo es generarle mareos e inesperados arranques de paranoia.

—¿Qué han pedido? —le pregunta a Teddy, con ojos que me recuerdan a un depredador al acecho.

—Unas ensaladas enormes.

—¡Ensaladas? —Le ha dolido en el alma.

—Me he enterado de que has tenido un golpe de suerte con lo de los impuestos —le digo a Teddy.

—Sí, no esperaba que mi siguiente buen samaritano fuera el fisco. Iba a contártelo.

Pero no lo ha hecho, porque cualquier novedad sobre su progreso entristece a más no poder a una parte de mí que tengo muy, pero que muy escondida en mi interior. Y él lo sabe.

En otros tiempos, me sumergía agradecida en el silencioso cuarto de baño a la luz de las velas como si de un templo se tratara. Yo creía que mi rutina era sagrada e intocable, pero soy consciente de que las cosas han cambiado para mí. Tener a Teddy sentado en mi sofá cada noche, tener a Melanie sentada frente a mí durante el día, me ha malacostumbrado. Empiezo a preocuparme por cómo voy a manejar la situación cuando se vayan.

—¿Qué estáis haciendo? —se lo pregunta a Melanie con voz de cansancio.

—Iba a leer en voz alta el perfil de Ruthie, y también tiene que hacerse una foto. —No sé qué cara he puesto al oír eso, pero, sea cual sea, se apresura a añadir—: Pero lo de la foto no iba a ser en horas de trabajo, claro. Se la iba a tomar a las 17:01 en punto, después de que cotejemos los recibos que la compañía del agua ha mandado a la cuenta de Providence con los pagos que hemos hecho.

—Chicas, me trae sin cuidado lo que hagáis aquí. —Teddy se repantinga en la silla, se quita el coletero y sacude con las manos esa preciosa masa de pelo—. Rose va a convertir este lugar en un rancho de alpacas solo por fastidiarme, así que disfrutadlo mientras dure.

Se pasa las manos por el pelo, desliza los dedos entre los mechones hasta que me arden los dedos de tanto apretar el reposabrazos de mi silla. Y no soy la única afectada.

—¡Deja de atormentarme! —le espeta Melanie en un arranque de genio. Y entonces se levanta de su silla, va corriendo al baño y cierra de un portazo. El zumo la ha depurado unas cuatro veces como mínimo desde las 09:00.

Teddy me mira como si se sintiera dolido y me pregunta con voz lastimera:

—¿Qué he hecho yo?

—Hacerla sentir que su pelo es inferior. Ahora se pone la extensión de la coleta casi a diario, y eso es duro para el cuero cabelludo.

—Estoy inquieta por su comentario anterior—. Así que un rancho de alpacas, ¿eh? ¿Te has enterado de algo?

Él sigue atusándose el pelo con la cabeza echada hacia atrás y contesta mirando al techo.

—No, pero no podría contártelo de todas formas. Ya sabes, por la cuestión esa de los miembros de la junta y las acciones y no sé qué más. No quiero que mi propio padre me demande, sería una situación bastante incómoda. —Y ahora bosteza… Ah, ahí están esas muelas posteriores. Las echaba de menos—. Rose sería la primera en subir a testificar al estrado.

—Vino un topógrafo.

—Uy, eso nunca es una buena señal. Deja de mirarme con esos ojazos marrones. Sé lo que quieres de mí, y no puedo hacerlo.

Melanie sale del baño con la coleta recién hecha.

—¿Qué acondicionador usas, Teddy?

—Lo enjuago con agua de lluvia y un poquito de vodka.

—¿En serio? —Mel está maravillada. Se apoya en su mesa y lo mira con ojos que me recuerdan a los de los dibujos animados, los que tienen la espiral—. ¿Tiene que ser con agua fría?

—Uy, sí, muy fría. Gélida. —Deja de alisarse el pelo y baja las manos—. Oye, ¿llevas un cepillo desenredante en el bolso? Pues claro que sí, eres una chica. Ven a cepillarme el pelo.

—¿Puedo hacerte una trenza de canasta para practicar?

Al verle asentir se le acerca vacilante y hunde ambas manos en su pelo. Los ojos de Teddy se entrecierran con languidez, es probable que los míos estén igual. Mel está metida hasta las muñecas en esa lustrosa masa negra. La adoro, pero tengo ganas de gritarle que se aparte de él.

Y Teddy está pendiente de mí, de mi reacción, así que tengo que mantener la compostura.

—Tiene que ser una peluca, ¡es demasiado perfecto! —Melanie tironea aquí y allá hasta arrancarle un gemido—. Vale, ¡está decidido! Los huesos de Ruthie han vaticinado que va a llover, así que voy a poner un cubo debajo de la bajante del garaje.

Decido ahorrarle algo de esfuerzo.

—Lo dice de broma, Mel. Come algo antes de que te desmayes, por favor.

Le paso un plátano que hace que suelte el pelo de Teddy, y yo echo el sofocante humo verde que iba llenándome los pulmones. Y podría jurar que él lo huele, porque aletea la nariz. Una sonrisita asoma a sus labios y me dan ganas de meterle la cabeza en un cubo de agua sucia de fregar.

—¡Mi dieta depurativa! ¡Mis toxinas! —se lamenta Melanie, antes de pelar con violencia la fruta y comerse la mitad de un bocado. Entonces, ofreciendo un espectáculo bastante asqueroso al hablar con la boca llena, dice algo así como—: Antes de que lo pidas, no. No voy a decirte lo que vamos a poner en el perfil de Ruthie.

—Haré un repaso por todas las chicas del mundo hasta que la encuentre.

—Sí, me lo imagino —contesta ella con sequedad después de tragar.

—Yo diría que ya lo ha hecho. —Vaya, no me puedo creer que yo haya dicho eso. Me giro hacia mi ordenador y abro un correo electrónico de los de mantenimiento mientras Teddy me mira sorprendido—. Ah, van a mandar un electricista el jueves que viene. —Les envío una respuesta y anoto la información, todo ello bajo la mirada de esos brillantes ojos pardos.

Mel ofrece la profunda reflexión siguiente:

—Plátano rico.

—¿Por qué estás a base de zumo? —le pregunta Teddy.

—Quedé con un chico en la Cúpula del Trueno, me dijo que era más grandota de lo que él esperaba.

Eso no fue lo que me dijo a mí sobre lo del zumo depurativo, pero no pasa nada. Teddy tiene algo que te impulsa a decir la verdad. Lo que me cabrea al instante es lo del chico ese.

—Perdona, que te dijo ¿qué?

—En mi perfil pone que soy japonesa por parte de padre, y dio por hecho que sería de cierta forma. —Baja las manos por su torso—. Debería ser más menudita.

Teddy está igual de indignado que yo.

—¿Quieres cambiarte a ti misma por lo que un tipo tenía en su imaginación? Eres una chica inteligente, Mel. Usa la cabeza.

—Es que últimamente no estoy teniendo mucha suerte que digamos —contesta ella a la defensiva—. Lo siento, Ruthie, pero ahí fuera hay una verdadera jungla.

—El tipo ese te ahorró mucho tiempo al dejar claro desde el principio que es un capullo. No cambies ninguna parte de ti misma. Puedes comerte mi yogur. —Una mano desesperada agarra al instante la cuchara que sostengo en la mía.

Melanie lanza a la papelera la piel del plátano y esta se queda pegada en la pared, justo por encima.

—Mami, papi, ¡muchas gracias! ¡Sois los mejores! —nos dice, antes de ir directa a la nevera.

Lo único que se oye en la oficina durante un largo momento son las rítmicas cucharadas, el ruido que hace al tragar y algún que otro «umm…». Una vez que vuelve a su mesa, toma una decisión.

—Voy a leer el perfil de Ruthie en voz alta, pero solo porque quiero la opinión de un tipo decente.

—En ese caso, vas a tener que buscar a otro —le dice Teddy.

—Preciosa morena de veinticinco años…

Yo alzo una mano.

—¡Protesto!

—No se acepta —dice Theodore Prescott, el juez que preside esta sala—. Es una descripción muy acertada de momento.

Un plátano mezclado con yogur ha resultado ser un gran remedio, las mejillas de Melanie ya van recobrando algo de color.

—Dejadme leerlo entero, nada de interrupciones: «Preciosa morena de veinticinco años busca alma gemela a la vieja usanza que la haga arder. Absténganse rollitos de una noche, raritos, pitos pequeños, pobretones y espantajos».

—¡Melanie! ¡Borra esa última parte! —le pido, horrorizada.

—Bueno, yo quedo descartado. —Teddy se levanta de la silla al oír que se acerca un escúter—. Imagino que hablaréis de eso en mi ausencia.

—¡Pobretón! —le decimos ambas al unísono mientras se dirige hacia la puerta.

—Y también es un rarito —añade Mel. Le hago un gesto con la cabeza para indicarle que deje el tema, y se queda callada hasta que

Teddy entra de nuevo con la comida que ha traído el repartidor—. Me siento mucho mejor, pero necesito algo de aire fresco. Voy a subirles esto a las chicas, quiero hablar con Aggie sobre posibles salidas laborales. ¿Sabíais que era una abogada de altos vuelos? —Le quita las bolsas de las manos y sale rumbo a la casa de las Parloni.

La oficina se vuelve gris tras su marcha. Por regla general, ahora es cuando siento que la vida ha llegado a su fin, pero no ha hecho sino comenzar porque él está aquí. El único destello de claridad que alcanzo a ver son las doradas chispitas de ácido limón que salpican sus ojos.

Y aquí estoy, en otro momento de esos que, al volver la vista atrás en el futuro, recordaré con pesadumbre por haber dejado pasar la oportunidad o con la satisfacción de haber sabido aprovecharla. Estuve viviendo puerta con puerta con un soltero espectacularmente atractivo; sí, era una apuesta arriesgada, pero soy una experta a la hora de ocultar mis sentimientos. Llevo toda la vida entrenando para este espécimen sublime, ¿qué me contestaría si le pido que me dedique las últimas semanas que le quedan aquí?

Pero no tengo oportunidad de correr ese riesgo, porque antes de que pueda hacerlo él alza su móvil y me dice lo siguiente:

—Espera, ya te hago yo la foto para el perfil. —Me la hace y pone una cara rara al ver el resultado—. Uy.

—Déjame ver.

Él sostiene en alto el móvil para mostrármela. Teniendo en cuenta que es para buscar pareja por Internet, no es la mejor opción que digamos. Estoy en mi mesa de trabajo con las gafas colgadas del cuello y sí, admito que el marrón y el beige no son los colores que más me favorecen, pero la imagen que se refleja es la de una persona íntegra de tez clara, mejillas sonrosadas, ojos luminosos y boca de labios plenos curvados en una pequeña y cálida sonrisa.

—Parezco una empollona engreída. Bueno, al menos no podrá decirse que es publicidad engañosa.

Mi broma no le hace gracia. Se hunde más en la silla sin apartar la mirada de la pantalla, limpia con el pulgar una manchita que hay en el cristal. Su pecho sube y baja mientras respira profundamente varias veces.

Decido emplear su propia táctica: si hablo con calma, en tono de broma, no sabrá que lo digo en serio.

—No sé si me acordaré de cómo se besa; después de lo de Adam, no he besado a nadie más. La noche de mi fiesta de graduación me parece muy lejana ahora.

Se queda pasmado por un momento e intenta asimilar la larga duración de mi sequía. Se inclina hacia delante con los codos en las rodillas.

—No te preocupes por eso. Deberías ver cómo es tu boca cuando hablas, cuando sonríes —añade, al verme hacerlo—. Yo creo que besas bien.

Me pregunto si podría convencerle de poner a prueba esa teoría.

—¿Quieres venir a cenar a casa este viernes, cuando vuelva de comprar ropa con Mel?

Asiente solo con oír hablar de comida. Mientras le veo frotarse los muslos con las palmas de las manos me siento un poco culpable, a lo mejor es poco honesto por mi parte ocultarle que el motivo de la invitación es que quiero un beso. Debería ser franca al respecto.

—Creo que debería decirte que es probable que intente que nos demos un beso de buenas noches. Con fines puramente científicos.

Mi descaro le deja boquiabierto y se echa a reír, aunque también se le ve un pelín preocupado.

—No me parece una buena idea, Ruthie. He tenido un autocontrol impresionante contigo. Ni tú ni yo queremos que vuelva a caer en las viejas costumbres.

Yo no pierdo la valentía.

—A mí no me importaría que lo hicieras. Bueno, ¿sigue en pie lo de la cena ahora que sabes que tengo ese objetivo? Yo no puedo ir a ese búnker nuclear que tienes por casa, lástima que tu padre no pudiera facilitarte un alojamiento más acogedor.

—Me ofreció una casa unifamiliar desocupada. —Se encoge de hombros con indiferencia—. En mi segundo día de trabajo, las Parloni me dijeron que podía usar su habitación de invitados. Tengo varias opciones acogedoras, pero voy a quedarme donde estoy.

—¿Por qué?

—Porque tú eres mi vecina.

Su respuesta me encanta y estoy segura de que él se da cuenta de ello. Estiro los brazos por encima de la cabeza.

—Gracias por hacerme la foto, Mel activará el perfil cuando vuelva. Allá vamos, ¡ya veremos lo dura que se pone la cosa! —Me cubro la cara con las manos—. Debería reformular esa frase.

—No me recuerdes a todos esos tipos con cosas que se ponen duras —me dice él malhumorado. Adjunta mi foto a un mensaje de texto y, al cabo de un segundo, su móvil le suena en el bolsillo con una notificación—. Respecto a lo del viernes, voy a ser un buen chico, así que no te hagas ilusiones.

No sé si será porque las sombras van alargándose y me hacen ver lo que no es, pero tengo la impresión de que está nerviosillo. Pero eso no tiene sentido, ¿no? ¿Por qué habría de ponerle yo nervioso?

—Uno de estos días voy a ser una chica mala. Y quién sabe, a lo mejor estás lo bastante cerca como para presenciarlo. —No me puedo creer las cosas que tengo la valentía de decirle hoy en día. Esta nueva actitud me pega bastante, la verdad. Y entonces voy y echo a perder de un plumazo mi aura de sexi chica mala, aunque no creo que a él le moleste lo más mínimo—. Bueno, vamos a hablar de paquetes informáticos. ¿Has encontrado alguno que pueda irte bien para tu estudio?

20

—¡He tenido que invitarlas a venir! —afirma Melanie cuando llegamos a la tienda de ropa de segunda mano. Aparca su minúsculo coche justo enfrente de la tienda, detrás de un Rolls-Royce Phantom bastante llamativo—. Las dos me han preguntado dónde y cuándo pensábamos hacer el cambio de imagen, yo les he dicho que aquí y que a esta hora, y al final las cosas han salido así. ¿Qué problema hay?

—Apenas le queda aliento.

—Ninguno. ¿Por qué estás nerviosa? —Bueno, ahora yo también lo estoy si resulta que Teddy está dentro.

—Me juego mucho con esta tercera semana —se limita a contestar.

Cuando entramos en la tienda, encontramos a Renata hablando con Kurt, el vendedor que suele estar en el mostrador.

—¿Cuánto me darías por una chaqueta retro de equitación de Hermès? No me gustan los botones que tiene y me vendría bien algo de espacio en el armario.

—Nosotros no compramos ropa —Kurt lo dice en un tono de voz sosegado y cargado de paciencia que indica que no es la primera vez que se lo explica—. ¿Nunca ha donado ropa a algún centro de beneficencia?

Ella se pone a mirar una bandeja de anillos que hay en el mostrador, y va descartándolos uno a uno como un loro que va seleccionando pipas.

—¿Por cuánto la venderíais si la donara?

Teddy le contesta desde el fondo de la sección de ropa masculina:

—¡Lo pone aquí! Todas las chaquetas valen tres dólares.

Renata se indigna al oír eso.

—¡Qué? ¡Menudo despropósito de mundo!

—Las donaciones no son obligatorias, pero las agradecemos —le dice Kurt mientras recoge los anillos. Su rostro se ilumina al verme—. ¡Hola, Ruthie! ¿Cómo te va?

Es un chico de unos veintipico años y ¡aleluya!, por fin ha hecho algo respecto al tema del pelo. Antes lo llevaba en un corte de tazón y tan largo que se le entremezclaba con las pestañas al hablar, pero ahora tiene un corte de pelo en condiciones y una frente. Yo siempre había dado por hecho que bajo toda la pelambrera habría algunos granos agazapados, pero al verle con el rostro despejado resulta que tiene una complexión limpia y que es bastante atractivo; de hecho, incluso podría parecerme un chico mono si no hubiera sentido antes las vibraciones de Teddy Prescott.

—Bien, Kurt, gracias. Renata, Teddy, hola a los dos. Gracias por venir. ¿Dónde está Aggie? —Miro hacia los estantes del fondo.

—Al final se ha quedado en casa, está muy cansada —contesta Renata, con la mirada gacha y los labios tensos.

Reparo en el perchero que hay detrás del mostrador. Tal y como esperaba, Kurt se gira y selecciona varias prendas.

—¿Qué tenemos hoy? —le pregunto.

—Ya sé que me dijiste que no te pones nada rojo, pero esta falda es de tu estilo. ¿O también te parece demasiado corta?

Al fondo de la tienda, Teddy, furibundo, se yergue completamente. Parece un toro a punto de embestir, pero Melanie se acerca al mostrador y le estrecha la mano a Kurt.

—Hola. Melanie Sasaki, fundadora del Método. —Eso no tiene ningún sentido y Kurt pone cara de no entender nada—. Vamos a echar un vistazo. Ni hablar, demasiado corta. Y esto ni pensarlo, es lo que se habría puesto la vieja Ruthie. —Refunfuña, descartando un vestido—. Se acabó la ropa marrón de bibliotecaria. Pero lo demás está bien, en breve tendremos un pase de modelos.

—¡No eches a perder esa imagen de chica pulcra y juiciosa que tiene! —le grita Teddy.

Renata da una palmadita sobre la ropa amontonada en el mostrador.

—Llévalo a su probador —le dice a Kurt, como si estuviéramos en una *boutique*—. Ruthie, ahora quiero una explicación sobre esto.

Chasquea los dedos y Teddy viene directo hacia mí como el matón de un mafioso. Se saca un sobre del bolsillo trasero de los vaqueros y, al ver que se trata de la invitación para la fiesta de Navidad, me preparo mentalmente para la discusión que se avecina.

—¿Qué parte de la invitación quiere que le explique?

—¡La temática! ¿Cómo que «Fiesta de graduación retro»? —Renata le arrebata la invitación de las manos a Teddy, y la agita frente a mí—. ¿Lo has hecho para burlarte de mí?

—¿Qué? —Miro desconcertada a Teddy, que se encoge de hombros—. Me paso el año entero preparando esta fiesta, y yo nunca me burlaría de usted.

—Te has enterado de que no fui a mi fiesta de graduación. Es lo que más lamento en mi vida, y tú lo sabías. ¿Cómo? —Baja la mirada hacia la invitación—. Lo has buscado en Google, ¿verdad? En un programa de televisión que vi dijeron que todo el mundo tiene sus secretos colgados en Internet hoy en día.

—Me parece que eso no es aplicable si una nació antes de 1930 —apostilla Teddy, ganándose con ello un puñetazo en el estómago procedente de su menudita jefa. El golpe no le habrá afectado en absoluto, pero se sostiene el vientre con los brazos y se dobla hacia delante—. Avisa… a seguridad… —le pide teatralmente a Kurt, que titubea sin saber qué hacer.

—No soy adivina, Renata. —Intento conservar la paciencia a pesar de que siempre termino por tener la culpa de todo. Salta a la vista que se trata de un tema muy doloroso para ella—. Ahora tiene la oportunidad de asistir a su propia fiesta de graduación especial en Providence.

—Claro, y tendré que ir siendo una persona mayor —masculla ella entre dientes—. Se suponía que asistiría siendo yo misma, cuando era joven. Quería entrar con el amor de mi vida frente a todos, pero Aggie dijo que no podíamos hacerlo.

—¿Por qué no?

Melanie, que ha estado escuchando con indignación creciente al ver la actitud de Renata, interviene en la conversación.

—A casi todo el mundo le ha encantado la idea. Estoy haciendo las gestiones para que una empresa de alquiler de ropa venga una semana antes de la fiesta, para los que quieran alquilar los trajes y los vestidos. Mis invitaciones quedaron preciosas, incluso usted tiene que admitir eso.

Renata se centra en un pequeño detalle.

—¿Alquilar un vestido? Alquilar. Un. Vestido. Alquilarlo. ¡La cosa va de mal en peor!

—Haga lo que quiera, no está obligada a ir a la fiesta —le contesta Melanie.

—Pero esperamos que lo haga —intercedo yo—, ¡podría hacer su entrada triunfal vestida con algo realmente espectacular! —Veo que la idea le resulta tentadora, así que no me rindo—. Seleccionaremos al rey y a la reina de la fiesta, y toda la música será… la de aquella época.

—Mi padre recibió una invitación —me comenta Teddy—. Melanie dijo que incluso le enviaste una a Rose. Pero ¿dónde está la mía? —Parece dolido de verdad, sigue con la mano en el vientre—. ¿No te dije cuando nos conocimos que me encantan las fiestas de disfraces?

—Aquí la tengo, iba a dártela esta noche. —La saco de mi bolso.

Melanie nos mira con suspicacia.

—¿Esta noche? ¿Qué va a pasar esta noche?

—Quiero hacerme un tatuaje dedicado al amor de mi vida. —Renata vuelve a abrir la invitación navideña, que parece tenerla fascinada. Vuelve a lanzarme de nuevo esa mirada penetrante y acerada—. Tengo pensadas varias posibilidades. Teddy, aquí presente, conoce a alguien de fiar.

Él se encarga de traducir sus palabras.

—Renata quiere una cita con Alastair para que la asesore.

—Le he dicho a Teddy que un tatuaje carcelario me quedaría bien, pero él se niega en redondo. Qué chico tan obstinado —me dice ella—. Imagíname con una lágrima aquí. —Indica las profundas arrugas que le surcan la mejilla—. En fin, quiero que te encargues tú de diseñarlo, Teddy, aunque estés empeñado en que sea tu amigo quien me lo haga. Como el resultado sea horrible…

—Será una maravilla. Gracias por la invitación —añade antes de guardársela en el bolsillo. Todos notamos que se le ve un poco pesaroso.

—Ruthie, nómbrame a un solo muchacho que volviera después de marcharse —me pide Renata.

—A decir verdad, usted destruyó a todos y cada uno de ellos —le contesto yo con una pequeña sonrisa.

Quiero que Teddy proteste, que le asegure que él sí que volverá, pero el silencio va alargándose. Puede que él mismo esté aceptando para sus adentros que ella tiene razón. Me giro a mirarle.

—Nunca me cuentas lo cerca que estás de conseguir tu objetivo.

En vez de responder, se da la vuelta y se pone a mirar cabizbajo unos pijamas de mujer que cuelgan de un perchero.

—Le dije a Aggie que le pagara algo menos del salario mínimo, pero no me hizo ni caso —me dice Renata—. Y, como tiene un sueldo demasiado bueno, voy a tener que buscar a otro joven asistente. Pero contratar a alguien faltando tan poco para las fiestas navideñas es una tarea imposible.

Es obvio que usa el egoísmo para ocultar la tristeza que siente. Yo también intentaré hacerlo.

—A lo mejor tengo algo de paz y tranquilidad al final de la jornada a partir de ahora —lo digo en tono de broma, pero Teddy no sonríe y me siento fatal—. Volviendo a mi amable invitación, ¿debo deducir que no va a asistir a la fiesta? —le pregunto a Renata.

—No corras tanto —dice ella a regañadientes—, déjame hablarlo con Aggie. Quizás haya llegado el momento de reparar aquel error.

Me pregunto si ese amor de su vida del que habla seguirá vivo.

Me doy cuenta de repente de que Melanie no está participando en la conversación y no me sorprende ver que está sumida en un trance, deslizando el dedo a izquierda y derecha en la pantalla del móvil.

—Damas y caballeros, ¡tenemos otro *match*!

Se refiere a que hay un posible candidato que encaja con mi perfil y he recibido un mensaje; bueno, así creo al menos que funciona esto, la verdad es que Mel no permite que me encargue de manejarlo. Sostiene el móvil contra su pecho con actitud protectora al añadir:

—Dejadme hacer una comprobación primero. —Le echa un

vistazo a la pantalla y respira aliviada—. Vale, no hay nada indecente.

Teddy pone cara de malas pulgas de todas formas.

Renata le arrebata el teléfono a Melanie sin miramientos y observa la foto con ojos miopes antes de emitir su veredicto.

—No, este no le conviene a Ruthie.

—Eso lo decidiré yo. —Alargo la mano para que me pase el teléfono.

—¿Qué está pasando? —me pregunta Kurt, que ha quedado atrapado tras el mostrador por culpa de un grupo de pirados.

—He tenido otro solitario *match* en MatchUp. Es lo que también se conoce como «milagro».

Extiendo la mano para ver el mensaje. Es un simple «Hola, ¿qué tal estás?», como todos los que he visto hasta el momento, y en la foto sale un chico normalito sentado en el capó de un coche.

—No me motiva demasiado. Ah, ¡ahí está mi falda de lana!

Doné toda la ropa que Melanie rechazó cuando revisó mi armario y visito a la falda como si de una amiga se tratara, pero ahora me doy cuenta de que el tejido es pesado y de que ese tono *beige* es muy apagado. Puedo encontrar algo mucho mejor y, con ese objetivo en mente, empiezo a mirar en los percheros.

—Yo estoy registrado en MatchUp —me dice Kurt mientras se apoya en el mostrador.

—Míranos, ¡a lo que hemos llegado! —le contesto con una sonrisa pesarosa.

Teddy se me acerca por detrás en el estrecho pasillo que queda entre faldas y pantalones y se aprieta contra mi espalda. La percha en la que tengo apoyada la mano chirría al deslizarse por la barra.

—¿Sigue en pie la cena de esta noche? —me dice. Tengo la impresión de que la pregunta no es tan inocente como parece—. He estado pensando en el postre que me propusiste.

Su antebrazo se desliza por mi clavícula y me estruja con delicadeza. Su calidez me envuelve, estoy rodeada por sus abultados músculos y las definidas líneas de su cuerpo. ¿Cómo es posible que encajemos tan bien?

Antes de que pueda contestarle, Melanie grita de repente:

—¡Eh, tú! Quítate de encima de Ruthie, ¡ya hemos hablado de este tema! —Se acerca a toda prisa, agarra a Teddy y se lo lleva a rastras a la otra punta de la tienda.

Comienzan una conversación en voz baja en la que estoy muy interesada, pero no puedo oírles porque Renata me está tirando de la manga.

—Ten, sostenlo contra ti. —Me da un vestido—. Umm… Añádelo también a su probador —le ordena a Kurt antes de admitir a regañadientes—: Este sitio es interesante. Es como rebuscar en la basura, quién sabe lo que puedes llegar a encontrar. —Se mete de cabeza en un perchero del que cuelgan un montón de jerséis.

Miro a Kurt y articulo «Lo siento» sin hablar, pero él se limita a sonreírme. Me acerco al mostrador.

—Se piensa que está en una *boutique*.

—Sí, esa es la impresión que me ha dado. —Dirige la mirada hacia Melanie y Teddy, que siguen hablando en voz baja (bueno, ella está regañándole y él la escucha con la cabeza gacha y acobardado)—. Es la primera vez que vienes con amigos.

—Es que antes no tenía ninguno.

Me sobresalto al darme cuenta de que hace días, semanas quizás, que no me mensajeo con mis amigas del foro en el chat grupal; además, la última vez que envié un mensaje fue por una cuestión relacionada con la administración del foro. Tenemos a nuestras espaldas diez años de charlas amenas, profundas confesiones y memes de calidad.

—Bueno, debería decir que en la vida real no tenía ninguno de menos de setenta años.

—¿Y yo qué? —lo dice en tono de broma, pero se le ve un poco dolido—. Te he reservado las mejores prendas durante todo este año.

—Sí, por supuesto. Eres un muy buen amigo de una tienda de ropa de segunda mano. Bueno, será mejor que empiece ya.

Entro en el probador y le echo un vistazo al montón de prendas, que son de lo más variadas. Parece ser que cada uno tiene una idea distinta de la persona que debo ser. Después de una salida en falso en la que no puedo subirme una falda de cuero por encima de los muslos, me meto el vestido siguiente por encima de la cabeza. Me cabe, lo que en una tienda de ropa de segunda mano significa que ya tienes ganado mucho.

—¡Melanie! Puedes abrocharme esto, ¿por favor? —Ahora soy yo la que parece creer que está en una *boutique*.

Abro un resquicio la puerta y Melanie se cuela por él.

—¡Vaya, vaya! —exclama mientras me sube la cremallera—, ¡menudo pechamen tiene usted, señorita! Este vestido lo realza.

—No pienso salir así vestida. —Siento que me arden las mejillas y me las cubro con las manos—. Pero tengo que darte la razón.

Ella comprueba el precio.

—Cuatro dólares, adjudicado. ¡Ya tenemos el vestido para la primera cita! —Esto último se lo grita al resto del grupo.

—¡No puedo ponerme esto!

—Teddy, necesitamos la opinión de un chico.

Mel gira el pomo y él se desploma contra nosotras porque resulta que estaba apoyado contra la puerta; ella se cabrea, intercambian una mirada. La discusión de antes todavía flota en el ambiente.

—Ruthie se viste así para su primera cita. ¿Cómo reacciona el chico?

Teddy me ve vestida así. Abre la boca, se mete el puño en ella y se lo muerde.

—Vale, muy bien. —Sin más ni más, Mel le empuja hacia atrás para que retroceda y le cierra la puerta en las narices—. Mírate, Ruthie. Pero de verdad. Ahora sí que puedes ver… —intenta encontrar una alternativa a pechamen— tus curvas.

Es cierto, sí que las veo. Y no están nada mal.

—¡Yo también soy un chico! —nos dice Kurt—, ¡y le guardé ese vestido en vez de ponerlo a la venta! ¿No me merezco una ojeada?

—Estás tocándome las narices, colega —le espeta Teddy.

—La jueza oficial soy yo —afirma Renata—. ¡Dejadme entrar!

Nuestro guardaespaldas, Teddy, la deja pasar. Cada vez queda menos espacio. No me puedo creer que esté apretujada en un probador con un grupo de personas que me tienen afecto, que se preocupan por mí.

—Sí, yo creo que este podría estar bien. A lo mejor podrían subirle un poco el bajo, es una chica bastante menudita.

—Aquí no tienen servicio de sastrería —le dice Melanie, armándose de paciencia.

—¿Puedo entrar yo también? —La voz de Teddy se oye a través de la bisagra de la puerta.

—¡Ni lo sueñes! —le contesta Renata.

—Alguien va a tener que salir para que pueda quitarme esto. —Presencio un duelo de miradas entre Melanie y Renata, ¿quién saldrá victoriosa? Me sorprendo al ver que es la segunda quien termina cediendo—. Tú también vas a tener que salir, Mel. Soy tu jefa, no puedes verme en paños menores.

Ahora que estoy sola, puedo aprovechar para verme vestida así. Me muerdo el puño. ¡Madre mía!, ¡ahora sí que aparento mi verdadera edad!

Y tras semejante hallazgo no hay nada que pueda compararse, pero entre Melanie y Renata se va creando un fondo de armario básico. El proceso se desarrolla en medio de una acalorada discusión.

—¡Le compraré unos nuevos! —Oigo que dice Renata desde la sección de pantalones cuando asomo la cabeza para ver qué pasa—. No, nada de vaqueros usados. Por ahí sí que no paso. ¡Mira estos! ¡Tienen un agujero en la entrepierna!

—Deje de meter por él esos viejos dedos huesudos, ¡esta noche voy a tener pesadillas! —exclama Melanie.

—Nunca había oído a nadie decir «entrepierna» con tanta violencia —le hago el comentario a Teddy para ver si logro hacerle reír, pero está muy serio. Me giro hacia el espejo para ver cómo me queda el vestido rosa que llevo puesto. Comparado con el otro, con el milagroso, este no termina de convencerme—. Gracias por unirte a la salida de compras para ayudarme.

Él contesta con ironía.

—Uy, sí, qué altruista soy por querer venir a ver cómo te pruebas vestidos. Menudo santo estoy hecho.

—Lo digo en serio, gracias al apoyo moral que me habéis dado entre todos… En fin, gracias a él me he sentido capaz de hacer esto. Por fin puedo mirarme y ver algo distinto, por fin puedo salir y mostrarme al mundo. —Aliso unas arrugas del vestido; al ver que no me contesta, me siento un poco incómoda—. ¿Me he puesto en un plan demasiado serio y profundo?

Melanie se acerca y mira con ojo crítico mi vestido.

—Demasiado corto. A ver, te queda genial, pero no vas a ponértelo.

—Oye, ya sé que es una estupidez, pero siempre he querido probarme un mono. Nunca me he atrevido.

—¡Kurt! ¡Monos! —Va y chasquea los dedos.

Y él obedece de inmediato y la conduce hacia otra sección. Mientras los veo alejarse, Renata se une a ellos y les sigue a paso más lento, anunciando a todo volumen que Emilio Pucci tiene uno de seda muy bonito.

—Vale, esto es lo que me quedo —me digo a mí misma mientras reviso las prendas que tengo colgadas en los percheros de la pared—. Hoy es mi día.

Estoy llevándome la mano a la espalda para desabrocharme el vestido cuando Teddy se cuela por el resquicio de la puerta, me hace retroceder unos pasos y cierra tras de sí.

—¡No puedo soportarlo! —Posa la cálida palma de su mano en mi mejilla, sus ojos no se apartan de mi boca—. No puedo estar ahí fuera mientras tú estás aquí. Y lo peor de todo es que tú no eres consciente de la verdad sobre ti misma.

Me sorprende lo atormentado que se le ve.

—¿A qué verdad te refieres?

—Me duele que no seas consciente de que eres preciosa tal y como eres. No hace falta que cambies, ni que te pongas un vestido como si eso te sirviera para arreglar algo. ¡No hay nada que arreglar!

—Ya lo sé —alcanzo a decir, a pesar de que apenas tengo aire en los pulmones—. Pero el mero hecho de cambiar unas cuantas cosas me hará sentir que estoy iniciando una nueva vida, y también podré convencer a otras personas de que realmente estoy haciéndolo.

—Eres el vestido de mil dólares que cuelga de un perchero de esta tienda, y no me puedo creer que nadie te haya escogido todavía. —Se siente frustrado conmigo—. ¿Cómo demonios puedo conseguir que me creas?, ¿cómo consigo que pierdas esta compostura que tienes?

Supongo que lo único que hace falta es una invitación a perderla.

Le agarro de la camiseta con ambas manos, tiro para que se incline hacia mí y consigo el beso en el que no he dejado de pensar desde el primer momento en que le vi. Él sabe que necesito ayuda en este momento y sus manos me sostienen. Estamos bien apretaditos en un abrazo firme y cálido, sin titubeos. Puedo manejar la situación, de momento voy bien; de hecho, el roce de su dedo bajo mi oreja está estremeciéndome más que nuestras bocas. Es un privilegio oler su piel desde tan cerca.

No sé de qué me preocupaba, lo estoy haciendo y todo va bien. Me relajo cuando esa idea cristaliza en mi mente, y él mueve los labios y su mano me baja la cremallera por la espalda. El movimiento reverbera por todo mi cuerpo. Ah, esa es la parte de la que me había olvidado: el movimiento. Con naturalidad, sin titubear lo más mínimo, va instándome a abrir la boca con la suya. Soy consciente de que la práctica que tiene la ha conseguido con un montón de chicas, pero a quién va a importarle eso estando en manos de alguien que tiene semejante maestría.

Mi estómago está en caída libre, este beso me genera un inesperado subidón de adrenalina. Es obsceno, esto de tener semejante hermosura de boca contra la mía. Le acerco más y más y más... «Enséñame lo que sabes hacer, déjame aprender de ti». Me da igual saber que terminará por marcharse cuando puedo tenerle por ahora.

Hay cientos de minutos que podrían aprovecharse para besar antes de que Teddy se esfume.

Y el momento termina de buenas a primeras, tan súbitamente como empezó, y vuelvo a ese solitario lugar: a una vida en la que Teddy Prescott no me está besando. ¡Ni siquiera he llegado a hundirle los dedos en el pelo!

Se resiste cuando tironeo para intentar que vuelva a inclinarse hacia mí, pero la caricia de su mano deslizándose por mi espalda desnuda evita que me sienta rechazada. Me doy cuenta de repente de que necesita unos segundos para recobrar la compostura. Sé que estoy ante alguien que ha besado a un montón de chicas, así que me siento abrumada al verle tan afectado.

—¡Joder, qué bien se te da! —lo dice en un susurro, como si fuera una confesión—. Eres muy, pero que muy buena besando.

—¿Necesitas ayuda con algo, Ruthie? —me pregunta Kurt desde el otro lado de la puerta.

Incluso él se cree ahora que trabaja en una *boutique*. ¿Qué va a hacer?, ¿ir a por otra talla?

Teddy retira la mano de mi espalda y, justo cuando creo que ya hemos terminado, la desliza hacia abajo y la planta en mi trasero. Nos miramos en silencio, veo los intensos celos que se reflejan en sus ojos.

—¡No, gracias! —alcanzo a decirle a Kurt, aunque me sale una voz muy rara.

—Oye, voy a mandarte una solicitud de amistad por si quieres que nos mensajeemos después —me susurra él a través de la puerta, como si se tratara de información confidencial.

La mano de Teddy me aprieta aún más el trasero y a mí no me queda ni una neurona disponible para poder articular una respuesta.

—En fin, piénsatelo —añade Kurt, tras un largo momento de silencio. Pobre, qué corte.

—Sí, piénsatelo —me susurra Teddy contra el lóbulo de la oreja—, ¿preferirías que fuera él quien estuviera aquí contigo? —Sus perfectos dientes me dan un mordisquito, tengo ganas de cerrar la puerta con clavos—. Puede que la próxima vez te dé un beso de verdad.

—¿Este no lo ha sido? —Mi esqueleto se derrite y va saliendo por las suelas de mis zapatos.

Él se echa a reír y pasa la yema del pulgar por mi encendida mejilla. Desvío la mirada hacia el espejo y veo las diferencias que hay entre ambos... Él es tan grandote, tiene pinta de tipo peligroso, pero la mano que descansa en mi mejilla es delicada y ligera. Durante todo este tiempo he estado convencida de que éramos muy distintos, pero bajo la ropa, estando piel con piel, yo creo que encajamos mucho mejor de lo que pensaba. Han bastado unas cuantas caricias de su boca para verme con mejor aspecto, este hombre es sobrenatural.

—Te gusta que nos veamos en el espejo, lo tendré en cuenta —me dice él—. ¿Entiendes a qué me refiero? —Esboza una sonrisa muy sexi—. No, que no te dé vergüenza. Es más divertido para los dos si me dices con sinceridad lo que te gusta.

Yo contesto con total sinceridad.

—No sé qué es lo que me gusta, pero estoy bastante abierta a probar distintas posibilidades.

—Madre mía, será mejor que salga antes de perder el control. —

Mira hacia la puerta con una sonrisita burlona—. Menos mal que estoy aquí para mantener a raya a tus admiradores.

Apenas ha terminado de hablar cuando se oye una voz procedente del otro lado de la puerta. Pero en esta ocasión no es Kurt, sino Melanie.

—Oye, Ruthie, no hemos visto ni un solo mono, pero he encontrado este precioso conjunto. —Me lo pasa cuando entreabro la puerta—. No sé dónde estará Teddy, pero tengo que mantenerle controlado. Está haciendo un montón de tonterías.

—Sí, eso es habitual en él —asiento yo, solo por verle poner esa cara de indignación.

—Por cierto, está claro que le gustas a Kurt. Y se ajusta bastante a lo que escribiste en tu ficha.

—Sí, supongo que sí. —Se me escapa un gritito cuando la manaza que tengo en el trasero vuelve a estrujármelo.

—Teddy está saboteándote deliberadamente. No puede formar parte del Método Sasaki si va interponerse con el único fin de seguir en tu sofá. Iré a ver si está fuera… —La oigo alejarse mientras refunfuña por lo bajo.

—¿Está equivocada? —le pregunto a él.

—La verdad es que no. ¿Crees que voy a ceder mi puesto de «Hombre Favorito de Ruthie»? ¡Ni hablar! —Eso es lo único que le importa. Solo piensa en sí mismo, en mi queso, en mi sofá, en mi adoración. Pero no se plantea lo que será de mí cuando se vaya, cuando se vaya Mel.

Cuando Sylvia regrese y el invierno llegue a Providence, estaré sola y será más duro que nunca.

—¡Fuera!

Él me obedece de inmediato. Está claro que tiene mucha experiencia a la hora de escabullirse después de dejar en las nubes a una chica, porque ni Melanie ni Renata se ponen a gritar; no oigo a Kurt diciendo algo así como «¡Fuera de la tienda, pervertido!»; no pasa nada de nada. Tratándose de Teddy, siempre es un crimen perfecto.

Me gasto sesenta y cinco dólares en total, lo que en el mundo de las tiendas de segunda mano significa que te has comprado ropa suficiente como para llenar la pala delantera de un tractor. Todas y cada una de las piezas han sido aprobadas conjuntamente por Melanie y Renata, así que tengo la confianza de haber hecho una buena compra y, conforme Kurt va metiéndolo todo en bolsas, veo la gama de colores que va emergiendo: rosas, amarillos y grises. Estoy medio embriagada aún por lo que me ha hecho Teddy en el probador, y formulando mentalmente además el discursito que voy a soltarle sobre el hecho de que los amigos de verdad se apoyan, cuando Kurt me acerca por encima del mostrador un boli y un papel.

—Dame tu teléfono si quieres, te mandaré un mensaje de texto.

En sus ojos se refleja mucha tensión. Está corriendo un gran riesgo, y soy consciente de lo amedrentador que debe de ser dar un paso así. Melanie está observando desde la puerta y levanta el pulgar para darme el visto bueno.

Y sí, me lo he planteado.

- Kurt es un chico majo.

- Estamos al mismo nivel.

- Vive en la zona.

- Estoy bastante segura de que no me asesinará.

- Lleva un año pensando en mí y en la ropa que podría gustarme.

Anoto mi número de teléfono porque tengo que ser realista en cuanto a lo que puedo esperar del Método Sasaki. Pero no puedo centrarme del todo en Kurt, en si podría ser una buena opción para mí, mientras Teddy está inundando el aire que respiro con su crepitante energía.

—Podemos salir a cenar si quieres —me dice él justo cuando una mano que me resulta muy familiar me sube por la espalda y se cierra alrededor de mi nuca con delicadeza.

Kurt desvía la mirada cuando le devuelvo el papel. Teddy es el oso grandote y está marcando territorio: la chica guapa es suya.

—Gracias por ayudarme tanto hoy —le digo a Kurt mientras intento zafarme de la cálida palma que me sujeta la nuca. Que no se diga que no soy profesional cuando tengo un objetivo en mente—.

Claro que podemos salir a cenar, estaremos en contacto. Y gracias por la ropa, como siempre.

Renata todavía está dentro, pagando por una prenda de marca que ha sacado de vete tú a saber dónde, así que puedo aprovechar para hablar a solas con Teddy. Me giro hacia él en cuanto salimos a la calle.

—¿Tú crees que un buen amigo haría ese tipo de cosas?

—¿No te gusta besarme en probadores? —Esboza una sonrisa traviesa—. Has sido tú la que ha dado el primer paso al agarrarme, no lo olvides. Sentía cómo te martilleaba el corazón en el pecho, ese tipo tan aburrido sería incapaz de afectarte así.

—Finges que estás ayudándome, pero todo lo haces con tu propio beneficio en mente. He estado esforzándome al máximo en apoyar el objetivo que te has marcado, aunque te marcharás cuando lo consigas. Lo hago porque sé lo que significa para ti. Me trago lo mucho que me va a doler.

—No quiero hacerte daño, Ruthie.

—¿Por eso no me hablas de lo pronto que te marcharás? ¿Cuánto dinero has ahorrado?

—Ayer llamé a Alastair para decirle que ya puedo hacerle una transferencia con la mitad.

—¡Eso es genial! ¿Lo ves? —añado, con los brazos abiertos de par en par y un agujero en el pecho—, así es como te alegras por tu amigo y por cómo va progresando. ¿Qué te dijo Alastair? Apuesto a que se alegró muchísimo.

—Me dijo que tenía que hacer el pago completo: o todo o nada. No confía en mí, no cree que vaya a lograrlo. Llegados a este punto de mi vida, eres la única persona sobre la faz de la Tierra que me cree capaz de hacerlo. Y por eso no quiero renunciar a ti; al parecer, no ves motivo alguno para creer que no vaya a tener mis llaves en Navidad.

—Por supuesto que lo conseguirás, eres Teddy Prescott. —Estoy perpleja, no entiendo por qué lo duda.

—Exacto, estamos hablando de mí. No he terminado nunca ninguna tarea importante.

—Pues me parece que esos están bastante bien terminados.

Le indico sus tatuajes. Tan solo son unas líneas, tinta negra sin colorear, pero cada uno de ellos está hecho a la perfección. Se gira hacia un lado con brusquedad, como si le irritara la fe que tengo en él.

—Alistair me dijo que yo no tendría la paciencia necesaria para esperar ahí sentado mientras me los coloreaban, supongo que tenía razón.

—Me parece que mucha gente ha estado diciéndote cómo eres. Ya es hora de que decidas si les crees.

Nos interrumpen justo cuando se dispone a contestar.

—¿Puedes encargarte de llevar a Ruthie a casa? —le grita Melanie, que está media calle más allá con la puerta de su coche abierta—. ¡Gracias! ¡Te quiero! ¡Adiós! ¡Uy, un momento! —Alza el brazo—. ¡Ruthie tiene otro posible candidato! ¡Les echaremos un vistazo a todos el lunes!

—¿Qué está pasando aquí? ¿Qué problema hay? —pregunta Renata al salir de la tienda.

—Ninguno. Que estoy hablando de más, como de costumbre. —Teddy alarga la mano con el tatuaje que significa «tomar» para ayudarla.

—No te equivocas, Theodore Prescott —contesta Renata mientras él le abre la puerta del vehículo—. Hoy has sido un chico egoísta. Ella no es tu juguete ni un entretenimiento con el que pasar el rato, es una persona de carne y hueso.

Él guarda silencio durante todo el trayecto de regreso a casa.

21

Para cuando logramos escapar de las Parloni ya ha anochecido, y Teddy me acompaña durante mi habitual ronda de seguridad.

Voy siguiendo punto a punto mi lista de control, compruebo pomos y tiro con firmeza de la puerta corredera que protege los contenedores de basura. Actúo como si él no estuviera a mi lado, tengo que practicar para cuando se haya ido. Nos apoyamos en la valla metálica el uno junto al otro y, cuando bajo la mirada hacia las luces de la ciudad, él se limita a mirarme a mí.

—Estás echando al traste todos mis planes —le digo al fin. Mi enfado se ha enfriado, dejándome helada y triste.

—Y tú los míos.

—¿En qué sentido?

—Estás convencida de que puedo lograr mi objetivo. Estás completamente segura de que voy a marcharme de aquí en el plazo previsto, de que tendré mi propia llave del estudio —lo dice como si creyera que estoy equivocada.

—¿Acaso es malo que crea en ti?

—No. Pero es que eres la primera persona que lo hace, me cuesta procesar este tipo de confianza tan absoluta. Crees en mí porque todavía no te he decepcionado. —Gira la cara hacia el otro lado y queda oculta entre las sombras—. Y a veces, de buenas a primeras, me planteo lo que pasaría si me rindiera sin más. Este lugar no está nada mal.

—Haz caso a alguien que tuvo un sueño y no luchó por él: vas a seguir adelante, vas a seguir luchando por lograr tu objetivo. —Cada vez me cuesta más trabajo interpretar este papelito de amiga platónica animadora—. Elijo una de las luces de ahí abajo y la visito cada noche. Si tienes un día de esos en los que Renata te ha humillado o te sientes harto de vivir en la pobreza, solo tienes que subir a este lugar para visitar a tu luz.

—¿Cuál es la tuya? —Observa la cuidad—. ¿Qué deseo estás pidiendo?

—Ya sabes lo que yo deseo. Por eso me he enfadado tanto contigo hoy. No tengo demasiadas oportunidades, así que tengo que aprovechar cada una de ellas.

Regreso colina abajo, seguida de cerca por mi enorme sombra.

—¿Y si no quiero lograr mi objetivo? —me pregunta a mi espalda mientras meto la llave en la cerradura de la puerta de mi casa—. ¿Y si quiero gastármelo todo en unas vacaciones? O a lo mejor decido quedarme en Providence de forma indefinida.

Sus palabras me hacen sentir varias cosas. Mi corazón se infla de esperanza, por supuesto. Mi cabeza se encarga de desinflarlo de inmediato.

—No estés tan seguro de que este lugar vaya a existir de forma indefinida. Tengo menos esperanzas con cada día que pasa.

—Me retiraré a vivir aquí —insiste él.

—¡De eso nada! —Abro la puerta, entro en la casa y dejo caer sobre el sofá lo que he comprado en la tienda de ropa de segunda mano; por una vez, no entra tras de mí—. A veces es muy duro ser la parte que deja a un lado el egoísmo —refunfuño en voz baja.

Miro hacia el patio y le veo allí, con la luna llena tiñéndole el pelo de plata. Parece una pesadilla erótica, una silueta negra que debería hacer que me dieran ganas de echar a correr; está sentado en una silla, sus largas piernas están extendidas formando un ángulo; un regazo ha tomado forma, pero sería complicado sentarse en él. La idea me perturba y agradezco el amparo de la oscuridad. Estoy dirigiéndome hacia la puerta para cerrarla cuando él habla de nuevo.

—¿Crees que soy un asunto que has dejado zanjado?

—Eh… —¿Cómo diantres se supone que debo responder a eso?

—Porque tú no eres un asunto zanjado para mí.

¿Este es ese tono de voz especial, ronco y manipulador que se le da tan bien poner cada vez que quiere algo de mí? Pues ahora lo está usando en su más pura expresión. Pierdo el equilibrio, se me ha desencajado una rodilla. La culpa la tiene esa dichosa voz.

—Es muy tarde.

—Yo estoy convencido de que todavía no hemos hecho todo lo que podemos. —Desliza la mano por su muslo y le da unas palmaditas—. Ven aquí a por tu beso de verdad.

Está claro que él es una tentación que me ha sido enviada para ponerme a prueba, porque ¿cómo es posible resistirse a semejante ofrecimiento?

—Quiero que me hagas lo mismo que en el probador —añade él—, pero durante más tiempo y con más ardor. Y que… enredes mi pelo alrededor de tu mano. —Sus piernas se mueven con nerviosismo—. Voy a meter una mano en el bolsillo de tu rebeca. Muy, pero que muy lentamente.

—¿A qué viene todo esto? —Mis pies me acercan un poco más a él.

—A que te he saboreado por un momento. Y estoy siendo el valiente, tengo claro que vas a entrar en tu casa y te pasarás la noche entera complaciéndome.

—Me gustaría saber qué se siente al ser tan arrogante. —Me doy cuenta de que le he sorprendido—. No he conocido a nadie en toda mi vida que estuviera tan seguro de ser irresistible.

—Irresistible para ti.

Yo no le hago ni caso.

—¿Será por cómo te criaron? Tienes cuatro hermanas, ¿verdad? A lo mejor eras el niño mimado al que colmaban de atenciones, y te sientes raro cuando alguien no te presta toda la atención.

El silencio que cae ahora sobre el patio es absolutamente lacerante.

—No conocí a mis hermanas hasta los ocho años; así que no, no creo que lo mío sea un problema psicológico. Pero lo consultaré con mi terapeuta por si acaso. —Sus ojos van agudizándose, siento la peligrosa presión de su mirada a través de la ropa—. No soy más que un tipo normal y corriente al que le gusta besarte. Y estaba ofreciéndome desinteresadamente para que puedas desmelenarte y ser todo lo egoísta que quieras conmigo.

Me esfuerzo por no dejarme distraer.

—Creía que tenías tres hermanas de padre y madre, y que Rose era hermanastra.

—Todas son mis hermanas por parte de padre —me lo explica con paciencia, como si fuera una tontorrona—. ¿No encontraste ese dato cuando investigaste a mi padre por Internet? Las cuatro son de su primer matrimonio, el que podría decirse que yo destrocé.

—No le investigué… Vale, sí, lo hice. Perdón. No sabía lo de tus hermanas.

—Estoy haciéndome una idea bastante buena del tipo de persona que crees que soy. El niñato rico y consentido de la familia Prescott, que se pasa el día haraganeando a la espera de heredar, que necesita ser el centro de atención.

—No dejas que me acerque lo suficiente como para comprender quién eres de verdad. Se te da muy bien lo de evitar hablar de ti mismo.

Él continúa como si no me hubiera oído.

—Ojalá pudieras tener una segunda primera impresión de mí, pero no se me ocurre cómo conseguirlo.

—Tú me tomaste por una señora mayor, y me da miedo pensar que esa primera impresión que tuviste de mí dio en el clavo. Por eso estoy esforzándome tanto por ser una chica de veinticinco años. Dime por qué vas a ver a la terapeuta, ¿por tu familia?

—Sí, claro que sí. De niño no tuve a nadie que me quisiera del todo y ahora tengo este jodido acto reflejo de hacerme querer por todo el mundo. A ti también te lo he hecho, es como decir «¡ámame!» —sigue hablando sin saber que esas palabras me atraviesan como una piedra que cae al agua—. Soy consciente de lo que hago y quiero ser distinto contigo.

—Anhelas tanto tener tu propio estudio de tatuajes porque… —Dejo la frase en suspenso y él vuelve a darse unas palmaditas en la pierna—. No, respóndeme. Tengo claro que no es por poder añadir algo a tu currículum, que hay algo más. Quieres conseguirlo para Navidad porque…

Él es incapaz de aguantar el silencio que se crea.

—Quiero ver la cara que pone Rose cuando se lo diga.

—Ah. —La mayoría de los hombres se pasan la vida trabajando para intentar demostrarle algo a su padre, pero Teddy está intentando desesperadamente impresionar a su hermana—. ¿Ella es la única persona a la que nunca has podido encandilar?

—Exacto. A las otras tres, Poppy, Lily y Daisy, les parezco un idiota que no tiene remedio, pero me quieren. Rose me ve como un vagabundo que no tiene ningún talento. Me detesta por lo que le hice a su familia.

—¿El qué?

—Nací y, a partir de ahí, todo se fue a pique.

Es como si él me hubiera rodeado con una cuerda invisible con la que va tirando de mí, con la que va acercándome poco a poco y sin hacer ningún esfuerzo consciente. Ahora estoy parada entre sus botas, yo creo que este hombre tiene poderes.

—En cuanto al beso que nos hemos dado en el probador... Eso no ha sido un beso normal y corriente. Tengo cientos de besos a mis espaldas y ese se lleva la palma. Por favor, no me pidas que hable de los asuntos familiares. —Su voz se suaviza y, no sé por qué, pero se me llenan los ojos de lágrimas—. Bésame otra vez.

Poso los nudillos bajo su mandíbula y empujo con delicadeza para que eche la cabeza hacia atrás. Le brillan los ojos y su lengua asoma entre sus labios para humedecerlos, y por un momento creo que es más de lo que puedo soportar. Tengo que pedirle que haga algo que es muy importante para mí.

—Cuando te marches, no lo hagas de golpe, ¿vale? Hazlo con mucha delicadeza, por favor.

Él asiente y ahora tengo en este pequeño patio todo cuanto deseo: una pareja dispuesta a compartir conmigo este viaje de exploración en el que quiero embarcarme; alguien que siente afecto por mí, que me mantendrá a salvo y que se asegurará de que no me duela demasiado cuando siga adelante con su vida y yo quede atrás. Ninguno de los hombres que podría encontrar en Internet o en alguna aplicación me ofrecería tantas garantías.

Nos besamos y siento una sensación de alivio, como cuando cierras la puerta de tu dormitorio y te apoyas en ella después de una jornada de pesadilla. Todo es muy simple ahora, estamos dejando que nuestros cuerpos actúen según su voluntad. Este es uno de esos besos que te arrancan un gemido ronco de lo más profundo. Intento pasarle una pierna por encima del muslo, pero me veo entorpecida por mi propio recato porque la falda que llevo puesta es demasiado ajustada. Me la subo hasta medio muslo y, agarrándome a su clavícula y a la hebilla cuadrada de su cinturón para equilibrarme, me siento a horcajadas sobre su regazo. Él no estaba preparado para ninguna de las dos cosas.

Hundo por fin las manos en su pelo, mi mundo entero se centra en esta aterciopelada y fresca cascada. El gemido que se me escapa es un poco humillante, la verdad, y él se ríe contra mi boca.

—Mi pelo te pone a mil, ¡lo sabía! —me dice al inhalar aire, y yo beso esa sonriente boca hasta que su consiguiente exhalación penetra en mi interior.

Tiene razón en lo que dice. Deslizo los dedos por la espesa y sedosa cabellera negra, le rasco el cuero cabelludo, cierro el puño y tironeo. Esto último le afecta sobremanera, la tortura de ese suave tirón le arrebata el aliento. Descubro que me gusta excitar a Teddy Prescott, me gusta mucho, y tengo que echarme un poco hacia atrás para ver cómo va progresando la cosa. Tiene los ojos brillantes, salpicados de verde y ámbar.

—Me encantan tus ojos, son como el caparazón de una tortuga —le digo con toda sinceridad.

Siento un nudo en el estómago al ver la cara de sorpresa que pone, ¿acaban de causarle mis palabras una fuerte emoción?

He encontrado a alguien a quien puedo confiarle mi persona, y decido dejar a un lado ese escudo de cautela que debo mantener en alto cuando estoy con él para protegerme de su peligroso encanto. Aguanté firme más tiempo que nadie, de eso puedo estar segura. Miro ese perfecto labio inferior, pienso en cómo se alza siempre para dibujar una sonrisa traviesa, procedo a besarlo y a chuparlo.

Hablando de dientes, Teddy los tiene blancos y muy bonitos. Aprieto la lengua contra su incisivo solo por sentir ese dolor. Él me permite tener un nivel de acceso que jamás pensé que podría desear; deslizo la lengua contra la suya, todo es húmedo, intenso, suave.

Pelo, boca y dientes… Añado también la piel mientras sigo en esta deliciosa caída libre tras lanzarme de cabeza a la órbita de Teddy. La piel de los hombres es muy distinta a la de las mujeres, eso es algo que estoy descubriendo al posar las manos en su mejilla y sentir el cosquilleo de su barba incipiente en los dedos, al ir bajándolas por su cuello. Es una piel más gruesa y cálida que la mía, y no pasa nada si araño con cuidado o mordisqueo ligeramente.

Noto cómo abre bien las manos contra mí, me aprieta con más fuerza como si estuviera sufriendo por no acariciarme por todas partes.

—Si me acaricias, perderé el control —digo contra su cuello, justo antes de encontrar su pulso—. Qué halagador —comento en voz baja al ver lo acelerado que lo tiene. Abro la boca para saborearlo, y Teddy emite un sonido que es puro sexo. Ahora entiendo a los vampiros. El cielo se extiende sobre nuestras cabezas, negro y salpicado de estrellas que parecen granitos de pólvora.

—Ruthie…

Oigo una pequeña advertencia en su voz, flexiona las manos contra mi cuerpo. Yo respondo en tono de súplica.

—Solo un poquito más, estoy disfrutando de lo lindo.

Me dispongo a unir de nuevo nuestros labios, pero él posa una mano en mi mandíbula para detenerme.

—Ahora me toca a mí —me dice antes de mover una mano.

Noto un suave tirón en el hombro y me doy cuenta de que ha metido la mano en cuestión en el bolsillo de mi rebeca. Me río contra su boca, pero no se me permite hacerlo por mucho tiempo. Hay varias cosas que Teddy quiere que haga.

Quiere que yo acepte con atenta gratitud todo cuanto él va dándome. Debo decirle lo guapo que es cada vez que muevo la boca contra la suya; me estremezco y me derrito con cada cambio de ritmo, cada vez que ahonda aún más de forma inesperada. Es como si estuviera dibujando sobre mi cuerpo. Con delicadeza, marcando apenas las formas, trazando líneas más oscuras, apretando con más fuerza en la página, ensombreciendo de nuevo los bordes… Nos adentramos en una inmensidad que no me asusta en absoluto, mis manos están intentando encontrar las costuras de su ropa.

—Tranquila, con calma —me dice con voz suave antes de soplar una bocanada de cálido aliento contra mi cuello.

Tengo la impresión de que no soporta la idea de apartar su boca de mí. Y resulta que estoy en lo cierto… Desliza la lengua por mi piel, me da un chupetón seguido de un mordisquito. Si quiere hacer eso por todo mi cuerpo, por mí genial.

—Ruthie, ¿qué demonios…? —alcanza a decir sin apenas aliento mientras me mordisquea el hombro—. ¡Ummm…! ¡Qué delicia! —Está como embriagado, arrastra las palabras con voz ronca.

El hombro de mi rebeca interrumpe su avance, así que se lo mete entero en la boca de un bocado. Se me escapa una carcajada que reverbera entre los muros de piedra del patio.

—No te comas esta rebeca, por favor. La necesito.

—No lo haré —me contesta, antes de bajar las manos por mis costados.

Me pongo totalmente rígida al notar que agarra el bajo de mi falda, ¿qué bragas llevo puestas? Unas sencillas de algodón blanco. Teddy se levanta de la silla, me sostiene unos segundos para asegurarse de que me tengo en pie y se parapeta tras la mesa del patio para poner una barrera física entre los dos.

—¡Perdona! —exclama a toda prisa—, ¿lo ves? ¡Siempre me dejo llevar! —Tiene las mejillas encendidas, le brillan los ojos, la tinta de los tatuajes que tiene en los brazos contrasta con el oscuro sonrojo, las venas resaltan mientras aprieta los puños.

—No, no digas eso. No has hecho nada malo, es que estaba acordándome de que la ropa interior que llevo no es nada sexi. —Tengo que demostrar que no estoy locamente enamorada de él, pero lo que digo a continuación es tan brutalmente sincero que me arrepiento de haber abierto la boca cuando las palabras están saliendo aún de mis labios—. Ha sido el mejor beso de toda mi vida.

—En ese caso, ¿por qué tienes esa cara de culpa?

—Es que me parece que he sido demasiado intensa. —Conforme voy repasando lo que acabo de hacerle, los sonidos que he hecho, empiezo a sentirme muy cortada.

—¡Eh! ¡No tienes nada de que avergonzarte! Eres increíble.

Con qué amabilidad me lo dice; por otra parte, así es como empieza una frase que las chicas como yo oímos cada dos por tres: «Eres increíble, pero quiero que solo seamos amigos».

—¿Me he lanzado con demasiado ímpetu?

Teddy se echa a reír y saca sus llaves.

—Soy mayorcito, puedo lidiar contigo. Pero será mejor que nos detengamos aquí. Cierra tu puerta antes de que entre en tu casa tras de ti.

22

La cuarta semana del Método Sasaki comienza en breve y todo este asunto ya no me importa lo más mínimo, pero debo evitar a toda costa que Melanie y Teddy se den cuenta porque todavía me queda algo de orgullo y quiero conservarlo. Es viernes por la tarde y los tres estamos tumbados junto al lago, con una caja vacía de *pizza* en medio. A TJ se le permite pasear entre la hierba cercana al borde de la manta que hemos traído para el pícnic, pero siempre bajo la atenta mirada de su padre.

—Llevo toda la semana mensajeándome en tu cuenta de MatchUp con tres chicos muy majos —dice Melanie—. No hay fotos de pitos ni príncipes extranjeros, ninguno ha solicitado una transferencia de dinero por Western Union ni que le envíes una foto desnuda. Yo creo que tenemos unos buenos contendientes.

—Ese listón está tan bajo que ni TJ podría pasar por debajo —comenta Teddy con sarcasmo mientras alarga la mano para girar noventa grados a su tortuga.

Nuestras miradas se encuentran y sus mejillas se tiñen de un rubor rosado que recuerda a un atardecer. Siempre he dado por hecho que sería yo quien se volvería tarumba si nos besábamos, pero ha ocurrido lo contrario. Yo he mantenido la calma y la compostura, pero él está tan aturullado que ha estado...

• Dejando caer bolsas de comida que ha traído el repartidor.

• Chocando con setos, luchando por sacudirse de encima telarañas, resbalando con cacas de pato.

251

- Quedándose alelado en medio de las conversaciones hasta tal punto que Renata le ha acusado de robar medicación.

Y eso es lo que provoca que el corazón esté latiéndome aceleradamente en el pecho durante todo el día, el hecho de que Teddy esté comportándose de forma tan extraña porque es incapaz de recobrarse del beso que le di. Y soy la única que sabe lo que le pasa.

—¡Lárgate si vas a ponerte negativo! —le espeta Melanie—. En fin, Ruthie, estamos en la cuarta semana y ha llegado el momento de que tomes las riendas de tu cuenta de MatchUp. Aquí tienes tu nombre de usuaria y la contraseña.

La información se me entrega con toda ceremonia, impresa en la parte superior de la ficha de trabajo donde se detalla la actividad de esta cuarta semana. Hago un resumen en voz alta del objetivo a conseguir.

—Objetivo: una cita en la Cúpula del Trueno. Metodología: flirtear al mensajearse y chatear con dos chicos, puntos extra por flirtear al charlar con dos de ellos en carne y hueso.

—Yo no puedo dejar de pensar en ti. ¡Ya tienes a uno en el saco, preciosa! —dice Teddy.

Levanta una mano para chocarla conmigo, pero no puedo hacerlo. Melanie me da demasiado miedo como para correr ese riesgo.

—¿Qué pasa? Soy un chico, ¿no? —refunfuña él mientras baja la mano.

Me mira a los ojos y retrocedemos en el tiempo. Estoy sentada a horcajadas sobre él, le beso hasta que contiene el aliento y sus manos se tensan contra mi cuerpo…

—¡No, no lo eres! —le contesta Melanie, que está harta—. Siempre estás intentando entorpecer esto para seguir siendo el centro de atención, ¡me tienes hasta las narices!

Tiene junto a ella un montoncito de libros que supongo que usa como material de referencia. Por poner algunos ejemplos:

- *Amor verdadero y astrología.*

- *El aura individual, el aura de la pareja.*

- *Cristales para la buena suerte, el amor y la energía sexual.*

- *Los mejores nombres para tu bebé.*

El último me preocupa bastante y está lleno de marcadores de color morado.

—Te advertí que no te aceleraras demasiado —le recuerdo mientras saco el libro del montoncito.

Teddy se queda boquiabierto al leer el título en el lomo, y exclama con voz queda:

—¡Pero qué diablos...!

—¡No, no es eso! —nos asegura Melanie—. Estoy buscando los nombres de los chicos con los que estoy mensajeándome por ti.

Abro el libro por uno de los marcadores y le echo una ojeada a la página para ver si encuentro alguna pista. Veo una marquita a lápiz junto a uno de los nombres y leo en voz alta lo que pone.

—«Paul. Pequeño, humilde, contenido».

—Decidí que no era una buena opción para ti —me dice ella.

—A ver si lo entiendo: ¿estás eligiendo posibles candidatos para mí en base al significado de su nombre?

Ella asiente como si eso no fuera muy, pero que muy raro.

—Mi preferido de todos los que he visto en MatchUp es Brendan, que significa «espada». Sexi, ¿verdad?

Teddy se tumba de espaldas en la manta y maniobra hasta apoyar la cabeza en mi regazo. Un pequeño apunte: hoy me he puesto unos vaqueros nuevos bastante ajustados. Sí, para ir a trabajar. En viernes. Y Teddy se ha puesto un poco tímido al verlos, el mismo Teddy que en este momento tiene su pesada cabeza apoyada en mis piernas y que alza la mirada hacia el libro de nombres de bebé que tengo en las manos.

Apostaría mil millones de dólares a que sé lo que va a decir, ¿qué más cabría esperar de alguien que está tan enamorado de sí mismo? Ya estoy buscando su nombre en el libro cuando me pide desde mi regazo:

—Dime lo que significa Ruthie.

Mil millones de dólares tirados a la basura. Me quedo mirándole sorprendida mientras él alarga el brazo hacia el borde de la manta para girar de nuevo a TJ. Yo creo que este quiere seguir caminando y que podría hacerlo sin ningún problema, pero Teddy cuida con esmero a su pequeño amigo; de hecho, la canción que solía oírle berrear en la ducha ha cambiado de letra y ahora trata sobre tortugas y caparazones. Incluso llegó a preguntarme si podría quedarse con TJ: «Fairchild está muy cerca del Zoo de Reptiles, veinticinco minutos escasos. Podría dejarlo allí mientras trabajo, como en una especie de guardería. Oye Ruthie, ¿te habías dado cuenta de lo cerca que voy a estar?».

—Ya sé que parece una locura —dice Melanie—, pero yo creo que el nombre de una persona es muy significativo. Melanie, por ejemplo, significa «negro». ¡Mirad esto! —Alza su propia coleta negra a modo de prueba—. He descartado a varios aspirantes que no han pasado a la siguiente ronda. Había uno cuyo nombre significaba «lechero», ¿os lo podéis creer?

Pienso en todos los posibles candidatos que debe de haber borrado.

—Para mí ya es una suerte que haya alguien que quiera mensajearse conmigo, ¿y tú vas y descartas al tal Paul porque su nombre significa «pequeño»? ¡A lo mejor mide más de dos metros! —Por el rabillo del ojo veo que Teddy estira las piernas—. Podría ser mi alma gemela, ¡y tú tomas una decisión basándote en el significado de un nombre!

—Qué va, se lo pregunté y apenas mide metro sesenta —alega ella.

Teddy me arrebata el libro y mis manos caen en mi regazo y en su pelo. Melanie no parece haberse dado cuenta, así que decido desenredar un gran mechón que está hecho un desastre. Es como tejer, una actividad repetitiva y relajante con la que me entretengo al final de la jornada en el sofá mientras *Un regalo del cielo* me llena de esa especie de cálida y cómoda nostalgia.

Pasar los dedos por el pelo de Teddy es adictivo, podría pasarme horas haciéndolo.

Él se pone a hojear el libro.

—Aquí está la R, a ver… Rhiannon, Rhonda, Rose —se traba un poco con ese—, Rowena, Rukmini, Ruth. —Lee la definición y baja el libro—. Asombroso. Oye, Melanie, podrías escribir una secuela del Método Sasaki centrada en cómo hacer un cribado de tus posibles parejas basándote en el significado de los nombres. Ahora sí que me lo creo.

—Ya tengo pensado el título: *El significado Sasaki* —contesta ella, muy ufana.

—¡Madre mía! —Teddy y yo lo decimos al unísono, perfectamente sincronizados y con tono de incredulidad.

—Dinos qué pone, ¿qué significa Ruth? —Está lista para soltar alguna gracia, lo veo venir.

En otros tiempos, me habría cerrado en banda al ver venir esta inminente bromita a mis expensas, pero ahora estoy sonriendo. Estoy teniendo otro de esos momentos surrealistas en los que me cuesta creer lo que estoy viviendo: amigos, pícnic, lago, puesta de sol.

Melanie suelta su bromita.

—Espera, déjame adivinar… ¡Ruth significa «administradora»!

—¡No, significa «jefa»! —contraataco yo antes de lanzarle un trozo de corteza de *pizza* a la cabeza.

Teddy comienza a leer lo que pone en el libro:

—«Ruth». —Me lanza una enorme sonrisa que me llega al corazón—. «De buen corazón. Amiga o pareja compasiva».

—Vaya, qué sexi —comento con ironía.

Desde este ángulo puedo ver con claridad que ha terminado de leer la descripción, pero él sigue.

—Un ser sublime de ojos marrones, de suaves y profundos bolsillos en la rebeca; le gustan los baños de espuma; se lanza de cabeza a la piscina; proveedora de queso; resplandece bajo la luz crepuscular; un regalo del cielo.

Es la descripción más bonita de mi persona que he oído en toda mi vida. Paso la mano por su hermoso pelo.

—Eso es más interesante que el significado original. No solo soy una Ruth, también soy Virgo. Menuda cruz.

—Tú eres Leo, Teddy —apostilla Melanie—. La cosa no podría ser más obvia. Mira al león, repanchingado mientras la virgen le acicala.

No puedo evitar echarme a reír.

—¡Ay, te has acercado demasiado a la realidad! —Veo en los ojos de Mel la pregunta que no se atreve a hacer—. Perdí la virginidad la noche de mi fiesta de graduación, y esa fue la última vez que tuve sexo. Teddy ya lo sabe.

—Después de una sequía tan larga, te permito tener una aventurilla durante el transcurso del Método Sasaki. —Nos observa en silencio y aprieta los labios. Mis manos siguen hundidas entre los sedosos mechones, las interminables piernas de Teddy están extendidas con abandono—. Pero tiene que ser con un desconocido, no con este de aquí. Por cierto, Theodore, ¿qué significa tu nombre?

—Adivina.

Si lo que espera son cumplidos, va a llevarse una decepción.

—Vagabundo —digo yo.

—Osezno —dice Melanie.

—Piernas largas. —Yo otra vez.

—Desastre con patas. —Ella.

—Sí, un completo desastre. —Yo.

—Niñato rico.

Él se ríe y nos detesta.

—¡Cerrad el pico las dos! Estáis muy equivocadas, me pusieron el nombre perfecto para mí. —Alarga una mano y vuelve a girar a TJ hacia nosotros.

Yo busco la T en el libro y leo en voz alta:

—Theodore... ¡No puede ser! —Cierro los ojos—. «Regalo de Dios».

Las carcajadas de Melanie resuenan por la colina.

—¿Crees que soy un regalo de Dios? —me pregunta él mientras ajusta su posición sobre mis muslos para acurrucarse un poquitín más arriba—. Gracias, Ruthie, siempre haces que me sienta bien conmigo mismo.

—Volvamos al tema que nos ocupa, hacer que Ruthie se sienta bien consigo misma —le dice Melanie en un tono de advertencia—. ¡Abra usted la aplicación, señorita Midona! Vale, ahora ve a los mensajes; básicamente, los tres de arriba son los que podrían convertirse en tus futuros maridos.

—¿Con cuántos chicos has estado mensajeándote en mi lugar? —Voy desplazándome hacia abajo por la pantalla, sigo y sigo bajando—. ¡Esto es una locura! ¿Cuánto tiempo has pasado haciendo esto?

—He estado surcando los mares por ti —se defiende ella—, ¡tendrías que estar dándome las gracias! Ese tan sexi de las gafas, Christopher, ha preguntado si quieres quedar con él para tomar un café.

Se oye un gruñido de oso procedente de mi regazo.

—¿Cómo he conseguido tantos candidatos? ¿Retocaste mi foto? ¿Pegaste mi cabeza a un cuerpazo con bikini? —Pues no, no es más que la foto que Teddy me hizo apoyada en mi mesa. El halago prende en mí una inesperada sensación, agradable y cálida—. Vaya, qué curioso.

—Unos desconocidos te hacen sentir más halagada que yo en todo este tiempo —refunfuña Teddy.

—Porque ellos no van detrás de mi contraseña del wifi —le digo mientras le borro con las yemas de los dedos la arruguita que se le ha formado al fruncir el ceño.

Mel recuerda algo de repente.

—Oye, ¿dónde está esa vieja moto destartalada que tenías? Ya no está en el patio.

—Debe de tenerla en su cama, con el manillar apoyado en la almohada. —Cada vez que consigo hacerle sonreír, me siento como si acabara de ganar algo.

Ella me arrebata mi móvil y se pone a escribir algo.

—Elegiremos a Brendan si te parece bien… ¡Tú no tienes ni voz ni voto! —añade al ver que Teddy abre la boca para objetar. Mira la pantalla y sonríe—. Ha respondido al momento, está muy interesado. El jueves que viene. Yo también tengo una cita, podemos ir las dos a la Cúpula del Trueno y estaré pendiente de ti desde cierta distancia.

—Me parece bien. —También me parece aterrador.

Mel le echa un vistazo al reloj.

—Uy, ya se está poniendo el sol. Tengo que irme. Léete bien la ficha de la cuarta semana, chatea con algunos chicos en MatchUp. Y sal a flirtear con algunos de carne y hueso, aunque sean ratones de biblioteca. Lo único que te pido es que practiques un poco con alguien que no sea Teddy. Y entonces concretaremos la cita del jueves.

—Puede practicar conmigo siempre que quiera —afirma Teddy, que remolonea antes de volver a acurrucarse en mi regazo.

Mel lo mira con una sonrisa amenazante.

—Disfruta de ese regazo mientras dure, chaval.

—Pienso hacerlo —contesta él, empleando el mismo tono falso.

Melanie recoge todas sus cosas (el proceso requiere un tiempo considerable) y, mientras se aleja con un cielo teñido de rosa crepuscular como telón de fondo, se despide con un último comentario:

—¡Adiós! ¡Teddy, tienes que prepararte para dejarla ir!

—¡Mira por dónde pisas! —le contesta él, apoyado en un codo y cercando a TJ con una mano—. No me ha hecho ni caso, va a tropezar —murmura para sí antes de tumbarse sobre mi regazo con un gemido.

Levanta la mirada y… ¡zas! Deslumbramiento total, es lo que pasa cada vez que nuestros ojos se encuentran. La semana que viene tengo una cita con un tal Brendan. No, creo que es Brandon. El de la espada. ¿Cómo puedo pensar en otro chico teniendo encima a este?

—Las Parloni y yo vamos a ir a un sitio este domingo, ¿te apuntas? —Frunce ligeramente el ceño y se humedece los labios con la lengua, se le ve un poco nervioso.

—¿A dónde vais?

—Alistair piensa ir al nuevo local para ver cómo van las reformas, me lo mencionó como si creyera que no me interesaría ir. Así podré matar dos pájaros de un tiro, Renata podrá consultarle cuánto costaría el tatuaje del amor verdadero y ver si él accede a hacérselo. Por fin dejará de darme la lata con ese tema. En fin, ven con nosotros. Ellas se quedarán dormidas en los asientos traseros del coche, tú y yo podríamos escuchar un podcast sobre *Un regalo del cielo* que he encontrado.

Sabe cómo tentarme.

—Con lo que pasó la última vez, lo de la alarma, no creo que pueda ir. —Veo la decepción que se refleja en sus ojos, pero asiente y dirige la mirada hacia el lago sin decir palabra. Actúo como si hubiera protestado—. ¿Cómo quieres que me vaya sin más?

—Arroparé a cada residente en su camita, pondré un escudo de fuerza protector sobre Providence. —Me mira de nuevo y el corazón me da un brinco; me muero cuando murmura—: Me aseguraré de que todas las puertas estén cerradas con llave, te cargaré sobre mi hombro y te meteré en el coche. Será tarea fácil.

—Sigo sin comprender por qué me necesitas a mí.

—La idea de ver a Alistair me tiene nervioso, y quiero fardar y enseñarte la sala que usaré en el estudio. ¿Que por qué te necesito a ti? Qué pregunta tan absurda, te necesito siempre. —Vuelve a tener esa arruguita en el entrecejo—. ¿Qué crees tú que está pasando aquí? —Hace un gesto impreciso que nos rodea a ambos y el corazón se me desboca por los nervios.

Me giro a mirar el hermoso paisaje que tenemos como telón de fondo y de repente veo algo: una tortuga de caparazón dorado viene hacia nosotros. Me asusto al ver que tiene algo rojo y me relajo al darme cuenta de que no es sangre, sino tinta permanente.

—¡Anda, si es la Número Uno! Teddy, es mi primera tortuga.

—¿Nunca olvidas una cara? —Me mira sonriente desde mi regazo y añade para sí mismo—: Qué preciosidad de chica.

Me inclino para agarrar a la tortuga. Ahora es un chico sano y grande como un libro de tapa blanda, que patalea y protesta con vigor al verse lejos del suelo de buenas a primeras. Bajo la mirada hacia Teddy e intento reprimir una sonrisa al ver lo fascinado que está.

—Voy a disfrutar un poco de la compañía de este muchachote. Puede parecer raro, pero quién sabe cuándo volveré a verlo.

—Adelante, disfruta de tu momento.

Yo comienzo a hablar con el animal, que me lanza una mirada de basilisco.

—Número Uno, cuando te recogí no tenía ni idea de cómo cuidarte, pero gracias a ti me di cuenta de que podía ayudar sin necesidad de ser veterinaria. Me diste esperanza. Tú fuiste quien hizo que todo cambiara para mí, y espero que volvamos a vernos de nuevo algún día. Espera un momentito…

Lo dejo con delicadeza sobre la manta, le hago unas cuantas fotos y me pongo a rebuscar en mi bolso. Le mido el diámetro del caparazón con el cable de mis auriculares, que marco entonces con una horquilla.

—Registraré lo que mide en su ficha.

Lo suelto y Número Uno se marcha con paso indignado.

—Lo más duro es dejarlas ir. Fui muy descuidada, tendría que haberme dado cuenta de que el rotulador desteñiría. —Mientras me limpio las manos con gel hidroalcohólico, me pregunto si debería aprovechar que ha salido el tema para convencerle de que suelte a TJ—. Ahora ese ser tan único y excepcional estará marcado de por vida por mi culpa.

La combinación de palabras que he escogido suena como un hechizo mágico bajo este cielo de tonos rosáceos y púrpuras. Estando aquí, con el peso de este hombre sobre las piernas, me embarga una melancolía que me toma por sorpresa. Y él lo nota, como siempre. Porque lo compartimos todo.

—No eres descuidada. —La seguridad firme y serena con la que lo dice es un bálsamo que sana esa pequeña fisura que se me había hecho en el corazón—. Ahora mismo estamos rodeados de tu duro trabajo y tu dedicación, de tu generosidad. Tu impronta está por todas partes. —Mira su brazo tatuado, y entonces alza la mirada hacia el cielo con un suspiro—. Ojalá pudiera tener aunque fuera una ínfima parte de tu valía como persona, a veces pierdo toda mi compostura cuando me miras. Es que tienes cierta mirada que... me deja fuera de combate.

—No soy tan maravillosa —lo digo tan seria que le hace gracia y se echa a reír—. Teddy, eres una buena persona, eso te lo garantizo. Eres muy vanidoso, pero tienes motivos para ello. —Deslizo los dedos entre los sedosos mechones negros—. Y has hecho algo que no había hecho nadie.

—¿El qué?

Sus ojos brillan como estrellas. Me cuesta creer que tenga aquí, apoyado en mi regazo, a este ser tan único y excepcional. Va a romperme el corazón cuando le vea marcharse y perderse entre las sombras de la noche.

—Te quedaste más tiempo que ningún otro. —Me inclino para darle un beso en la frente—. Te quedes el tiempo que te quedes, me alegra haberte tenido aquí. No hay nadie en este mundo que pueda compararse a ti. —Le encanta oír esas palabras, espero que sea porque proceden de mí. Pero ahora debo decirle algo que puede dolerle—. ¿Crees que llegó el momento de dejar ir a TJ?

Teddy mira de reojo a su tortuga, a la que mantiene al alcance de la mano en todo momento.

—No creo que esté listo para eso.

—Creo que tiene que reemprender su camino, tal y como ha hecho Número Uno. Y como harás tú dentro de poco.

—Siempre hablas como si estuvieras despidiéndote de mí. Otras chicas me han hablado como si fuera a quedarme de forma permanente, y me daban ganas de levantarme y largarme a toda prisa. Pero esto es peor. —Sus ojos escudriñan los míos.

—¿En qué sentido? —Voy pasando los dedos entre los sedosos mechones, y al no encontrar ningún nudo me doy cuenta de que llevo un rato limitándome a acariciarle—. No pasa nada, siempre he sabido que te irías.

—El que tú des por hecho que me voy a ir me hace sentir… picazón. —Se lleva un dedo al pecho y yo le rasco a través de la camiseta de forma automática. Se echa a reír, está triste—. Siempre estás intentando darme cosas, deja de hacerlo. No merezco que me rasques, es una delicia.

Se incorpora hasta ponerse de rodillas, y la pérdida de su peso sobre mi regazo es tan horrible como yo esperaba. Levanta a TJ y le dice con voz suave:

—Ruthie cree que estás listo. —Me mira a mí—. ¿Seguro que no puedo llevármelo? Le cuidaría perfectamente bien.

Yo me arrodillo también antes de contestar.

—Eso ya lo sé. Pero tiene que encontrar esposa… o marido, no tengo claro que sea un macho. Este es su hogar, dudo mucho que vivir en una pecera en tu nueva casa pueda compararse con este lugar.

Contemplamos juntos la bóveda celeste que está formándose sobre nuestras cabezas conforme el sol va descendiendo más y más. El cielo se ha teñido de mil tonalidades de púrpura, nos acaricia una ligera brisa; inhalo y saboreo los distintos olores… Huele a polen y al perfume de Renata (el pobre Teddy está rociado con él, lo llama «Rencorosa Número Cinco»); y también al lodoso margen del lago y a la lana de la manta. Providence está a salvo, protegida en el interior de esta cúpula salpicada de estrellas, y puede que por esta noche pueda darme el lujo de descansar.

—Estoy muy cansada de cuidar de todo —lo confieso sin añadir ningún contexto, pero él asiente y deja a TJ en el suelo. Observamos en silencio cómo se aleja en dirección al lago—. Estoy muy orgullosa de ti. Mi primera tortuga también se fue así, sin más, y la verdad es que me sentí un poco dolida.

—Sí, te entiendo. En fin, a lo mejor tendríamos que irnos ya a casa. ¿Has visto esos helados tan estupendos que puse en el congelador? ¡Me muero por comer uno!

Habla como si viviéramos juntos desde siempre, acurrucaditos juntos bajo una manta.

Y sí, ya sé que las cosas no son así, pero cuánto me gustaría tener un gran recuerdo, uno atrevido y apasionado en el que poder cobijarme cuando vuelva a quedarme sola. Estamos el uno frente al otro, arrodillados, lo bastante cerca como para tocarnos.

Tengo que aprovechar este momento. Tengo que aprovechar mientras mi animal grandote y especial todavía está aquí conmigo, sobre esta manta de pícnic. Tengo que dar un gran paso, porque si me quedo quieta lo único que me quedará después será la incertidumbre de no saber lo que habría podido pasar.

—No tengo demasiada experiencia en estas cosas, pero me parece que este ambiente es muy romántico.

—Lo es. —Sus ojos se iluminan con interés—. ¿Por fin estás dándote cuenta?

Siento como si estuviera sumergiéndome en sus negras pupilas, es como si estuviera hipnotizándome.

—Podrías besarme, ¿por favor?

—Tus deseos son órdenes para mí. —Empieza a agachar la cabeza y, justo cuando nuestros labios están a punto de tocarse, añade—: Pero solo si vienes al estudio de tatuajes.

—Sí.

Y entonces se satisfacen mis deseos. Mis expectativas se cumplen con creces.

23

—¿Ya hemos llegado? —pregunta Renata desde el asiento trasero, antes de bostezar como una niña—. ¡Qué poco hemos tardado!

No, de eso nada. Ha sido un trayecto muy largo, y Teddy y yo hemos escuchado casi once entregas del podcast sobre *Un regalo del cielo*. Tengo las pantorrillas agarrotadas después de pasar tanto tiempo sentada, y me duele el estómago de tanto reírme con todo lo que dice Teddy. ¿Será legal estar tan impresionantemente guapo de perfil?

Renata intenta despertar a su hermana.

—Aggie. Aggie. Hemos llegado al estudio de tatuajes. Aggie.

Me giro en el asiento y me asusto al ver a Aggie, está apoyada contra la puerta con los ojos cerrados y la boca abierta. Renata le da unas sacudidas.

—¡Des… piér… ta… te!

Aggie suelta un profundo y seco sonido inarticulado y se endereza en el asiento. Todo el mundo respira aliviado.

—¡Creía que estabas muerta! —exclama Renata con tono acusador.

—Aún no.

Aggie no protesta mientras su hermana la colma de atenciones, y la cosa se alarga durante un largo momento. Renata le pone bien el cuello de la camisa, le da unas palmaditas en la mano… Miro por el retrovisor y veo que tiene los ojos empañados de lágrimas.

—No pasa nada, no pasa nada —le asegura Aggie una y otra vez.

—¡Me has asustado de verdad! —La voz de Renata se quiebra en un sollozo—. ¡Y mira lo cerca que estoy de hacerme mi tatuaje! ¡Habría llegado demasiado tarde!

—Pero no ha sido así.

Se inclinan la una hacia la otra hasta que sus frentes se tocan, tanto Teddy como yo estamos de más en este momento y salimos del coche. Hay algo que se me escapa, pero no sé qué es.

—¡Uff! ¡Menudo susto! —me dice Teddy—. ¿Pasas a menudo por situaciones así?

—Sí, la verdad es que sí. He encontrado a muchas personas fallecidas.

—¿En serio? —Me mira sorprendido—. ¿Cómo manejas la situación?

—Tengo una lista de control que me guía a través del proceso. —Le miro y me doy cuenta de que con esa respuesta no basta ni por asomo—. Y entonces, cuando los de la funeraria ya se han ido y los familiares del fallecido han regresado a sus respectivas casas, lloro en el cuarto de baño.

No quiero acordarme de la última vez que sucedió. Hace poco más de cuatro meses, la menudita y frágil señora Higgins no salió a abrir cuando fui a ver cómo estaba. La encontré en su cama, fría como el hielo. ¡Y he dejado que estos tres vuelvan a convencerme de que salga de Providence y les deje a todos desprotegidos!

—Cuéntame cosas de tu estudio, por favor —se lo pido con un nudo en la garganta—. Necesito que me ayudes a pensar en otra cosa.

Teddy me pasa un brazo por el hombro.

—Este es mi local. Bueno, lo será. ¿Qué te parece? El letrero lo pusieron ayer.

En la ventana de delante hay un clásico tatuaje de marinero: un ancla con un pergamino en la parte superior. Leo en voz alta el nombre del estudio:

—«Por Siempre Jamás». Es un nombre bastante romántico para un estudio de tatuajes.

—Sí, siempre me lo ha parecido. Entra tú, voy a sacar a las chicas del coche.

Entrar en un sitio así debería ser un miniejercicio del Método Sasaki, porque hacen falta agallas. Estoy en una sala de espera que está casi terminada del todo: hay un sofá negro que todavía está envuelto en plástico, un ordenador sin conectar y una vitrina repleta de joyeros vacíos. Sobre el mostrador hay fotos impresas de tatuajes y, aunque me da un poco de grima ver la enrojecida piel recién tatuada, voy encontrando los que son obra de Teddy.

—Este, este, este... —Toco cada foto con el dedo.

Me interrumpo al ver emerger a un hombre por el pasillo.

—¿Puedo ayudarte en algo? —Mira hacia la calle y ve a Teddy—. Vaya, sí que ha venido.

No me gusta ese tonito. Señalo las fotos con un gesto.

—Estaba viendo cuáles son los que ha diseñado Teddy.

—Es bastante fácil distinguir un talento así, los colgaremos en esa pared de ahí. Soy Alistair.

Es un tipo con barba, mayor de lo que me imaginaba y vestido con una camisa de franela arrugada; si a eso se le suma las manchas de pintura y la capa de polvo que tiene en el antebrazo, la verdad es que tiene más bien pinta de trabajador de la construcción.

—Soy Ruthie Midona, la vecina de Teddy.

—Ah, ¿tú eres Ruthie? —lo dice como si fuera famosa mientras nos estrechamos la mano—. Esto sí que no me lo esperaba.

—¿El qué?

—No eres lo que me esperaba. —Sus palabras me resultan muy interesantes y despiertan mi curiosidad, así que me siento frustrada cuando se distrae al ver a las Parloni tomadas del brazo de Teddy—. Vaya, no creía que aguantara ni una semana haciendo eso.

—Yo tampoco, pero pasa doce horas al día trabajando para ellas y no se queja nunca. Y ellas le dan motivos de sobra para hacerlo, te lo aseguro.

—¡Yo me encargo de enseñarle el local! ¡Esperadme! —nos grita Teddy desde la calle. El peso de sus jefas le obliga a avanzar a paso de tortuga.

—Espero que dejes de darle tanta caña —le digo a Alistair en voz baja—. Está trabajando muy duro para que esto salga bien, y quiere lograrlo con todas sus fuerzas. Hazle sentir que de verdad quieres que esté aquí, ¿vale?

Alistair me mira sorprendido, titubea, se ruboriza avergonzado y va a abrir la puerta principal.

—Llegas justo a tiempo, necesito tu opinión sobre la pintura que ha propuesto el contratista.

Teddy esboza una gran sonrisa que ilumina su rostro y entonces me mira a mí instintivamente, y estoy enamorada.

Siempre pensé que el amor sería algo dulce, plácido, pero estaba muy equivocada. Siento una desesperada y visceral necesidad de proteger su corazón, de defenderlo de todo aquello que pueda dañarlo. Más allá de los límites de Providence, el mundo es un lugar caótico y agitado lleno de decepciones y de dolor. Soy la única lo bastante cuidadosa como para tener en mis manos algo tan valioso.

—Ve a por la aguja, ¡a mi edad no se puede perder el tiempo! —le ordena Renata a Alastair.

—Acordamos que esto sería una primera consulta para ir empezando con el diseño —le dice Teddy. Al ver que ella se dispone a protestar, añade con firmeza—: No voy a hacerlo yo, así que no insista. Alistair es el mejor.

A juzgar por lo que he visto en la sala de espera, el mejor es el propio Teddy. Ojalá se diera cuenta de su propia valía. Me sorprende haber asimilado tan rápidamente esta súbita revelación de que estoy enamorada. Es como cuando me pruebo un abrigo en una tienda de ropa de segunda mano y noto que me queda bien, no me hace falta mirarme en el espejo para saberlo y me lo dejo puesto con toda naturalidad. Tengo la espalda molida después de pasar tanto rato en el coche, no sé cuántas veces podría hacer ese trayecto tan largo.

Alistair conduce a Renata y a Aggie por el pasillo hasta una pequeña sala y las invita a sentarse.

—¿Qué quiere hacerse?

—Tengo varias ideas en mente. —Renata rebusca en su Birkin y saca una libretita—. Es un tributo al amor de mi vida.

¿Habrá fallecido ya ese hombre? ¿Cuándo mantuvieron esa relación? Sé que no ha estado casada. En el vídeo de YouTube donde se la ve criticando a Karl Lagerfeld, es una joven y preciosa Aggie quien está sentada junto a ella. Existe cierta tensión entre las dos que se remonta a su fiesta de graduación como mínimo, puede que estuvieran enamoradas del mismo hombre. Me siento bastante satisfecha de mi jugosa teoría y decido compartirla después con Teddy.

—Vas a hacer realidad el sueño de su vida —le dice Aggie a Alastair—. No ha podido dormir en toda la noche, no ha parado de dar vueltas en la cama.

—Es un honor para mí. —Alastair las mira sonriente—. Tendré que examinarle la piel para ver si se puede tatuar.

—¿Por qué?

Renata se queda muy quieta, como una serpiente a punto de atacar. Pero Alastair no la conoce y sigue por ese camino.

—Usted tiene más edad que la mayoría de mis clientes, nunca he trabajado con alguien tan viejo... —Se calla al darse cuenta de que acaba de quitarle la anilla a una granada.

Teddy y yo vamos ya por la mitad del pasillo cuando se produce la detonación. Me conduce hasta una puerta que hay al fondo, la abre y entramos en una habitación amueblada con una camilla para el cliente, un mostrador y un taburete.

—Esta será mi sala de trabajo. —Pasa la mano por el mostrador—. Me gusta porque desde aquí alcanza a verse el mostrador de recepción, ¡qué ganas tengo de que mis fotos estén colgadas en estas paredes! ¿Qué te parece?

Es la segunda vez que me hace esa pregunta, y espera con nerviosismo mi respuesta.

—Es genial, Teddy. Pero todo jefe tiene un despacho, ¿dónde está el tuyo?

Eso le toma por sorpresa.

—Vaya, no había pensado en eso. Viviré en la planta de arriba, supongo que podría trabajar en la habitación que queda libre. Tengo que hablar con Alastair sobre varias cosas que quiero hacer. —Me doy cuenta de que tiene una abultada carpeta bajo el brazo—. Me informé sobre el precio del paquete informático, descargué una versión de prueba y creé una simulación de cómo quedaría. Fue idea tuya, son ese tipo de detalles los que harán que Alastair me tome en serio.

—Te tomas en serio a ti mismo, eso es lo principal. Estoy orgullosa de ti.

—¡Gracias! —me lo dice con tanta sinceridad que me doy cuenta de que es una de las primeras despedidas que vamos a tener. De repente no quiero oír sus siguientes palabras, pero él continúa—. Me has ayudado a ganar la seguridad en mí mismo que necesitaba para lograr esto. No sé cómo manejar un negocio, pero, entre Alistair y tú, sé que tendré a alguien a quien acudir cuando me surja alguna duda.

Así que estaré de vuelta en Providence, en mi mesa de trabajo, recibiendo una llamada cuando él no sepa cómo añadir un nuevo cliente a la base de datos. Y oiré de fondo a chicas guapas charlando, apoyándose en la vitrina de cristal, seleccionando los piercings que se van a poner, esperando a que cuelgue el teléfono para flirtear con él. Siempre he sido consciente de la situación, pero no puedo evitar sentirme empequeñecida. A lo largo de los años, he ayudado a muchos chicos guapos a hacer los deberes o a lidiar con las Parloni.

—¿Te molesta si espero en el coche?

Me mira abatido.

—Pero he estado esperando mucho tiempo para estar aquí, en esta sala, y quiero que sea contigo. Ven a sentarte. —Le da unas palmaditas a la camilla donde supongo que se tumban los clientes, y yo me limito a apoyar el trasero en el borde—. ¿Qué es lo que te pasa?

—Supongamos que soy una nueva clienta. —Alargo el brazo con la esperanza de que me toque.

Él se echa a reír y se acerca en el taburete con ruedas.

—Vale, nueva clienta, ¿qué es lo que quieres?

—Que me registres correctamente en tu nueva base de datos, con un recordatorio de la fecha de mi siguiente cita. Y quiero que me tatúes un azulejo.

Eso le toma por sorpresa.

—¿Por qué? ¿Qué significa para ti?

—Vi el que le hiciste a Brianna. Era precioso, me entraron celos. Así que un azulejo imaginario, por favor. —Se aleja en el taburete, agarra un bolígrafo marcador, se acerca de nuevo. Le quita el tapón al bolígrafo mientras mira mi piel con indecisión—. Venga, hazlo.

Él titubea de nuevo al observar la parte interior de mi brazo.

—No tienes ni vello ni pecas. Nada, literalmente nada. Me cuesta creer que esta piel pueda ser real. —Desliza el pulgar por ella, seguido de la palma de la mano. Mientras crea entre nosotros la cálida fricción contempla mi piel con admiración en los ojos—. ¿Cómo voy a poner un solo puntito siquiera en semejante maravilla?

—Quiero que me sorprendas. —Alzo la mirada hacia el techo y noto el frío contacto del bolígrafo—. La Ruthie adolescente está tirándose de los pelos en este momento. Está advirtiéndome que no me fíe de ti, que me vas a escribir alguna burrada en el brazo.

—De eso nada. —La fría punta del bolígrafo empieza a moverse sobre mi piel—. ¿Qué tal va la evaluación de Providence?

Yo cierro los ojos, me canso solo con pensar en ese tema.

—Me da la impresión de que Rose no está satisfecha con nada de lo que le he entregado. Cada vez que le envío algo, me pregunta que dónde está lo que falta. Me parece que no entiende que se trata de una oficina muy pequeña, así que es probable que las cosas sean mucho más simples que lo que ella suele manejar. Lo estoy haciendo lo mejor que puedo en ausencia de Sylvia.

—La filosofía de vida de papá es «La vida es cambio», y la de Rose es «¿Dónde está lo que falta?» —murmura él. El bolígrafo se detiene por un momento y juraría que noto cómo titubea y tiembla—. Pero Melanie me dijo que has estado manejando muy bien las cosas, estoy muy orgulloso de ti.

Vuelve a darme esa sensación de despedida. Fijo la mirada en el techo otra vez.

—Rose se va a quedar impresionada cuando se entere de que eres copropietario de este local.

—Me preguntará cuánto tardaré en cansarme y largarme de aquí. Será mejor que me vaya de Providence antes de que le dé por hacer alguna maldad solo por fastidiarme. —Noto cómo mueve el bolígrafo para ir añadiendo algún detalle. Me gusta sentir su mano, grande y firme, sosteniéndome el codo, y el roce de sus nudillos—. Este lugar no la impresionaría lo más mínimo.

Su voz revela cuánto le entristece eso.

—¿Por qué te trata tan mal?

Él sonríe al oír mi tono de voz asesino.

—Está paranoica porque cree que algún día recapacitaré e intentaré ocupar el puesto de mi padre. Soy el único hijo varón, y eso la corroe por dentro. —El bolígrafo se detiene—. Ella es la única que le da importancia a eso, es posible que algún miembro de la junta le haya hecho algún comentario al respecto.

Me giro un poco para poder verle la cara, pero evito mirarme el brazo. Lo más probable es que esta sea la única oportunidad que se me presente de tener una obra suya en mi cuerpo, y quiero saborear de lleno el impactante momento en que me lo muestre terminado.

—Cualquiera que te conozca sabe que no estás interesado en robarle el puesto.

—Sí, y ella no me conoce. Siempre ha sido como un perro guardián que gruñe cada vez que me acerco demasiado. —Me mira y se da cuenta de la curiosidad que siento por el tatuaje—. ¡No mires!

—Claro que no. ¿Crees que no soy de fiar? —Sonrío al verle sonreír a él.

—Se puede confiar en ti al cien por cien —lo dice como si acabara de darse cuenta de ello, sus ojos se centran de nuevo en su trabajo—. Apuesto a que guardas secretos que no revelarás jamás.

—Tampoco me han confiado tantos. —Me rodeo la cintura con el brazo libre—. Entonces ¿por eso te tiene tanta manía Rose? ¿Cree que un día aparecerás trajeado y exigirás que te entreguen todo lo que te pertenece por derecho propio por ser el único hijo varón?

—Exacto. —Hace una pequeña pausa y se echa un poco hacia atrás—. No me siento con derecho a nada.

—Ya lo sé, nunca me has dado esa impresión.

—Lo decía literalmente. Mi madre fue la segunda esposa de papá, soy fruto de un adulterio. —Esto último lo entrecomilla con los dedos—. Te conté que no conocí a mis hermanas hasta los ocho años. La cuestión es que no tenía ni idea de su existencia, y viceversa.

—Madre mía. ¿Qué me dices de Jerry, de tu padre? ¿Formaba parte de tu vida?

Él mira hacia un lado mientras hace memoria.

—Lo único que recuerdo de mi infancia es que él viajaba mucho. Mamá siempre me decía que estaba en un largo viaje de negocios, y cuando volvía me traía materiales para dibujar y hacer manualidades. Eso me encantaba. Pero lo que estaba pasando en realidad era que vivía en su casa con su mujer, Dianne Prescott, y sus cuatro hijas. Y, entre visita y visita, mi madre y yo nos quedábamos sin dinero. No se le da bien ahorrar, me dicen a menudo que es increíble lo mucho que me parezco a ella.

Sospecho que es Rose quien le ha dicho eso.

—¿Cómo se enteraron de tu existencia?

—Fue una gran debacle provocada por mi madre. No cabía esperar otra cosa de ella —añade con ironía—, es una persona bastante exagerada. Y a veces se pasa con la bebida, aunque últimamente ha empezado a controlarse más. Se presentó borracha como una cuba en la ceremonia de renovación de votos de Dianne y Jerry, y sabes esa parte en la que preguntan...

—Si alguien tiene algo que decir, que hable ahora... —Me debato entre la fascinación y el horror—. No, no puede ser.

—Pues sí. Se cargó el matrimonio. Dianne hizo las maletas, vació una cuenta bancaria y pidió el divorcio. La versión oficial es que se fue a pasar una temporada a un balneario de Suiza, pero yo creo que tuvo un ataque de nervios.

—¡Qué horror!

—Así que imagínate el daño que se causó. Daisy, Lily, Poppy, Rose[4]... Cuatro niñitas con nombre de flor que, de buenas a primeras, se preguntaban dónde estaba su madre y no entendían por qué sus padres habían dejado de estar casados. Mi padre me condujo a la sala de estar, les dijo que era su nuevo hermano, y entonces recibió una llamada de trabajo y nos dejó solos. —Se inclina hacia delante, toma mi muñeca con esa mano grande y cálida, y se pone a dibujar de nuevo como si necesitara la distracción—. Decir que fue un momento incómodo sería quedarse muy corto.

—¿Ellas te rechazaron?

—Daisy, Poppy y Lily eran más pequeñas que yo. Les dije que podían disfrazarme como quisieran. Les encantó la idea, y cuando me dejé crecer el pelo me usaban para practicar peinados. Ellas me adoraron desde el principio; de hecho, hasta los trece años más o menos me llamaban... —Se interrumpe y se echa a reír—. ¿Por qué te lo cuento todo?

Tengo un nudo en la garganta. Necesito que lo haga, que siempre me lo cuente todo.

---

4 N. de la T.: Margarita, Azucena, Amapola, Rosa.

—Dime cómo te llamaban, por favor. Recuerda que sé guardar un secreto.

Él se levanta del taburete y se alza la parte inferior de la camiseta. Se pone a buscar algo en su propio cuerpo como quien revisa un cajón olvidado de la cocina en busca de un par de tijeras.

—Vale, aquí está.

Se gira hacia un lado, y estoy intentando centrarme en los tatuajes y no en el cuerpo (no es una tarea nada fácil) cuando veo lo que me está mostrando. Otra flor, oculta entre los otros tatuajes.

—¿Te llamaban Girasol? ¡Te pega! —Ahora que he contemplado debidamente el tatuaje, puedo concederme un segundo para aprovechar y mirar su cuerpo mientras vuelve a bajarse la camiseta. No entiendo cómo es posible que costillas y músculos puedan coexistir tan cerca unos de otros.

Se sienta con pesadez en el taburete antes de continuar.

—Pero Rose era de mi edad; de hecho, nos llevamos menos de seis meses. Papá debió de hacer malabarismos para lidiar con dos recién nacidos a la vez… Bueno, tampoco creo que le costara tanto, porque mamá dice que solo se pasaba a vernos dos veces por semana. A su mujer le decía que iba al gimnasio.

—Pero tus padres estaban enamorados, ¿no? Al final se casaron. —A pesar de mis palabras, tengo claro que no va a haber un final feliz.

—Eso es lo peor de todo. El matrimonio duró dieciocho meses, resulta que a mi madre le gustaba tener en secreto un novio rico que se dejaba caer por casa dos veces por semana con algo de dinero. Cualquier día de estos cambiará al marido que tiene ahora por otro. Siempre me ha preocupado la posibilidad de ser así también. No, la verdad es que me he comportado igual que ella —lo admite con voz queda.

—Yo creo que puedes ser como tú quieras.

Ahora está dándome unos toquecitos en el brazo con el bolígrafo marcador, y tengo la impresión de que está a punto de terminar.

—Han pasado veinte años, y a Rose sigue enfureciéndole el hecho de que yo entrara en aquella sala de estar. Tenías razón al decir que ella es la única chica a la que no he podido deslumbrar. Y si te cuento esto es porque no voy a poder salvar a Providence de sus garras; de hecho, mi presencia allí empeora aún más las cosas con cada día que pasa.

—¿Sabe que tienes un tatuaje en su honor? Te lo he visto en la parte posterior del brazo, es precioso.

—Todas tienen uno —lo dice con ligereza, como si fuera una insignificancia llevar en el cuerpo un tatuaje en honor a cada una de sus hermanas—, pero esa rosa me dolió más que las otras tres juntas.

—Habla con ella, dile que es una persona importante para ti y que te gustaría tener la oportunidad de causarle una nueva impresión. Si lo haces, es posible que las cosas sean distintas la próxima vez que entres en una habitación donde esté ella.

—Es inútil intentarlo —me explica pacientemente—. Me limito a aceptar las cosas tal y como son; si no lo hiciera, me dolería demasiado. Gracias por saber escuchar tan maravillosamente bien, Ruthie Midona. Espero que te guste tu tatuaje temporal.

Sale a ver cómo le va a Renata y yo me quedo ahí sentada, contemplando pasmada la obra de arte que tengo en el brazo. Es un ángel de unos doce centímetros y medio de alto vestido con una túnica suelta (no, ahora que me fijo, creo que podría ser una rebeca) que envuelve una silueta bien marcada y curvilínea; los delicados dedos de los pies asoman desnudos, tiene las alas extendidas y los brazos alzados al cielo; y en sus manos sostiene algo que no mide ni media uña, pero cuya silueta es inconfundible: una tortuga.

No es que me guste, ¡me encanta!

Puedo visualizar lo que Teddy y yo podríamos llegar a ser, en una realidad paralela en la que su sueño no estuviera demasiado lejos y yo no tuviera un compromiso de por vida con Providence. Supongo que tendré que seguir su consejo y aceptar las cosas tal y como son; si no lo hiciera, me dolería demasiado.

—Venga, ¡quiero enseñarte el resto del local! —me dice desde el pasillo—, ¿quieres ver mi nuevo dormitorio?

24

Durante el trayecto de regreso a casa estoy demasiado callada. No se puede decir lo mismo de las Parloni, que han ido cayendo de lado hasta quedar apoyadas la una contra la otra y están roncando con la boca abierta.

—¿Estás cansada? —me pregunta Teddy—, ¿tienes hambre? Puedo parar en algún sitio si quieres.

—Estoy bien. —Me enfado conmigo misma por sonar tan desanimada, tengo que esforzarme más—. Es que al ver tu estudio y tu apartamento he tenido la impresión de que todo va materializándose.

—El sitio está muy bien, ¿verdad? —Está sonriente, inmerso en el brillante futuro que tiene por delante—. Tardaré incluso menos tiempo en llegar al trabajo que ahora, puedo caer rodando por esa escalera en unos veinte segundos. ¿Qué te ha parecido el cuarto de baño? —Es la segunda vez que me lo pregunta—. Me he tumbado en la bañera para comprobar que fuera cómoda.

Quiero que quede constancia de que me mostré muy, pero que muy entusiasta cuando me llevó a la planta de arriba para enseñarme su nuevo apartamento. Mientras me llevaba de acá para allá con esas preciosas y cálidas manos que tanto dan y toman apoyadas en mis hombros, admiré debidamente lo siguiente:

• El cuarto de baño («¡Vaya, está nuevecito! ¡Me encantan los azulejos!»).

• La cocina («¡En este horno te cabría hasta un pavo entero, Teddy!»).

- La sala de estar («No vayas a traer un sofá que encuentres tirado en alguna cuneta, por favor»).

- Las vistas («Seguro que aquel árbol de allí se pone precioso cuando mude las hojas»).

Cuanta más entrega ponía yo, más feliz y emocionado se ponía él. No pude decir nada respecto al dormitorio porque jamás dormiré allí, pero también es precioso. Me estremezco de pies a cabeza solo con recordar cómo me hizo entrar y me masajeó los hombros mientras me explicaba con todo lujo de detalles el sistema de calefacción del apartamento. Huelga decir que también es una maravilla.

—Creo que la habitación libre puede servirme como despacho —está explicándome ahora. Alarga una mano y me da un ligero apretón en la rodilla antes de ajustar el aire acondicionado para que no me dé de lleno—. Si pongo mi mesa de trabajo bajo la ventana, lo más probable es que me distraiga cada dos por tres. Hay espacio suficiente para poner dos.

—Sí, supongo que sí. Es una habitación muy espaciosa. —El sol la iluminará de lleno por la mañana—. Pon dos y usa una de ellas para tus diseños.

—¿En qué pared pondrías tú la mesa?

Yo ya me he quedado sin opiniones a estas alturas.

—No sé, la de atrás.

Estamos a punto de llegar a Providence, tan solo debo mantener este falso entusiasmo un poquito más. En un ratito podré sumergirme en mi bañera y compadecerme de mí misma. Supe desde el principio que esto ocurriría; cuando mis residentes se van, no me mandan postales. Ahora tengo que empezar a lidiar con la lenta muerte de esta amistad tan especial.

—Pondré mi mesa bajo la ventana. Por allí entra mucho sol, puedo poner alguna planta.

Se le ve contento y satisfecho tras tomar la decisión, y tararea en voz baja mientras conduce rumbo al aparcamiento de arriba para que las Parloni tengan que caminar menos trecho. Están cansadas y adormiladas, y Aggie apoya tanto peso en mi brazo que me siento exhausta para cuando llegamos a su casa y abrimos la puerta.

La visita al Por Siempre Jamás de Fairchild ha sido todo un éxito. Alistair no esperaba que Teddy hiciera acto de presencia y menos aún que hubiera seleccionado un nuevo paquete informático, pero ha disimulado bien su sorpresa. La conversación entre ellos se ha vuelto cada vez más animada y han hablado de multitud de cosas, desde el espacio para almacenamiento hasta las posibles empresas de la limpieza. Alastair está convencido de que Teddy ha adoptado una nueva actitud de lo más profesional; y Teddy, por su parte, está más feliz que una perdiz.

Me alegro de corazón por él.

—No he llegado a ver el diseño del tatuaje —le digo a Renata mientras se acomoda en su butaca.

—Quiero presentarlo a lo grande, me lo haré el martes que viene. —Mira hacia la cocina y abre la boca para gritar a pleno pulmón, pero entonces se da cuenta de que Teddy ya está calentándoles algo en el microondas—. Muy bien —rezonga—. Qué lástima que tenga que buscar a otro asistente nuevo, justo cuando acabo de conseguir que este haga las cosas tal y como me gustan.

—Sí, es una lástima, pero sabíamos que iba a pasar tarde o temprano. —Le pongo el mando de la tele al alcance de la mano y le desabrocho los zapatos. Aggie ya está profundamente dormida. Miro hacia la cocina—. Me voy ya, ¡buenas noches!

Él responde tal y como yo sabía que lo haría:

—¡Espera!

Pero no puedo seguir esperando.

El frío aire nocturno despierta mi frustración acumulada. No se da cuenta de nada, eso es lo que siempre me molesta de él: está centrado en sí mismo, siempre te va exprimiendo sin darse cuenta de lo horrible que es que te dejen atrás. Paso junto al número 15, la casa donde encontré muerta a la señora Higgins. Ella tenía fotos enmarcadas de su marido y sus hijos junto a la cama; al paso que voy, no sé si podrá decirse lo mismo de mí cuando alguien me encuentre algún día.

Tengo sentimientos encontrados: tristeza prematura porque voy a perder a Teddy; la angustiosa impresión de que mi vida en Providence estará marcada por la pérdida sucesiva de personas a las que quiero. Me ha encantado el nuevo apartamento de Teddy, mi casa es oscura y fría en comparación y tengo claro que nunca tendré la valentía de buscar un nuevo hogar, hacer las maletas y marcharme de aquí.

Teddy encontrará algún día a una chica que tenga todas las cualidades que le gustan, una chica que usará ese impresionante horno nuevo y esa bañera tan profunda en la que debe de ser una delicia bañarse.

—¡Mierda! —grito mirando al cielo al llegar a la puerta de mi casa—. ¡Mierda!

Tengo la llave en la cerradura cuando le oigo acercarse corriendo; para cuando entra derrapando en el patio, la puerta ya está cerrada.

—¡Ábreme, Ruthie! ¿Por qué estabas gritando?

—Estoy cansada, voy a bañarme. Buenas noches.

Bajo la mirada hacia el pequeño dibujo de la tortuga y el ángel que tengo en el brazo, ¡se va a borrar en cuanto lo moje! Mi frustración se intensifica aún más, ¿acaso no puedo tener nada propio para siempre?

—Voy a entrar —me avisa, antes de abrir con su llave.

Y ahí está, en la puerta, iluminado desde atrás por la luz del patio y con mariposas nocturnas revoloteando a su espalda. Él es todo cuanto deseo en esta vida. El jueves tengo una cita, pero no será más que la primera prueba de mi segunda opción. Nadie podrá compararse jamás a Teddy.

—¿Qué te tiene tan alterada, doña Pulcra?

Alarga la mano hacia mí. Puede que su intención sea apartarme el pelo de la cara, pero yo exploto.

—¡No me llames así!

—Pero si ese es el apodo que te puse —lo dice alicaído, cualquiera diría que le he golpeado con un periódico enrollado—. ¿Qué es lo que pasa? Dímelo y me encargo de solucionarlo. Dímelo, dímelo…

Va acercándose cada vez más a mí, se comporta como si yo le importara muchísimo. Le pongo las manos en el pecho y le empujo con firmeza.

—¿Tanto te cuesta captar que alguien quiere estar a solas? Esta es mi casa, dame esas llaves.

—Quiero comprender lo que está pasando. ¿Es por algo que haya dicho?

—¡Me resulta muy frustrante que nunca te pares a pensar en lo que yo siento! —No soporto la preocupación y el afecto que veo en sus ojos, tengo que conseguir que salga de mi casa—. He hecho lo que querías. He ido contigo, te he mantenido despierto durante el largo trayecto en coche, he visto tu estudio y tu nuevo apartamento. ¿Qué más quieres?

Al parecer, esa es una pregunta de fácil respuesta para él.

—Que seas feliz.

—Imposible.

—¿Cómo te has sentido esta tarde?

—He sentido que están dejándome atrás, como siempre. —No puedo reprimir las palabras—. Me has restregado tu nueva vida por la cara, y mira dónde estoy otra vez. De vuelta en Providence, y lo más probable es que me quede aquí para siempre porque me aterran los cambios y la posibilidad de tomar una mala decisión.

—No estaba restregándotelo por la cara, quería impresionarte.

—¿Por qué?, ¿para qué tomarse esa molestia? ¿Qué pasa?, ¿estás intentando rehacer tu relación con Rose o algo así? —La idea toma forma en cuanto la expreso en voz alta—. ¡Eso es! Estás intentando conquistarme para convencerte de que todavía eres capaz de hacerlo, tan solo soy un desafío con el que estás entreteniéndote. ¡No te darás por satisfecho hasta que me enamore perdidamente de ti! —Pongo una buena dosis de sarcasmo en esas palabras.

—¡Quería impresionarte porque eres muy importante para mí! —protesta, indignado.

—He ayudado a una buena cantidad de chicos guapos a hacer los deberes y sé por experiencia que, en cuanto consigas la llave de ese estudio, el examen habrá terminado y ya no haré falta para nada.

—¿Para nada? —Se le ve totalmente desconcertado.

—¡Exacto! Vas a irte. De mi lado. —Me obligo a pronunciar la frase—. Vas a irte de mi lado. Vas a marcharte para comenzar una nueva vida y yo volveré a quedarme aquí sin nadie que se preocupe por mí, sin nadie que me cuide ni me apoye. Sylvia volverá y me pondrá en mi sitio; tendré que presenciar cómo los de la PDC cambian este lugar, y todas las personas que viven en esa colina irán muriendo. Y aquí está Ruthie. Atrapada en este lugar para siempre.

—Me mata que no puedas irte de aquí. —Ignora mis manos, que

intentan apartarle, y me atrae hacia su cuerpo para envolverme en un maravilloso abrazo—. Esta tarde estaba intentando impresionarte porque quería demostrarte que hay un mundo entero esperándote ahí fuera, al alcance de tu mano. Eres como un conejo en un cepo, este lugar te perjudica.

En el fondo creo que tiene razón, pero niego, inconscientemente, con la cabeza contra su pecho.

—Quiero que te vengas conmigo, por eso quería que te enamoraras de aquella bañera.

¿Alguna vez te ha sorprendido el sonido de los latidos de tu propio corazón? A lo mejor has apretado el oído contra la almohada al girar la cabeza, y lo único que puedes oír de repente es la prueba que demuestra que hay vida en tu cuerpo. En ese momento te enfrentas cara a cara con tu propia mortalidad de una forma descarnada, oyes cómo va pasando tu vida: eres dueño de una sala de máquinas que tiene una duración determinada. Es un milagro y un privilegio.

En este momento, mientras asimilo lo que Teddy acaba de decirme, es así como me siento.

—He rezado durante toda mi vida —dice con voz suave por encima de mi cabeza, mientras me estrecha aún más contra su cuerpo—. Cada vez que la cagaba y vivía otro caótico momento, en mi mente rezaba una oración. Deseaba poder hallar algo de paz. Cada vez que perdía la billetera; durante el divorcio, cuando mi madre aparecía y se ponía a despotricar a gritos en el jardín de la casa de mi padre; cuando no se ponían de acuerdo a la hora de decidir cuál de los dos se quedaba conmigo, siempre sabiendo que estaba en el lugar equivocado. Rezaba pidiendo algo de paz, tranquilidad, certeza… Y la respuesta eres tú. Estoy enamorado de ti.

Aparto el oído de su pecho y alzo la mirada hacia él.

—Espera, ¿qué has dicho?

Son las únicas palabras que alcanzo a decir antes de que me agarre la mandíbula y me bese. Ahora no hace falta que le pida que me lo repita, porque está diciéndomelo de nuevo con una sonrisa en los labios y una carcajada atrapada en la garganta. Siento un mueble contra la espalda, no sabría decir si es la vitrina, el sofá o una pared. Lo único que tengo claro es que Teddy Prescott está enamorado de mí, que ya no está guardándoselo dentro. Y lo mejor de todo es que le creo.

¿Cuántas veces me he preguntado lo que se sentiría al ser su único foco de atención? Ahora ya tengo la respuesta. Es juguetón y afectuoso con las manos y la boca, y el ligero temblor que le recorre el cuerpo hace que parezca que va a echarse a reír a carcajadas de un momento a otro.

Su deseo se cumple cuando le quito la camiseta: es como si el empapelado de la pared le cubriera el cuerpo entero. El contraste de sus tatuajes sin colorear con las flores y las hojas de fondo resulta impactante. Aprovecho para contemplarle a placer durante un largo momento mientras él se estremece y se pasa la mano por el pelo mientras intenta controlar su respiración acelerada.

Me doy cuenta del porqué de esa mirada que tiene en los ojos: ha dejado expuesto su corazón y está nervioso. No titubeo. Doy un paso hacia él y le tomo la mano.

—Yo también estoy enamorada de ti.

Siento su alivio como mío propio. Siempre ha sido así, desde el momento en que le rescaté en la gasolinera. Se relaja, exhala y alarga las manos hacia mí; de buenas a primeras estoy de espaldas contra las flores de cuento de hadas, siendo despertada de mi largo sueño por un beso de amor verdadero.

Pulcros, caóticos; dar y recibir; el que adora, el objeto de adoración. Juntos podemos ser todas esas cosas. Es lo más natural del mundo ir caminando de espaldas hasta cruzar el umbral del único dormitorio en el que Teddy no se ha aventurado a entrar hasta ahora. Aparta su boca de la mía y se entusiasma a más no poder.

—¡He soñado con esto!

Le dejo trastear un poco en mi tocador. Siempre pensé que le gustaba hacerlo por un deseo instintivo de tomar y adquirir, pero lo que pasa es que ansía desesperadamente conocerme mejor. Desliza la yema de un dedo por mi peine y levanta un tarro de crema hidratante para leer la etiqueta.

—¡Eres una dulzura! —me dice con ternura mientras vuelve a atraerme hacia su cuerpo—. No tienes arrugas, tu cara es un sueño para mí. —Mientras me empuja con delicadeza para que me tumbe en la cama, añade contra mi boca—: ¿Cómo se llama tu oso? ¡Por favor, dímelo!

—Teddy.

Descubro que desnudarse con otra persona puede ser divertido.

Voy recorriendo las formas y las líneas que hay en su cuerpo. Las flores y las joyas; huesos de la suerte, peces dorados, un naipe con la reina de corazones; deposito un beso en un conejo, en un anillo de diamantes, en una corona; tiene en el costado una calavera que da bastante miedo, pero la beso; hay una sección entera con tan solo plumas y hojas. Cada centímetro es una obra de arte y se lo hago saber (él se ríe y me da las gracias). Le desabrocho el cinturón para no tener las manos quietas.

Mi camisa blanca y mi falda vaquera son muy normalitas, pero, a juzgar por la reacción de Teddy, da la impresión de que son lo más excitante que le ha pasado en la vida. Me mira como si fuera un regalo para él, con un deseo tan franco que me resulta difícil de creer. Seguro que estoy malinterpretándolo, ¿verdad? Mis dudas me devuelven de golpe a la realidad y siento la necesidad de que me mire a los ojos.

—¿Cómo puedo parecerte sexi? Por el amor de Dios, ¡si hasta tengo una etiquetadora!

Él se derrumba entre mis brazos como si sus extremidades se hubieran quedado sin fuerzas. Sus caros vaqueros tienen un bulto más que visible en la entrepierna. Soy muy, pero que muy sexi.

Yo creí que sería sofisticado, que me seduciría con tórridas miradas y me desabrocharía el sujetador con la punta de un dedo, pero dista mucho de ser el Casanova que yo esperaba. Es caótico en la cama, pero lo digo en el mejor de los sentidos. Para empezar, se distrae con facilidad: es verme una peca en la clavícula y perder la compostura. Tiene la boca apretada contra mi piel y no se le entiende bien, pero creo que murmura algo así como «La vi y quería hacerle esto». Desorganizado de principio a fin, me ha quitado un calcetín y me ha desabrochado la cremallera y los dos botones inferiores de la falda (y uno de en medio), pero entonces se ha olvidado de todo y se ha centrado en cubrirnos con las mantas.

—¡Estoy soñando! —murmura mientras salpica mi cuello de besos—. Estoy en mi cama, soñando otra vez con Ruthie. —Noto que se estira, ha alargado una mano para tocar la pared.

Lo más probable es que yo también esté soñando. Estoy acurrucada contra un tatuado bíceps, me está besando con ternura una persona que me adora. No me doy cuenta de que me ha desnudado hasta que noto la calidez de su torso contra el mío y el roce de mis sábanas en las piernas, supongo que sí que es bastante hábil después de todo.

Él nota que me he quedado inmóvil. Flotamos juntos mientras luchamos por recobrar el aliento, igual que en la piscina.

—¿Quieres seguir? —me pregunta, y se le cierran los ojos cuando asiento y hundo la mano en su pelo.

Nos hundimos, emergemos para tomar aire. Me muestra cosas salidas de mis febriles fantasías nocturnas: la imagen de su mano tatuada posada en mi pecho desnudo, la cascada de sedoso pelo negro sobre mi almohada. Todo está fracturándose a mi alrededor —las florecitas del empapelado de la pared, las margaritas que tiene en el brazo— mientras va bajando la mano por mi cuerpo, mientras la baja más y más y me dice que soy como un sueño.

Se vanagloria de lo excitada que estoy, me exige diez piropos y cumplidos a cambio de mover los dedos. Para cuando he llegado a cuatro o cinco, se echa a reír y cede, y después de eso le echo unos veinte más. Con Adam, mi primer novio, no estuve tan cerca de llegar al orgasmo porque estaba demasiado centrada en él, en su comodidad y en cómo lo estaba pasando. Vi mi cuerpo como un mero instrumento con el que él podía sentir placer. Lo único que quiere Teddy es hacerme sonreír y que me estremezca, da la impresión de que no le importa su propio cuerpo. Es esa típica actitud suya de hacer las cosas sin prisa, sin apresurarse, la que me provoca mi primer orgasmo. Me toma por sorpresa porque él no parecía tener ningún objetivo específico en mente, más allá de acariciarme rítmica y delicadamente con el pulgar.

—Eso es, qué maravilla… —susurra, mientras me estremezco y me sacudo con su mano de «dar» entre los muslos.

Si pensé en alguna ocasión que me sentiría insegura al tocarle, que se crearía una situación embarazosa, estaba muy equivocada: somos amigos ante todo y podemos hablar estas cosas. Puedo decirle que quiero intentar hacer esto, y cómo quiero intentar esto otro… Él me deja.

—Perfecto —le digo al ver su pene—, pero pensaba que habría un tatuaje. O un gran *piercing* metálico.

—¡Hay cosas que son sagradas! —Suelta una pequeña carcajada—. Espero que no te hayas llevado una decepción.

Gime cuando le demuestro que no, y entonces entrelaza los dedos con los míos. Doy y tomo hasta que está cubierto de sudor.

Cuando decido que me gustaría ser yo quien reciba ahora, accede con una sonrisa y un galante beso en la mejilla.

—En el cajón. —Señalo con un gesto de la cabeza—. Melanie insistió en que comprara condones. Dijo algo así como que toda exploradora necesita avituallarse bien al emprender el viaje.

Teddy abre de un mordisco el envoltorio y lo escupe al suelo.

—Me alegra que los compraras, pero ahora son míos. —Baja la cabeza y me susurra al oído—: No sé si lo sabes, pero de ahora en adelante voy a echar a perder todas las citas que planees.

Eso me distrae de lo que tenemos entre manos, porque no hemos aclarado quién se queda y quién se va, pero él me coloca en posición, me pregunta dos veces si estoy bien, posa la boca bajo mi oreja y me sube la rodilla para apoyarla sobre su cadera. Y ahora nos olvidamos de todo.

—¡Más! —le digo jadeante, y nos estremecemos y nos movemos el uno contra el otro hasta que le tengo por completo.

Me aparta unos mechones de pelo de los ojos con una ternura que me impulsa a querer ocultar el rostro contra su hombro, pero no me permite que lo haga; me echa la cabeza un poco hacia atrás y me mira a los ojos mientas se mueve. Está pendiente de mi reacción, y se ríe al ver la cara que pongo cuando se consigue un alineamiento perfecto.

—¡Eso es! Córrete así si puedes. Y no te preocupes si no puedes, tengo un montón de trucos bajo la manga.

—Siento que voy a hacerlo si te quedas así, justo así, y si hago esto...

Intento borrar cualquier pensamiento de mi mente. La cama chirría y me siento llena de vida. Tengo veinticinco años y la sangre me corre como un torrente por las venas y sus ojos pardos me miran con una sonrisa llena de afecto, como siempre, y llego al punto sin retorno y estoy corriéndome, y él está susurrándome halagos y abrazándome mientras me estremezco.

Es placer, más del que he sentido en toda mi vida, porque es un placer compartido con él.

—¿Estás bien? —Espera hasta que me ve asentir—. Vale, perfecto. ¿Puedes correrte otra vez?

Y empezamos a movernos de nuevo. Todavía siento alguna oleada de placer residual en mi interior, y ahora le toca moverse con su propio placer en mente. Todo es suave como la seda y fluido, pero hay un nuevo ángulo y una fricción distinta.

—Espera, deja que… —Inicia una frase y nunca es capaz de terminarla.

Tiene la respiración jadeante, está haciendo un esfuerzo físico que le tensa los músculos y está empleándose al máximo. Enderezo la espalda y le aliento al notar que empieza a cansarse, y eso es lo que hace que gima y se quede rígido antes de que su cuerpo se deshaga en trémulos espasmos.

No sé qué hacer ahora, así que me abrazo a sus hombros y espero a que la tensión se desvanezca por entero y la habitación vuelva a materializarse a nuestro alrededor. Somos dos personas que ahora se conocen por completo y nos besamos en la mejilla. Siempre me pregunté lo que se sentiría después de hacer el amor y ahora lo sé: gratitud, y una sonrisa, y me alegro tanto de haber compartido esto con él… Se lo digo.

—No esperaba que fuera tan espectacular… —le confieso, y se echa a reír—. No, pero te lo digo en serio, ha sido genial. Una vez que encontré el ángulo ese…

—El ángulo que uno elija es clave, te lo digo por experiencia. —Se arrepiente al instante de haber empleado esas palabras—. Es decir…

—No te preocupes, no pasa nada. Me alegra que supieras lo que hacías.

Permanecemos así, abrazados, durante un largo momento. El uno le confiesa al otro todos los momentos en que le deseó en secreto. Él se pone a mil cuando me ve con las gafas puestas; yo le digo que la forma en que los vaqueros se ajustan a su trasero es puro arte; el sonido de las tuberías llenando la bañera puede provocarle una erección; el brillo de su pelo hace que mi útero titile como una vela.

No me puedo creer que tenga el valor de decirle algunas cosas.

—Quiero estar tatuada en tu cuerpo.

Él asiente, y nuestros besos no son más que una continuación de esta embriagadora conversación.

—Creo que debería ir a comprobar que la oficina esté bien cerrada —le digo al ver la hora que es.

—Sí, no hay nada como ir a comprobar una puerta después de quedar impactado por una sesión de sexo espectacular. Pero ya me he encargado de hacerlo por ti, doña Pulcra. Todo está a salvo, estás a salvo. —Me besa la sien y me tapa con una sábana.

Me conmueve la naturalidad con la que ha aceptado mis tendencias compulsivas.

—Supongo que es un momento un poco raro para pedirte esto, pero ¿podrías darme la información de contacto de tu terapeuta?

Él se echa a reír.

—¿Tanto te he traumatizado esta noche? —Su sonrisa se desvanece—. Sí, claro que sí. Te llevaré a su consulta, te sostendré la mano en la sala de espera. Todo va a salir bien.

El resto de la noche es una maravilla.

Nos bañamos juntos, y es infinitamente mejor que hablar a través de la pared. Teddy huele como un unicornio rosa cuando me seca con una toalla y me tumba de nuevo en la cama. La segunda vez que se hunde en mi cuerpo, estoy más preparada para la sensación y encontramos juntos un ritmo más relajado y rápido. Cambiamos de marcha una vez, dos, tres, cuatro… El uno le pasa una almohada al otro entre risas para ayudarle a incorporarse un poco, hasta que no podemos dejar de movernos y todos los pensamientos se desvanecen. Me tenso y un orgasmo imposible se expande en mi interior, como las ondas concéntricas creadas por una piedra que lanzas al agua. Y Teddy me sigue poco después.

Con una toalla como única vestimenta, preparo macarrones con queso y nos sentamos a cenar en los taburetes del mostrador de la cocina.

—Ese *look* informal te queda muy bien —me dice—, me tienes muy consentido.

—La verdad es que me gusta consentir a la gente. Cada tarde llevo un yogur extra para Melanie, pero todavía no se ha dado cuenta. Así expreso mi amor.

La palabra «amor» queda como suspendida en el aire y titubeo, me pregunto si todo lo ocurrido habrán sido imaginaciones mías. Pero entonces le miro para ver su reacción y veo la cara de felicidad que ha puesto, tiene los ojos cerrados y está sonriendo como un bobito con la mejilla apoyada en el puño.

—¿Estás bien?

—Sí, es que estoy enamorado de la chica de mis sueños.

Yo sonrío al oír eso.

—Tu moto está aparcada… Oye, ¿dónde la tienes? Dijiste que me llevarías a dar una vuelta con ella, no lo olvides. —Llevo los platos al fregadero y los lleno con abundante agua. Insisto al ver que no contesta—. Recuerdas que me lo dijiste, ¿no? ¿Daremos una vuelta con ella?

—No voy a poder cumplir con lo que te dije, no sabes cuánto lo siento. La reparé y la puse a la venta. Pensé que tendría algo de tiempo, pero me hicieron una oferta en cuestión de horas. Ya sé que vosotras creíais que era un montón de chatarra, pero las Indian son piezas de colección.

—Ah. —Ahora soy la dueña de su corazón, pero es absurdo lo herida que me siento—. ¿La vendiste a buen precio?

—Me dieron una fortuna. —No se le ve demasiado entusiasmado—. Nunca te hablo de este tema porque se te entristece la mirada, pero me falta poco para tener ahorrado lo suficiente.

Lo suficiente para marcharse, justo cuando acabo de conseguir tenerle por fin. Opto por una respuesta fácil:

—Vamos a la cama.

Me sigue sin vacilar hasta mi dormitorio. Y allí, tumbados piel con piel, me obligo a saborear cada sensación, a catalogarlas con archivística precisión. Estoy creando recuerdos que necesitaré algún día.

A fin de cuentas, sigo siendo la chica más afortunada del mundo.

25

Estoy hecha polvo, soy una muerta viviente. Es lunes por la mañana y estoy en mi mesa de trabajo, mirando fijamente mi ordenador mientras intento comprender lo que estoy viendo. ¿Por qué me parece distinta la pantalla? Tiene un vívido tono azul muy distinto al habitual verde apagado. Me pregunto si el intenso y perfecto sexo que tuve anoche con Teddy me habrá afectado a la vista.

Melanie llega a la oficina. Se la ve muy animada y, por una vez en la vida, llega temprano.

—¡Hola! ¡Uy, qué mala pinta tienes! ¿Qué te ha pasado?

Apenas tengo fuerza en las piernas, tengo los labios hinchados y la cabeza embotada, estoy hecha un trapo. Nadie merece experimentar tanto placer en una sola noche. He despertado abrazada a Teddy, que me ha instado a inclinar la cabeza hacia un haz de luz que entraba por la ventana y bañaba mi almohada para describir la tonalidad exacta de mis ojos antes de ir a prepararme un té.

Melanie sigue mirándome en silencio a la espera de mi respuesta, así que opto por una explicación fácil.

—Le pasa algo al ordenador. —Introduzco mi contraseña y no continúa la tarea. Me pongo las gafas para poder leer la ventanita emergente—. «Iniciar sesión como administrador». ¿Qué quiere decir eso? ¡Ni siquiera tenemos un administrador!

—Significa que la oficina central ha restringido el acceso al sistema. Lo he visto en trabajos anteriores, tienes que llamar a los de la PDC. —Bosteza y se dirige al cuarto de baño con su estuche de maquillaje.

—No sé si habrá alguien en las oficinas, aún es muy temprano.

Marco el número de teléfono de la asistente de Rose Prescott, pero me salta el contestador automático. Le dejo un mensaje pidiéndole que me llame, y acabo de colgar cuando Mel sale maquillada del cuarto de baño.

—¿Qué hacemos ahora? —le pregunto.

Ella esboza una gran sonrisa y se balancea en su silla.

—¿Quieres que planeemos la estrategia para tu cita?

—No, está prohibido hablar de eso en horas de trabajo.

Voy a tener que encontrar la forma de decirle que, aunque agradezco mucho todo el empeño que le ha puesto a esto, doy por concluido el Método Sasaki. Ya he cancelado la cita de este jueves mientras caminaba colina abajo rumbo a la oficina, espero tener esta conversación con ella cuando pueda dar respuesta a algunas de las preguntas que me hará sin duda: «¿Vas a marcharte de aquí?». «¿Él piensa quedarse aquí?».

Estoy cansadísima, ese debe de ser el motivo de que tarde tanto en darme cuenta de que hay una persona esperando en la puerta.

—Buenos días, ¿puedo ayudarle en algo?

Un hombre trajeado de pelo canoso entra en la oficina, deja su maletín contra la pared y se lleva la mano al bolsillo de la chaqueta.

—Me llamo Duncan O'Neill. Soy auditor financiero, trabajo para la PDC. Rose Prescott es la directora de esta evaluación y le haré llegar la información que recabe durante esta parte del proceso.

—No sabía nada de todo esto.

—¿Un auditor financiero? —Melanie lo observa con atención—. Creéis que alguien está robando.

Duncan la mira con ojos penetrantes, pero ella le ignora y se gira hacia mí.

—Esto ya lo he visto en otros trabajos temporales. Por eso no puedes acceder al sistema, tenemos el acceso restringido y este hombre va a revisar todos tus archivos y tus cuentas. ¿He acertado?

—Sí, más o menos —admite Duncan, un tanto descolocado—. Rose ha detectado algunas anomalías.

Yo ya estoy llamándola por teléfono, contesta al segundo tono.

—Deduzco que Duncan ya está ahí.

—Estás en altavoz con Melanie y Duncan. ¿Podrías explicarme lo que está pasando? Habría agradecido que me avisaras con antelación.

—Las auditorías de este tipo no funcionan así. Ruthie, voy a ser franca contigo. —En su voz se refleja un cansancio similar al mío—. He estado estrujándome el cerebro intentando entender los libros de cuentas que me entregaste. Si a lo que pagan los residentes se le restan los salarios y los costes operativos, el resultado no es el que figura aquí.

—No lo entiendo. Elaboro un informe todos los lunes, y las cuentas me salen con exactitud.

Rose pierde la paciencia.

—Sí, ya lo sé, lo haces todo a la perfección. Cualquiera diría que estás manejando tú sola el Hilton de París, en vez de treinta y nueve viviendas anticuadas.

¿Está intentando ponerme a prueba?

—Son cuarenta, lo sabrías si te hubieras dignado a visitar el lugar que tantas ganas tienes de cambiar. —Contengo el aliento mientras espero a que se dicte sentencia.

Duncan se inclina sobre mi mesa para hablar por el teléfono.

—Llámame a mi móvil, Rose. De inmediato.

—Sí, me parece que hemos encontrado el problema.

—¿Os referís a mí? —Miro a Duncan—. Puedo abrir mi cuenta bancaria en la pantalla ahora mismo, con mi salario me llega para ir cubriendo mis gastos mes a mes. No sé qué estaréis pensando que he hecho, pero, sea lo que sea, no he sido yo. —No es la primera vez que pronuncio estas palabras, pero en esta ocasión estoy dispuesta a defenderme a muerte.

Rose exhala un suspiro.

—No eres tú la que está de crucero. Limítate a dejar que Duncan haga su trabajo, dale toda la información que te pida y no llames a Sylvia. Quiero que le cuelgues el teléfono si intenta contactar contigo, ¿está claro? He estado monitorizando los correos electrónicos que enviabas y sé que la has mantenido informada de todo lo que pasa ahí.

Teddy aparece en la puerta y hace una pose, finge que levanta pesas con una voluminosa bolsa de papel.

—¡He venido a traerle a mi hermosura de chica un desayuno calentito! No te preocupes, Mel, a ti te he traído unos gofres de patata…

Vaya, hola —le dice a Duncan—. A ti no te he traído nada, lo siento. Tenéis una reunión. —Hace una monería con la cabeza y pone una cara de lo más teatral, en plan «¡Uy, he interrumpido algo!»—. Ignoradme. —Se acerca a mi mesa—. Ten, te dejaré esto aquí.

—Teddy, este señor es un auditor —alcanzo a decirle a pesar del nudo que me constriñe la garganta mientras me aparta un mechón de pelo de la cara y me lo coloca detrás de la oreja—. Nos están auditando porque las cuentas no cuadran, falta dinero. Y tu hermana está al teléfono.

—¡Hermanastra! —Rose lo dice automáticamente con voz cortante, y es horrible ver cómo se apaga el brillo de los ojos de Teddy. Y entonces le pregunta, con mucha calma—: ¿Estás acostándote con una de las empleadas, Theodore? ¿Cuál de ellas es tu hermosura de chica?, ¿quién recibe un desayuno calentito? —Destila sarcasmo y la detesto.

A Duncan le dan ganas de huir por la ventana, Melanie parece una fiera a punto de atacar, Teddy se aturulla. Me toca a mí contestar.

—Sí, Teddy y yo estamos saliendo.

—¿QUÉ?

El grito de Melanie es tan fuerte que me quedo sorda por un segundo; cuando el pitido se acalla, Rose está reprendiendo airada a Teddy.

—¡Te dije una cosa, Theodore! ¡Solo una! Que te mantuvieras alejado de las trabajadoras de ese lugar. Accedí para que papá no tuviera que preocuparse por ti; dije que sí, que muy bien, que podías quedarte en esa mohosa casucha de los de mantenimiento. Pero había una sola cosa que tenías que hacer: ¡mantener la bragueta cerrada!

—Pues lo siento, pero estoy enamorado de Ruthie.

Lo afirma como un hecho, y Melanie se lleva la mano a la cadera y me mira con expresión acusadora.

—Lo siento, no sabía cómo decírtelo —le digo con voz queda.

—Pues abriendo la boca y diciéndomelo, ¡así de fácil! ¿Desde cuándo estáis juntos?, ¿habéis estado mintiéndome a la cara? —Nos mira a los dos, el teléfono ha quedado en silencio—. ¿Sabes qué? ¡Que ya no me importa! Entrégale tu corazón a alguien que terminará por marcharse y rompértelo. Dediqué tanto tiempo a mi Método, y ¿para qué?

—Te lo agradezco muchísimo, de verdad que sí. —Le muestro mi libreta—. Quiero hablar contigo sobre tu futuro laboral, tengo algunas ideas.

Ella agarra de un manotazo las llaves del centro lúdico, que están sobre mi mesa.

—Voy a colgar los adornos de la fiesta de Navidad. —Sale llorando de la oficina.

Duncan carraspea ligeramente.

—Voy a… —Huye a toda prisa a un extremo de la oficina con su portátil.

Y ahora tan solo quedamos Teddy, yo y el silencioso teléfono.

—¿Sigues al teléfono, Rose? —consigo decirlo de forma sorprendentemente profesional.

—Theodore, haz la maleta y sal de ahí. Si Ruthie quisiera, podría poner una demanda por acoso sexual. Te apellidas Prescott, tu padre es el jefe. Se sentía presionada por lo de la evaluación, y lo más probable es que le prometieras que te encargarías de salvar ese lugar…

Yo la interrumpo.

—Soy una mujer adulta y hemos ido conociéndonos fuera del horario de trabajo. No me ha prometido nada. No voy a demandar a nadie.

Ella no me hace ni caso.

—Te lo digo en serio, Teddy. Como no te vayas de ahí hoy mismo, Duncan me llamará.

Él se siente claramente ofendido. Al fin y al cabo, no se le ha contratado para auditar la vida amorosa de nadie.

—¿Qué piensas hacer? —la reta Teddy—, ¿qué harás si no me voy?

—Le entregaré a Ruthie su carta de despido. Mi padre le advirtió que no se liara contigo, pero lo ha hecho. Además, hay irregularidades en la oficina administrativa y es posible que ella esté involucrada. Eres un capullo egoísta, Teddy, pero siento verdadera curiosidad por saber lo que vas a decidir. Que yo sepa, nunca en tu vida te has sacrificado por nadie. ¿Qué decides?

—Espera un momento, por favor —le dice él con la mirada puesta en mí. Le da al botón del móvil y me pregunta—: ¿Y bien? ¿Te vienes conmigo a Fairchild?

—¿Esperas que me vaya sin más, con esa sombra de duda empañando mi reputación? Ya lo hice una vez, y la cosa no me fue demasiado bien.

Señalo con la mano la luz que parpadea en el móvil

—Venga, ayúdame. Da la cara por mí, está insinuando que he malversado dinero.

—Por supuesto que no lo has hecho, eso ya lo sé —lo dice con la certeza absoluta que me habría gustado ver también en mis padres—. Y Rose también lo tiene claro, pero ¿qué más da eso? Larguémonos de este lugar a lo grande. Sabes que hay un mundo más allá de Providence, ¿verdad?

Uno de los residentes pasa en su escúter y me saluda con la mano. Si yo me voy, todos ellos se quedarán abandonados aquí.

—¿Quién se ocupará de ellos?

—No sé, ¿sus familias? —Hace una mueca al darse cuenta de lo insensible que ha sonado eso—. A ver, les compraríamos comida para que pudieran arreglárselas bien durante una buena temporada. Rose enviará a alguien para que tome las riendas.

—Nadie puede cuidar de Providence como lo hago yo.

—Le has entregado todo lo que podías a este lugar, es hora de pensar en ti misma.

La luz roja sigue parpadeando, tan solo puedo pensar en aquella puerta sin cerrar que cambió mi vida en una ocasión.

—Si me marcho ahora, parecerá que soy culpable; además, no soy una de esas personas que pueden meterlo todo en una mochila y largarse sin más. No puedo correr un riesgo como ese.

—¿Me consideras un riesgo? —Está indignado—. ¡Tú eres quien ha creído en mí! Si estoy haciéndolo es porque tú pensaste que podía lograrlo. Has visto mi estudio y mi apartamento. El Zoo de Reptiles está a veinte minutos en coche, y tienen un programa de prácticas con el que puedes ganar créditos que te convalidarían si quisieras cursar estudios de auxiliar de veterinaria. —Respira hondo—. Estoy pidiéndote que me escojas a mí, por favor.

No se le ha ocurrido pensar que tiene la opción de dejar aparcado su propio sueño para quedarse en la ciudad por mí. Pronuncio las palabras que sé que le dejarán pasmado.

—Todavía no has comprado tu parte de las acciones, ¿verdad? —
La luz roja sigue parpadeando y no puedo seguir soportándolo—.
Gracias por esperar, Rose.

—Bueno, ¿qué habéis decidido? ¿Quién se va?

Alzo la mirada y veo que él ya está saliendo por la puerta.

—Teddy. Teddy es el que se va, tal y como siempre dijo que haría.

26

—Cuánto drama —comenta Melanie desde lo alto de la escalera de mano mientras cuelga nuestra pancarta de la fiesta navideña. Yo estoy supervisando por motivos de seguridad—. Menuda semanita, este lugar nunca había visto semejante ajetreo.

El Método Sasaki ha quedado en el abandono. Aunque, a decir verdad, lo mismo puede decirse de todo lo demás ahora que Teddy se ha ido.

Cuando colgué el teléfono después de la llamada de Rose, subí tras él colina arriba, y al llegar a nuestras casas le encontré metiendo sus escasas pertenencias en su mochila. Tuvimos una discusión que giró en torno a lo mismo, aunque de forma distinta y dolorosa.

A Teddy le duele que yo no pueda confiar en él y marcharme; a mí me duele que no se quede conmigo, que no se asegure de que Providence perdure. Nos gritamos cosas como «¡En realidad no me amas!» y «¡Esto fue un tremendo error!».

Un horror. Un horror que me mantiene despierta por las noches.

—Oye, Ruthie, ¿sabes qué? —me dijo, mientras se echaba la mochila al hombro—, no puedo obligarte a que te marches, no puedo cargarte al hombro y sacarte de aquí. Cuando vengas, quiero que salgas de aquí por tu propio pie, pero me aterra que no tengas la valentía de hacerlo.

Me tocó la barbilla con el pulgar, se marchó y yo me aferré al pomo de su puerta, una puerta cerrada con llave, como si mi vida dependiera de ello.

—Aún estoy cabreada contigo —me dice Melanie. Sus palabras no me sorprenden, me las dice un par de veces cada hora, pero ya no lo hace con acritud—. Te advertí que no te enamoraras del primer chico que pasara. Te dije que él era un Lamborghini, y mira lo que has hecho. Tú sola te has metido en la boca del lobo. Te han roto el corazón.

—Sí. —No puedo por menos que darle la razón, porque me he visto en el espejo. Vuelvo a aparentar unos noventa y cinco años.

—Me esforcé mucho en crear un plan de trabajo para buscarte un buen hombre, uno que no supusiera un riesgo para ti. —Se tambalea un poco en la escalera, alargo una mano para ayudarla a mantener el equilibrio—. Ni siquiera hacía falta que tuvieras una cita horrible en la Cúpula del Trueno, quería espiarte desde la barra y después podríamos habernos emborrachado mientras despotricábamos contra los hombres.

—Sí, ya lo sé.

—Entonces, ¿qué fue lo que pasó?

—Vi su pelo en la gasolinera. Y entonces se giró y… En fin, ya sabes la pinta que tiene. Y entonces se echó a reír. Eso no te lo conté, ¿verdad? Me confundió con una señora mayor. La verdad es que fue una primera impresión acertada.

—¡No eres vieja! —protesta ella.

—Él me adoraba. No tengo pruebas que lo demuestren y puede que sus sentimientos estén evaporándose con cada día que pasa, pero me adoraba de verdad. Tú me dijiste que me merecía algo así. De modo que, aunque no vuelva a verle en toda mi vida, no me arrepiento. Una cosa que he aprendido en Providence es que la vida es corta.

—No contesta al teléfono.

—Ya lo sé. —Al menos no soy la única a la que le sale el buzón de voz—. Mel, estás haciendo un gran trabajo con la organización de la fiesta.

Ella se ha encargado del *catering* y de comprar bebida, creó una decoración bien combinada y ha estado pendiente de todos y cada uno de los detalles. Por primera vez, voy a asistir como una invitada más. El contrato de Mel vence mañana, pero me ha dicho que asistirá. A lo mejor. Si no está demasiado cabreada conmigo.

—Tú te has esforzado mucho todos estos años —dice ella, como si lo lamentara por mí. Se baja de la escalera y decide contarme algo—. Y esta es la última fiesta de Navidad. Lo siento, Ruthie, pero este lugar ha estado tan mal administrado que no creo que la PDC pudiera obtener beneficios si lo mantuviera tal y como está. Siempre tuvieron ese plan en mente —añade con voz suave—. La fecha en que vencen los contratos de alquiler, ¿el treinta y uno de diciembre del año próximo? Esa será también la fecha de tu salida. Quizás deberías decidir si quieres adelantarla y marcharte como tú decidas hacerlo. —Se aleja rumbo al armario donde está guardado el espumillón.

Me suena el móvil y veo que he recibido un mensaje en el chat de mis amigas del foro, no me extrañaría que quisieran pedirme que renuncie al puesto de administradora. Abro el mensaje y veo que se trata de un enlace: *El actor que interpretaba al padre en la serie* Un regalo del cielo *ha sido acusado de agresiones sexuales cometidas en los años noventa.*

Leo el artículo, y parece ser que en el set nadie estaba a salvo del actor que interpretaba al reverendo Pierce Percival. Me siento en una silla junto a la ventana y contemplo en silencio la naturaleza.

Los pequeños placeres que tengo en esta vida no son nada del otro mundo: un baño, la cena a la misma hora de siempre y la serie de televisión amena y edificante que fue mi sostén durante los años más duros de mi vida. Tuve una niñez marcada por las burlas de mis compañeros de colegio, la tristeza y una fe tambaleante, pero, pasara lo que pasase, sabía a qué hora emitían esta serie. Y pienso en el pequeño Teddy, sentado frente a su propia tele.

Todo tiene un final, eso lo sé mejor que nadie. Pero necesito tener algo a lo que poder aferrarme. Me seco las lágrimas con la manga de mi rebeca y al alzar la mirada veo algo ahí fuera, en el suelo: un pequeño bultito lleno de determinación, que cruza lentamente el camino. ¿Cómo son capaces de seguir moviéndose a pesar de la interminable extensión de césped que tienen delante? Se limitan a hacerlo, pasito a pasito.

Yo también debo tener determinación y salir de esta situación.

—Mel, las tortugas están en peligro de extinción. Eso debería contar para algo.

—Pues sí, tienes razón —asiente pensativa—. Pero los de la PDC deben de tener a algún asesor medioambiental en plantilla, y les redactará un informe que diga que pueden remodelar este lugar como quieran. Me parece que tú eres la única que se preocupa por esas tortugas.

—Eso es verdad. Tengo registros que abarcan los últimos seis años, y en ellos se observa claramente que la población ha aumentado gracias a un mínimo de cuidados y atenciones.

—Vaya, vaya, la señorita Ruthie se ha puesto seria. Ha decidido que no va a rendirse sin dar batalla.

Cuánto he echado de menos esa sonrisa suya tan abierta y espontánea.

—Oye, Mel, quería darte las gracias. Eres la primera persona que conozco que se pone de mi parte.

—¿A qué te refieres?

—Siempre has creído en mí. Ya sé que el verdadero objetivo del Método Sasaki no era salir con chicos. Intentabas que pensara en mí misma, que me considerara una persona normal. Por ti me he convertido en una chica de veinticinco años y te estoy muy, pero que muy agradecida. —Le doy un fuerte abrazo.

—¡Oye, espera un momento! No irás a hacer ninguna locura, ¿verdad? —dice contra mi hombro.

—No es una locura, sino una gestión administrativa. Voy a llamar a mi contacto del Zoo de Reptiles para ver qué documentación debemos presentar para obtener una orden judicial que proteja este sitio. Pongámosles las cosas difíciles a la PDC, esto es algo que tendría que haber hecho hace años.

Mel me apretuja y el abrazo termina.

—Hace años estabas bajo el control de Sylvia. ¿Cómo va lo de la auditoría?

—Por lo que tengo entendido, antes de enviar mis informes a la empresa, Sylvia los modificaba para que constara que había treinta y nueve viviendas en vez de cuarenta. Por eso no permitió nunca que yo tuviera ni la más mínima independencia. Se quedaba con el alquiler de esa vivienda extra, veía muy improbable que los dueños decidieran venir a ver el lugar. Yo ni siquiera me había dado cuenta de que en la página electrónica se publicitaban treinta y nueve viviendas; según Duncan, hacía años que llevaba una doble contabilidad.

—Ya sé que es amiga de tu familia, ¿crees que realmente lo hizo?

Sylvia estaba presente el día en que robaron en la iglesia. Después del evento benéfico, participó en nuestra cena de celebración a base de limonada y de lo que había sobrado de la barbacoa. Mis padres confiaban en ella y podía moverse con plena libertad por las instalaciones de la iglesia. Es posible que obtuviera una llave. Ella estuvo presente cuando le dije a la congregación que era una chica boba y descuidada.

Dos meses después de aquel día, se fue de vacaciones a Tahití y les mandó una postal a mis padres. Y ha estado manipulándome desde entonces.

—Sí —le digo a Melanie—, estoy convencida de que fue ella quien robó el dinero.

Ahora tengo que hacer otra llamada más después de ponerme en contacto con el Zoo de Reptiles. Le dejaré otro mensaje de voz a Teddy, pidiéndole que me perdone por no haber tenido la valentía suficiente. Cuando me devuelva la llamada, le diré que él tenía razón. Providence ya me ha exprimido lo suficiente, ha llegado el momento de reanudar mi vida.

Y después de esas llamadas voy a hacer otra más: voy a llamar a mi padre.

27

Consciente de que las Parloni no tienen un asistente, subo a su casa una hora antes de la fiesta de Navidad. He descubierto que mantenerme ocupada es la clave para seguir cuerda; si me quedo quieta un segundo, la voz de Teddy me resuena en el oído.

Llamé al estudio de tatuajes Por Siempre Jamás de Fairchild y contestó al teléfono, pero se le oía tan increíblemente orgulloso de sí mismo que tuve que colgar. Lo ha logrado. Debo de amarle muchísimo, porque estoy tan feliz por él que por las noches lloro hasta quedarme dormida.

La puerta principal de la casa de las Parloni no está cerrada con llave cuando llego, pero eso no me afecta como podría haberlo hecho en el pasado. Las hermanas están vestidas y preparadas, las encuentro practicando unos pasos de baile en la sala de estar. Poco a poco, sus pies van dibujando un cuadrado sobre la alfombra. Es el vals más lento que he visto en mi vida.

Las dos visten unos preciosos vestidos de fiesta con tirantes, y su vivo estampado contrasta con la piel flácida y llena de arrugas de ambas. Aggie no tiene muy buen aspecto, mueve apenas los pies mientras Renata ejecuta los pasos a su alrededor. Tengo la extraña sensación de estar interrumpiendo algo muy privado. Me pregunto qué problema hubo entre ellas relacionado con la fiesta de su graduación, tantos años atrás.

El íntimo momento se interrumpe cuando anuncio mi presencia.

—¡Ha llegado su acompañante!

—Perfecto, ya estás aquí. Ven a vestirte. —Renata señala hacia una funda colgada en una percha, tiene el logo de Chanel impreso en la parte de delante—. Volví a tu tienda de ropa de segunda mano.

—¿Encontró esto allí? —La miro boquiabierta.

—¡Pues claro que no! Madre mía, ¡qué crédula es! No me extraña que Sylvia saqueara este lugar delante de sus narices.

—¿Cómo se ha enterado de eso?

—¡Me lo dijo un pajarito!

Diantre, Melanie sabe perfectamente bien que no está bien chismorrear. Abro la funda y veo plumas de color marfil y un borde satinado, además de una etiqueta que no me atrevo a girar por miedo a ver el precio.

—No entiendo por qué han hecho esto por mí.

Las dos contestan a la misma vez.

—Es un regalo de agradecimiento —dice Aggie.

—Es un regalo de despedida —dice Renata.

—¿Cómo se han enterado?

Tengo mi carta de renuncia redactada, impresa y firmada. Después de la fiesta, se la mandaré a Rose Prescott y la ayudaré a encontrar a mi sustituta. Hay un lugar al que tengo que ir, y debo asumir algunos riesgos.

—No puedo aceptar este vestido.

—¡Claro que vas a aceptar lo que yo te dé! —me espeta Renata con firmeza—. Y me darás las gracias todos los días de tu vida. Gracias, Renata Parloni, por cambiarme la vida. ¡De verdad que es la muchacha más terca que he conocido jamás!

Aggie le da unas palmaditas en la mejilla.

—No lo entiende, es normal. Déjala tranquila.

No entiendo por qué se ha molestado tanto Renata.

—Lo tomaré como un préstamo, muchas gracias. —Creo que es el mejor acuerdo al que puedo llegar en este momento.

—¡La chica de la tienda dijo que no puedes sentarte cuando te lo pongas!, ¡doblarías las plumas! —me grita Renata a pleno pulmón, cuando me dirijo al cuarto de invitados para cambiarme.

Me desnudo y me paso el mágico vestido por encima de la cabeza con sumo cuidado. Me habría encantado que Teddy me viera con esto puesto, pero cuando entre en el Por Siempre Jamás lo haré llevando puesta mi rebeca de chica molona. La de los zorros y las setas.

—Yo te subo la cremallera —me dice Aggie desde la puerta.

—¿Se encuentra mal?

—Solo es una aguda falta de juventud, nada más. —El mero hecho de subir la cremallera le cuesta esfuerzo—. Ya está, te ves por fuera tal y como yo me siento por dentro. —Esboza una pequeña sonrisa—. Sabes que esta noche has hecho algo extraordinario, ¿verdad?

—Yo no diría tanto, ha sido Melanie quien se ha encargado de todo.

—Estás ayudándonos a corregir algo del pasado. —Saca mi coleta de debajo del cuello del vestido con mucho cuidado—. Gracias por aceptar el vestido, significa mucho para Ren que lo hayas hecho. Nunca tuvimos hijos. Pero tú, querida Ruthie Maree, eres lo más cercano a eso para nosotras. Theodore y tú. Esta noche no cerraremos la puerta con llave por si él regresa.

Exhalo aire y asiento. Me quito el coletero y mi pelo cae sobre mis hombros.

—¿Nos vamos?

—Adelántate tú, enseguida vamos.

Resulta sobrecogedor, esto de caminar por Providence con mi vestido de princesa cisne. El aire está preñado del zumbido de los escúteres eléctricos de los residentes, que vienen zigzagueando por el camino mientras van esquivando a las tortugas. Abro las puertas del centro lúdico, enciendo las destellantes luces y la bola disco, y las paredes se fracturan en un sinfín de colores que giran a nuestro alrededor. Tengo en el móvil un mensaje de Mel: *Llegaré un poco tarde. La lista de canciones está preparada, solo tienes que darle al* play. Así lo hago, y la primera canción es un clásico que genera exclamaciones de entusiasmo procedentes de la puerta.

Mis residentes empiezan a entrar. Todos van vestidos de punta en blanco, algunos vienen con pareja y otros han traído a algún familiar. Voy abrazándolos uno a uno para darles la bienvenida, y aprovecho para despedirme también. Cuando se enteran de que me voy, dicen que es una lástima; cuando les explico que me marcho para intentar capturar de nuevo el corazón del chico tatuado que limpiaba con el torso desnudo los canalones de la casa de las Parloni, me dan toda su aprobación.

—Nunca había visto nada tan hermoso —me dice la señora Whittaker en la entrada. No sé si se refiere a la sala llena de relucientes colores o a mi vestido—. ¡Ojalá viniera acompañada! Nadie lo diría al verme ahora, pero en mis tiempos tuve muchos pretendientes.

—Tres novios a la vez. Sí, ya me lo contó. Y me parece fascinante. Yo espero tener uno solo en breve, pero es un chico muy especial.

Theodore Prescott. Un chico dinámico, deslumbrante, maravilloso. Espérame, por favor. Estaré ahí dentro de poco.

Para cuando me doy cuenta de que las Parloni todavía no han llegado, la sala ya está prácticamente llena. Estoy dirigiéndome hacia la puerta cuando entran, y están tomadas de la mano. Ahora que estoy enamorada lo entiendo todo.

Las Parloni no son hermanas.

¿Cómo es posible que no me haya dado cuenta de la forma en que se miran? Las manos entrelazadas, todas esas veces en que al entrar en su casa las he encontrado sentadas muy juntitas en el sofá. Entran juntas en la sala con la espalda bien erguida y la frente en alto.

Renata mira a su alrededor con ojos desafiantes. Ahora ya sé cuál fue esa vieja herida del pasado: no pudieron asistir juntas a la fiesta de graduación, y eso ha quedado marcado en su relación como una cicatriz.

La escena que quizás esperaban no se produce; nadie las juzga, no hay ninguna muestra de desaprobación. La gente las ve entrar y sigue comiendo y bebiendo sin prestarles mayor atención. Me acerco a ellas y se detienen bajo la bola disco que esta noche ha conseguido transformar el mundo entero.

—¿Por qué no me lo dijeron? —Renata ha dicho que soy una crédula, y así me siento en este momento—. ¿No se fiaban de mí?

—¡Por fin lo ha entendido! —Renata sonríe, y bajo esta luz parece una joven de unos veinte años—. Mi amor vuelve a ganar otra apuesta. —Alza la mano de Aggie para besársela—. Te debo veinte dólares.

—¿Por qué no me lo dijeron? —insisto yo.

Es Renata quien me contesta.

—Tu padre es párroco. Al principio no lo hicimos porque no quería descubrir que eras una idiota; además, es la vía más fácil. La gente da por hecho que somos hermanas, siempre ha sido así. Pero eso se acabó. —Recorre la sala con la mirada—. Me siento tal y como esperaba, a pesar de lo vieja que soy.

—Pero ya saben que no soy idiota —les digo yo mientras paso una mano por una de las plumas del vestido para alisarla—. Creía de verdad que eran hermanas, ¿Teddy lo sabía?

—Se dio cuenta desde el primer día —me contesta Aggie, y las dos sonríen—. No estábamos intentando mantenerlo en secreto de forma deliberada, lo que pasa es que llevamos mucho tiempo viviendo así. No ha sido… —No sabe cómo describirlo. Yo creo que no ha sido fácil.

—Es asunto nuestro —me dice Renata con firmeza—, pero los tiempos han cambiado. Y tu fiesta ha llegado justo a tiempo.

—Deberían casarse.

Espero no haberme pasado de la raya al ver que intercambian una mirada, pero me relajo al ver que sonríen.

—Empiezas a comprenderlo —me dice Renata con aprobación—, empiezas a darte cuenta de que la vida es demasiado corta. Tienes que encontrar a esa persona a la que amas.

—Me parece que le he perdido.

—Pues ve a buscarle —me dice Aggie.

—Menos mal que no es una idiota —dice Renata mientras se alejan rumbo a la pista de baile. Se le baja un poco el chal y veo su tatuaje: *AGATHA FOREVER*. Es perfecto.

Inician juntas un lento vals, otras parejas van uniéndose a ellas y la pista no tarda en convertirse en un pequeño océano que ondea a cámara lenta. Hay andadores, hay gente que se sienta a descansar cada poco antes de ponerse a bailar de nuevo. Es la fiesta más relajada y dulce del mundo. Me llevo la caja que contiene las pulseras de flores que Mel ha hecho a mano, voy poniéndolas una a una en frágiles muñecas. Esta noche, todo el mundo vuelve a tener veinticinco años.

Esta noche es un milagro.

Me apoyo en la pared, contemplo la fiesta en silencio cuando una mujer aparece en la puerta. Es alta, imponente, y la elegirían la primera para cualquier deporte en la escuela.

—Es una fiesta preciosa, la verdad —comenta Rose Prescott, mientras deja su bolsa de viaje apoyada en la pared junto a mí—. Tienes muy buen gusto. Solo he subido a avisarte de que mi padre llega mañana por la mañana. Decidí repasar aquí los resultados de la auditoría, él siempre insiste en lo importante que es ver un lugar. —No es una persona que vaya a decirte algo así como «Gracias por la invitación».

—Melanie me ha comentado que recomendarás que los terrenos se urbanicen cuando venzan los contratos de alquiler.

—A eso nos dedicamos, supongo que a estas alturas ya te habrás dado cuenta. No me mires con esa cara acusadora —añade a la defensiva—, y no pagues conmigo tu enfado con el hijo de mi padre.

—¿Por qué no te refieres nunca a él como tu hermano?

—Porque no quiero uno.

—Él te quiere tantísimo que tiene una rosa tatuada en el cuerpo, pero supongo que jamás te habrás molestado en pasar algo de tiempo con él y ni te habrás dado cuenta. Se siente dolido por tu rechazo desde que era pequeño.

—¡Es complicado! —alega ella, aunque veo que sus ojos se encienden de emoción.

—Trabajar aquí me ha ayudado a comprender que no tiene por qué serlo. Y la vida pasa muy rápido. Algún día, tú y yo seremos como ellos. —Señalo hacia los asistentes a la fiesta con un gesto de la cabeza—. Creo que ya es hora de que las dos superemos ciertas cosas.

—Teddy dijo que vendría, ¿verdad? —lo dice como si fuera un último intento de hacerme cambiar de opinión—. Apuesto a que te lo prometió.

No, no lo hizo. Yo albergaba esperanzas.

—Sí, así es. Pero lo entiendo si tiene algún compromiso más importante. —Me da un vuelco el corazón al ver a un hombre alto esperando en la puerta, pero entonces me doy cuenta de que no es él.

—Ah, ahí está mi padre —dice Rose.

Jerry Prescott se acerca a nosotras tirando de una pequeña maleta con ruedas.

—Acabo de llegar y he decidido venir a ver qué tal estaba la fiesta de la que tanto me hablaste. Esto es realmente increíble.

Se gira y contempla sonriente a los ancianos que bailan pausadamente en el centro de la sala. Repara en las Parloni, que siguen bailando en plan romántico, pero si se sorprende al verlas tan agarraditas lo disimula bien.

—Quiero felicitarte por un año fantástico de trabajo duro, Ruthie, a pesar de todo lo que ha sucedido.

—No te apresures con las felicitaciones, Rose tiene malas noticias —le contesto taciturna.

—Ah, sí, me puso brevemente al tanto. —Se pone serio—. ¿Te ha dicho que jamás pensamos que estuvieras involucrada? El asunto está ahora en manos de las autoridades, Sylvia desembarca mañana por la mañana en Noumea y habrá policía esperándola. Parece ser que también estuvo estafando a los anteriores dueños de Providence; teniendo en cuenta que lleva unos quince años trabajando aquí, calculamos que ha malversado unos cuatrocientos mil dólares como mínimo. Si el día que vine de visita hubiera accedido a hacer un recorrido del lugar contigo, tal y como me ofreciste, es posible que nos hubiéramos dado cuenta antes. Cuarenta pequeñas viviendas.

Rose suspira como si se diera por vencida.

—Sé lo que vas a decirme, papá, así que voy a darte ya la razón. De acuerdo, a partir de ahora visitaré en persona todas las propiedades que compremos.

La bola disco gira, mis ojos quedan cegados por un colorido rayo de luz y, cuando vuelven a acostumbrarse a la tenue luz de la sala, veo otra silueta en la puerta. Se trata de otro hombre, uno al que no reconozco. Es alto y lleva puesto un traje que parece estar hecho a medida; tiene un corte de pelo radical y moderno: rapado a los lados y más largo por encima, tiene un reluciente color negro azulado bajo las luces en movimiento de la bola disco.

Es Teddy. Ha vuelto y…

—¡Se ha cortado el pelo! —exclaman Jerry y Rose al unísono, atónitos.

Teddy nos ve y se acerca; las Parloni le ven a él y se acercan también.

—¡Vaya, vaya! ¡Qué elegante estás! —Jerry le da unas fuertes palmaditas en el hombro a su hijo—. No desentonarías en absoluto en las oficinas de la empresa. ¿Verdad que no, Rose?

Teddy tan solo tiene ojos para mí.

—He vuelto. No llego demasiado tarde, ¿verdad?

Yo señalo la sala con un gesto de la mano.

—Yo diría que llegas justo a tiempo, como siempre. ¿Dónde está tu precioso pelo?

Qué atractivo y maduro se le ve, contemplo sorprendida sus impecables zapatos de cuero. Parece ser que Fairchild le ha cambiado de una forma totalmente inesperada, y ahora me aterran las cajas que tengo a medio llenar con mis cosas en la sala de estar.

Él se coloca junto a mí, y siento un profundo alivio al notar la calidez de la palma de su mano en mi hombro.

—Me lo he cortado, tal y como me pidió papá. He venido a decirte que tú ganas. Estoy listo para madurar y convertirme en lo que tú quieras que sea. Añádeme a la nómina de la empresa. —No está hablando conmigo, tiene la mirada fija en Rose.

—Un momento… —dice ella.

Jerry alza la mano para interrumpirla.

—¿Qué tienes pensado? —le pregunta a Teddy.

—Cursaré los estudios empresariales que tú quieras y al completarlos entraré a trabajar en la PDC, pero empezando desde lo más bajo del escalafón. Y a cambio quiero que dejes Providence tal y como está.

—Acabo de completar una evaluación que demuestra que este sitio no es un gran negocio para nosotros —alega Rose—. Una vez que le paguemos a Ruthie lo que se le debe, la situación será peor aún.

—Espera, ¿a qué te refieres? —le pregunto yo.

—Sylvia lleva seis años pagándote por debajo del salario mínimo —me lo explica como si yo fuera un poco cortita—. ¿Nunca te habías preguntado por qué ganabas tan poco?

—Pero eso es porque aquí tengo alojamiento gratis.

Ella suspira como queriendo decir: «Por el amor de Dios, Ruthie».

—Al llevar a cabo mi evaluación, revisé también las tareas que realizas y no hay duda de que estás desempeñando un trabajo que excede tus competencias. Ya hablaremos para ver cómo arreglamos esto, pero lamento que se aprovecharan de ti. Haremos todo lo posible por compensarte. —Mira a su padre, que asiente.

Teddy se vuelve hacia ella.

—Perdóname por existir. Lo digo en serio —añade al ver que ella hace ademán de protestar—. Mamá y yo destrozamos tu vida y lo siento mucho, muchísimo. Siempre he querido impresionarte. No sé si lo conseguiré con esto, pero tengo que intentarlo porque es lo único que me queda por probar.

Ella está poniéndose roja y no sé si está enfadada o turbada.

—Es un gran sacrificio por tu parte, Teddy —comenta su padre—. ¿Qué pasa con tu estudio?

—Venderé mis acciones. Si con eso consigo que este lugar sobreviva, valdrá la pena. —Les indica con un gesto que dirijan la mirada hacia la fiesta—. Miradles, ¿cómo puedo permitir que estas personas pierdan el último hogar que pensaban tener en su vida? Lo único que me ha pedido Ruthie en todo este tiempo es que cuide de este lugar. Pues aquí estoy, haciendo precisamente eso.

Las Parloni han completado la ardua tarea que supone para ellas cruzar la sala y se unen a nosotros.

—¿Qué nos hemos perdido? ¡Madre mía! —Renata se queda boquiabierta al alzar la mirada hacia Teddy—. ¡Mira lo que te estás perdiendo, *Vogue Italia*! ¡Siempre ha sido tan guapo?

Yo me echo a reír.

—Sí —le contesto.

—Nunca me han interesado los hombres, así que me fiaré de tu palabra —afirma ella, mientras permanece tomada del brazo de Aggie—. ¿Dónde está tu pelo, Theodore?

—Lo doné para alguien que necesita una peluca más que usted. —Sonríe al ver la cara de decepción que pone—. He venido a hacer lo correcto por una vez en la vida, estoy haciendo un trato.

—¿Está relacionado con el futuro de Providence? —le pregunta Aggie a Jerry.

—Sí, señora, así es. Aunque todavía no se ha tomado ninguna decisión en firme. —Le lanza una breve mirada a Rose—. Ustedes disfruten de esta hermosa velada, por favor.

Aggie no está dispuesta a dejar que la traten como si fuera una viejecita.

—Espero que hayan evaluado el posible impacto ambiental.

Rose se encarga de contestar a eso.

311

—Sí, por supuesto que sí. Eso forma parte de mi evaluación general.

—¿Y son conscientes de que este lugar alberga a una tortuga que está en peligro de extinción, y que durante los últimos seis años ha estado llevándose a cabo en estos terrenos un programa de cuidado y rehabilitación de la especie? —Aggie habla con calma, marcando bien las palabras, y la veo por un instante en su faceta de abogada.

—¿Se refiere a las tortugas esas que van de acá para allá? —Rose hace una mueca de desagrado, pero su mente está virando ya para tomar esta nueva dirección—. Nos aseguraremos de que los trabajos que se lleven a cabo en este lugar, sean los que sean, no afecten a la fauna.

—Tenemos que analizar cómo impactarían unas obras de cualquier tipo a las tortugas de caparazón dorado —afirmo yo—. Están reconocidas como una especie en peligro crítico de extinción, y en ningún otro lugar del mundo hay tantas como aquí —añado con suavidad—: Lo sabrías si hubieras venido antes y hubieras recorrido conmigo los terrenos, tal y como te ofrecí.

Ella está descolocada y mira a su hermano como si estuviera viviendo una pesadilla.

—¿Tan importante es este lugar para ti? ¡Pareces un jodido abogado, Teddy!

—No sé si un abogado tendría esto. —Indica los tatuajes que tiene en las manos—. Y sí, este lugar es muy importante para mí. Y Ruthie es lo más importante de todo.

Yo poso una mano en su brazo y le digo con voz suave:

—No quiero que renuncies a tu estudio por mí.

—Estoy dispuesto a hacerlo si es lo que hace falta para salvar este lugar. Bueno, Rose, ¿qué dices tú? Puedes ponerme en el puesto más bajo posible, lo único que pido es que se me asigne a esta oficina. Tengo mucha experiencia a la hora de lidiar con tareas domésticas y encargos humillantes.

—Eso es verdad, apenas se quejaba —apostilla Renata.

El rostro de Rose revela que está debatiéndose sin saber qué hacer, pero finalmente toma una decisión.

—Está bien, recomendaré que Providence siga... tal y como está.

Al otro lado de esa colina hay un terreno desocupado, puede que allí no haya animales en peligro de extinción. Creo que deberíamos construir viviendas para gente mayor que tengan un precio asequible, y conectar las dos propiedades. Será lo mejor de ambos mundos: algo que cambia, algo que permanece igual. Esa era la segunda opción que proponía en mi informe. La primera era reurbanizar, pero ahora que estoy aquí me doy cuenta de que no sería correcto.

—Me parece una buena idea —le dice Teddy—. Este es un buen lugar donde vivir, y no me parece bien que solo esté al alcance de gente increíblemente rica. Y creo que también deberías asegurarte de que se elabore un plan para que haya algo de diversidad, es un sitio un poco... —se interrumpe, consciente de que las Parloni están mirándolo.

—¡Puedes decirlo!, es un sitio al que vienen a morir viejos millonarios blancos. —Renata se ríe de su propia broma, pero se pone seria al añadir—: Me parece una propuesta muy buena y madura para hacernos avanzar hasta el... ¿En qué siglo estamos? No lo sé. Pero me tienes impresionada, resulta que sí que hay un cerebro en esa cabeza tan atractiva.

—Y un gran corazón aquí. —Aggie le da unas palmaditas a Teddy en el pecho.

—Genial, está decidido —dice él con una sonrisa que no se refleja en sus ojos.

Acaba de perder el sueño de su vida a cambio de que yo obtenga el mío, apuesto a que se siente igual que yo cuando se vació la cuenta donde estaba el dinero para mis estudios universitarios; tal y como hice yo en aquel entonces, piensa adaptarse lo mejor posible a la nueva situación.

—Gracias, Rose —añade él—. Te prometo que no te decepcionaré.

—Mierda, Theodore, ¿por qué tenías que hacer esto? —protesta ella; al ver que él no entiende a qué se refiere, añade refunfuñando—: Tenías que hacer un gran sacrificio, ¿no? Siempre te he considerado la persona más egoísta del mundo.

Aggie lo defiende como una leona.

—¡De eso nada! Hemos tenido a más de cien jóvenes trabajando para nosotras, y ninguno de ellos le llega a Theodore ni a la altura de los zapatos. Tiene un corazón enorme, se lo aseguro.

—Lo siento, te traté fatal cuando éramos pequeños —le dice Rose inesperadamente.

—Y también ahora que son adultos, por lo que parece —apostilla Renata.

Rose la ignora y sigue dirigiéndose a Teddy.

—No fue culpa tuya.

—No, fue mía —interviene Jerry—. La culpa la tuve yo, pero me desentendí por completo en vez de ayudaros a lidiar con la situación. Estaba demasiado ocupado.

—Te esforzaste tanto por conseguir que yo te quisiera… —Rose se viene abajo, los ojos se le llenan de lágrimas—. Y yo quería hacerlo, pero eras el objetivo fácil con el que cobrarme la tristeza que sentía… que siento. Lo siento, Teddy. Ruthie me ha dicho que tienes una rosa tatuada. —Se le quiebra la voz—. No me lo merezco.

—Claro que sí, no podía dejarte fuera del jardín de hermanas.

Es tan abierto y afectuoso, y es eso lo que la quebranta por completo. Da un paso hacia él y se funden en un abrazo que ha tenido que esperar veinte años para materializarse. Teddy me mira por encima de la cabeza de su hermana y veo la emoción que brilla en sus ojos.

—He sido una hermana horrible, ha sido muy difícil resistirme a ti.

—Has aguantado tanto tiempo que yo creo que tienes poderes sobrehumanos —le dice él con una sonrisa—. Oye, ¡espera un momento! Si tú eres mi hermana, entonces yo soy…

—Mi hermano —lo dice como si fuera una palabra con la que no está familiarizada. Lo intenta de nuevo con voz más firme—. Seamos hermano y hermana de ahora en adelante.

Él la hace girar al ritmo de la música.

—Bueno, vamos a trabajar juntos a partir de ahora, así que podríamos ser incluso amigos.

Tanto Jerry como ella niegan con la cabeza.

—No vamos a obligarte a hacer algo así —le dice ella.

—¿Qué? —Ahora le toca a Teddy quedarse descolocado—. ¡Pero si acabamos de hacer un trato!

Ahora es Jerry quien responde.

—Ahora tienes la entrega y la pasión que esperábamos ver en ti desde hace años. No voy a obligarte a cumplir con lo que has dicho. No eres promotor inmobiliario, eres tatuador. Ahora lo veo. —Le da un fuerte abrazo a su hijo.

—¿Podría ayudarme a ir a por un refresco alguno de ustedes? —les dice Renata, poniendo voz de frágil ancianita—. La mesa está allí.

—Sí, y a mí también. Se lo agradeceríamos mucho —añade Aggie.

Jerry y Rose no pueden negarse, y las dos ancianas nos sonríen por encima del hombro mientras las conducen hacia la mesa en cuestión. Teddy y yo nos hemos quedado a solas.

—Eres lo más hermoso que he visto en mi vida. —Me toca bajo la barbilla con el pulgar—. Menudo vestido, pareces un ángel.

—Y tú un demonio, uno muy sexi. Menudo peinado. —Alzo una mano y la deslizo por la zona rapada—. No me puedo creer que hicieras algo así.

—Espero que mi pelo no fuera lo que más te gustaba de mí. ¿Qué? Me amas, ¿no?

—¿Qué se siente al tener tanta confianza en uno mismo? —Me inclino hacia él y me cobija con delicadeza entre sus brazos—. He estado intentando llamarte.

—Ya lo sé, pero es que tenía que aclararme las ideas. Pensé que lo entenderías. —Se queda rígido—. Pero si llego demasiado tarde y has seguido con lo del Método Sasaki…

—Relájate. El Método Sasaki ha sido un éxito, porque me enamoré.

Alzo la cabeza y recibo el beso que he estado anhelando durante cada minuto de cada día desde que se fue. Tengo mi vida entera por delante para conocerle, para reír con él, para dejar que me cuide de esa manera dulce y torpe típica en él. Puedo enseñarle a dar, y él puede alentarme a tomar.

Puedo tener sus besos durante el resto de mi vida si tengo mucho cuidado.

La música cambia, me toma de la mano y nos dirigimos a la pista de baile; una vez allí, sonríe al ver algo que le llama la atención.

—¡Mira! —Señala con disimulo.

315

Renata sostiene a su espalda la cajita cuadrada de un anillo; cuando giran lentamente al son de la música, vemos que Aggie también tiene una en la mano.

—Es una carrera para ver quién propone matrimonio antes —me dice, sonriente—. ¿Quién crees que va a ganar?

—Yo creo que decidirán que ha habido un empate.

Yo también estoy sonriendo cuando él me besa otra vez. Y otra más. Solo nos separamos un poco cuando oímos que alguien carraspea. Resulta ser la señora Whittaker, que se inclina un poco hacia delante y me dice con mucho sentimiento:

—¡Bien hecho! Ah, hola, querida —añade, con la mirada puesta en alguien que está a nuestra espalda—. Qué bonito… disfraz.

—¡Solo llego con media hora de retraso!

Es Melanie, que ha venido a toda prisa y lucha por recobrar el aliento. Está enfundada en un yukata tradicional japonés combinado con un elaborado peinado colmena de los cincuenta. Mira la hora en su reloj de pulsera.

—Vale, con más de tres cuartos de hora de retraso. ¿Qué diantres está pasando aquí? —Ha visto a Rose y a Jerry, que están charlando con los residentes. Y por supuestísimo que ha visto también la mano que Teddy tiene apoyada en mi cintura—. No pensaba que fueras a venir, la verdad.

—He vuelto para rescatar a Ruthie, pero creo que van a ser las tortugas las que lo hagan. Y también van a proteger este lugar. Es como si estuvieran expresando su agradecimiento a su pequeña manera.

—Mi Método Sasaki, ¡qué forma de desperdiciar una idea tan brillante! —Señala nuestras manos entrelazadas—. Ruthie Midona, escribiste una lista que no describiría a Teddy ni en un millón de años.

—Las listas no siempre aciertan.

Los dos fingen escandalizarse al oírme decir eso.

—Y decidiste conquistarla, ¿no? Así no te quedas sin queso. Yo estaba preparándome ya para elegir un vestido de dama de honor, y tuviste que aparecer tú y echarlo todo a perder.

Aunque ella no es consciente de ello, acaba de decirle algo muy hiriente, pero Teddy no parece afectado por sus palabras. Es posible que abrazarse con su hermana haya sido un bálsamo para esa herida.

—No se ha echado nada a perder, el mundo de Ruthie va a seguir siendo el mismo —se limita a contestar.

Pero yo tengo algo que decirles.

—Me marcho de Providence. Los dos me habéis dado muy buenos consejos, ya es hora de que vea el mundo que hay más allá de este lugar.

—Ah, ¿ya no piensas quedarte aquí hasta que te mueras? —me pregunta Teddy, esperanzado.

—No, creo que necesito encontrar algo nuevo. —Pienso en mi foro, en mi ropa, en los caminos llenos de tortugas que he recorrido mil veces—. Va a ser aterrador, pero quiero hacerlo.

Sucede algo en la pista de baile que distrae nuestra atención: dos ancianas están declarándose su amor, ofreciéndose mutuamente anillos de compromiso. El semicírculo que se ha formado a su alrededor estalla en aplausos.

—Nosotros te ayudaremos —me asegura Melanie sin pensárselo dos veces. Esa es la clase de amiga que es. Echa a andar hacia las Parloni y empieza a hacer fotos.

—¿Tú también me ayudarás? —le pregunto a Teddy—. A ver, supongo que podría arreglármelas sola, pero si tú estuvieras junto a mí no me pondría tan nerviosa cuando vaya al Zoo de Reptiles a presentar mi solicitud para el programa de prácticas.

Él me mira con una sonrisa radiante.

—Sí, claro que voy a ayudarte. Haré lo que sea por ti. Ahora me toca dar a mí, así que déjame hacerlo.

Enmarca mi mandíbula entre sus cálidas manos tatuadas y, justo cuando sus labios se unen a los míos, la bola disco me ciega con su brillante luz. He quedado deslumbrada, ya lo sé. No quiero que este momento termine jamás y mi deseo se cumple, dura una eternidad.

En el silencio momentáneo que se crea entre canción y canción, Melanie grita horrorizada:

—¡Dios mío! ¡Teddy se ha cortado el pelo!

Epílogo

Reconocería esa forma de llamar a la puerta donde fuera; siempre emplea el mismo ritmo, la misma cadencia.

—¡Ya voy! —Abro la puerta y aquí está Teddy, con bolsas de la compra en las manos y mi correo en la boca.

—No podía usar mi llave —me explica entre dientes.

—¿Qué has traído? —Le saco las cartas de la boca. Ahora ya puede saludarme con un beso, y no desaprovecha la oportunidad ni mucho menos.

—Unas cuantas cosas que vi que hacían falta. —Se pone a vaciar las bolsas y va guardando algunos productos en la nevera—. ¿Has terminado ya la redacción?

—Sí, la entregué hace un rato. Y ahora estaba aquí sentada, dándole vueltas y más vueltas a un tema. —Apilo a un lado mis libros de texto y vuelvo a sentarme frente a mi portátil—. ¿Alguna vez te has aferrado a algo durante mucho tiempo por motivos sentimentales? —Tengo la mirada puesta en la página principal de mi foro, *Nuestro regalo del cielo*.

—Sí, claro que sí. Soy un sentimental de pies a cabeza.

Lanzo una mirada hacia sus tatuajes y sonrío.

—Ha llegado el momento de que te cuente un secreto: era la administradora de un foro muy grande de Internet.

Él ha terminado de guardar la compra y trae a la mesa una pequeña tabla de quesos que ha preparado.

—¿Un foro sobre qué? No, no me lo digas. Seguro que estaba dedicado a *Un regalo del cielo*.

319

—Pues sí. Mis amigas y yo lo hemos manejado desde los quince años, pero ya nadie se siente cómodo allí con lo del juicio contra el reverendo Pierce. Me parece que va siendo hora de cerrarlo.

Teddy se inclina hacia delante para cortar un pedacito de queso, lo pone en una galletita salada y me lo da; al ver la pantalla, se acuerda de algo y se echa a reír.

—¡Soy miembro de ese foro!

—¿Qué?

—Cuando vivíamos en Providence, me hice miembro para impresionarte, ¡con razón siempre estabas viendo el capítulo exacto que me hacía falta para mantenerme al día! Yo pensé que se debía a que eras un ser mágico y perfecto.

—Muy bien, puedes seguir pensando así. —Le observo en silencio mientras carga de queso otra galletita, convencida de que es para mí. Y no me equivoco: me la pone en la mano incluso antes de que termine de comerme la primera—. No vayas tan rápido.

—Contigo no puedo aminorar la marcha, haces que quiera acelerarlo todo.

Lleva días pidiéndome que me vaya a vivir con él cuando venza mi contrato de alquiler. Me encanta mi pequeño estudio situado en una cuarta planta y puedo permitírmelo gracias al dinero atrasado que me pagó la PDC, pero el apartamento de Teddy está más cerca de la universidad y su cama es el lugar más cómodo que existe sobre la faz de la Tierra..., aunque, por otro lado, me recuerda a unas arenas movedizas: una vez que me meto, soy incapaz de salir.

Me mordisqueo el pulgar con nerviosismo.

—¿Crees que debería cerrarlo? Las otras administradoras me han dicho que la decisión es mía. Le he dedicado mucho tiempo, estamos hablando de un montón de recuerdos. —Miro la página principal, que apenas ha cambiado desde que la creamos a los quince años.

—Yo creo que ya no lo necesitas. Has dejado atrás un montón de cosas desde que te fuiste de Providence, y todo ha sido para bien.

—Se refiere a que he estado acudiendo a una terapeuta y ya no me hace falta comprobar los pomos de las puertas hasta que me duelen las manos—. Pero puedes limitarte a dejarlo tal y como está, no pasa nada si se queda ahí.

—Está convirtiéndose en un espacio lleno de negatividad.

No soporto ver los comentarios sobre el actor al que están juzgando. La PDC ha llevado a juicio a Sylvia Drummond, y esos comentarios me recuerdan que tendré que subir al estrado como testigo. Las cosas no se pusieron nada bien para ella cuando aparecieron en las noticias unas fotos en las que salía desembarcando vestida con ropa cara. Se la veía hecha una furia y, cuando me llamó finalmente, yo estaba lista para defenderme; además, durante esa llamada tuve a Teddy junto a mí tomándome de la mano, y a Rose Prescott junto a mi otro hombro.

Ahora mis padres ya están seguros de que fue Sylvia quien robó el dinero de la iglesia.

—Mel me ha mandado un mensaje —me dice Teddy con la boca llena de queso—, quiere saber si podríamos ir a ayudarla a montar la fiesta de Navidad de este año.

—Claro que iremos.

Mel terminó por encontrar el trabajo de sus sueños, dirige un programa de actividades para los residentes de Providence. Pero la cosa no termina ahí: va haciendo un circuito por seis complejos residenciales para mayores en los que coordina sesiones de manualidades, salidas y bailes. Cada jornada de trabajo es distinta para ella. Le encanta la gente mayor, y lo más importante de todo es que visita tanto a los adinerados residentes de Providence como a los que tienen pocos recursos y viven en las modestas viviendas del centro, compartiendo con todos su alegría y su chispa.

—Aunque será triste volver —le digo a Teddy.

Se crea un melancólico silencio y, cuando me mira, lo hace con los ojos llenos de recuerdos.

—Murió feliz, y fue gracias a ti —me dice con voz suave.

El funeral de Renata Parloni fue una locura, le habría encantado. En las necrológicas de los periódicos se dijo de ella que había sido una pionera en el mundo de las revistas de moda con su *Hot or Not*, y asistieron al funeral desde diseñadores de moda y magnates del mundo editorial hasta modelos de piernas largas que lanzaban furtivas miradas a un trajeado Teddy. Pero él estaba demasiado ocupado sosteniendo el brazo de Aggie como para darse cuenta y, además, yo iba tomada de su otro brazo.

Cuando el sacerdote mencionó a la esposa de Renata, Aggie Parloni, se escucharon aplausos en la sala.

Renata era extravagante en vida, y a su muerte hizo algo más extravagante aún: eso con lo que siempre había bromeado. Me había incluido en su testamento. Cuando Aggie me lo dijo, fue como aquel incidente del billete de cien dólares de hace una eternidad. Me esforcé mucho por no aceptarlo, porque no me lo merecía; intenté devolverlo a escondidas, pero fue inútil.

Renata había decidido que estuviera entre sus herederos, y héteme aquí ahora. En un precioso apartamento de Fairchild, exhausta después de pasar una jornada entera estudiando y trabajando. Estoy haciendo prácticas en el Zoo de Reptiles y, aunque tengo por delante un largo, muy largo camino que me llevará hasta mi sueño de llegar a ser veterinaria algún día, estoy acometiendo el viaje tal y como lo haría una tortuga de caparazón dorado: pasito a pasito.

—Me parece que tengo que dejar atrás unas cuantas cosas —le digo a Teddy, antes de entrar en la pantalla de administración de *Nuestro regalo del cielo*. Hay un botón para desactivar la página—. Si clico en este botón, no hay vuelta atrás.

—¿Querrías volver atrás?

Me tomo un momento para pensar en ello. No tendría una tortuga tatuada en el omóplato; no podría mirar ese número 50 rojo que Teddy se tatuó en el dorso de la mano en recuerdo al hecho de que nos encontramos el uno al otro en Providence; no estaría enamorada ni tendría a una persona que me ama.

—No, no querría hacerlo —le digo.

Clico el botón, y no me arrepiento. *Un regalo del cielo* es una serie que me apoyó y me nutrió durante un periodo de mi vida en el que estaba sola y avejentada, pero ahora ya no la necesito.

—¡Ay!, ¡qué orgulloso estoy de ti! —Teddy entrelaza sus dedos con los míos. En los nudillos tiene el tatuaje de «dar». Siempre da a manos llenas, siempre.

—Qué rápido te está creciendo. —Hundo mi mano libre en su pelo, que lleva recogido en un improvisado moño a la altura de la nuca—. Es una maravilla. Pero espero que a estas alturas ya te hayas dado cuenta de que tu pelo no te define. Eres el propietario de un negocio.

—Soy un tatuador —me corrige, pero con una sonrisa.

Él mismo se ha sorprendido al ver que lidiar con el papeleo del estudio se le da de maravilla. ¿Quién iba a imaginar que bajo esta caótica superficie había un administrador oculto que se moría de ganas de que le dieran una oportunidad? La verdad es que eso me excita que no veas.

—Te has puesto cachonda solo con pensar en mi pelo —me dice, con una sonrisa de oreja a oreja.

—Teddy, a estas alturas ya debes de saber que te desearía aunque estuvieras calvo.

—No se lo digas a Dasiy en Navidad, es capaz de sacar las tijeras.

—Ah, eso me recuerda que quería preguntarte una cosa sobre estas navidades: ¿te apetece que te lleve a casa a conocer a mis devotos padres?

He repetido lo que puse en aquel perfil para buscar pareja que redacté para mí misma tanto tiempo atrás, cuando me sentía sola y buscar pareja por Internet me pareció una buena idea durante unos dos segundos... y, posteriormente, durante dos meses. (Por cierto, Melanie ha enviado el manuscrito del Método Sasaki a algún que otro agente literario).

Intento recordar qué más puse en mi perfil secreto.

—Busco un alma gemela que tenga paciencia, alguien con quien acurrucarme abrazadita.

—Pues ya me has encontrado. —Teddy se levanta y me besa la sien—. Espera, voy a hacerte algo de comer... ¡Uy!, tienes mal abrochada la rebeca. —Procede a cambiar de ojal varios botones—. Vale, ya está.

Mientras me prepara la cena, me dice desde la cocina:

—Y por supuesto que quiero que me lleves a casa a conocer a tus devotos padres. Les caeré de maravilla, ya lo verás. Pensarán que soy un regalo del cielo; soy un tipo al que todo el mundo adora.

Es verdad, lo es.

Y es mío.

AGRADECIMIENTOS

¿Cuántas veces se puede calmar a una autora que está al borde del abismo? Habría que preguntárselo a mi agente, Taylor Haggerty. No es casualidad que este libro esté dedicado a ella. Gracias por estar siempre de mi lado, por aconsejarme y por ser una gran amiga. Jamás podré agradecerte lo suficiente todo lo que has hecho por mí, pero un libro morado con tortugas es un buen comienzo. Gracias también a toda la gente maravillosa de Root Literary, ¡es un honor pertenecer a este equipo! Mi editora, Carrie Feron, ha sorteado muchos obstáculos hasta la publicación de este libro. Tanto ella como sus compañeros de HarperCollins han tenido que enfrentarse a unas condiciones de trabajo muy complicadas en 2020. Gracias a Carrie (y a todo el equipo) por ayudarme a sacar lo mejor de mí a la hora de escribir este libro. Tu pasión por la narrativa me resulta muy inspiradora.

Roland, Tina, Katie, Delia, Sue y David, Lyn, Anne y Bob, y todos los que me preguntasteis «¿Qué tal va el libro?» a pesar de saber que la respuesta sería un gran suspiro: gracias, valoro mucho vuestro apoyo. Escogí el nombre del personaje principal de este libro en honor a mi difunta abuela, Ruth Lowes, y me río al imaginar las travesuras que habría hecho en Providence.

Este libro germinó a partir de las fantasías que solía compartir con Kate Warnock cuando trabajábamos juntas hace más de diez años. Nos contábamos historias sobre lo que haríamos cuando fuéramos muy viejas y ricas: viviríamos en un complejo residencial para mayores, y contrataríamos a un joven asistente que estaría a nuestra entera disposición. Ha sido un verdadero regalo desarrollar por fin esa fantasía al completo en un libro.

Una carta de parte de Sally

En mi último ensayo, que escribí cuando estaba a punto de terminar el durísimo Segundo Libro, comenté que un documento en blanco de Microsoft Word era como un abismo. Siento una gran compasión por esa Sally, y me doy cuenta de lo mucho que he avanzado.

Me preguntan a menudo acerca del proceso que sigo a la hora de escribir, y suelo bromear diciendo que soy muy caótica. Pero la verdad es que lo que sucede cuando mis manos están en el teclado es algo que me hace sentir bastante incómoda. En esos momentos no tengo el control. Nunca sé qué es lo que voy a escribir hasta después de escribirlo, y voy comprendiendo por fin que eso no tiene nada de malo. Palabra a palabra, una y otra vez, va tomando forma.

He terminado por comprender que llegar a ser buena en algo creativo o algo que valga la pena es un proceso que consiste en ir aplicando capas, y que hay que estar dispuesta a sentirse realmente incómoda cuando la Cosa está a medio hacer. Tendrá mal aspecto, no te gustará, estarás bastante segura de que no lo estás consiguiendo. Es ahí cuando hay que aplicar otra capa más.

Cuando la pandemia de la COVID-19 hizo necesario que el mundo entero se quedara en casa, giré la silla de mi despacho ciento ochenta grados para contemplar lo que había tenido detrás durante nueve años: mi casa artesanal de muñecas de estilo gótico victoriano. Era una vergüenza tener olvidado algo tan increíble y el mero hecho de verla me causaba desesperanza, porque lo cierto era que no me inspiraba. Llevaba dos años sin abrirla siquiera, pensé que ojalá pudiera llamar a un agente inmobiliario de ese pequeño tamaño para ponerla en venta. No sabía si sería posible insuflarle vida a algo que había quedado tan polvoriento y olvidado durante tanto tiempo.

Las primeras veces que abrí la puerta principal de la casa de muñecas, me sentí incómoda. Era tal y como la recordaba. Yo sabía que no había alcanzado todo su potencial, y eso era algo que no me gustaba. Saqué los sofás de terciopelo y limpié las alfombras con un rodillo de los que se usan para quitar las pelusas; limpié con un pincel los jarrones de porcelana, que no miden ni tres centímetros de altura. Encendí entonces las luces y vi cómo mis arañas a escala 1:12 cobraban vida con un resplandor que iluminó también mi corazón.

Empezaron a llegar a mi buzón una serie de paquetitos muy pequeños, empecé a pasar tanto tiempo perdida en aquellas pequeñas estancias que me olvidaba de comer y del aterrador mundo que había más allá de mi ventana. No me gustaba el pequeño y apagado cuarto de baño, así que centré toda mi energía en él hasta convertirlo en una excéntrica jungla de macetas alrededor de la bañera cobriza con patas en forma de garras. Capa a capa, empecé a adorar de nuevo esa casa de muñecas. La bauticé con el nombre de Blackthorne Manor, ya que los objetos mágicos brillan de verdad cuando tienen un nombre o un título. Todavía no era demasiado tarde para darle un nombre, a pesar de todos los años que habían pasado.

Espero que esto pueda inspirarte quizás a buscar ese proyecto o ese sueño que puedes tener a tu espalda en este momento, ese elemento de tu vida que podría ser tu propia fuente de luz y de magia si te vieras con ánimo de aplicarle una nueva capa. A lo mejor piensas en un primer momento que no valdría la pena… ¡Ha pasado demasiado tiempo! ¡Está cubierto de polvo!

Un libro comienza siendo una página en blanco; una casa de muñecas comienza siendo un trozo de madera. Nada tiene en un principio la forma que cobrará al quedar completado y, si eres capaz de aceptar esa realidad y de lidiar con la incomodidad que sientes (sobre todo si tiendes a ser perfeccionista), podrás obtener un producto final que es una pequeña obra de arte y que solo tú habrías podido crear. Ni siquiera hace falta que des un paso gigantesco en tu vida; solo tienes que añadir una nueva capa de esfuerzo, atención y tiempo. Añade una nueva capa a ese sueño y, tal y como hacen las tortugas de Providence, ves recorriendo el camino pasito a pasito. Ellas siempre llegan a su destino, y tú también lo lograrás.

Una página en blanco es un regalo. Deja tu impronta en ella.

Ahora tengo la oportunidad de añadir un pequeño extra al final del libro y, cuando estuve dándole vueltas a lo que podría incluir, me di cuenta de que Melanie Sasaki no había tenido su momento de gloria. Ruthie Midona encontró el amor demasiado pronto, con lo que el Método Sasaki que Melanie había planeado con tanto esfuerzo quedó cancelado, y supe lo que quería escribir.

De modo que incluyo aquí, por pura diversión, la imaginaria carta de presentación que Melanie podría mandarle a una agente literaria en un primer paso de cara a publicar *El Método Sasaki*. No se trata de un libro que yo tenga pensado escribir, sino de una muestra de agradecimiento a la chica que se entregó en cuerpo y alma a la tarea de buscarle pareja a su amiga en este libro.

melanie@thesasakimethod.com

Agencia Literaria Connor Randall
22 W 24th St, #900A, Nueva York, NY
A/A: Harriet Schwartz

Estimada Harriet:

Nos conocimos en febrero en el Festival del Libro de Divulgación, y conversamos brevemente durante el bufé sobre el libro de autoayuda para encontrar pareja que he escrito. Te reíste mucho al ver mi empuje, me felicitaste por mi pelo y me diste tu tarjeta de visita; en mi opinión, hubo mucha química entre nosotras. Me gustó mucho el libro que sacó recientemente Greer Johnson, *No todo gira alrededor de ti*; sé que es cliente tuyo, y eso me convenció aún más de que yo encajaría bien en tu agencia.

Busco un agente literario para mi primera obra de autoayuda, *El Método Sasaki*.

Es la guía de supervivencia que hay que llevar en la mochila al abrirse camino en la jungla de Tinder. Es el libro que se le da a un amigo que lleva algún tiempo fuera del mercado, que está metido en su caparazón, que «no tiene tiempo para estas tonterías», o que siente que ya es demasiado tarde. Escrito en un tono de «hermana pequeña metomentodo y desquiciantemente optimista» (según las propias palabras de mi hermana mayor, Genevieve), *El Método Sasaki* le pide al lector que siga un programa de ocho semanas basado en ejercicios prácticos y en la creación de metas a partir de una reflexión introspectiva. El objetivo principal es alimentar la autoestima y, a partir de ahí, que la persona se abra al amor. No se habla de las relaciones heterosexuales como si fueran «lo normal», y tanto el lenguaje como los ejemplos son inclusivos.

Por si se ponen en duda mis credenciales, debo decir que he orquestado con éxito la creación de un buen número de parejas que encontraron el amor verdadero. Soy una Emma Woodhouse en versión moderna, tengo este don y quiero compartirlo.

Además del libro, habrá una aplicación para IOS (que actualmente está en fase de pruebas beta) y he grabado cuatro entregas de un podcast. Creo que esto nos dará diversas opciones para crear una plataforma estable de marketing. También he preparado las sinopsis de dos entregas más de esta serie de libros: *El significado Sasaki* (identificar señales que te está mandando el universo) y *La redención Sasaki* (cómo redimirse en la «cultura de la cancelación» que existe hoy en día). He visto un sello en Bexley y Gamin en el que creo que mis libros podrían encajar muy bien. Me encantaría hablar más a fondo del tema contigo.

Adjunto un fragmento de *El Método Sasaki*, quedo a la espera de tu respuesta para enviarte un manuscrito completo si estuvieras interesada.

Saludos cordiales,
Melanie Sasaki

Prólogo

Todos tenemos un superpoder, y el mío es ayudar al prójimo a hallar el amor verdadero.

Soy así desde que me alcanza la memoria. Todas mis Barbies tenían una relación seria y profunda con su respectivo Ken o con otra Barbie (siempre habéis tenido una aliada en mí); en vez de vestirme de novia, era la dama de honor que lanzaba pétalos de rosa sobre mis amigas; en vez de tener mis propias parejas en el instituto, era quien se dedicaba a planear declaraciones de amor en las fiestas de fin de curso y a echarles una mano a quienes no se atrevían a confesarse sus sentimientos.

Creo en el amor. Es posible que eso se lo deba a mi padre, que es japonés y me ha contado desde niña leyendas como la del hilo rojo del destino (la idea de que otra persona y tú estáis conectados y terminaréis por encontraros). Hay veces en que el hilo ata a dos personas que tienen cosas que aprender la una de la otra; en otras ocasiones, es por amor verdadero. De día dirijo programas de actividades para personas mayores, que lo expresan de forma menos poética: «Hay alguien para todo el mundo, querida». Y sí, así es.

La amargada de mi hermana, Genevieve, había perdido las esperanzas de encontrar el amor hasta que recurrió al fin a mis servicios, y ahora está prometida en matrimonio a Mark (que es igual de amargado que ella, llegado el momento tendrán unos bebés de lo más refunfuñones). Animé (por no decir que obligué) a Lin-Lin, mi peluquera, a que invitara a salir a Margaret, la profundamente tímida peluquera de su perro, y resulta que se casaron y yo fui una de las damas de honor. En esa misma boda emparejé en la pista de baile a cuatro tímidos invitados que apenas participaban en la fiesta, y ahora hay dos dedos más que lucen un anillo de compromiso.

No es por alardear, pero tengo una habilidad increíble.

A pesar de mis innegables éxitos, jamás me planteé escribir un libro hasta que el rojo hilo del destino me condujo hasta Ruthie Midona, la persona de la que tenía que aprender algo: que a mi enfoque le hacía falta algo de flexibilidad. Ruthie renqueaba de acá para allá como una anciana hasta que yo renové por completo la imagen que tenía de sí misma. Ella elaboraba listas para todo, y se sentía cómoda al ir avanzando por las etapas de este plan mediante una serie de listas de control y de fichas de trabajo. Ambas cosas constituyen la base del libro que tienes en tus manos. El amor llega de forma inesperada, y habíamos acordado que Ruthie no se enamoraría del primer hombre que se cruzara en su camino.

Y ahora la está cubriendo de besos uno que no parecía adecuado para ella en absoluto, el primero que se le puso delante. Ese hilo rojo no se equivoca nunca, y unas piezas de rompecabezas que no esperabas que encajaran terminan por quedar unidas a la perfección. Eso me dio una nueva perspectiva que ha influido profundamente en este libro. Haz planes, pero aprende también a dejarte llevar. Tengo que dedicarle este libro a Ruthie porque, de no ser por ella, dudo mucho que hubiera tenido la inspiración necesaria para organizar mis técnicas, mis soluciones y mis opiniones de cara a crear un documento formal. A ella le encantan los manuales de procedimientos. Gracias, Ruthie, por ser la primera persona que ha participado en el Método Sasaki. Espero tu llamada cuando ese loquito de Theodore y tú os prometáis en matrimonio, y te recuerdo que acordamos que el vestido de dama de honor sería lila.

Y a quien esté leyendo estas líneas: seguro que todavía no tienes claro por qué estoy cualificada para ayudarte a salir de tu caparazón y encontrar a esa persona especial. A decir verdad, no tengo ninguna certificación formal; no soy psicóloga y he desempeñado todos los trabajos habidos y por haber, desde catalogadora de piezas de automóvil hasta administradora de una academia de zumba. Pero este es el don que se me ha dado, te lo aseguro. Lo único que te pido es que te entregues de pleno, y ya verás como ocho semanas conmigo te cambian la vida. Este libro está organizado en las ocho partes siguientes:

- *LO QUE ME GUSTA Y LO QUE NO SOPORTO*

- *¿QUIÉN SOY YO?*

- *UN CAMBIO DE IMAGEN DE PELÍCULA CON MELANIE*

- *LLEGAMOS A LA MITAD DEL CAMINO: LA PRIMERA CITA*

- *CONSOLANDO A TU NIÑO INTERIOR CUANDO SE SIENTE RECHAZADO*

- *¿CÓMO VA LA COSA?*

- *SOY FELIZ CONMIGO MISMO, PERO PODEMOS CHARLAR SI ERES RESPETUOSO Y SEXI*

- *EL DÍA DE LA GRADUACIÓN*

Soy como la mano de Midas y quiero tocarte.

(Vale, puede que esta última frase la retoque un poco durante el proceso de edición del libro).